1.ª edición: febrero, 2017


para el sello B de Bolsillo
Consell de Cent, 425-427 - 08009 Barcelona (España)
*www.edicionesb.com*

Printed in Spain
ISBN: 978-84-9070-327-4
DL B 23552-2016

Impreso por NOVOPRINT
Energía, 53
08740 Sant Andreu de la Barca - Barcelona

Sombras del ocaso

---

**MIRANDA KELLAWAY**

*Todo lo que sabemos del amor*
*es que el amor es todo lo que hay.*

EMILY DICKINSON,
*El sabueso solo: Poemas de toda una vida*

*Para Josh y Alyena.*
*A veces los tesoros tienen nombre propio.*

## Nota de la autora

Querido lector:

Antes de que prosigas tu viaje, me gustaría, en primer lugar, hacerte llegar mi profunda gratitud por aceptar mi ofrecimiento e iniciar esta pequeña aventura conmigo.

Esta novela fue producto de una pura y absoluta casualidad. Dos personajes de mi obra anterior, *Veneno en tu piel,* decidieron que también querían contar su historia. Que no bastaba con las pinceladas que ya les había dado. Tenían muchas cosas que explicar, secretos que revelar, deudas que saldar. Éste es el resultado de la locura iniciada por ellos, y alimentada por mí.

Y la mágica Irlanda es su escenario. Sus paisajes, sus costumbres, su envolvente historia... todo brilla con luz propia. La Isla Esmeralda se ha ganado mi corazón, y, cuando llegues a la última página, espero que haya hecho lo mismo contigo.

Todos los lugares, pueblos y ciudades que menciono de la geografía irlandesa son reales, incluido el castillo del conde St. Lawrence (conocido también como Castillo de Howth), sobre el que se cuenta una leyenda que realmente existe en el folclore irlandés, aunque ignoro si los sucesos que allí se relatan gozan de alguna veracidad.

Y en cuanto a la situación política de la Irlanda de finales del siglo XIX, te confesaré una pequeña osadía por mi parte: aunque el «brazo radical» de *La Hermandad Republicana Irlandesa* (llamado "*Los invencibles*") existió, históricamente este grupo de fenianos extremistas fue deshecho en 1883, a causa de un horrendo suceso que se relata en la novela. No obstante, me tomé la libertad de reorganizarlo y resucitarlo del olvido para seguir haciendo de las suyas una década más tarde, empero esto, en la realidad, nunca llegó a ocurrir.

Sin más que decirte, te doy la bienvenida al mundo de los personajes de *Sombras del ocaso*, y te deseo una placentera y satisfactoria travesía.

*Fáilte go hÉirinn!!*

Con cariño,

MIRANDA KELLAWAY

# 1

*Océano Atlántico, mayo de 1893*

La fría y agitada masa de agua salada chocaba en violentas y fulgurantes oleadas contra el casco del *Bethany* sin piedad, embistiendo y zarandeando el humilde barco de pescadores como si este fuera una mísera muñeca de trapo. El capitán y propietario de la nave, Reynold Sharkey, un curtido irlandés de casi dos metros de altura, galopaba por la cubierta de un lado a otro ladrando órdenes a sus hombres, desesperado por mantener su medio de vida y a aquellos desgraciados a flote. Les faltaban solo unas cuantas millas para arribar a tierra firme, y no iba a permitir que, estando tan cerca, el mar enfurecido les engullera y les barriera del mapa.

Uno de los mástiles de la embarcación vaciló, y el corazón se le subió a la garganta. Sam, su hijo mayor, estaba justo debajo recogiendo una gruesa cuerda para pasársela a otro de los marineros. Si el monstruo caía, aplastaría al muchacho y, con toda seguridad, le mataría.

—¡Sam! ¡Apártate de ahí!

Enfrascado en su cometido, Sam ni siquiera le oyó.

—¡Saaaaaam!

Otro trueno retumbó en el firmamento con un rugido ensordecedor. La lluvia abundante les envolvía en un helado y húmedo abrazo mortal, y el cielo ennegrecido por espesos nubarrones parecía reírse de ellos con descaro. Si las potestades celestes no extendían su mano misericordiosa, no saldrían de esa emboscada del destino.

El mástil volvió a bambolearse. Reynold calculó que si corría lo suficientemente rápido, quizá lograría apartar a Samuel para que este no le machacara si acababa cediendo y se precipitaba contra las tablas de madera que conformaban la cubierta, pero se quedó anclado en su sitio sin moverse, paralizado por el miedo. Cuando el descomunal tronco cedió, Sharkey chilló de terror. Sam miró hacia arriba y su rostro blanquecino se tornó aún más pálido. Reynold vio como su vástago cerraba los ojos, preparándose para el fatal desenlace, y deseó ocupar su lugar.

Una sucesión de nítidas imágenes de la infancia de Sam se coló en su atormentada mente durante aquel angustioso interludio, haciéndole arrepentirse por haber aceptado a su pequeño en su tripulación. Las moiras habían diseñado para Sammy un desenlace digno de una tragedia griega, y él, necio hasta decir basta, había contribuido al insistir.

Olympia nunca se lo perdonaría. Su chiquillo era inteligente y bueno con las matemáticas; merecía ganarse una beca en Oxford y terminar siendo profesor o científico, no un pescador maloliente que se pasara semanas, e incluso meses, fuera de casa. No, no debió acceder.

Rezó todas las oraciones que sus padres, irlandeses y católicos devotos, le enseñaron en su niñez. Si Dios existía, tendría que acudir en su ayuda en una circunstancia como esa. Presa de la histeria, comenzó a mezclarlas todas en una perorata ininteligible, balbuciendo:

—Ave María Purísima que estás en los cielos sin pecado inmaculada; santificado sea tu nombre; hágase tu voluntad; el pan nuestro de cada día...

De pronto el mástil se partió por la mitad, abalanzándose como un gigante iracundo sobre la superficie empapada. Reynold gritó otra vez, y Sam le miró con un gesto que se le antojó de despedida. Ninguno de los dos vio venir al sujeto que se desplazó con la rapidez de un leopardo cazador entre ellos, embistiendo a Sam y pegándole un brutal empujón que casi le saca los pulmones por la boca, poniéndole a salvo del peligro y exponiéndose a terminar él mismo chafado como una *crépe* rellena de mermelada.

Al oír el estruendo producido en la cubierta, varios de los hombres de Sharkey se giraron y contemplaron con asombro y admiración la heroica escena. Benjamin Young, el novato del *Bethany,* acababa de salvar al cachorro del jefe.

—¿Qué estáis mirando? —gruñó Ben, tirado en el suelo a escasos centímetros del coloso que por poco había segado la vida de Sam y la suya propia, y con el corazón aún palpitándole del susto—. ¡Estamos en medio de una tormenta! ¡A trabajar!

Samuel, despatarrado en un rincón junto a varios barriles de ron, se levantó como pudo para tratar de auxiliar a su compañero. Su padre se le adelantó.

—¿Estás bien, Young?

Ben asintió y escrutó a Reynold con su mirada azul.

—Sí. ¿Y vosotros?

Sharkey emitió una carcajada nerviosa.

—No soy yo quien ha estado a punto de irse al otro barrio.

Benjamin esbozó una sonrisa de autosuficiencia.

—Tendrás que aumentarme el salario por esto, o darme alguna jugosa propina. Y cuando reces, haz el favor de ir al grano y no parlotees como un guacamayo. No te he entendido ni yo, y eso que soy igual de bruto que tú.

Young intentó levantarse, y soltó un improperio al tratar de mover la pierna. El condenado palo le había golpeado de lleno en el muslo. ¿Desde cuándo se mostraba tan solícito por socorrer al prójimo? Se suponía que los marineros y pescadores eran engendros rudos que bebían hasta caerse y gozaban de las prostitutas del puerto cuando tenían oportunidad de pisar tierra, no guardaespaldas de mocosos atontados que se pasaban la mayor parte del tiempo en babia.

—La pierna. No puedo moverla. No me... responde.

—*Athair*... Eso no tiene buena pinta —señaló Samuel, fijando la mirada en los pantalones manchados de sangre de Ben.

El mar sacudió la nave de nuevo, y Sharkey se tambaleó igual que un borrachín de taberna, elevando los ojos al cielo. Sobre sus cabezas, una espesa nube negra se enroscaba furibunda como una parturienta a punto de alumbrar a su retoño. Reynold hizo señas a otros dos hombres.

—¡Workman! ¡Courtenay! ¡Ayudadme!

Entre los cuatro izaron a Young, que había enrojecido por el dolor causado por el impacto.

—¿Adónde le llevamos, señor?

—A mi camarote.

Ben retorció su fibroso cuerpo bajo la ajada camisa de lino, abierta hasta la cintura.

—¡Y un cuerno! —bramó, irritado—. ¿Os creéis que voy a quedarme tumbado en un catre mientras nos hundimos? ¿Por quién me habéis tomado? ¡Ni se os ocurra tratar de manejarme como a una refinada señorita de ciudad!

—Por la mala sangre que te gastas, en todo caso pasarías por una solterona vieja y coja —acotó Courtenay, riendo.

—Vete al carajo, Gareth.

—Cerrad el pico los dos. Y tú, irlandés testarudo, acatarás mis órdenes sin rechistar. Aquí el capitán soy yo —ordenó Reynold—. Es posible que tengas una fractura, y no nos servirás de nada ahora. No puedo permitirme el lujo de perder a uno de mis mejores trabajadores.

Ignorando los gritos, el tropel de juramentos y la resistencia de Ben, los marineros le introdujeron en el camarote a trompicones y cerraron la puerta. Gareth Courtenay, la mano derecha de Sharkey, no consiguió evitar dejar escapar una risita al escuchar a Young vociferar dentro:

—¡En cuanto salga te vas a enterar, Tiburón!

Reynold se envaró. Aquella bestia humana terca como ella sola tendría que haber sido una mula en otra vida. Seguro.

—Ya hablaremos después y podrás amenazarme todo lo que quieras, pero te vas a quedar ahí.

Y se volvió al resto de sus hombres con gesto guasón, diciendo:

—Andando. Dejemos que la damisela se recupere y vamos a mantener al *Bethany* a flote, aunque sea lo último que hagamos en nuestra maldita vida.

Apoyado en la cabecera del estrecho camastro donde su patrón dormía cada noche que transcurría en alta mar, Benjamin resopló y se mordió la lengua al sentir un chasquido en la extremidad inferior izquierda, frotándose la herida en una búsqueda impaciente por mitigar el dolor y la hinchazón. Esperaba que no se le hubiera partido el hueso, o tendría que visitar a un médico en la siguiente parada, y no le apetecía ser manoseado por un galeno irlandés. No es que le disgustara la isla, mas siendo inglés de nacimiento, su entorno siempre le enseñó a tenérsela jurada a esos súbditos rebeldes empeñados en sostener una perpetua pugna contra Gran Bretaña, alimentando así la enemistad entre ambas naciones y, consecuentemente, entre sus habitantes. En sus venas moraba un inconfundible linaje celta, pero al diablo con eso. Había roto lazos con Irlanda hacía una eternidad, y procuraba reescribir los renglones torcidos de su vida desde el principio, obviando el detalle de que aquel lugar era parte de él. De sus raíces. De su identidad.

Sus propios aullidos infantiles empaparon la habitación con una congoja visceral, dañina, ruin, haciéndole retroceder en el tiempo y recordar en contra de su voluntad. Su madre cosía. Máire estaba a su lado, y él jugaba con un objeto de latón en el suelo, sobre una alfombra raída. Y de repente se abrieron las puertas y entraron dos desconocidos de rostros impasibles y miradas cargadas de desidia. Se lo llevaron a rastras, mientras él suplicaba, llamando a mamá a gritos. Se orinó encima de miedo, sintiéndose un niño mugriento y cobarde. «Todo irá bien, Ben, todo irá bien...»

Su espíritu regresó al presente, al balanceo del barco, a los chillidos de sus compañeros y a los estruendos de la tormenta que intentaba hacer que el océano se los tragara. Angustia... Solo sentía angustia. Y su pierna lastimada no tenía nada que ver en ello.

Pensó en Sharkey, y reconoció que, a pesar de su nacionalidad y de ese endemoniado carácter belicoso, era un buen tipo. Su tendencia a echar una mano a los demás y su extrema generosidad a la hora de repartir las ganancias entre sus empleados se habían ganado un sitio en sus afectos, y si de algo nadie podía acusar a Ben era de ser un desagradecido.

Echó la cabeza hacia atrás, apartándose el cabello, largo y trigueño, de la cara. Rememoró el día que, hacía ya seis meses, Reynold le contrató tras dos interminables jornadas tratando de convencerle, rogándole por un empleo en el puerto de Londres. Al final, y por puro aburrimiento, Sharkey le acogió en su tripulación con un «de acuerdo, empiezas mañana. Y te quiero aquí a las cinco en punto. Si te retrasas dos minutos, te patearé el trasero y te mandaré de vuelta al asqueroso cuchitril del que has salido, ¿me has entendido?».

Sí, era un buen tipo. Benjamin necesitaba desesperadamente el dinero al quedarse sin un penique tras el pago de sus numerosas deudas, y ese trabajo le salvó de acabar entre rejas. Otra vez.

Se le erizó el vello de la nuca al evocar la cárcel de Newgate, adonde estuvo a punto de ser lanzado como un perro sin dueño en dos ocasiones. No había sido un santo, no obstante jamás hizo nada para que se le privara de ese preciado tesoro llamado «libertad», un don divino con el que todo ser humano venía al mundo civilizado, fuera cual fuera su procedencia, raza o religión. Si no llega a ser por Reynold, estaría ingiriendo polvo encerrado entre esas lamentables cuatro paredes. Los acreedores que le acosaban sin descanso y aquel engendro de Satanás con cuerpo de escándalo y melena escarlata habían construido a base de ultrajes un cadalso con una soga hecha a su medida, y les faltó tiempo para enterrar su honor bajo una colina de fétido estiércol con falacias e injurias.

Se revolvió encima del descolorido edredón que cubría el colchón al rememorar a Natalie y se mesó la barba amarillenta. Desde que se separaron en el verano de 1888, hacía casi cinco años, no la había borrado de su pensamiento ni un segundo. La muy furcia le había tendido una cruel trampa introduciendo en el cuarto en el que dormía pruebas incriminatorias que le señalaban como el asesino apodado Envenenador de Whitechapel, un delincuente al que la policía perseguía con fervor, y aunque lograron atrapar al enfermo que disfrutaba envenenando a fulanas y retiraron los cargos contra él, le quedó el trauma de haber sido acusado de esos crímenes atroces y despiadados, como el poso de desechos que se asienta en el lecho de un arroyo contaminado.

Y todo por celos. Por no ser capaz de comprender que él debía casarse con Virginia para solventar los débitos que le estaban ahogando. ¿Por qué las mujeres eran tan duras de sesera? Si no hubiera sido tan estúpida, él estaría casado, viviendo como un rey y quizás incluso la habría conservado como amante. Porque era muy buena. Vaya si lo era.

La puerta del camarote se abrió de par en par, y Benjamin alzó la vista. Sharkey estaba parado en el umbral.

—¿Te sigue doliendo?

—No me hace la más mínima gracia, Tiburón. ¿Vienes a traerme un té con galletas o a leerme un cuento para dormir?

El capitán mostró su dentadura oscurecida por el tabaco en una sonrisa burlesca. Ben estaba disgustado, y con razón. A ese joven temerario le encantaba el peligro, y él le había impedido enfrentarse a la muerte para demostrar su valía y tesón.

—Deberías agradecérmelo.

—Si no fueras un excelente luchador, te aseguro que te habría dado una paliza por encerrarme como a una doncella que no supiera defenderse.

Sharkey rio. El enfado de Ben no era desmesurado, teniendo en cuenta que aún le llamaba por el apodo por el que era conocido: Tiburón. Un mote que le pusieron siendo aún un mancebo imberbe, en cuanto pescó su primera ballena y sus compatriotas decidieron acortarle el apellido y llamarle Shark a secas. Si el enojo de Young fuera serio, se limitaría a pronunciar un respetuoso y solemne «capitán Sharkey» con el ceño fruncido.

—Gracias —musitó Reynold, aliviado.

—Fue casualidad que me encontrara a su alcance. No es mérito mío. Cualquiera habría hecho lo mismo.

Tiburón se acercó al catre y se sentó en el extremo. El peligro de la tormenta había pasado, y el *Bethany* navegaba ya tranquilo próximo a costas irlandesas.

—Sam es mi hijo, y tú has evitado que tenga que enterrarlo. Te debo una, Young.

—Olvídalo.

Reynold negó con la cabeza. Ese tipo de cosas no eran fáciles de olvidar. Miró a Ben, cuya piel atezada se hallaba ligeramente pálida.

—Menos mal que hemos cruzado ya el temporal —bromeó Ben, con la intención de cambiar de tema—. Me estaba hartando de oír como tu bote crujía igual que el esqueleto de una vieja artrítica.

—Oye, más respeto por mi reina, ¿eh? —rezongó Reynold, rascándose el vientre—. Este barco tiene sus años, pero está en perfecta forma.

Young le miró de soslayo.

—Lo que tú digas.

Tiburón se puso en pie y palmeó el hombro de su amigo.

—Estamos a punto de llegar a Dublín. ¿Te quedarás con nosotros?

—No tengo ni familia que me espere ni hogar al que regresar. Creo que no existen muchas opciones para este servidor.

—Entonces vendrás conmigo a la campiña y reposarás en mi choza. A Olympia le encantará conocerte, sobre todo cuando le cuente que Sam vuelve a casa gracias a ti. Te preparará un buen plato de *colcannon* y te pondrá una jarra de cerveza fría en la mesa. ¿Te gusta la idea?

Benjamin se irguió y se frotó la barbilla, meditabundo. Su oferta era muy tentadora, sin embargo no podía aceptarla. No debía entretenerse ni desviarse de su objetivo. Natalie estaba allí, en alguna parte del país, acompañada seguramente de esa rata amiga suya que la había ayudado a hundirlo en el fango.

No había viajado hasta Irlanda para degustar los platos típicos ni hacer nuevas amistades. Encontrar a su adversaria y hacerle pagar por su canallada era su principal meta.

—Lo pensaré.

—Espero que tu negativa no se deba a esa obsesión por dar caza a la mujercita que te traicionó.

Young elevó el mentón y lo escrutó desafiante.

—No me he negado. Solo he dicho que lo pensaré.

Sharkey decidió poner fin a la conversación.

—Bien. Vamos a entrar en la bahía. Entregaré la mercancía en el puerto y os daré vuestra parte del dinero. Recoge tus bártulos y, si ves que puedes andar, reúnete con los demás donde siempre, que terminado el trabajo iremos a celebrarlo a una taberna y a ponernos morados con toda clase de alcohol. Invito yo.

—A ver quién se resiste a semejante tentación.

Benjamin sonrió y, cuando el capitán se hubo marchado, se incorporó en el camastro. Puso la pierna en el suelo, probando su capacidad de aguante. El muslo le dolía como si lo estuviera devorando un banco de pirañas amazónicas, pero soportaría caminar hasta cubierta. No iba a perderse la borrachera por nada del mundo. Beber con los hombres del *Bethany* y echar unas cuantas partidas de cartas era la mejor parte de trabajar para Tiburón. Y si después del festejo se agenciaba una cama caliente y buena compañía femenina, la noche ya sería redonda.

Cojeando, se arrastró hasta la minúscula ventanita que permitía la entrada de luz solar en el cubículo en el que descansaba su jefe, y suspiró. Necesitaba un baño y un buen afeitado. En aquel momento presentaba el aspecto de un náufrago, y con la cicatriz que conservaba a la altura de la mandíbula, fruto de su último enfrentamiento con un mercader ladrón que trató de estafarles en las costas del norte de Francia, podía pasar perfectamente por el esbirro de un potentado sin escrúpulos.

—Dublín —murmuró, concentrado en el panorama urbano que se extendió ante él al penetrar el barco en la bahía, y ahogado en el odio que llevaba un lustro acumulando—. Me queda poco para encontrarte, melenita roja. Y cuando lo haga, te arrancaré la cabellera igual que un salvaje comanche.

El puerto de Dublín, el más grande y concurrido de toda Irlanda, estaba a rebosar de transeúntes aquella mañana. Ben, desde proa, contemplaba la hilera de casas, negocios y tabernas plantados a la orilla del muelle, mientras el *Bethany* se deslizaba por el agua como un cuchillo por un bloque de mantequilla derretida.

Los gritos de los mercaderes y pescadores se mezclaban con el graznido de las gaviotas que sobrevolaban la costa en busca de una pesca fácil, lanzándose en picado las ocasiones en las que detectaban un movimiento de sus víctimas en la superficie acuosa, como un proyectil disparado desde una atalaya celeste, realizando así una esbelta demostración de su evidente don para cazar. Un corro importante de personas se congregaba en una zona a la espera de abrazar a los pasajeros de un barco recién atracado proveniente de algún país del norte, y Young divisó a lo lejos a unas cuantas esposas llorosas que se enjugaban lágrimas de bienvenida.

Cuando el *Bethany* por fin fondeó en la cala junto al embarcadero y los tripulantes se dispusieron a descargar la mercancía, Ben se apartó de su mirador particular y se unió al grupo. Con algo de suerte ese día dormiría en una cama calentita después de atiborrarse de estofado de carne vacuna.

—¡Eh, Young, ayúdame con esto!

Ben acudió raudo a la llamada de Gareth, que portaba un par de cajas con pescado fresco. Él cogió otras dos y descendieron juntos la improvisada plataforma de madera para dejarlas en el suelo y volver a por más.

Hizo una mueca de desagrado al comprobar que varias de ellas estaban abiertas y que el género se había echado a perder, y maldijo para sus adentros. El furioso aguacero que pretendió poner a prueba su capacidad de supervivencia se había llevado por delante parte de su salario.

—Esto es un desastre —murmuró Courtenay a su espalda, secándose las manos en los maltrechos pantalones—. Debería haberme dedicado a buscar oro en Australia. Semanas enteras oliendo a sardinas para llevarme la mitad de lo que iba a cobrar.

—Así serás más prudente con tus gastos —voceó un compañero mientras descendía con la mercadería—. Esta vez nada de rameras, Courtenay.

Gareth le hizo al aludido un enérgico corte de mangas, y Ben soltó una carcajada.

—Lo que haga con mi dinero no es asunto tuyo, Workman —vociferó—. Y mira quién fue a hablar. Al menos yo estoy soltero.

Los demás tomaron sus pertenencias y se reunieron alrededor de Sharkey, que les daba las últimas indicaciones. Ben se mantuvo a la distancia suficiente para escucharle decir:

—Bien, muchachos. Esto es todo. Los compradores están al caer. Nos encontraremos esta noche en la taberna de Aaron, a las ocho. El que no acuda se queda sin su paga.

Cuando todos se dispersaron, Benjamin oteó a su alrededor. Varios puestos que exhibían a unos metros enormes coles, y distintas clases de fruta y verdura le recordaron que tenía que saciar el hambre feroz que le estaba consumiendo el estómago, y se dirigió a una de las tiendas para hacerse con unas cuantas manzanas verdes y hermosas. El último detective que había contratado le había informado de que Natalie se había establecido cerca de Dublín, y que se dedicaba a la repostería. La capital era una ciudad grande, y necesitaría bastante tiempo para localizarla. Si es que lo hacía.

Con el saco donde guardaba sus cosas echado a la espalda, anduvo entre las calles atestadas, molesto por el ensordecedor griterío de los vendedores. Habría que localizar un hostal urgente, darse un baño decente y ponerse ropa limpia, aunque antes se detendría en algún sitio a comer. Más tarde buscaría alojamiento, dormiría una pequeña siesta y se reuniría con la tripulación de Tiburón en El Trébol de Cuatro Hojas, la taberna de Aaron Thacker.

Se internó en un local situado al comienzo del muelle que olía a pan caliente y guisado de ternera, y se acomodó en una mesa en un rincón del establecimiento, junto a uno de los ventanales. Una camarera rubia, de piel blanquecina y un escote prominente y exuberante se le acercó para tomar nota y pestañeó con coquetería al preguntar qué quería tomar. Ben, siguiéndole el juego, correspondió al flirteo dedicándole su mejor sonrisa, la misma que en el pasado había logrado atrapar la atención de Virginia Cadbury, la rica heredera con la que estaba prometido y gracias a la cual iba a ascender en la escala social.

Iba. Porque Virginia, siguiendo los consejos de su padre, había contraído nupcias con un médico austríaco y ya le había parido dos babeantes y calvos sucesores.

Ben recordó la rabia que le azotó el pecho al enterarse por los periódicos. Poco tardó la señorita Cadbury en plantarle nada más la Scotland Yard dejó de acorralarle como una manada de gatos hambrientos a una rata de cloaca. Y encima después Natalie, la francesita endemoniada, se dio a la fuga, dejándole con las ganas de estrujarle el cuello y cobrarse la ofensa.

La camarera, contoneándose, se aproximó con una bandeja y depositó en la mesa una jarra de cerveza helada. Era primavera, pero hacía un calor insoportable. Ben se lo agradeció con la mirada.

—No eres de por aquí, ¿verdad? —preguntó la chica con zalamería.

—Soy inglés —contestó Ben, agarrando la jarra por el asa—. De Londres.

A la joven le brillaron los ojos, y sus iris grisáceos repasaron el cuerpo de Young en un impertinente y exhaustivo examen de su anatomía. No todos los días se veía a un marinero tan bien parecido y con un torso tan amplio que hubiera podido abarcar a dos mujeres como ella.

—Oh, un *english gentleman*. Pues bienvenido a Irlanda —repuso, alejándose.

A Ben le hizo gracia la languidez con la que la muchacha pronunciaba las palabras, insinuándose con desparpajo. La fulana no tendría más de veinte años. Cuando le llevó su estofado y puso una cestita con unas hogazas de pan a su derecha, le rozó el antebrazo con lentitud, y Ben se apartó ligeramente. No quería ofenderla, pero no estaba de humor para gozar de unos muslos femeninos en aquellos momentos. Molido por las largas jornadas laborales a bordo del *Bethany*, se sentía sucio y deseaba una cama únicamente para dormir. Si al regresar de El Trébol de Cuatro Hojas la zagala aún quería un ratito de diversión, no se haría el remilgado.

—Gracias —murmuró, y se llevó un trozo de carne a la boca.

—De nada. Si necesitas algo más...

—No. Por ahora es... suficiente. Muy amable —concluyó él.

Percatándose de que no conseguiría sus propósitos, la moza volvió a sus quehaceres, mirándole de reojo cada cierto tiempo. Benjamin se terminó el estofado, engulló la cerveza y pidió la cuenta.

Al salir de la taberna, Young divisó el caudaloso río Liffey, cuya desembocadura daba a la bahía. Sus aguas semejaban lingotes de plata colocados uno junto al otro, y la brillante luz del sol de mayo incidía sobre él provocando una ceguera temporal a aquellos que lo estudiaban fijamente, embrujados por sus destellos.

Más animado y con el estómago lleno, Ben buscó un hostal en el que hospedarse, y entró en El Bufón del Rey, una casa de dos plantas de aspecto aseado y con aroma a cera de abeja. Abonó por adelantado su estancia, y el posadero le dio la llave de un cuarto situado frente a la escalera.

Al entrar, lo primero que hizo fue pedir agua caliente para bañarse, y se sentó en la cama para deshacerse de sus botas. La pierna aún le dolía, y sumergirse en el calor de una cómoda bañera le ayudaría a relajarse.

Se lavó con esmero, se rasuró la barba, vistió una muda limpia y se acostó en el mullido colchón de la cama con cabezal de hierro pintado, mesándose el cabello dorado, largo y húmedo. Unas cuantas horas de sueño reparador le irían de perlas y, rumiando su ansiada y deliciosa venganza, se quedó profundamente dormido.

Despertó arropado por los tonos magenta del cielo al atardecer, y se estiró bajo las sábanas de algodón, satisfecho, emitiendo un prolongado bostezo. Su chaqueta marrón y su bombín colgaban de un perchero negro desconchado, y Ben se levantó sin prisas a recoger sus pantalones. Su camisa, arrugada como el rostro de un curtido anciano bien entrado en años, había perdido el color, pasando del blanco impoluto a un ocre indefinible, mas no le importó. Se compraría una nueva en cuanto Sharkey le entregara su bolsa de monedas, y de paso le haría una visita al barbero y se haría un corte de pelo, además de un mejor afeitado.

Abandonó El Bufón del Rey y se encaminó a la taberna en la que había quedado con todos, sorteando a los peatones y silbando *London Bridge is Falling Down*. Al llegar a El Trébol de Cuatro Hojas vio a Reynold charlando con Gareth y otros dos pescadores, enfrascados en una partida de Blackjack y sentados alrededor de una mesita redonda, con varias jarras vacías.

—Podríais haberme esperado para comenzar la fiesta, ¿no?

Sharkey se volvió.

—¡Eh, Young! —saludó, elevando la voz. Su entusiasmo estaba provocado más por la ingesta de alcohol que por la alegría de verle después de unas horas—. Todavía estás a tiempo de unirte a la juerga. ¿Qué quieres tomar?

—Aprovecha, Ben, que hoy el tacaño este nos invita —terció Courtenay, mirando sus cartas y mordiéndose el labio—. Hazlo antes de que le desplumemos y nos obliguen a pagar a nosotros.

Benjamin se aproximó a la barra y pidió un whisky. Al fondo de la cantina, un añoso piano permanecía cerrado, cubierto de polvo y olvidado. Sharkey perdió otra ronda y decidió plantarse, temeroso de que las ganancias de las últimas semanas desaparecieran de sus bolsillos con la premura de un ágil lechón que huye de su verdugo para no ser el plato estrella de un banquete cárnico. Se puso en pie y, con su vaso en la mano, se sentó al lado de Ben.

—¿Vas a dejar la partida?

El capitán del *Bethany* arrugó la nariz, ahuyentando una mosca imaginaria.

—Mejor hacerlo ahora que intentar recuperar lo perdido y acabar arruinado —apuntó—. La tempestad ha hecho estragos en mi pequeño barco, y habrá que repararlo antes de volver a zarpar. Eso o morir bajo el látigo de Olympia.

—Me muero por conocer a tu mujer —manifestó Young, divertido—. Debe de ser encantadora.

—Encantadora y gruñona —completó Reynold—. ¿Vendrás entonces a pasar una temporada en mi casa?

—No sé, Tiburón. Tengo cosas que hacer.

—Bobadas —le cortó Sharkey, entregándole una bolsita de cuero—. He aquí el fruto del sudor de tu frente. Tómate unos días libres. Quiero que conozcas a mi familia.

Ben asintió, nostálgico. Familia. Ese concepto lo había borrado de su vocabulario hacía años. Se preguntó cómo sería su vida si tuviera esposa e hijos a su cargo. Una vez había estado a punto de conseguirlo. Claro que iba a unirse a ella únicamente por dinero, y no era lo mismo que casarse por amor.

«Amor.» La palabra más odiosa inventada por el ser humano. Sharkey, al notar su semblante taciturno, susurró:

—¿Pensando en tu barragana?

Ben dio un respingo.

—No. En mi prometida.

—¿La hija del banquero?

—Sí.

Reynold se giró y gritó:

—¡Thacker! ¡Otra cerveza por aquí!

Ben siguió dándole vueltas a su bebida de color tostado y resopló. Sharkey dijo:

—Estoy en deuda contigo, amigo.

—No hablemos más de ello, ¿quieres?

Reynold bufó como una res enconada ante la obstinación de Ben. No, no quería. Sam, Megan y Deirdre, los tres retoños de Tiburón, eran la razón de su existencia. Desde que Olympia y él perdieran a Bethany, su adorada princesa, Reynold le juró a su esposa que antes de dejar morir a otro de sus hijos, se cortaría las venas.

Evocó los días invernales que pasaron junto a la cama de la niña, que ardía víctima de una fiebre desconocida y deliraba, temblando como un ratoncillo. Se hundió en la ruina al contratar los servicios de los médicos más caros de Dublín, y sus titánicos esfuerzos no sirvieron más que para atrasar el fatal desenlace. Bethany feneció en sus brazos el primer día del año, y Reynold pensó que se volvería loco de angustia.

Aprovechando su experiencia anterior en la caza de ballenas, se hizo a la mar para tratar de sanear la economía de su hogar, y con sus escasos ahorros compró la embarcación que le llevaba de un sitio a otro del Atlántico en busca del pan para los suyos. Bautizó su nuevo medio de ganarse el sustento con el nombre de su fallecida hijita del alma, y reclutó a todos los hombres desempleados que se cruzaron en su camino. Jamás se arrepintió de su decisión, y Ben le había ayudado a cumplir la promesa de que protegería a su primogénito.

—Ya te he contado a qué me dedicaba cuando era joven, Young —declaró—. Lo mío era el peligro. Enfrentarme sin pudor ni remordimientos a esas bestias marinas de las que los niños solo oyen hablar en los cuentos. La grasa de ballena era un bien necesario para el alumbrado de nuestras lámparas; un bien muy demandado y difícil de conseguir. Exponía mi pellejo solo por volver a casa con esos barriles rebosantes de aceite. Arponeábamos desde los botes a los pobres cachalotes hasta que les reventábamos la carne y estos nos bañaban con su sangre, y a veces nos encontrábamos con algún que otro macho enorme que sabía cómo hacer que nos cagáramos encima y temiéramos que nos hundiera en el océano a nosotros y a nuestros barcos. Pero te juro que el miedo que pasaba allí no se compara con el que sentí con Bethany, o con Sam. Te has ganado mi amistad en este mundo y en el venidero. No lo mencionaré si te disgusta que lo haga, pero quiero que lo recuerdes cuando te halles en apuros, ¿de acuerdo?

Benjamin asintió.

—Gracias.

—¿Regresarás a Inglaterra?

—No. He de lidiar con un escollo pendiente de resolverse primero.

Sharkey se encendió un cigarrillo y echó una calada, expulsando lentamente el humo por una comisura de la boca.

—¿Y si se ha ido? Las pistas que te dieron no son muchas que digamos.

—Voy a encontrarla aunque sea lo último que haga.

—¿Tanto fue el daño que te infligió que no puedes pasar página?

Young se irguió en su asiento, apoyando contra la barra toda su corpulencia adquirida durante semanas completas de duro trabajo a merced del océano.

—Me metió en un embrollo del que casi no salgo vivo —relató para sorpresa de su interlocutor—. ¿Oíste hablar del Envenenador de Whitechapel?

—Claro. Y quién no. El loco que le hacía la competencia al Destripador. Una especie de copia macabra del asesino de putas del East End. Salió en el *Dublin Gazette.* Toda la población tenía el corazón encogido con las hazañas de ese par de perturbados.

—Pues a ella se le ocurrió meter el maldito veneno debajo de mi colchón y reunir pruebas falsas que me señalaran como el asesino de la aconitina. Me soltaron porque, mientras estaba detenido, se cargaron a otra mujer. Si no, hoy no estaría bebiendo aquí contigo. El cadalso estaba preparado y calentito para mí, Reynold. Hasta le pusieron cuerdas nuevas y todo.

—¡Caray, Ben! —exclamó Sharkey, con las pupilas agrandadas como dos canicas opacas—. ¡Menudo carácter!

—Iba a casarme, y nunca me perdonó que rompiera nuestra relación. Al quedar en libertad, y como había perdido la oportunidad de cumplir con mis pagos usando la fortuna de mi prometida, los acreedores comenzaron a perseguirme y amenazarme con mandarme a la cárcel. Regentaba una posada en el mismo barrio en el que se cometieron los crímenes y tuve que vender mi negocio para quitármelos de encima. Ya ves, motivos hay de sobra. Esa mala pécora arruinó mi futuro. Ahora yo arruinaré el suyo.

Reynold rumió despacio aquella información, anonadado por la historia increíblemente surrealista contada por su compañero. No era bueno para la salud mental y física de uno tener a una mujer despechada en su camino.

—¿Y qué castigo le reservas para cuando el destino os vuelva a reunir? Porque supongo que habrás trazado un plan, ¿no? ¿Qué harás cuando esté delante de ti?

Ben enrojeció. El solo pensarlo le proporcionaba un placer sádico y malvado. Hacía emerger ese lado más oscuro y ruin que ponía de manifiesto su verdadera naturaleza; aquella que cuajó en su alma mientras subsistía a duras penas bajo los mohosos puentes londinenses y aguardaba a que su infancia quedara atrás lo más deprisa posible.

Se bebió el whisky de un trago, y miró a Sharkey fijamente. El licor descendió lánguido por su garganta, quemándola a medida que avanzaba hacia su estómago. Tamborileó con los dedos en la superficie de madera y afirmó con contundencia:

—Matarla.

# 2

Cansada de azuzar a la burra cada dos metros, Natalie se detuvo y puso los brazos en jarras, respirando ruidosamente. Ese puñetero animal la sacaba de sus casillas. Llevaban una eternidad viajando y realizando un recorrido que en circunstancias normales habría resultado mucho más ligero, mas la bestia decidió, con la tozudez que la caracterizaba, amargarles el trayecto de ida a la ciudad.

Una brisa estival le acarició el rostro, soltando algunos rizos de su cabello, apresado en una redecilla sujeta a la nuca, y haciendo que bailaran desordenados frente a sus ojos. Retiró los molestos bucles de su cara y volvió a ponerlos en su sitio. Estaba realmente harta. El camino pedregoso no ayudaba a que la excursión fuese agradable, y el carromato que Diane y ella habían comprado para trasladar sus productos precisaba de una reparación urgente.

Era cierto que las cosas no les habían ido tan mal desde que desembarcaron ilusionadas en el puerto de

Dublín con un par de maletas y la esperanza de empezar una nueva vida lejos de los vicios y perversiones de Londres, y hasta tenían su casa arrendada a unas millas de la capital donde criaban gallinas, plantaban hortalizas y elaboraban los deliciosos pasteles que luego vendían en una panadería de la urbe. Howth, la aldea en la que, como decía Diane, al fin había determinado «asentar su trasero inquieto», era una villa diminuta pero plácida, habitada por gente muy servicial y poco dada a los chismes. Ese pueblo de pescadores había sido una bendición para ambas, y su cercanía con Dublín les permitía trasladarse hasta allí para ganarse el sustento con la habilidad repostera que Natalie había heredado de su padre.

Sería una egoísta si se quejara de su actual posición. Lo que había vivido en su país de nacimiento amargó su juventud, y dado que ya no huía de nadie, era libre de usar su verdadero nombre y nunca caminaba oteando hacia atrás para ver si alguien la seguía. Su *cottage* se ubicaba a las afueras de Howth, muy próximo a los dominios del conde St. Lawrence, el Howth Castle y sus vastos jardines, y a veces, en sus paseos vespertinos por la campiña, soñaba despierta con el siniestro castillo y sus famosas leyendas.

No obstante, la mula se encargaba de estropearle el día cada vez que la ataba al carro y trataba de que levantara las pezuñas del suelo. La había rescatado de las garras de un granjero maltratador que apenas la alimentaba y tenía la fea costumbre de azotarla con una vara de hierro, y Natalie, conociendo de antemano el dolor que se sentía ante el maltrato físico, decidió adquirirla por el doble de lo que costaba. De todas formas, les urgía conseguir un pollino que transportara la mercancía, porque la obtención de una yegua superaba el presupuesto destinado a suplir esa necesidad. Pero pronto se dio cuenta de que *Hortense* tenía personalidad propia y, si la muy terca se negaba a avanzar, no habría fuerza sobrenatural ni en el cielo ni en la tierra que la empujara a hacer lo contrario.

—¿Cómo va? —inquirió Diane desde atrás, elevando la voz para que la oyera.

Natalie le dio un puntapié a una piedra.

—*Hortense* no quiere moverse. ¡Voy a subastarla en el siguiente mercado, lo juro!

La burra rebuznó y movió las orejas. Se habían detenido justo en mitad del polvoriento camino, cortando el paso a cualquier peregrino que deseara pasar por allí.

—Así no lograrás que te obedezca —la reprendió su amiga—. Te entiende. Sabe que estamos hablando de ella. ¿No quedan zanahorias en el saco?

—¡No voy a sobornarla con más zanahorias! —bramó Natalie, furiosa—. Esta borrica obstinada disfruta tomándome el pelo.

Diane abandonó su puesto y acudió en su ayuda. *Hortense*, al verla, enseñó los dientes, como si estuviera sonriendo. La joven soltó una risita.

—Una más, Nattie. Y te prometemos que se portará bien.

Furibunda, Natalie se rindió y se inclinó sobre el saco de hortalizas que había dejado junto a una de las ruedas, rebuscando dentro por si hallaba la chuchería favorita de

*Hortense*. Aprovechando su descuido, la burra giró la cabeza y le dio un mordisco en el moño, estirándole la melena y liberándola de la redecilla.

—¡Ay! —exclamó, y oyó a Diane desternillarse de risa, apoyada en la parte lateral del carro—. ¡No tiene gracia! ¡Esta jamelga me odia!

Diane siguió riéndose, y *Hortense* bramó con fuerza. Natalie la enfrentó con su mirada ambarina. Sus ojillos marrones emitían un destello de diversión, o al menos eso parecía.

—No lo ha hecho aposta —la defendió Diane—. Es que el color de tu cabello le llama la atención. Lo habrá confundido con un racimo de tomates maduros.

Natalie se enderezó y le habló a la bestia, desafiante.

—¿Te apetece una chuchería? De acuerdo, te la daré. Pero prométeme que no volverás a pararte.

Diane la miró expectante. *Hortense* golpeó el terreno con la pata delantera, levantando una ligera nube de polvo a su alrededor. La pelirroja tosió al inhalar el aire impregnado de tierra seca y se dirigió a la parte posterior del carro, destapando una de las bandejas.

—¡Estás de broma! —exclamó Diane—. ¿Vas a darle uno de tus *croissants*?

—Le gustan mucho. La semana pasada me robó dos y se los tragó casi sin masticarlos.

—¡Y a mí no me permites probarlos! ¿Es que tengo que morderte un mechón de pelo para persuadirte?

Natalie sacó otro *croissant* y se lo lanzó a su acompañante, que lo agarró al vuelo con cara de pocos amigos.

—No seas llorona. Esto es un soborno. Si fueras una mula peluda, caprichosa y cabezota de la cual dependiera para trasladar mis pasteles, es probable que hiciera la vista gorda cuando osaras meter tu naricilla respingona entre mis pastelitos de crema y mis magdalenas glaseadas.

—Es injusto. ¡Yo te ayudo a preparar la masa!

—Es verdad. Y a cambio te zampas la mitad del chocolate espeso que preparo para cubrir los bizcochos de miel.

Diane se ruborizó. Había sido pillada en su travesura. Se llevó el *croissant* a la nariz y lo olió con reverencia.

—Es que cocinas de maravilla —se excusó, se introdujo un buen pedazo del bollo en la boca y lo degustó con los ojos entornados—. Tus creaciones son como los buenos amantes. Duran poco en el paladar, pero mientras los disfrutas asciendes al mismísimo cielo.

Natalie rio por la réplica de la joven, y apartó un tercer *croissant* para ella. *Hortense*, hastiada de esperar por su golosina, movió el cuello con energía, rebuznando y mostrando su pronunciada dentadura. Su ama se apresuró a acercarle su premio, y el animal lo engulló gustoso.

Ambas mujeres guardaron silencio unos momentos, catando su pequeño festín. La brisa de mayo colonizaba el ambiente portando consigo una agradable sensación de bienestar, y algunas florecillas que crecían aleatoriamente al borde del camino perdieron sus frágiles pétalos, permitiendo que el ligero viento que las envolvía se los arrebatara, llevándoselos lejos.

Natalie observó callada los vilanos de los dientes de león ascendiendo en el aire, desperdigando una enorme cantidad de pelillos blancos por la atmósfera, como si alguien hubiese desplumado alguna ave de corral y distribuido sus plumas por doquier. Expulsó el aire de sus pulmones con calma, uniendo su espíritu a la paz que le proporcionaba ser acogida por ese bello paraje natural.

Vivir en Irlanda le estaba haciendo mucho bien.

—¿Natalie?

La chica se giró, aún mascando la dulce masa horneada.

—¿Decías?

—No estarás pensando en él, ¿verdad?

—No. Pero tu comentario acaba de recordármelo.

Diane se limpió las manos en el vestido y se acercó a Natalie, sintiéndose culpable. Hacía meses que no mencionaba el nombre de Benjamin Young. Fueron numerosas las noches que la escuchó sollozar a través de la pared contigua a su dormitorio, y había perdido la cuenta de las tertulias frente a la chimenea que habían compartido, en las que se lamentaba por haberse enamorado de un canalla como él, que dispuso de ella cuanto quiso y la despidió de su cama y de su vida cual vulgar ramera. No, no debía recordárselo. Empezaba a superar esa dura etapa de su pasado, y su obligación era ayudarla en el proceso.

—Lo siento.

—Estás perdonada, pero te pediría que no volvieras a hacerlo.

—En el fondo albergas la esperanza de verle de nuevo, y no te conviene. Las heridas antiguas suelen lastimar mucho más con una segunda abertura.

—Lo sé.

—Entonces destierra a ese hombre de tu corazón de una vez —aseveró la muchacha, tocándole el hombro—. Es historia. Tan historia como Jean Pierre.

Natalie se estremeció. Jean Pierre, la causa de su destierro, también seguía haciéndole daño en la distancia, y maldijo el momento en el que a su progenitor se le ocurrió casarse con aquella arpía sanguijuela y acoger en su seno a su bastardo.

Eran felices a pesar de la desgracia que les sobrevino al fallecer Bernadette, su madre y el centro de su universo. Claude Lefèvre era un excelente repostero con una fama considerable en Lyon, su ciudad natal, y su poder adquisitivo le ubicaba en la burguesía francesa. Esa fue su perdición.

Tres años después de la muerte de Bernadette, Claude conoció a Delphine, una clienta asidua de su confitería, que atravesaba verdaderos problemas económicos. Este, haciendo gala de la bondad que le definía, le fiaba las compras que hacía en su establecimiento, y hasta llegó a veces a regalarle cajas enteras de *choux* rellenos de nata y *éclairs* recubiertos de chocolate, que Delphine le agradecía tejiendo para él alpargatas de esparto y manteles con motivos campestres. A Natalie no le agradaba aquella mujer, y mucho menos su único hijo, Jean Pierre. No obstante, su padre estaba encantado de recibirles en su negocio.

Una tarde de otoño, Claude les convidó a tomar el té. Se encerraron durante una hora en la salita, y Lefèvre obligó a su hija a hacer de anfitriona con Jean Pierre. El mozo no le quitaba los ojos de encima, y aprovechaba cualquier oportunidad para tocarla, actitud que Natalie soportaba con entereza, pues solo se trataba de una visita y sabía que no duraría.

Cuál fue su sorpresa cuando Claude y Delphine salieron sonrientes y acalorados de la sala y les anunciaron a los dos su próximo enlace. La joven miró a Jean Pierre, quien, contento por la noticia, la examinaba con una lascivia que era imposible ignorar. Y a partir de aquel día, el que por una jugarreta del destino se convirtió en su hermanastro se volvió su peor pesadilla.

Delphine y su infernal vástago se las arreglaron para adueñarse de todo lo que le pertenecía, incluido su propio padre. Lefèvre, cuya sensatez fue magistralmente absorbida por aquella hechicera de dedos huesudos y mirada canina, veía pasar ante sus ojos una vida de la que había perdido total control, y el día que a Jean Pierre se le ocurrió que Natalie podría formar parte del motín del que se habían apropiado, la hija de Claude no pudo tolerarlo más.

Era una noche de diciembre, y faltaba apenas una semana para año nuevo. Claude, su mujer y su prole acababan de regresar de una fiesta organizada por los miembros de la Asociación de Cocineros y Reposteros Lyoneses, de la que él era miembro desde hacía un par de décadas. Claude y Jean Pierre habían brindado repetidas veces con cerveza; entretanto Natalie, desde un rincón del salón plagado de habilidosos de la gastronomía francesa, contaba los segundos para marcharse a casa. Lo que otros años era siempre una velada espléndida, había sido una tortura para la muchacha, que, con aplomo y disimulo, había resistido con dignidad los manoseos y comentarios libidinosos de su hermanastro.

Cuando cerró la puerta de su dormitorio y se soltó la gruesa trenza elaborada por Delphine, tomó en sus brazos la camisola favorita de su madre y se la puso en silencio. Pensando en la dulce voz de la mujer que le diera la vida, no se percató de que un intruso había hecho acto de presencia en su habitación, y la sorpresa que se llevó fue mayúscula al sentir las manos de Jean Pierre rodearle los senos desde atrás sin ningún pudor.

—Pero ¿qué haces? —gritó, aturdida—. Sal de mi cuarto, Jean Pierre.

El hombre, atontado por la borrachera y excitado por la hermosa visión de Natalie en camisón, no se movió. Ella le dio un manotazo y se apartó hacia su tocador, en cuya superficie descansaban un plato con unos pedazos de manzana fresca y un cuchillo de cocina.

—Fuera.

—Y si no me voy, ¿qué harás? —la retó—. ¿Gritar? ¿O patalearás como la niña consentida que eres?

—Prefiero morir antes que permitir que me toques.

La ira de Jean Pierre brotó a borbotones de su interior, y la agarró por la muñeca.

—¿Me vas a venir con el cuento de que aún eres virgen? —vomitó, burlón—. Vamos, princesa, has cumplido los veinte. A esa edad todas las mujeres que conozco ya han experimentado su primer revolcón.

Natalie, honrando al carácter impetuoso heredado de su madre, le soltó una sonora bofetada y tomó el cuchillo con el pulso tembloroso, haciendo recular a su atacante, cuyos ojos, dilatados por causa del nivel de alcohol en sangre mezclado con una acentuada dosis de adrenalina, por poco se le salieron de las órbitas.

—Deja eso, o harás una tontería.

—Vete de mi cuarto, Jean Pierre.

El joven simuló obedecer, pero al ver que su víctima se había distraído yendo a abrir la puerta, le quitó el cuchillo y lo lanzó al suelo, sujetando a Natalie por los cabellos y hundiendo la cara en su cuello.

Natalie emitió un alarido al sentir el mordisco de Jean Pierre, y se revolvió igual que un mosquito que acaba de darse cuenta de que ha caído en las pegajosas redes de una araña hambrienta.

—¡Jean Pierre! ¡Para!

—Anda, no seas mala, gatita. No voy a hacerte ningún daño. Solo tienes que ser cariñosa, ¿de acuerdo?

Paralizada por el pánico, Natalie dejó de resistirse, y Jean Pierre se sirvió de la oportunidad que su miedo le brindaba para apoderarse de sus labios. Era la primera vez que alguien la besaba, y la boca húmeda y ansiosa de aquel beodo le sabía a cerveza y a carne a la brasa, causándole verdaderas náuseas.

Al sentir la mano anhelante de su hermanastro acariciar sus muslos, le entraron unas ganas terribles de echarse a llorar. ¿Era así como se sentía una mujer cuando un hombre la poseía? ¿Envuelta en un halo de terror?

—Quiero que sepas que no permitiré jamás que otro te tome para sí —siseó él—. El día que eso ocurra, os mataré a los dos.

Aprovechando que había aflojado su abrazo pensando que la muchacha se había rendido a su voluntad,

Natalie le pegó un empujón, se lanzó contra el suelo alfombrado y asió el cuchillo que había caído bajo la cama. Jean Pierre, sin ser consciente de lo que estaba a punto de suceder, la imitó, colocándose encima y susurrando:

—¿No prefieres un mullido colchón, amor? Mi chica salvaje...

En una fracción de segundo, y ciega de rabia, se abalanzó sin pensar sobre el cuerpo de Jean Pierre y le clavó el cuchillo en el costado. El hombre soltó un berrido que recordaba al de un cerdo a punto de ser sacrificado, e intentó detenerla. Ella, dominada por la angustia y el deseo de inmovilizarle, le propinó tres puñaladas más y dejó caer el arma ensangrentada.

Jean Pierre se desmayó envuelto en un viscoso charco carmesí, y la chica creyó que lo había matado. Como guiada por una mano invisible, se vistió rápidamente, tomó una bolsa con algunas de sus pertenencias, su cofre con las pocas monedas que tenía ahorradas, y escapó del que había sido su hogar desde que nació.

Se refugió en la vivienda de su tía materna durante unas semanas, hasta que se enteró por la prensa de que estaba en busca y captura por la policía francesa, pues su hermanastro la había denunciado por intento de asesinato. La hermana mayor de su madre, que conocía la historia de boca de Natalie, la proveyó de dinero para sobrevivir unos cuantos meses y le suplicó que se marchara del país hasta que las aguas se hubieran calmado.

Huyó en barco desde el norte de la Galia hacia Southampton, deseando que pronto el mal sueño que era su vida pasara de largo y todo volviera a la normalidad.

Añoraba muchísimo a Claude, y deseaba abrazarle y contarle la verdad de lo ocurrido con Jean Pierre, sabiendo que a esas alturas su malvada esposa y su hijo convaleciente ya se habrían encargado de envenenarle contra ella.

Viajó hasta Londres bajo el nombre de Natalie Haig, alquiló una casita en el East End, conoció a Diane en una taberna de los muelles mientras saciaba su hambre con un estofado con puré de patatas, y trató de enderezar su vida como pudo.

Fue en su frenética búsqueda de empleo cuando Benjamin Young apareció. Habían chocado al doblar una esquina, lanzando por los aires una bandeja de pastelillos que había horneado para vendérselos a un panadero del barrio. Benjamin se disculpó de miles de maneras, y de su bolsillo le dio el importe de los dulces que se echaron a perder, para invitarla después a un café caliente en la posada que él regentaba en Whitechapel.

A partir de entonces, lo veía casi cada día, y pasaban juntos sus horas libres. Natalie se enamoró perdidamente de Ben, y una noche, cuando ambos disfrutaban de su mutua compañía jugando a las cartas, osó darle un beso en los labios. Young, sorprendido por su atrevimiento, quedó paralizado, y ella se deshizo en disculpas. Un silencio sepulcral se estableció entre los dos durante un largo minuto, hasta que Benjamin dio el primer paso y volvió a besarla, esta vez estrechándola contra su pecho y encendiéndola con una pasión que jamás había experimentado con anterioridad.

Fueron amantes durante dos años, y aunque Ben sabía dónde vivía y solía visitarla de vez en cuando, Natalie se encontraba con él en la posada. Le había entregado su cuerpo y su alma, y, a pesar de que Young jamás le dijo que la amaba, ella le confesó la verdad sobre el motivo por el que había abandonado Francia, confiándole su más íntimo secreto. Era una prófuga de la justicia, y no podía regresar ni a su patria ni a los amorosos brazos de su padre.

La madrugada que Benjamin conoció su historia, la consoló con palabras cargadas de cariño y besos implacables. Era un hombre dulce, un amante gentil y un caballero. Cada hora que transcurría en su compañía crecía su afecto por él, y esperaba con el corazón en un puño el momento en el que le pidiera que fuera su esposa y sellaran su amor para siempre.

Sin embargo, ese día nunca llegó. Ben no poseía la riqueza con la que había soñado desde su atribulada infancia. La fortuna no estaba de su parte, así que Young decidió romper su relación y explotar su atractivo masculino, seduciendo a una señorita de la alta sociedad para quedarse con su dote y así solventar los débitos que lo acosaban en aquel distrito habitado por ratas, ladrones y enjambres de prostitutas.

La pelea que les separó definitivamente fue monumental, y Natalie, muerta de celos y de envidia, le tendió una cruel trampa para vengarse por su abandono, colocando pruebas falsas en el dormitorio de Young que le señalaban como el Envenenador de Whitechapel, uno de los asesinos en serie a los que Scotland Yard perseguía con ahínco, y Benjamin se libró del cadalso por un golpe de suerte.

Natalie lloró a mares durante los días de su cautiverio, aunque trataba de mantenerse firme en su decisión y no volver atrás en sus planes. Al enterarse de que le habían puesto en libertad, un alivio inmenso recorrió sus terminaciones nerviosas, ya que eso significaba que había salvado la vida.

Pero, conociendo a Ben, sabía que no podría quedarse en Inglaterra. La seguiría hasta donde estuviera y se tomaría una venganza estoica, lenta y dolorosa. De esas que salían en los relatos góticos de terror de los novelistas más truculentos. Jamás le puso la mano encima mientras estuvieron juntos, a excepción de aquel tirón de cabello cuando ella le gritó cientos de barbaridades y le cortó el antebrazo al lanzarle una copa de vino, pero después de lo que hizo, no podía confiar en que Ben no se dejaría guiar por el rencor y las ganas de tomarse la revancha.

Y por eso huyó. Una vez más. Y, tras cinco años viviendo en Irlanda, aún soñaba con los abrazos de Young, sus besos apasionados y encendidos, sus manos suaves y traviesas, su cuerpo ágil y esbelto, sus ojos azules como el mar de las costas de Calais...

—Nattie.

Natalie se quedó inmovilizada mirándose los botines, apoyada contra el vientre de *Hortense*. Los recuerdos azotaron su cabeza como un viento helado del norte, y sumida en su particular trance emocional, no respondía a ninguna de las preguntas de Diane.

—¡Nat!

La exclamación de su amiga zarandeó sus oídos, y la miró.

—¿Qué?

—¿Te pasa algo? Estás totalmente distraída. Te decía que *Hortense* parece dispuesta a continuar.

—Perdona. Es que...

—Ha sido culpa mía —la cortó Diane—. Te doy permiso para restregarme la lengua con trozos de ajo pelado si vuelvo a mencionar al Innombrable.

Natalie sonrió. Su compañera se ponía enferma solo con oler el ajo. Era un trauma que arrastraba de su niñez, cuando su padre les castigaba a ella y a sus hermanos por sus trastadas haciéndoles tragar aquel picante bulbo blanco crudo y machacado.

—No llegaré a tanto. Prefiero meterte por los ojos a algún pretendiente que te acose para que te cases con él.

Diane gruñó, repugnada. Si había alguien reacia a acabar bajo el yugo de un marido, esa era ella.

—Eres mala —dijo, haciendo una mueca—. Los hombres son peores que el ajo crudo. Además, ellos buscan chicas castas y tontas a las que dominar. Y yo, ni soy casta ni tonta.

—Algún día, Diane. Algún día hallarás la horma de tu zapato —le espetó Natalie—. Y yo estaré allí para contemplarte mientras te consumes por algún caballero de brillante armadura.

Diane asaeteó a su amiga con la mirada, evaluando su afirmación con el ceño fruncido.

—¿Y para qué quiero yo un caballero de brillante armadura? ¿Sabes lo incómodo que resultaría dormir con un esqueleto de metal? Además, te recuerdo que los príncipes de cuento con pectorales descomunales no se casan con putas.

Natalie arrugó el entrecejo al oír el apelativo que su compañera había usado refiriéndose a sí misma, y no tuvo más remedio que darle la razón mentalmente. Diane Hogarth era una joven hermosa y de carácter afable y risueño, pero que durante siete años deambuló por los muelles de Londres vendiendo sus favores para procurarse el sustento, al fracasar en su intento de ejercer como actriz con un grupo de actores itinerantes. Una mancha profunda e imborrable en su trayectoria moral. Una mancilla imperdonable en la hoja de su vida.

—Me niego a creer que no existan hombres que la valoren a una por lo que es —meditó en voz alta—. ¿Y qué más da que hayas sido de otro? ¿No es tu corazón lo que cuenta?

—Ellos no se acuestan con tu corazón, Natalie —rebatió Diane—. Y en mi caso, no hubo uno, sino varios, por lo que mi pecado se multiplica por mil. Pertenezco a la clase de segunda mano y no puedo cambiarlo. Mi sino es permanecer soltera y lo tengo asumido. En cambio tú...

—No quiero ni oír hablar del tema.

Natalie azuzó a la burra, y se pusieron en marcha. Diane se puso a su altura y la miró de reojo mientras caminaban en silencio. El destino de aquellos dulces era la confitería de Roger Dinnegan, un panadero encantador de dentadura perfecta y enamorado hasta el tuétano de la repostera francesa.

La muchacha era consciente de la atracción que el buen hombre sentía por ella, y Diane la había animado a que iniciara un idilio con él como terapia para olvidar a Ben, idea que no solo rechazó, sino que la hizo estar de mal humor durante una semana entera.

Decían que un clavo quitaba otro, y Diane albergaba la certeza de que Roger barrería a ese delincuente de Young del cerebro de Natalie, si esta tan solo se lo propusiera.

Como si adivinara sus pensamientos, Natalie dijo:

—Roger jamás será otra cosa que un amigo para mí, y una de nuestras fuentes de ganancias. Yo horneo los dulces y él me los compra. La única relación que nos une es la comercial. No lo olvides.

—De acuerdo. Pero él vale cien veces más que ese posadero cazadotes. Tampoco olvides tú eso.

Retomaron la excursión colina abajo, tirando de *Hortense*. Divisaron la capital y suspiraron de alivio. Dublín, la parada final, bullía por la actividad de sus habitantes. Era un día de trabajo como otro cualquiera; no obstante, parecía que el número de paseantes se había acrecentado. Seguramente los pescadores andarían por los muelles negociando la venta de su género recién capturado en alta mar.

—¿Preparada para enfrentarte a la civilización?

Natalie suspiró. Odiaba la ciudad.

—Tira antes de que a *Hortense* se le ocurra plantarse de nuevo.

Esa fue la única frase que sus labios pronunciaron hasta llegar a la entrada de la urbe. Entre los negocios que tenían planeados llevar a cabo y las compras que realizar para el mantenimiento de sus animales, tendrían un largo día por delante. Era probable que se demoraran hasta el atardecer. Lo que Natalie no sabía era que, solo unas horas después, se arrepentiría de haber bajado a «la civilización», como lo llamaba Diane. Una desagradable sorpresa con nombre de varón la esperaba acechante aguardando la ocasión de echarle mano y convertir su tranquila existencia en un auténtico desastre.

Roger Dinnegan deslizó el paño húmedo por el mostrador de su tienda, mirando hacia la puerta de cristal con impaciencia. La señorita Lefèvre se estaba retrasando. Había prometido llevarle género para vender y aún no había señal de ella.

Las mesitas redondas dispuestas a lo largo y ancho del negocio habían sido ocupadas por algunos clientes que, tras comprar el periódico local, calmaban sus estómagos con algún bizcocho de su confitería y se entretenían dándoles vueltas a los líquidos de sus tazas con cucharillas de té, haciendo tintinear las paredes de porcelana y hundiendo a Roger en un estado de nerviosismo constante. Aquel ruidito irritante le recordaba a las campanillas usadas por la señora Hartlock, una de las profesoras que le impartía clases en la escuela, que les avisaba a él y a sus colegas de que el recreo había terminado y debían volver al suplicio de aguantar una hora las diabólicas matemáticas. Se consideraba un hombre afortunado que había vivido una niñez sin ningún trauma importante, excepto por aquellas jornadas con esa maestra salida del abismo que bien podría servir de inspiración a las tenebrosas historias del aclamado Bram Stoker.

—¿No le queda *carrot cake*? —oyó preguntar a una

señora regordeta que se limpiaba la papada con una servilleta.

—Por desgracia no, señora Wynne —contestó Roger amablemente—. Pero tengo una tarta de queso riquísima.

Alana Wynne se relamió igual que un perrito famélico que acaba de recibir las sobras óseas de un restaurante. Se levantó de la mesa como un resorte y se acercó al mostrador de cristal achicando los ojos, indecisa.

—Me llevaré un par de trozos para mi Brannagh —ronroneó sonriente.

—Se los serviré enseguida.

Dinnegan se esforzó por contener una risita. El pobre señor Wynne iba a quedarse sin su postre, pues era un hecho científico que Alana nunca se resistía ante un pastelillo. Su tragona esposa se zamparía su sorpresita comestible por el camino. De hecho, Roger dudaba que la tarta de queso siguiera entera antes de que la clienta abandonase la confitería.

—¿Y qué hay de esas cositas recubiertas de chocolate que le traen de vez en cuando? —inquirió ella con la esperanza de poder hacerse con unos cuantos *éclairs.*

—La muchacha que suele traerlos está al caer —contestó el confitero, volviendo a mirar hacia la entrada—. Si puede aguardar, supongo que no tardará mucho.

Otro tintineo se oyó en la estancia. Pero no se trataba de las enojosas cucharillas, sino de la campanilla que anunciaba la entrada de otro comprador. Roger, con la vista fija en esa dirección, dejó de respirar dos segundos. Natalie Lefèvre, acompañada por su socia, llegaba con dos bandejas enormes cubiertas y hacía malabares para abrir la puerta y tratar de introducir la mercancía.

—¡Ah, ahí está!

Dinnegan corrió a ayudarla y, desplegando toda su educación y encanto, la saludó enseñando su bella dentadura en una sonrisa amistosa.

—Lo siento. Lo siento mucho, señor Dinnegan. Hemos tenido un percance con el medio de transporte.

Roger, tomando las bandejas, musitó:

—La vieja *Hortense* se ha vuelto a declarar en huelga, ¿verdad?

Natalie resopló, y su flequillo se elevó como una ola marina para después regresar a su lugar.

—Si ya no le interesa el género, lo entenderé. Diane y yo hemos hecho lo posible por hacerla avanzar, pero...

El confitero la hizo callar negando enérgicamente con la cabeza.

—Y si yo me opongo a vender sus dulces franceses, perderé a la mitad de mi clientela. Por su culpa sus paladares se están volviendo de lo más exigentes.

Dicho esto, ambos entraron en la tienda, seguidos por Diane. Alana agrandó los ojos al divisar las bandejas, y dijo:

—¿Han traído *éclairs*?

Las jóvenes asintieron, y Roger comenzó a distribuir los pasteles por el mostrador. Un par de obreros se aproximaron a curiosear, y Natalie se hizo a un lado, observando las reacciones de los clientes, a los que se les hacía la boca agua mientras rebuscaban en los bolsillos algunas monedas que les garantizaran un festín para la hora de la merienda. Dinnegan la miró y le guiñó un ojo.

—Ese cuarentón está loquito por ti —le susurró Diane al oído—. Seguro que no nos dejará marchar sin invitarnos a un café. Es lo bueno de ser amiga tuya. Siempre como gratis cuando venimos aquí.

Natalie le dio un codazo.

—Cállate la boca o te voy a dar una zurra. Y no es un cuarentón. Tiene treinta y nueve.

—Y unos ojos azules preciosos.

—Pues quédatelo tú.

Diane sonrió.

—No creas que no lo he intentado. Pero no busca una aventura, sino una relación seria. ¿Te lo puedes creer? ¡Un hombre, una relación seria! ¿Habrá sido afectado su cerebro por alguna fiebre tropical?

Natalie le lanzó una mirada asesina, y ambas guardaron silencio cuando Roger se acercó llevando el pago por los dulces y depositándolo en la palma abierta de la joven.

—Gracias por venir —musitó Dinnegan.

—A usted por esperarnos.

Diane les observó y vio que el rubor comenzó a escalar por el cuello de Natalie y a cubrir la piel blanca de su rostro. Roger aún sostenía su mano y no parecía dispuesto a soltársela. La calidez de la presencia de aquel hombre alto y moreno provocaba una sensación hipnótica que no le permitía ni siquiera pestañear. Decidida a romper el momentáneo hechizo, tiró con disimulo de su amiga y enunció:

—Qué pena que se nos haya hecho tan tarde, señor

Dinnegan. Nos encantaría quedarnos, pero tenemos un listado interminable de recados que hacer antes de que se ponga el sol.

—Disculpen. No deseo retenerlas más. Que tengan un magnífico día.

Al salir de la confitería, Natalie se giró hacia su compañera y refunfuñó:

—Existen innumerables formas de decir las cosas. No tenías por qué ser tan cortante.

Diane acarició las orejas de *Hortense* y contestó:

—La sangre se te estaba agolpando toda en la cara, y he intervenido para que no te pusieras en evidencia. Si Dinnegan te interesa, no te juzgaré por admitirlo...

—¡Y dale!

—¿Qué? Eres soltera, independiente y libre. Nadie espera explicaciones.

La rebelde melena bermeja de Natalie, que había logrado liberarse con éxito de la redecilla, se agitó al viento siguiendo a los aspavientos rabiosos de su dueña.

—No consentiré que otro hombre vuelva a tocarme. Nunca. Me entregué una vez y fue mi ruina. No tropezaré dos veces con la misma piedra. Anda, vamos a comprar el pienso y el resto de los víveres. Quiero terminar temprano hoy. Me apetece tomar un trago.

—¿Vamos a ir a la taberna de Thacker?

—Y a beber un buen whisky.

Diane juntó las manos y aplaudió con efusividad.

—Hace siglos que no bebo alcohol. Se me va a quitar la costumbre. Espero que mami Olympia luego no nos regañe.

Natalie le dio un tirón de pelo amistoso a su interlocutora. Olympia Sharkey, su vecina más próxima, había sido un ángel de la guarda para aquellas inmigrantes que nada sabían sobre la isla cuando llegaron. Les prestó una ayuda impagable y les consiguió la casita en la que residían y gozaban de la paz que sus almas sin rumbo buscaban desde hacía años. La apodaron mami Olympia cariñosamente, y la irlandesa, orgullosa de ello, las adoptó en su excéntrica familia.

Sí, los Sharkey eran buena gente. Y el abuelo Ryan, un pillastre octogenario al que Natalie había tomado un afecto especial y al que le encantaba fumar pipa e incordiar a sus nietos, era su favorito. El anciano no ocultaba su debilidad por la repostería francesa, y siempre se zampaba todos los dulces que Natalie horneaba para ellos ante la atónita mirada de su hija, que tenía, como decía él, una «manía enfermiza por controlar sus comidas».

—Nos libraremos de una bronca con una botella de vino tinto como soborno —aseveró Natalie con seguridad—. Olympia adora sentir el sabor de la uva fermentada en el paladar.

Diane abrió exageradamente la boca.

—¡Ah! ¡Así que bebiendo a escondidas!

—A escondidas, no. Lo hace, según ella, por el bien del abuelo. Ya sabes cómo es Ryan. Un niño grande. Le encantan el ron, el tabaco y los chistes picantes sobre atributos femeninos. Botella que ve, botella que engulle.

—Lo recordaré para próximos chantajes. ¿Vamos entonces?

Natalie asintió y, viendo que Roger aún la observaba a través del escaparate, levantó la mano, agitándola en señal de despedida. Dinnegan respondió, imitando su gesto.

—Vamos. Y esta noche, a celebrarlo por todo lo alto.

—¿Celebrar qué?

Natalie le dio una palmada a *Hortense* en los cuartos traseros y el animal se puso en marcha.

—¿Pues qué va a ser? —preguntó con un tono irónico que a Diane le pareció más bien burlesco—. Que no tenemos a ningún hombre que nos espere ni horario para regresar a casa. ¿Te parece poco?

Diane le propinó un manotazo en las nalgas y su compañera dio un respingo, soltando una carcajada.

—Vaya con la señorita «viva el libertinaje». Y luego me dice a mí.

Eran solo las ocho y El Trébol de Cuatro Hojas estaba a rebosar de parroquianos. Aaron, desde la barra, servía incontables vasos de brebajes alcohólicos de distinto origen, y esperaba que no se iniciara ninguna trifulca que le estropeara la próspera velada que la taberna estaba teniendo. Con lo que ganaría ese día, seguramente podría proveer su negocio de género para la siguiente quincena.

La cuadrilla de rameras que solía acercarse entre semana a intentar pescar clientela entre los marineros ya se hallaba ocupada negociando el precio por sus servicios. Daimhin, su esposa, aborrecía esta costumbre adquirida por esas féminas de mala vida, pero a Aaron no le importaba que las prostitutas utilizaran su cantina como punto de encuentro. Al fin y al cabo, ellas también consumían unas cuantas copas antes de marcharse a trabajar con los borrachos a los que habían engatusado con corsés apretados, exceso de carmín y pechos prietos y turgentes. El suyo no era un restaurante de élite cuyo prestigio hubiera de guardar celosamente, por lo que sus puertas estaban abiertas para todo aquel que fuera buen pagador, independientemente de la profesión que ejercieran los sujetos.

—Ponme otro, Thacker. El último.

Aaron miró al hombre que le tendía la copa vacía. Era la segunda que se tomaba esa noche.

—Veo que no albergas intenciones de embriagarte, Young.

Ben sacudió la cabeza.

—No te regalaré mi salario a cambio de hundirme el cerebro en litros de whisky. Tengo cuentas que saldar.

—Y no solamente económicas, cuentan por ahí. ¿Es cierto que has viajado hasta aquí por causa de una mujer?

Ben enarcó una ceja.

—¿Quién te ha dicho eso?

—Tiburón. ¿Quién va a ser? ¿No sabes que ha heredado el gusto de su señora por los chismes?

A Benjamin se le escapó una risotada. Aaron volvió a llenarle la copa y cobró su importe.

—No es una mujer. No merece que la llamen así. Es una alimaña. Una zorra descarada. Una serpiente cascabel.

Thacker frunció los labios y emitió un sonoro silbido. No había escuchado con anterioridad tantos insultos dirigidos a una sola persona en una frase. Le entraron unos deseos irresistibles de conocer a la susodicha dama perversa.

—Para ser tan pícara debe de ser un ardor entre las sábanas, chico. ¿Me equivoco?

Young hizo una mueca de disgusto. Abrió la boca para replicar, pero la cerró de inmediato al acordarse de todas las noches que pasó en vela adorando las deliciosas curvas de Natalie en aquel diminuto cuarto de su posada en Whitechapel.

A pesar del odio que cada fibra de su ser irradiaba, su memoria a menudo le traicionaba arrancando del pozo del olvido recuerdos de días felices, cuando incluso llegó a pensar que comenzaba a sentir por ella algo más que puro deseo carnal. La había acogido en sus brazos, había sido hasta dichoso cuando la tenía consigo. Pero tuvo que tirarlo todo por la borda por no ser capaz de comprender la situación. Por creer en promesas que jamás salieron de su boca. Por pensar que él le daría el hogar que le fue arrebatado por aquel asno al que casi mata a cuchilladas.

—El pasado pasado está, y estoy más que dispuesto a dejarlo atrás —mintió para zanjar el tema—. ¿Algún consejo?

Thacker esbozó una maliciosa sonrisa ladeada.

—Por ahí viene la solución perfecta a tus penas. Que lo paséis bien.

Ben, intrigado, se volvió. A su espalda, una belleza rubia caminaba hacia él sonriendo abiertamente.

—Hola, guapo —ronroneó la desconocida—. ¿Quieres compañía?

—¿Estás libre esta noche?

—Hasta mañana, mi amor. Tengo todo el tiempo del mundo para ti.

Young sentó a la meretriz en su regazo y ella le arrebató el whisky, que se bebió de un trago. Rodeó su cuello con los brazos y le besó profundamente, mientras dirigía las manos de Young a su busto, anhelante de atenciones. Ben se separó de sus labios y, recuperando el aliento, preguntó:

—¿Cómo te llamas?

La joven pestañeó con coquetería y respondió:

—Olivia. Pero puedes llamarme Liv.

El marinero escudriñó las facciones de la ramera con aprobación. Era realmente bella. Se preguntó qué la habría llevado a dedicarse a la prostitución. Saltaba a la vista que su aspecto, siendo una mujer decente, le habría proporcionado si no un marido rico, al menos uno que pudiera mantenerla y darle una vida cómoda.

Un ramalazo de culpabilidad se extendió por su pecho, y de pronto sintió tristeza por ella. Y por sí mismo. La maldita soledad que se aferraba a él como las garras de un águila depredadora volvió a cernirse sobre su persona. Tendría que pagarle si quería que se quedara. Pagarle. Sí, era tan digno de lástima como la exuberante Olivia.

Miró a Sharkey, que jugaba una mano al Blackjack con otros dos conocidos en una mesa. Esa noche no estaría solo. Se la llevaría a escondidas a su cuarto de El Bufón del Rey y disfrutaría durante unas horas de su piel suave y femenina. Quizá después podría aceptar el convite de su amigo y pasar un fin de semana en su casa. Le iría bien rodearse de gente honesta por una vez.

Iba a preguntarle a la fulana cuánto le cobraría por pasar una noche con él y así cerrar el negocio, pero de repente las palabras se le congelaron en la lengua. En cambio, se levantó de un salto y todo su cuerpo se tensó igual que una red que acababa de atrapar un banco de peces. No era posible. Debía de estar ebrio. ¡No era posible!

A unos metros de ellos, una cabellera roja se movía entre la gente en busca de una mesa libre. Ben la siguió con la vista completamente absorto, sin percatarse de que la chica que antes se hallaba sensualmente sentada en sus piernas estaba tirada en el suelo, quejándose por el golpe sorpresa.

—¡Eh! —vociferó Olivia—. ¡Serás bruto!

Benjamin miró a sus pies. Se agachó para ayudarla a levantarse.

—Lo lamento —se disculpó—. Lo lamento mucho, Liv.

—Si no te intereso no hace falta empujarme así, ¿de acuerdo? —bufó la fulana, sacudiéndose el vestido—. No creas que eres el único que quiere divertirse en este local. No recibo maltrato físico a cambio de dinero.

Ben se envaró.

—No te he maltratado.

—Pero me has dejado caer como un saco de patatas —le espetó ella, enojada—. Anda y que te zurzan. Búscate a otra con la que desahogarte.

Olivia se alejó a zancadas, con andares análogos a los de un *cowboy* embravecido, aunque Ben no se rio. Concentró toda su atención en localizar la mata de pelo carmesí que por poco lo hace atragantarse con su propia saliva.

Young avanzó en dirección a la estela que la desconocida había dejado a su paso, embargado por una fuerte corazonada. La encontró bebiendo en compañía de una amiga en una mesita redonda al fondo de la taberna, y la sangre comenzó a bullirle en las venas. Ahí estaba la hembra con el cabello del color del infierno, riendo a carcajada limpia. La arpía desgraciada que lo entregó al cadalso sin un ápice de misericordia. La víbora venenosa que, a pesar de su traición, era la protagonista absoluta de sus sueños nocturnos. Natalie Lefèvre.

Se acercó por detrás, interponiéndose entre su víctima y la salida principal. Lástima que su encuentro casual se hubiera producido en un lugar público, cosa que le impedía cargársela allí mismo.

Permaneció algunos minutos contemplándola sin decir nada, observando cada gesto y cada movimiento de la joven. Su esbelta fisonomía continuaba intacta, excepto que se la veía más delgada. Su fino y delicado talle, atrapado bajo las despiadadas ballenas de un corsé apretado en demasía, invitaba a ser liberado de aquella prenda demoníaca que tenía a las mujeres en una prisión perpetua, y su melena... su maravillosa melena, iba recogida en una graciosa redecilla azul del tono de su austero vestido. Un vestido que él le regaló cuando cumplió veintidós años.

Ben tuvo ganas de saltar de alegría. La fortuna le había sonreído al fin, y le había llevado al objeto de su venganza sin que fuera necesario mover un dedo para encontrarla. Natalie había sido tan necia como para asentarse cerca de la capital en lugar de huir al norte y poner más distancia entre los dos. Los cinco años transcurridos le otorgaron la confianza necesaria para abandonar su madriguera y no pensar en ocultarse más. Seguramente pensaría que él, cansado de dar palos de ciego, tarde o temprano desistiría de intentar localizarla.

Error. Un león hambriento que sabía dónde hallar comida nunca se rendía. Hacía guardia en el perímetro que rodeaba a su presa, aguardando con paciencia a que la guarida que la protegía dejara de ser una barrera entre el cazador y su objetivo.

Una euforia que lo dejó enteramente confundido se apoderó de él y, antes de poder poner freno a su garganta, se oyó saludar a espaldas de ella:

—Buenas noches, señoritas.

# 3

La presteza con la que Natalie se levantó podía competir con la de un roedor que acaba de oler al morrongo de la casa y se dispone a ponerse a salvo en un refugio improvisado en la pared. La muchacha, aterrorizada, se giró y le miró directamente a los ojos con las pupilas dilatadas. Sus músculos se agarrotaron por la tensión, y el labio inferior que él tantas veces había saboreado empezó a temblarle.

Sin embargo, Diane no se movió. Bebía de su jarra de cerveza sin inmutarse. Nunca se habían visto cara a cara, por lo que la acompañante de Natalie no tenía ni idea de quién era el que había interrumpido su divertida velada.

—¿Nattie?

Natalie no la oyó. Toda su concentración estaba ocupada en tratar de escapar de allí sin tener que pasar cerca de él, que bloqueaba la salida. Le recorrió de la cabeza a los pies con una mirada asustada. Ese no era el Ben que ella conocía. Este hombre era más rudo, más grande, más imponente. Más... peligroso. ¿A qué se debía aquella transformación?

Dio un paso a su izquierda. Él no hizo ademán de realizar movimiento alguno, de hecho ni siquiera pestañeaba. La atravesaba con sus iris de acero, y la frialdad de su inspección la congeló por dentro.

Natalie fue la primera en hablar, pronunciando su nombre en un murmullo empapado de temor:

—Young.

Al escuchar el nombre del individuo, a Diane se le cayó la cerveza al suelo, aunque nadie se percató de ello, ya que la cantina albergaba una alta concentración de gente. Se quedó pegada a la silla, esperando un movimiento de su amiga, que seguro se proponía salir corriendo. «¡Maldición!» ¿Por qué se les habría ocurrido ir justo a ese local esa noche? ¿Por qué aparecía el causante de sus pesadillas para estropearles la vida justo cuando gozaban de algo de estabilidad?

Natalie, dejándose llevar por el instinto de supervivencia inherente en todo ser humano, trató de ponerse a salvo, mas Ben fue más rápido y la asió por la muñeca. Su fuerte apretón la hizo gemir de dolor.

—¿No vas a invitarme a unirme a vosotras, preciosa?

—Me... haces daño.

Ben la atrajo contra su pecho, tirando de ella. Natalie ahogó un chillido.

—Te equivocas, hermosa doncella —murmuró él junto a su oído—. Aún no te he hecho daño. Al menos no el que llevo cinco años planeando hacerte.

—¡Quítale las manos de encima, cretino!

Benjamin se sobresaltó ante la vehemente exclamación de la rubia que segundos antes tragaba su cerveza con la rapidez de un pirata con el cogote hundido en un barril de ron. La ratita trigueña tenía los brazos en jarras y le encaraba con actitud beligerante.

—¿Y esta quién es? —preguntó con desprecio—. Ah, espera. No me lo digas. ¿Fue el gusano que enganchaste al sedal para atraparme? La mandaste a ella a denunciarme, porque tú no tenías agallas.

Diane se enfureció y se esforzó por no arañarle la cara a aquel mal nacido. ¿Gusano? Pero ¿qué se creía ese mequetrefe?

—Suéltela, señor Young —gruñó entre dientes.

—No te metas. Esto no es asunto tuyo.

Ben se giró sobre sus talones, arrastrando a Natalie consigo hacia la oscuridad que la noche les brindaba en el exterior. Diane, temerosa por lo que aquel bárbaro pudiera hacerle, le agarró del brazo y tiró de él.

—¡No se va a ir a ninguna parte! ¡Con ella no!

Natalie la miró suplicante. El miedo había atrofiado sus reflejos. Sabía de sobra que si permitía que Benjamin se la llevara, le arrancaría la piel a tiras.

—¡Deténgase!

—¿Qué pasa aquí?

Diane alzó la vista, y sus ojos se toparon con el propietario de la voz que había irrumpido repentinamente en la escena. Un rostro adusto. Cabello castaño, barba pronunciada, nariz recta e iris negros como el carbón. La miraba con una ceja levantada.

—No ocurre nada, Courtenay —masculló Ben—. Un problemilla sin importancia.

—¿Problemilla sin importancia? —bramó Diane—.

¿Le llama problema sin importancia a secuestrar a mi amiga?

—Si no dejamos de gritar no nos entenderemos —interrumpió Gareth—. Así que cálmate, botijo. En cuanto a la doncella de cabellos bermejos...

Diane tuvo ganas de darle un puñetazo en mitad de la cara al tal Courtenay, o como se llamara.

—Botijo lo será tu madre.

Gareth miró a Diane con curiosidad. La chica o era idiota o temeraria, o las dos cosas. Le sacaba cabeza y media en estatura, y aun así tenía la audacia de contestarle.

—¿Perdón?

—Que botijo lo será tu madre.

—¿Nos... conocemos?

—No, a Dios gracias.

Ben resolló exasperado al ver que Sharkey también se unía a la improvisada reunión social. Contemplaba a Natalie con ojos paternales, y una gran sonrisa adornaba su expresión cansada.

—¡Chiquilla! Pero ¿qué haces aquí?

¡Vaya! ¡Así que Tiburón la conocía! La soltó como si su piel quemara.

—Hola, Reynold —saludó Natalie, aún temblando—. ¿Cómo estás?

—Exhausto, hija. Ya me ves. Acabamos de regresar de una pesca y no nos ha salido como debía. Una tormenta nos sorprendió en alta mar. Veo que habéis entablado amistad con mis hombres.

Diane miró a Gareth y puso los ojos en blanco. Natalie, con el pánico aún metido en el cuerpo, comenzó a maldecir mentalmente. ¿Sus hombres? ¿Ben trabajaba para Sharkey? ¡Era el colmo de la mala suerte! Bueno, al menos Young no la mataría allí mismo, dado que Reynold la quería como a uno de sus hijos y no permitiría que la despellejara viva. Y Ben pareció darse cuenta de ello, puesto que sus doloridas muñecas ya no estaban aprisionadas por sus inmensas manos.

—Acabamos de conocernos —mintió.

—¿Por qué no venís a mi mesa? Invito yo.

Las jóvenes se miraron, y Natalie negó enérgicamente con la cabeza.

—Solo hemos venido a refrescarnos. El día ha sido duro, y ha anochecido. Hemos de volver a casa.

—¿Y no os parece peligroso regresar solas? Somos vecinos, mujer, puedo acompañaros.

Las orejas de Ben, como si tuvieran vida propia, se irguieron atentas. ¿Vecinos?

—No te preocupes, Reynold —terció Diane—. No tenemos nada que puedan robarnos, solo pienso y víveres. Y la vieja *Hortense* no vale ni lo que come. Esa mula tiene un carácter tan agrio que nadie la querría.

—Igual que la dueña —rezongó Gareth.

A Diane, la única que oyó el agudo comentario, se le subió la bilis a la garganta. Se volvió hacia el maleducado barbudo y apostilló:

—Y pega unas coces increíbles.

Gareth, que interpretó correctamente la intención de Diane al lanzar la indirecta, sonrió divertido. La chica era muy guapa, pero tenía el temperamento de una legión de dragonas a las que hubieran birlado sus repelentes cachorros.

—Seguro —aseveró, guiñándole un ojo.

—De acuerdo. Nos veremos mañana. Y cuidaos, que aquí hay mucho bribón suelto —dijo Sharkey, dando un codazo a Ben y mirando a Courtenay—. Señoritas.

Tiburón se alejó, dejando a Natalie de nuevo a merced de su verdugo. No obstante, Ben no dio señales de querer darle la tunda que esperaba. Se limitó a mirarla fijamente y a inclinar la cabeza antes de marcharse.

Courtenay, siguiendo el ejemplo de sus compañeros, también se despidió, pero él fue más atrevido. Ladeó su rostro moreno y le plantó un rápido y caliente beso en la boca a Diane.

—Hasta otra, taponcito.

Se apartó antes de que alguna bofetada voladora se estampara contra su sensible mejilla. Aunque le dio la espalda, sabía que la belleza de cabellos dorados se estaba acordando de todos sus muertos.

—¡Será...!

El murmullo de los clientes no le permitió oír la frase completa. Ni falta que hacía. Las lindezas que la joven le dedicaría probablemente no serían aptas para nadie con un nivel mínimo de sensibilidad.

—¿Quién era la chica? —preguntó a Ben, poniéndose a su vera.

Young rugió como un sabueso al que hubieran castigado sin su cena vacuna.

—Natalie Lefèvre. Tenemos una cuenta pendiente.

—¡No me digas que es tu amante desertora! ¿Es ella?

—Ni una palabra a Sharkey —le cortó Young—. ¿Entendido?

—Soy una tumba.

—Más te vale, si no quieres terminar dentro de una.

Siguieron andando en silencio lado a lado, hasta que llegaron a la mesa de Reynold. Justo habían iniciado una partida de naipes. Las apuestas favorecían al oponente del pescador irlandés, un carpintero proveniente de las tierras altas escocesas que había emigrado a Dublín para buscarse el sustento.

—Esta me la pagáis —bromeó Sharkey—. La próxima vez que zarpemos no pienso llevaros conmigo.

—¿Aceptáis a otro jugador? —inquirió Ben, con la imagen de las constreñidas facciones de Natalie aún bailoteando por su mente.

—¿Tú? ¿Vas a apostar?

Young se sentó con ellos, mientras los iris oscuros de Gareth le seguían sin perder detalle. Aquella función iba a ser más interesante que cualquier pantomima que hubiera visto nunca en uno de los teatros itinerantes que se asentaban en las plazas por las fiestas de San Patricio.

—Sí —respondió secamente—. Por cierto, Tiburón. Tu invitación a quedarme unos días en tu casa... ¿sigue en pie?

—¡Ha dado conmigo, Diane! ¿Qué voy a hacer?

Natalie caminaba a zancada limpia por los tablones que conformaban el suelo del saloncito de su hogar en la campiña, en una incesante marcha militar que hacía crujir la madera bajo sus mocasines. Sus andares toscos y nerviosos impedían que su interlocutora la siguiera e intentara tranquilizarla, así que Diane optó por acomodarse en uno de los sillones forrados con una manta tricolor bordada por Olympia.

—Para el carro. Me estás mareando con tanto paseo. Él no sabe dónde vivimos.

Natalie se detuvo y cerró los puños.

—¿Es que no has oído a Reynold? «Somos vecinos, mujer, puedo acompañaros.» Si Ben quiere venir hasta aquí, solo habrá de averiguar la ubicación de la casa de su patrón.

¡Caray! Era verdad. Diane no había contado con eso.

—¿Y qué propones que hagamos?

—Irnos. Eso es lo que propongo.

—¿Hoy? Es de madrugada.

Natalie se dejó caer sobre la alfombra, derrotada. Había transcurrido la mitad de una década desde que se produjo su separación de aquel individuo desalmado que la cambió por otra mujer, acaudalada y con posición. Entre Diane y ella habían conseguido reconstruir sus maltrechas vidas, y hasta lograron tener una familia y ampararse en los cariñosos brazos de los Sharkey.

Ellos no conocían su historia. No sabían que era una fugitiva. Tanto Olympia como su marido, sus hijos y el adorable abuelo las tenían por dos mozas huérfanas de intachable moral que jamás habían roto un plato. Y entonces llegaba el conocedor de todos sus secretos para agriarle el porvenir. Para vengarse por su traición. Y lo que más le dolía: para hacerle revivir en su memoria la tormentosa relación que le había traído tantos momentos de felicidad fraudulenta, convirtiendo sus proyectos de un futuro en común en una irrisoria entelequia.

—No puedo quedarme. Me matará —gimió—. Y a

ti también. Recuerda que me ayudaste a entregarlo a la policía.

—Lo sé. Pero ¿crees que sería inteligente huir? Seguiría nuestras pisadas y volvería a dar con nosotras. Y entonces no tendríamos cerca a los Sharkey para protegernos.

Natalie elevó sus ojos interrogantes hacia su amiga.

—¿Qué quieres decir con eso?

Diane abandonó el sillón y se sentó también en el suelo.

—Exactamente lo que estás pensando —aseveró—. Benjamin Young no osará ponerte un dedo encima si Reynold anda vigilando. ¿Te acuerdas de aquella vez que le rompió los dientes al borracho de O'Flynn solo por decir que tenías una delantera bonita?

Una media sonrisa se asomó tímida a los labios de Natalie.

—Sí, me acuerdo. Pero son amigos. Y trabajan juntos. Además, Reynold no sabe lo de Jean Pierre... Ben podría contárselo todo. Y no soportaría perderles.

Diane calló ante la réplica de Natalie.

—Hicimos mal en ocultarles nuestro pasado —opinó—. Debimos confiar en que nos aceptarían a pesar de todo.

—Ahora es tarde para explicar nada. Olympia no nos permitiría volver a acercarnos a sus hijos. Somos una mala influencia para esos niños.

Diane frunció el ceño.

—Tú no tienes la culpa de tener un hermanastro depravado, ni yo de que mi padre y mi hermano se gastaran nuestro escaso dinero en bebida. El destino nos echó a la calle sin más opciones que las de intentar sobrevivir como fuera.

Las dos mujeres se fundieron en un abrazo, y Diane agarró por los hombros a su aliada, haciéndola erguirse.

—El poder que tendrán tus enemigos de hacerte daño será el que tú les concedas —sentenció.

—Ben no necesita que le conceda nada. Puede acabar conmigo cuando quiera, y él lo sabe —rebatió Natalie.

—Entonces quedémonos a esperar a que lo intente. Veremos cuál será el resultado de esta estupidez.

Natalie se refugió de nuevo en el abrazo de Diane y lloró con rabia y amargura. Había vuelto para atormentarla. Para arrebatarle lo poco que conservaba en su vida vacía. La tregua que le había sido concedida llegaba a su fin, y Diane saldría gravemente perjudicada.

Elevó una súplica al cielo y cerró los ojos, como una res que espera su inevitable destino ante su ejecutor. Lo único que lamentaba era no poder volver a ver a su padre. Según la última carta de su tía Sélène, Claude se hallaba muy delicado de salud.

Moriría rodeado de los monstruos que la apartaron de su lado, y al pensar en ello, Natalie se encogió de dolor. Su destino estaba sellado. Cumplido. Y su reencuentro con el hombre al que aún amaba marcaría su infausto final.

Young se calzó las botas con celeridad, tras despertarse de un sueño placentero y restaurador. La camisa colgaba lánguida a los pies del catre en el que había dormido, y el resto de sus pertenencias ya habían sido recogidas y depositadas en un rincón a la espera de partir hacia la cabaña de Sharkey.

Pensando todavía en la sorpresa de la noche anterior, y en las visiones nocturnas del cuerpo níveo y ardiente de Natalie que Morfeo le concedió, Ben apoyó un pie todavía renqueante en el suelo, buscando su cinturón. Las imágenes habían sido tan vívidas que las yemas de los dedos, que rozaron en su estado de inconsciencia esa piel prohibida durante horas, aún le abrasaban.

Condenada mujer. La odiaba con todo el ardor de un alma que no tenía, y aun así seguía martirizándose. ¿Qué había sido de ella en esos cinco años? ¿Se habría relacionado con alguien? ¿Habría rehecho su vida?

Rezaba en su fuero interno para que esas preguntas no tuvieran una respuesta positiva, flagelándose mentalmente por dejarse llevar por ese impetuoso y ridículo sentimiento de posesión. Natalie podía beneficiarse a toda la ciudad si quería, le traía sin cuidado. Ella no le pertenecía, y se cuidaba de que eso nunca sucediera. Sería como tener a un escorpión suelto viviendo en casa. En cualquier momento podía apoderarse de su calcañar y hundir en su carne el aguijón fatal que le trasladaría a las profundidades custodiadas por el Can Cerbero.

No. No pensaría en ella de aquella manera si apreciaba mínimamente su propio bienestar. Irlanda era su meta por una sola razón: devolverle el golpe. Y Reynold... ¡Oh, el bendito Reynold! Le había brindado la oportunidad perfecta.

El calor del domicilio de los ingenuos anfitriones

que le acogerían en la campiña conformaría el excelente nido donde incubaría el desprecio que su corazón proyectaba contra Natalie Lefèvre, y en cuanto estuviera preparado... saltaría sobre ella y la desmenuzaría. Ni las aves carroñeras serían capaces de hallar sus pedazos después.

Un sutil pellizco en su trasero le recordó que no estaba solo. Se giró y su vista recorrió el caótico desorden de sábanas derramadas sobre el colchón. La camarera del día anterior yacía boca arriba al otro lado de la cama, totalmente desnuda, jugueteando con su pelo y haciéndole ojitos, dispuesta a seguir divirtiéndose un rato más. Benjamin pensó en volver a encajarse sus piernas alrededor de la cintura y dejarla hacer todas esas peripecias tan agradables que le habían mantenido ocupado parte de la noche, pero lo descartó enseguida. Le depositó un último beso en los labios, se agachó a recoger las ropas de la chica, se las entregó en mano y terminó de vestirse.

—Creo que será mejor que te vayas —dijo él, señalando la ventana—. Ya es de día, y no pueden encontrarte aquí. No olvides que te traje a escondidas anoche.

La muchacha sonrió, a pesar del tono cortante con el que él le había hablado. Evocó la violencia con la que Ben le había arrancado el vestido unas horas antes y le había tapado la boca para que sus gritos no traspasaran las paredes de la habitación, mientras la estrellaba contra la puerta cerrada. Había tenido buen ojo con él. Desde que le vio entrar en el local en el que trabajaba, intuyó que aquel extranjero iba a portarse como debía.

Lástima que tuviera que marcharse, y que, seguramente, no se volverían a ver. Se sentó en la cama y comentó:

—Me sorprendió que regresaras a recogerme. Cuando te serví la comida no parecías mostrar ningún interés en mí, y vaya nochecita me has dado. ¿Siempre eres tan salvaje con tus amantes? ¿O es que te habías peleado en alguna taberna y decidiste descargarte conmigo?

—Si respondo a tu pregunta, es posible que te ofenda. Me apetecía y punto, al igual que a ti. No le des más vueltas. Así que... gracias.

—Al menos recordarás mi nombre. Espero.

Ben titubeó al contestar. No, no lo recordaba. ¿Era Daisy? ¿Rose? ¿Magnolia? Algo relacionado con las plantas. Pero ni la más remota idea.

—Claro —mintió, intentando sonreír—. Y también recordaré que sabes a mermelada de arándanos.

La joven se levantó y se ajustó las prendas rápidamente. Rodeó el cuello de Young con los brazos y susurró:

—Ha sido todo un placer, Ben.

—Desde luego que sí. No te importa salir por la ventana, ¿verdad? Para evitarnos discusiones innecesarias con los mesoneros del hostal.

—Ningún problema —aseguró ella, asomándose fuera y viendo que podría salvar de un salto la distancia entre el primer piso y el suelo del exterior—. Y si vuelves por Dublín...

—Puede que nos veamos. Quién sabe.

La camarera, pasando con cuidado una pierna por el alféizar, se volvió para guiñarle un ojo. Le lanzó un beso y desapareció de su vista. Ben entonces se retiró la media melena del rostro y se la ató hacia atrás con un retazo de tela, tomó su bolsa y salió del cuarto de El Bufón del Rey. Esa noche dormiría en otra cama y, con un poco de suerte, antes del crepúsculo ya conocería el paradero exacto de Natalie.

En las calles se respiraba un ambiente sosegado, todo lo contrario a cuando el *Bethany* atracó en el puerto. Algunos viandantes paseaban tranquilamente a orillas del Liffey, otros jugaban con sus hijos en un parque cercano, y en los negocios circundantes no se percibía mucha actividad. El sol brillaba triunfante en el firmamento, sin ninguna nube molesta que le arrebatara protagonismo, y Ben echó a andar con su saco a la espalda, contento por poder gozar de un día despejado, cosa prácticamente imposible de experimentar en su Inglaterra natal.

Ascendió por la avenida principal, alejándose del centro de la ciudad. Debía llegar a la guarida de su jefe hacia el mediodía, y jamás había deseado tanto estar en un lugar concreto como esa vez. La promesa de verla de nuevo danzaba por su imaginación como una hermosa bailarina haciendo deliciosas piruetas en un escenario, y Ben se frotó las manos con tesón. Ya faltaba menos.

Los senderos de tierra de las afueras eran polvorientos y estaban salpicados de piedras, pero su calzado era fuerte y no le incomodaba en absoluto. Las vistas que le proporcionaba la campiña absorbieron su atención durante varios minutos mientras caminaba, y la explosión de colores causada por las florecillas silvestres esparcidas por el manto de hierba verde le hizo desear corretear por el campo como si fuera una cabra montesa, libre de ataduras, sintiendo el azote del viento en la cara y con el horizonte infinito extendiéndose ante él con los brazos abiertos para recibirle.

El trayecto hasta Howth se le antojó muy corto, y al divisar el bello *cottage* de una sola planta custodiado por una cerca de madera, se detuvo para observarlo. No esperaba que Reynold residiera en un sitio como aquel. No era el hogar de un hombre rico, por supuesto, mas era una casita adorable, con su fachada de piedra gris, sus enredaderas reptando por una pared lateral, sus macetas con pensamientos colgando en la puerta de entrada, y un jardincito frontal muy bien cuidado.

Se giró al oír el ladrido de un perro, y una niña muy rubia, con una vara en la mano, daba órdenes al chucho con voz mandona.

—*Rufus! Téigh anseo!*

Al verle, la criatura dejó la vara en el suelo y salió corriendo hacia la casa, gritando:

—*Máthair!*

Young creyó distinguir entre la perorata de la pequeña la palabra *píoráid*, y no logró contener la risa. Su dominio del gaélico irlandés estaba más que oxidado, pero recordaba frases aquí y allá, y algunos vocablos sueltos. ¿Creía la nena que era un pirata? ¿De veras presentaba tan mal aspecto?

Unos segundos después una mujer delgada y también rubia aparecía junto a la niña, secándose las manos en el delantal. Otra muchacha, algo más mayor, se asomó tras los cristales opacados por unas graciosas cortinas blancas bordadas, apartando la tela de un manotazo.

Benjamin se mantuvo inmóvil, esperando algún movimiento por parte de la única persona adulta presente en aquel instante. La mujer se acercó a él.

—¡Ah, usted debe de ser el señor Young! —canturreó—. ¡Pase, pase!

Ben obedeció. La cría no le quitaba el ojo de encima, examinándole con desconfianza. Se escondió entre las faldas de su madre cuando el visitante extendió su mano para saludarla.

—No pasa nada, Deirdre, es un amigo de papá —explicó su progenitora mirándola con cariño—. Disculpe a mi hija, señor Young. Posee una mente muy fantasiosa y se le ha metido entre ceja y ceja que usted es un pirata. Soy Olympia.

—Encantado, señora.

Ben siguió a la esposa de Sharkey al interior de la vivienda, que le pareció increíblemente acogedora. Nada de muebles toscos, vajilla sucia apilada ni prendas tiradas por doquier, lo que describiría con exactitud la casa de un hombre soltero. Aquel era un hogar familiar en toda regla. El aire desprendía olor a ropa lavada, todo estaba pulcramente colocado en su sitio, y el simpático saloncito, adornado con un par de armarios de madera tallada y unos cómodos sillones forrados con un tejido floral, se asemejaba a una casita de muñecas de estilo campestre.

—Así que tú eres Young.

Benjamin miró a su derecha. No había advertido la presencia de un anciano sentado en una mecedora.

—Buenas tardes, caballero.

El abuelo se levantó de su trono y le estrechó la mano al convidado.

—Soy Ryan Ackland, el padre de Olympia, y el único cuerdo de este clan. Mi yerno sufre cada año bisiesto ciertos episodios de sensatez, pero no le duran mucho. Un placer.

Ben le sonrió abiertamente a aquel rostro amable y arrugado.

—Igualmente, señor —respondió.

Olympia, que le había arrojado al octogenario una ojeada de advertencia, invitó a Ben a sentarse, tomó el equipaje del joven y se lo llevó a la habitación de huéspedes.

—De lo que le cuente, créase la mitad —avisó, antes de dejarles solos.

—Déjame en paz, Olympia —acotó Ackland, frunciendo la nariz—. Vete a tus quehaceres y déjame entablar conversación con este buen hombre.

La matriarca se alejó por el pasillo haciendo oídos sordos a la réplica de su padre, y Ryan volvió a ocupar su mecedora.

—Por fin conozco al salvador de mi Samuel —enunció con los ojos brillantes—. Sharkey nos contó lo que hiciste. Gracias, chico.

Ben se sonrojó ligeramente y apoyó su espalda en el respaldo del sillón.

—No hay de qué.

—¿Cómo sigue tu pierna?

—Mejorando.

—El mar es traicionero. Ya lo decían mis antepasados, la mayoría pescadores —relató Ryan—. Vienes de

Inglaterra, ¿verdad? Yo estuve allí hace años. ¿Cómo está Su Graciosa Majestad? ¿Anda bien de salud?

—Perfectamente.

—Oh, sí, mala hierba nunca muere.

Young abrió los ojos como platos.

—Perdona. Es que soy un patriota independentista. Todo lo que huela a colonialismo me causa urticaria.

La puerta principal se abrió con estruendo y entró Reynold seguido de su hijo Sam.

—¡Has llegado! —exclamó Sharkey, visiblemente contento.

—Hace un rato —contestó Benjamin, levantándose—. Tienes una casa preciosa, Tiburón.

—Obra de mi Oly, por supuesto —aclaró el aludido, orgulloso—. ¿Ya te han presentado al abuelo? ¿Cuántos minutos ha tardado en despotricar contra la reina Victoria?

Ben y Ryan se miraron.

—Menos de cinco.

Ackland puso cara de inocente y balbuceó algo en gaélico. Sharkey le dio una palmada en el hombro a su suegro y dijo:

—Estarás hambriento. Yo me zamparía un caballo ahora. ¿Nos sentamos mientras la señora nos sirve algo de comer?

Los cuatro se acomodaron en la mesa, y Olympia llegó con un guisado que olía de maravilla. Distribuyó los platos, echó cerveza en los vasos y le ató una servilleta a su padre en el cuello.

—Para que no te manches —susurró junto a su oído.

—¿Y por qué no me envuelves con el mantel de paso? Parezco un pistolero americano con este paño en el pescuezo, Olympia —se quejó el viejo.

—¿Te corto la carne?

—Largo de aquí.

Benjamin sonreía con guasa. Menuda pieza debía de ser aquel campesino encorvado de cabellos blanquecinos. Olympia, que ya había almorzado con las niñas un par de horas antes, se excusó educadamente y abandonó la estancia, dejando a los varones deleitarse con el jugoso festín.

El tiempo transcurrió a una velocidad inusual para Ben. Más tarde, cuando todos echaban una siesta vespertina, Tiburón le llevó a pasear por los alrededores y le mostró el resto de la casa.

Al fondo de la parcela, los Sharkey tenían cultivadas patatas, coles, tomates, calabacines y distintas clases de hortalizas. Más allá de su trocito de tierra privado, una extensión verde plagada de robles gigantescos de ramas cimbreantes le proporcionó un cuadro bucólico digno de ser plasmado en un óleo por un artista, y Ben elevó sus iris azulados al cielo, que exhibía un disco anaranjado perfecto, que poco a poco iba ocultándose tras las montañas envuelto en su propio manto rosado.

—El ocaso, el mejor momento del día —manifestó Reynold—. Sabes que las sombras que lo acompañan traerán la noche consigo, pero esos minutos en los que el sol se deja ver sin esa luz brillante que te ciega no se pueden comprar con dinero.

Ben asintió. Sharkey tenía razón. Era un espectáculo impagable, aunque eso luego significaba tener que enfrentarse a la oscuridad.

—Pero, tras superar las horas de tinieblas, la luz regresa —rebatió, todavía observando la bóveda sobre sus cabezas.

—Exacto. Ahí tienes material para un bonito poema de amor.

—¿Y para qué quiero yo componer un poema romántico? —preguntó Ben, confundido.

—Para engatusar a nuestra vecina, memo —declaró Tiburón—. Nuestra dulce damisela francesa. Te vi mirarla en la taberna, no lo niegues. Se te caía la baba.

—A mí no se me caía nada —refunfuñó Young, malhumorado.

Reynold ignoró a su interlocutor y se dirigió al interior del *cottage*. Ben se quedó solo en la huerta, de pie, con el pensamiento perdido en el ambiente boscoso que lo rodeaba. ¿Cómo abordar el tema de Natalie sin levantar sospechas? ¿Le diría Sharkey dónde vivía esa arpía sin hacer preguntas?

—¡Eh! —le llamó el irlandés desde la claraboya de la cocina—. ¡Entra! ¡Hay *colcannon* para cenar!

Benjamin rio. Ese toro de rasgos humanos era un devoto absoluto de la gastronomía de su país. Un tragón impetuoso que no era capaz de vivir sin sus caldos y su cerveza celta.

—Ya voy.

Al atravesar el umbral del comedor, un potente aroma a mantequilla arrancó un feroz rugido de su estómago. Deirdre, sentada junto a su hermana Megan en el suelo con varias muñecas de trapo esparcidas por la alfombra, le escrutaba con las cejas arqueadas. Ben hizo un segundo intento de acercamiento, flexionando sus largas piernas y poniéndose en cuclillas.

—Hola.

La chiquilla no contestó.

—Deirdre, el señor Young te está hablando —intervino Olympia con expresión seria—. Sé educada y saluda.

—¿Es cierto que eres un pirata?

La pregunta de Megan desarmó a Benjamin, que se rio de la ocurrencia de la pequeñaja.

—No, no soy un pirata. Palabra. Además, trabajo con tu papá. Y, que yo sepa, él no es ningún bucanero —aseveró alzando la vista hacia Sharkey.

—Aunque a veces se comporte como tal —musitó Olympia, con lo que se ganó de su marido una palmada en las posaderas—. A la mesa todos.

La familia se reunió en torno a los manjares depositados sobre el mantel bordado, y Sam destapó la primera olla.

—Esto huele a gloria —dijo, mordiéndose un labio.

—Manos quietas —le reprendió el abuelo.

Ben se asomó para ver la masa amarillenta humeante. Olía francamente bien.

—Es *colcannon* —explicó Deirdre, que por fin había decidido acabar con su voto de silencio—. ¿Te gusta?

—No lo he probado.

—Un plato típico de nuestra tierra. Se prepara con patatas, col, leche, mantequilla, sal y pimienta —expuso Sam.

Olympia sirvió a los seis comensales y se echó una pequeña cantidad. Mientras los demás degustaban el excelente manjar cocinado por la anfitriona, Ryan le habló a Ben de algunas de las tradiciones, comidas y fiestas irlandesas.

Le pareció muy curiosa la costumbre de esconder una moneda, un anillo y un botón en el *colcannon* la noche de Todos los Santos. Según la leyenda, el que hallaba la moneda sería próspero, el que se hacía con el anillo se casaría y al desafortunado que hallara el botón le tocaría una vida de total pobreza.

—Y funciona, te lo aseguro —bromeó Ryan—. A mí me tocó el botón, y ya me ves...

Las carcajadas rebotaron por toda la estancia.

—Abuelo, cuéntale al señor Young la historia del *leprechaun* al que te encontraste cuando eras joven —propuso Megan.

Ben frunció el ceño.

—Primero habrá que explicarle qué es un *leprechaun*, Megan —apuntó el anciano, llevándose una cucharada a la boca.

La niña se estiró en su silla, preparándose para realizar una disertación acerca del folklore de la isla que la vio nacer.

—Los *leprechauns* son duendes. —Bajó el volumen de su voz al mencionar la última palabra, dándole un aire misterioso a su discurso—. Fabrican zapatos para las hadas y son ricos. Nadie sabe dónde guardan su tesoro. El abuelo casi consigue atrapar a uno.

—¿Y por qué se le escapó? —inquirió Ben, siguiéndole el juego.

—No le sostuvo la mirada.

Young miró a Ackland, interrogante.

—Para mantenerles inmóviles no hay que apartar la vista. Si te descuidas, se esfuman —terció el viejo—. El muy sinvergüenza tenía un caldero inmenso con lingotes de oro. Enanos tacaños. Y eso que le ofrecí tarta de frutas del bosque.

—¡Oh, hablando de frutas del bosque, casi se me olvida! —interrumpió Olympia—. Tengo que llevarle la cesta a Natalie, Reynold.

Los sensores de Ben se dispararon, y clavó la mirada en el rostro lechoso de la mujer.

—Qué despiste el mío. La necesita para mañana por la tarde, y no me dará tiempo a pasarme. Keira se ha resfriado otra vez, y voy a llevarle el jarabe casero de mi madre para la tos.

Reynold masticó un trozo de patata y se limpió con una servilleta.

—Que se lo lleve Sam —propuso.

—¿Has olvidado que hay que ir a Dublín a por víveres? —dijo el aludido.

Benjamin carraspeó.

—Yo iré, señora.

Todos le miraron.

—La señorita Lefèvre y yo fuimos presentados ayer. Tan solo díganme dónde está la vivienda y me acercaré un momento. No será ninguna molestia.

Olympia sonrió.

—Muchas gracias, señor Young. Es muy amable por su parte. Acepto su ofrecimiento.

Ben experimentó un júbilo que le costó disimular.

Las oportunidades caían por su propio peso, como las manzanas maduras que se precipitaban al suelo desde las ramas del árbol que las produjo.

Reynold se mordió el carrillo, intrigado por la repentina actitud servicial de su empleado. Juraría que había acertado cuando intuyó un brillo de interés en los ojos del joven inglés. Aprovechando que lo tenía al alcance, le dio un ligero codazo y pestañeó con picardía.

—Arranca unas violetas del jardín de Oly. Yo me encargo de aplacarla después —susurró en su oído—. A Natalie le encantan.

—Maruja entrometida —protestó Ben, con lo que extrajo un gruñido de la garganta de su jefe.

Oh, sí. Lo de las violetas era una idea estupenda. Pero no para regalárselas, sino para adornar su lápida cuando la hubiera estrangulado.

Deirdre le pasó un platito de compota de piña con bizcocho, que Olympia fue repartiendo a la hora del postre. Ben olisqueó el dulce y lo saboreó lentamente, concentrado en los planes que elaboraba con deleite y que culminarían en una *vendetta* apoteósica. Esa noche descansaría como un rorro acunado entre algodones por su nodriza, y al día siguiente... se lanzaría sobre su objetivo y le haría picadillo.

Miró a Olympia y la oyó ofrecer con tono inocente:

—¿Más piña, señor Young?

Con los dedos crispados por los nervios y una gran dosis de adrenalina recorriéndola de arriba abajo, Natalie aplastaba la masa sobre la encimera con firmeza, tratando de concentrarse en la receta de *barmbrack* que Dinnegan le había dado unos días atrás. El redondeado horno de piedra encendido a su espalda proporcionaba un reconfortante calor a la cocina que sumía a la joven en un ligero estado de sopor, que contrastaba con la tensión que se había instalado en sus miembros y la ayudaba a relajarse mínimamente.

Tomó el tarro de pasas y lo abrió; cogió unas cuantas y se las llevó a la boca. Con un poco de suerte, ese engendro horneado que andaba en el limbo entre el pan y el bizcocho le saldría bien y podría disfrutarlo con un buen té negro. La repostería irlandesa no era su especialidad, no obstante se esforzaba por aprender para, como decía Roger, «ampliar horizontes».

Oyó un crujido en el exterior y se sobresaltó. Esa mañana hacía un viento demencial, y había tenido que tomar precauciones y asegurar los postigos de las ventanas de los cuartos superiores, cuyas bisagras precisaban de una urgente reparación. No se consideraba una mujer temerosa, pero la ausencia de Diane en la casa unida al temporal que al parecer se avecinaba en el horizonte no contribuía demasiado a que se calmara.

Se limpió las manos en el delantal y procedió a mezclar el resto de los ingredientes. Los silbidos de la violenta ventolera que amenazaba con levantar los cimientos de su vivienda golpeaban la puerta con la furia de un casero al que se le debieran meses de alquiler.

—Maldita sea —juramentó apretando los dientes—. Si sopla un poco más fuerte me va a derrumbar las paredes.

Otro crujido. Pero este semejaba la rotura de ramitas disecadas producida por... pasos. En el porche. Su corazón empezó a latir desbocado.

Se aproximó con lentitud hacia la puerta de entrada, que chirriaba quejumbrosa por los embates del vendaval, con una cuchara grande de madera en la mano y rezando el Padrenuestro. Si algún desgraciado había decidido ir a robarle, mal día había elegido para hacerlo.

—¿Quién es? —inquirió, sabiendo que no recibiría respuesta.

Repitió la pregunta, en esta ocasión usando un tono bravucón francamente ridículo que desentonaba con el temblor de su voz. Al notar que los chasquidos ya no se producían, hizo lo último recomendable en estos casos: hacer acopio de una valentía que no poseía y abrir la gruesa tabla barnizada para comprobar la procedencia del perturbador sonido.

Le vio parado ante ella con las pupilas dilatadas, llameantes, sumergidas en un piélago de furia incontenible. Portaba una cestita cubierta con un paño de cuadros sujeto con pinzas que pugnaba por salir volando por los aires, y cerraba con fuerza el puño libre junto a su estrecha cadera.

El cabello trigueño le caía por los hombros, suelto y ligero como los vestidos de un hada norteña expuestos a la brisa del bosque, y su cuerpo bloqueaba la salida, plantado con las piernas ligeramente abiertas para equilibrar su peso.

—Hola, *chérie*.

Natalie trató de cerrarle la puerta en las narices,

pero él fue más rápido, deteniendo el avance del tablón asestándole un resonante puñetazo que hizo retroceder la madera. Natalie reculó.

—¿Qué haces aquí?

—Qué pregunta más estúpida, señorita Lefèvre. Lo sabes perfectamente.

Ben entró en la cálida vivienda y cerró detrás de sí.

—Diane está arriba. Si intentas algo...

—Estás sola, mi amor —la interrumpió Young con una mueca de mofa—. He esperado a que se fuera para venir a hacerte mi visita de cortesía. No seas mentirosa. Es un pecado muy feo.

Benjamin depositó con cuidado la cesta sobre la encimera.

—Vaya, no esperaba un recibimiento tan frío —se burló—. ¿Cuánto llevamos sin vernos? ¿Cinco años?

Natalie bordeó la repisa de la cocina, parapetándose tras ella en un absurdo afán de autoprotección. Observó unos segundos la silueta retadora del individuo que le había reventado el futuro. Unos pantalones color caqui embutidos en unas botas desgastadas perfilaban sus vigorosas extremidades, y una camisa de mangas holgadas le daba el aspecto de un corsario sanguinario dispuesto a abordar su hogar y llevarse hasta su alma consigo como botín.

Ben había cambiado. Mucho. Lo había notado al verle en la taberna de Aaron Thacker. Ya no era el escuálido posadero de Whitechapel aspirante a caballero de belleza serena. Parecía un feroz monstruo de los mares, un hombre formado a golpe de hierro incandescente, una amalgama de músculos estratégicamente colocados por los dioses paganos de las montañas celtas, creados con la sola intención de martirizarla.

—Largo de mi casa.

Benjamin soltó un extenso silbido. Su querida amiga estaba aterrorizada, y su estado le daba una gran ventaja sobre ella.

—Olympia ha mandado esto para ti —dijo señalando la cesta de frutas—. Para que hornees otro de tus pastelitos.

—¡Largo! —gritó Natalie, prácticamente afónica.

—Esas no son formas, Natalie —siseó Ben, cada vez más enojado—. No querrás que me enfade, ¿verdad?

—¿A qué has venido?

Young se aproximó un poco, recibiendo como respuesta un evidente estremecimiento por parte de la chica. Acorralarla. Qué idea tan incitadora y fascinante. Acorralarla y después... machacarle la tráquea con sus propias manos.

—A cobrar mi venganza —contestó sonriendo—. Donde las dan, las toman, ratoncillo.

Natalie intentó una alocada huida por la puerta trasera que daba al granero, lanzando sobre Ben un saco de harina. Young lo esquivó con un movimiento rápido, y la bolsa se estrelló contra la superficie pavimentada, rompiéndose por la mitad y desparramando el polvo blanquecino por toda la cocina. Temiendo por su vida, Natalie echó a correr, pero no llegó a dar un solo paso. Su fino tobillo había sido apresado por su atacante, que la tiró al suelo y se cernió sobre ella como la soberana plateada que devora al sol durante un eclipse.

Empero no se rindió. Le asestó un manotazo en la cara a Ben y chilló, pidiendo ayuda.

—¡Puñetera chalada!

—¡Quítate de encima!

—Quieta —conminó él, tratando de controlar el histérico movimiento de sus brazos.

—¡Déjame! ¡No puedo respirar!

—¡Por todos los demonios, estate quieta!

Natalie obedeció. La respiración entrecortada de Ben le daba de lleno en el rostro, haciendo ondular su flequillo. La última vez que lo había tenido así de cerca había sido en circunstancias muy diferentes. Esos recuerdos le producían un dolor demasiado intenso.

—Por favor... —rogó, conteniéndose para no gritar.

—¿Por favor qué? —escupió Ben, embargado por la ira—. ¿Qué crees que voy a hacerte, pequeña bruja?

Natalie se esforzó por liberarse inútilmente. Ben pesaba como una losa de piedra caliza.

—Si me tocas un cabello, Reynold saltará sobre ti como un puñado de lobos hambrientos sobre la carnaza —advirtió ella—. No saldrás vivo de esta. Te arrastraré al infierno conmigo.

Ben se apartó unos centímetros para contemplarla. Aquella hechicera temeraria le estaba provocando aun sabiendo que con un movimiento de su muñeca podría convertir en arena los huesos de su columna.

—La valentía no te sirve de nada estando bajo tierra, Natalie —ronroneó, sin poder resistirse a pasar el labio inferior por uno de los pómulos colorados de su rehén—. He estado buscándote durante mil seiscientos cuarenta y un días. Derroché mis ahorros en detectives, médiums y mil idioteces más para localizarte. No te lo perdonaré. Aunque Sharkey después me saque los ojos.

—Ben... te lo suplico... He salido de tu vida... ¿Qué más quieres de mí?

Young vaciló. ¿Qué quería? Muchas cosas. Entre ellas volver a tenerla entre sus sábanas antes de asesinarla.

—Deseo robarte la paz que te has forjado a mi costa —sentenció, escudriñando sus iris ambarinos—. Deseo que sientas la misma desesperación que yo al pensar que el cadalso te espera y no puedes hacer nada para impedir que te seguen la vida como a una vulgar vagabunda. Deseo verte muerta. Acabada. Destruida.

—¡Tú te lo buscaste! —vociferó Natalie, permitiendo que una gruesa lágrima se deslizara mejilla abajo—. Me trataste como a una ramera, echándome de tu lado y arrastrándote ante esa furcia ricachona.

La carcajada tenebrosa de Ben la hizo encogerse más todavía. ¿Furcia ricachona? Jamás había pensado en la inocente Virginia Cadbury de esa manera.

—Y por eso tenías que lanzarme a los amorosos brazos de Scotland Yard y acusarme de un crimen múltiple —rebatió él—. Sabe Dios cuánto anhelé salir de la cárcel solo para matarte. Y aquí estás. Suplicando clemencia. No sabes el placer que me causa el tenerte así, subyugada y atrapada debajo de mí. Alguien debe bajarte los humos, princesa, y la Providencia me ha otorgado a mí ese privilegio.

Un ardor conocido ascendió por las piernas de Natalie y se instaló por todo su cuerpo en cuestión de segundos. Subyugada. Una palabra que detestaba tanto como al perro de Jean Pierre.

—Suéltame.

—Ni lo sueñes.

—Entonces termina lo que has venido a hacer —le retó ella, ofreciéndole su cuello en bandeja—. Mátame.

Young se quedó petrificado, embrujado por la sedosa epidermis que cubría la garganta de su prisionera. Era su oportunidad para desquitarse por su agravio. Sin embargo, en lugar de ello, hundió su rostro en la cavidad de su clavícula y aspiró su fragancia. Un aroma a madreselva que le hizo cosquillas en las fosas nasales y le drogó como si hubiera fumado una pipa rellena de opio.

—Ben...

Young le dio un leve mordisco en el lóbulo de la oreja, arrancando de Natalie un profundo jadeo. Luego besó su mandíbula, lamió despacio la comisura de su labio inferior y levantó la vista.

—Aún no —afirmó.

Y se puso en pie, sacudiéndose los pantalones. Natalie se incorporó, aturdida.

—Me figuro que nuestro amable Reynold no conoce las andanzas de su protegida —alegó Ben con sarcasmo—. ¿Ya le has dicho que huiste de Francia por intentar matar a un hombre?

—*Va-t'en au diable!**

—Lo suponía.

Natalie imitó a su inesperada visita, levantándose y

* ¡Vete al diablo!

quitándose la harina del vestido y de la cara. Su castigador la observaba con una cólera nada disimulada.

—Será un juego divertido. Veremos cuánto serás capaz de aguantar el tenerme como vecino. Un vecino que sabe unas cuantas cosillas que no te gustaría contar.

—Tus amenazas me traen sin cuidado. —Natalie se le enfrentó resuelta a no dejarle ver que estaba temblando por dentro—. Ve y díselo. Me da igual.

—A mí tampoco me importa lo que piense de ti, Nattie —señaló Ben—. Pero confío en que entenderá por qué he de darte tu merecido. Eres una rata, y las ratas han de vivir en las cloacas, no entre seres humanos.

Los ojos de Natalie centellearon y la muchacha apretó los dientes para no liberar un sollozo. Rata. Era así como la veía. Como siempre la vería.

—¡Vete! —gritó, tirándole un puñado de harina.

—Con mucho gusto. Nos veremos pronto, cariño. Y vigila el pan, que no se te queme. Estoy ansioso por probar esa tarta de frutas del bosque. No le añadas cianuro a la masa, que Megan y Deirdre también van a comer.

—¡Mal nacido! ¡Ojalá te muerdas la lengua y te envenenes con ella!

Ben sonrió con malicia y fue hacia la salida, con la sangre corriendo por sus venas a una velocidad muy poco saludable. Se había sentido como un miserable insultándola de esa manera. No le habían enseñado a tratar así a nadie, ni siquiera a su peor enemigo. No obstante, aquella alimaña que le seducía y le repelía al mismo tiempo le tenía trastornado. Absolutamente perdido.

Fue hasta allí para ajustar las cuentas, pero mientras se recreaba en los bucles encarnados de la venus venida del continente que antaño fuera su amante, se le ocurrió una idea fantástica y escabrosa.

La torturaría lentamente. La rondaría cada día como una hiena que espera a que el búfalo mal herido exhale su último suspiro tras horas y horas de dolorosa agonía. Y después... ¡zas! Le hincaría el diente con precisión y la saborearía con deleite.

—Me hospedo en casa de los Sharkey —informó, viendo que ella abría la boca, sorprendida—. Le daré las gracias a Olympia de tu parte. Cuídate, preciosa.

Y la dejó allí de pie, desconcertada, embadurnada como un polvorón francés y con el peinado deshecho.

Natalie cerró ambos puños y los apoyó en la repisa para no caerse, juramentando en el idioma que la enseñó a expresarse. Ben le había declarado la guerra, y era un excelente estratega. Y dado que contaba con unas armas infalibles, estaba clarísimo quién sería el vencedor.

Se encogió sobre sí misma y se deslizó hacia el suelo, quedando sentada en un rincón de la cocina. Había que recoger el estropicio antes de que Diane volviera de casa de la señora Irwin, o la que se iba a armar sería muy gorda, pero no le restaban fuerzas. Apoyó la cabeza contra la pared y gritó de rabia:

—¡Maldito seas, Benjamin Young! ¡Maldito seas!

# 4

El sótano de la morada de Bradan McClery, infestado de candiles, velas y alargadas sombras fantasmagóricas, parecía una cueva donde fuera a celebrarse un aquelarre. Samuel, con la espalda apoyada en la fría pared de piedra y las piernas estiradas, escuchaba el discurso del anfitrión, mientras este era de cuando en cuando interrumpido por alguno de los allí congregados.

El mozo, tomando ejemplo de lo que le enseñaron sus mayores, mantuvo la boca cerrada. Escrutaba en devoto silencio a los líderes de aquella reunión clandestina, asintiendo a varias de sus proposiciones y callando cuando los ánimos se sulfuraban.

—No me convence el plan de Cahal —enunció Deaglan O'Berne al fondo, un tendero de cabellos cobrizos y papada pronunciada—. ¿No sería arriesgado para nosotros enfrentarnos de manera tan abierta a los ingleses? Yo también odio tener que pagarles impuestos, pero fijaos en lo que les ocurrió a los muchachos de Los Invencibles en la prisión de Kilmainham Gaol en el ochenta y tres.

El grupo se exaltó, y volaron recriminaciones entre los asistentes. Samuel, debido a su juventud, era un novato en esas lides, pero conocía bien el caso de aquel brazo radical de la Bráithreachas Phoblacht na hÉireann (Hermandad Republicana Irlandesa), cuyos miembros se encargaron de asesinar a cuchilladas al secretario jefe lord Frederick Cavendish y a su subordinado Thomas H. Burke, en pleno paseo por Phoenix Park, once años atrás. Su abuelo Ryan, nacionalista acérrimo, le contó la historia, y él, al imaginarse la cruda escena, hubo de dominar sus arcadas.

—¡Pamplinas! —exclamó Cahal Quickley, ofendido—. Además, no tenemos de qué avergonzarnos. Los Invencibles eran héroes, libertadores de nuestra amada Irlanda. Perdieron la vida en su lucha por conseguir la independencia.

—¡Eran verdugos ahorcados por matar a dos altos cargos de la Administración británica, Cahal! —replicó Deaglan—. ¡Somos hombres de bien, cristianos padres de familia, no terroristas!

Quickley se puso en pie, dispuesto a defenderse de tan grave acusación. Los demás estaban divididos entre ambas opiniones, unos respaldando la resolución de Cahal, y otros alentando el pacifismo de O'Berne. Dillon Sloan, el propietario de la vivienda, pidió turno para hablar.

—Lo cierto es que los dos buscáis un remedio legítimo a este problema que nos incumbe a todos. Pero sabemos, Deaglan, que la diplomacia y el diálogo con los británicos no funcionan, a no ser que haya dinero de por medio. Recordemos que nos abandonaron como a perros cuando nos asoló la Gran Hambruna que llevó a miles de los nuestros a emigrar a otras naciones. Les convenía un descenso en la demografía del país, y nos dejaron a merced de lo que la naturaleza quisiera hacer de nosotros.

—¿Les echaremos la culpa de las pestes y enfermedades que nos agredan, como si pudieran controlar el destino de la humanidad? —inquirió Deaglan, enojado—. Amo mi patria como cualquiera de los integrantes de esta organización, pero no me obliguéis a violar el quinto mandamiento, por lo que más queráis. Debe de haber más medios para lograr despegarnos de esas sanguijuelas imperialistas.

—Pues búscalos tú y, si los encuentras, nos avisas —sentenció Fergus Walsh, claramente a favor de la locura planteada por Cahal—. Mientras tanto, permítenos tomar decisiones más efectivas.

—Señores, señores, haya paz. La guerra debe hacerse contra ellos, no entre los hermanos —intervino Dillon—. Seamos un modelo de fraternidad unida para los nuevos afiliados que desean unirse a la causa —declaró mirando a Sam—. Sharkey, ¿tú qué opinas?

Samuel se ruborizó cuando trece pares de ojos se fijaron en él. Era todo un honor que le dejaran participar en el debate. El mismo Sloan, consciente de que él era el nieto del famoso activista Ryan Ackland, le había reclutado para sus filas, en un intento de reestructurar a Los Invencibles y resucitarles del olvido. Los fenianos eran una fuerte entidad que también tenía sus alas extendidas sobre Estados Unidos, y estaban seguros de que algún día, en un futuro, su sacrificio no sería en vano.

—No me atrevo a aportar nada a esta asamblea —dijo Sam—. Soy un simple aprendiz y secundaré la decisión de la mayoría. Si debo añadir algo, lo único que diré será: *Saoirse go hÉirinn!**

—*Saoirse go hÉirinn!* —canturreó el resto, ovacionando al joven.

—De acuerdo —afirmó el anfitrión—. Retomaremos los puntos de esta reunión el miércoles que viene. Algunos tenemos negocios que atender. Nos veremos en casa de Fergus al amanecer.

Los hombres se fueron levantando, y el chico se fijó en O'Berne, que le devolvió una mirada triste. El abuelo Ackland, si estuviera allí, instigaría a sus compañeros a escuchar a Deaglan, pues su activismo despreciaba cualquier actitud violenta que les rebajara al nivel de sus adversarios. Le sonrió inclinando la cabeza, mostrándole respeto. O'Berne le saludó de la misma manera.

Al salir al exterior, Samuel corrió entre las calles como un poseso, sabiendo que su padre le avasallaría a preguntas sobre su tardanza, teniendo en cuenta que había partido de casa una hora antes que él. Reynold le esperaba en Mountjoy Square para hacer las compras de la semana, y cuando el rapaz llegó, vio que su progenitor aguardaba sentado en un banco, oteando de un lado a otro.

* «¡Libertad para Irlanda!», en gaélico irlandés.

—Hola. Perdón por el retraso, *athair*.

—¿Dónde te habías metido? —le reprendió Reynold, dándole una colleja—. Si te has echado una novia, no hace falta ocultárselo a tu padre.

—No tengo novia. Bueno... hay una chica... pero...

—Mientras esté soltera, no me preocuparé. Anda, vamos al mercado, que tu madre se ha quedado a gusto haciendo la lista de la compra.

Sam sonrió.

—No despertemos la ira del dragón entonces.

Reynold liberó una distendida risotada. Agarró por el hombro a su hijo y reiteró, caminando con él hacia una tienda de ultramarinos:

—Me parece que me voy a hacer el sordo. Como Olympia oiga uno de esos chistes tuyos, nos mandará hacernos a la mar para no regresar.

—¿Estás segura de que no quieres esperar a que pase el ventarrón?

Diane atisbó a través de los cristales de la ventana de la estancia, donde ella y su amiga se resguardaban del temporal que estaba a punto de arrollar la ciudad. Había conocido a Sinéad Irwin hacía cinco meses, en una de las mercerías del centro, a la que había ido para hacerse con algunos retales para elaborar una colcha de cama. Sinéad residía frente a la confitería de Roger Dinnegan, y aquel día habían entablado un entretenido diálogo mientras volvían juntas por el mismo camino, estableciendo las bases de la amistad de la que habían disfrutado hasta entonces.

—He dejado sola a Natalie. Tengo que regresar enseguida.

—¿Está enferma? —preguntó Sinéad, preocupada.

—No. Pero no me gusta que se quede sin compañía.

Diane se estrujó los dedos con fuerza. Desde su encontronazo con Benjamin Young en El Trébol de Cuatro Hojas apenas dormía. Temía por la seguridad de su colega, pues el posadero era un bárbaro capaz de las peores atrocidades. Cualquiera lo sería después de lo que esa francesa díscola le hizo.

Y también tenía miedo por ella misma, por supuesto. Había colaborado en el plan. Haciendo uso de sus dotes artísticas, se presentó en el despacho del inspector jefe de Scotland Yard en Londres a denunciar a Ben por intentar matarla, y así se desencadenó la desgracia. Si el inglesito quería venganza, tanto ella como Natalie serían víctimas de su cólera.

—Maldita la hora en que no la disuadí de semejante majadería.

—¿Qué decías?

Diane se mordió la lengua al percatarse de que había hablado en voz alta. Su candorosa anfitriona nada sabía acerca de sus tretas, y no la involucraría en sus problemas. Sinéad era una mujer íntegra que había enviudado a una edad temprana, y con la casita de estilo georgiano —que tan de moda estaba por aquel entonces— que heredó de su marido, vivía una existencia sin contratiempos de lo más aburrida.

Y bien merecido que lo tenía. Tras ser entregada por su padre a los dieciséis años a un carcamal que la vejó y maltrató durante una década, gozaba de total libertad para hacer lo que le viniera en gana.

—Nada. Trataba de calcular los retales que necesito para terminar la colcha —mintió.

Sinéad se incorporó en su mecedora.

—Quédate un rato más, Diane. Si recorres el trayecto desde Dublín hasta tu casa andando, tardarás mucho, y con este diluvio que está a punto de desatarse sobre nuestras cabezas es peligroso exponerse. ¿Y si algún rayo se cruza en tu camino?

Diane se estremeció, aunque no dio señas de temor alguno. En cambio bromeó:

—Pues acabaré tiesa y carbonizada como los chuletones de cerdo que a veces me sirves.

La señora Irwin le tiró una bola de lana amarilla, y atacó divertida:

—Te recuerdo que estuve casada diez años, y mi marido nunca se quejó de mis comidas, mientras que tú, a tus veintinueve primaveras, le sigues huyendo al compromiso y no permites que ningún hombre pruebe tus guisos.

—Y así seguirá siendo —completó Diane—. Además, la que cocina bien aquí es Natalie. No insistas. Si quiero compañía me compro un perro o un gato. Dan menos trabajo y son más limpios.

La morena de rasgos amables y piel pecosa rompió a reír.

—En eso tienes toda la razón —admitió.

—He de irme, de veras. Natalie estará aguardando mi llegada. Si me retraso saldrá a buscarme.

—Sé prudente, ¿de acuerdo? —aconsejó Sinéad.

Diane le dio un beso en la mejilla a su interlocutora y tomó su sombrero de paja y sus bolsas.

—Hasta la semana que viene.

—Cuídate.

La chica se marchó de su acogedor refugio, y nada más salir, una ráfaga de viento levantó sus faldas, dejando a la vista sus desgastados pololos. Diane le dio cuatro manotazos para intentar asentar de nuevo la tela.

—Oh, genial, Diane. Hoy vas a dar un buen espectáculo —murmuró—. La urbe al completo contemplará tus maravillosas y estilizadas patas de gallina.

Agarró las cintas de su sombrero y echó a andar con dificultad, deteniéndose en cada esquina para tomar aire y seguir retando a la corriente provocada por la ventisca. Unas gruesas gotas de lluvia empezaron a desprenderse de sus cunas celestes de algodón ennegrecido, y la joven miró alrededor buscando un techo donde guarecerse.

A su izquierda, soberbia como una reina recién coronada, se alzaba la catedral de San Patricio, un edificio construido en piedra gris en medio de un extenso terreno cubierto con un césped magníficamente cortado, un prodigio arquitectónico de trazos neogótico y victoriano que invitaba a todo aquel que pasara por su lado a invadir sus dominios y a adentrarse en su interior.

Diane hizo una mueca de disgusto. Hacía años que no pisaba una iglesia. Había llevado una vida libre y disoluta, aunque no por voluntad propia, mas aun así seguía formando parte del gremio de las pecadoras. Pero el chaparrón la estaba calando entera y decidió no pensar en ello, y cruzó la calle a zancadas. Esperaba que el templo estuviese abierto.

Las puertas estaban entornadas, pero había espacio suficiente para entrar. Dentro se respiraba un penetrante olor a incienso, y el amplio espacio, sumido en la penumbra y recortado por bellos arcos terminados en punta a ambos lados del pasillo principal, parecía albergar seres de otro mundo en su seno. Diane se deshizo de su empapado sombrero y meneó la cabeza como un cachorrito emergido de una bañera, y pequeñas gotitas de agua se precipitaron hacia las baldosas de colores del suelo del santuario.

Miró a sus pies para contemplar la obra de arte que sus sucios zapatos hollaban en aquellos momentos. Los azules, amarillos y verdes predominaban en los viejos mosaicos, lustrados con gran destreza.

—Vaya. Lo he embarrado todo. Me siento como si estuviera escupiendo sobre el techo de la Capilla Sixtina —susurró.

—¿Taponcito?

Diane se giró, consternada. La pregunta provenía de una silueta humana reclinada junto a uno de los arcos. No podía verle, no obstante, le sonaba esa voz. ¿Dónde la había...?

Un momento. ¿La había llamado «taponcito»?

—Disculpe, señor. ¿Me hablaba a mí?

—No hay nadie más en la sala, excepto esa anciana ataviada con un velo negro que reza frente a la mesita de las velas.

El ceño fruncido de la aludida se acentuó.

—Me lleva ventaja, caballero —dijo, intrigada—.

Mientras yo me expongo a la luz que incide a través de las vidrieras y puede verme perfectamente, usted se oculta al amparo de las tinieblas en esos pasillos oscuros a saber con qué propósito.

Una risita salió del rincón ocupado por el desconocido.

—No albergo intención de asustar a los fieles feligreses —declaró, asomándose al chorro de claridad que el ventanal situado en el altar lanzaba para romper la lobreguez del ambiente—. Y menos a ti.

Diane dio un respingo al reconocerle. Parpadeó varias veces, examinando la expresión de las facciones de aquel atrevido, que bien podría pasar por un diablillo que acababa de cometer la travesura más picante de su inmortal existencia. El fantoche amiguete de Ben Young que la humilló tildándola de «botijo» en la taberna de Thacker. Lo que faltaba.

—¿No le da vergüenza venir a profanar la casa de Dios, señor Courtenay? —le pinchó deliberadamente.

Gareth se envaró.

—¿Cómo sabes mi nombre, bonita? ¿Has pensado tanto en mí como para acordarte de nuestro peculiar y romántico primer encuentro?

Le tocaba reírse a Diane.

—No sabe cuánto —se mofó esta—. Hasta he soñado con usted y todo.

—Llámame Gareth entonces —propuso él—. Dado que ya hemos compartido cama, en sentido figurado por supuesto, es lo lógico en estos casos.

A pesar de estar acostumbrada a las alusiones mordaces, la contestación de Courtenay desarmó a Diane, que enrojeció en el acto.

—Sea más comedido con sus comentarios de mal gusto —le reprendió de inmediato—. Esto es una iglesia.

—Perdone. ¿Ha venido a suplicar por el alma de algún familiar atrapado en el purgatorio? No pensé que fuera una mujer religiosa.

—¿Por qué?

Gareth le retiró un mechón dorado de la cara y le rozó a propósito la mejilla.

—A las beatas no se las encuentra engullendo cerveza en un antro para borrachos de noche y sin carabina —argumentó el pescador—. ¿Me equivoco?

La chica le sonrió, suavizando las antiestéticas arruguitas que se le habían formado en la frente. El condenado era muy guapo. Y un fresco de tomo y lomo. Una combinación nada recomendable.

—Fuera está lloviendo —afirmó sin apartar la mirada de los encantadores ojos negros del hombre—. Espero aquí hasta que amaine. ¿Y usted? Supongo que tampoco habrá acudido a ofrecer sacrificios a los santos...

—He venido por la misma razón que tú. No me gusta mojarme, solo con el agua calentita de una tina.

—Comprendo.

—¿Adónde vas?

—A mi casa.

—¿Puedo acompañarte?

—No.

Gareth se dispuso a dar un sonoro aplauso.

—¡Bravo! A eso le llamo yo dar calabazas con estilo.

La anciana de negro les miró con desaprobación y les hizo señas pidiendo silencio. La pareja contuvo la risa y Diane le espetó:

—No pienso permitir que averigüe mi dirección. No soy muy proclive a soportar el acoso masculino.

Courtenay le dio un repaso visual de arriba abajo. Ese vestido rosado descolorido era horrible, pero mojado se le adhería a las curvas como el delicioso envoltorio de un apetitoso pastel.

—Ya.

—Además —señaló Diane con el único propósito de enojarle—, besa usted francamente mal. Y es un maleducado.

Las dos piedras de ónice que eran los ojos de Gareth brillaron con malicia, y abrió la boca para contestar.

—Lo de que soy un maleducado lo acepto. Sin embargo, lo otro... Puedo demostrar que se equivoca —manifestó, dando un paso adelante.

Diane arrugó la nariz. Fuera el chaparrón se había debilitado. Un estremecimiento recorrió sus vértebras, fenómeno que achacó al hecho de que sus ropas estaban tan empapadas que si las escurría llenarían un cubo de lavandería. Se dispuso a marcharse de aquel lugar. La presencia de ese deslenguado la ponía nerviosa.

—Me voy —anunció, yendo hacia la salida.

—Aún llueve.

—Tengo prisa. Y no me siga, señor Courtenay.

Gareth le puso unos ojitos de perrito abandonado que casi la hacen estallar en carcajadas.

—Dime al menos si vienes a Dublín a menudo —rogó él—. Vivo en la ciudad, y mi trabajo me hace permanecer en alta mar una buena parte de mi tiempo. ¿Volveré a verte, Taponcito?

—Si de mí depende, no —dijo ella, zanjando la conversación—. Y me llamo Diane, no Taponcito.

Le dejó con la palabra en la boca y salió de la iglesia, sorteando los charquitos de agua que poblaban la acera. Tomó el camino más corto, avanzando por la avenida cuesta arriba, sin darse cuenta de que Gareth la seguía con la mirada.

Cuando llegó a su casa, sus botas parecían dos cántaros de barro sin cocer. Se las quitó en el porche y sacudió ambas manos.

—¡Puaj! Estas navidades os juro que os jubilo y me compro unos botines de señorita. A ver si pesco un amante rico que me instale en la capital.

Abrió la puerta procurando no manchar de lodo el reluciente pomo que Natalie había limpiado.

—¡Naaaaaat! ¡He llegado! Perdona por la tardanza, me he detenido en la catedral de San Patricio para protegerme de la lluvia y un tarado ha tratado de retenerme...

No consiguió terminar la frase. Al contemplar el deplorable estado de la cocina y no ver a su camarada, una bola de aire helado reptó por su garganta. Young había estado allí.

—¡Natalie! ¡Santo Dios! ¿Dónde estás?

Una cabeza escarlata se asomó tras la repisa.

—Tranquila. Estoy bien.

—¿Qué diablos ha ocurrido? ¿Ha venido ese lunático por aquí?

Natalie asintió.

—Creí que iba a matarme.

Diane se agachó a su lado y sentenció:

—Tenemos que pedir auxilio a Tiburón. Esto se está pasando de castaño oscuro.

—Ni hablar. No le haré partícipe de mis problemas.

—¡No voy a quedarme de brazos cruzados! —vociferó la joven—. Es un hombre peligroso.

Natalie inspiró hondo. Rememoró los segundos en los que Ben aspiró su olor y la besó en la mandíbula, echado sobre ella. Se sintió tan vulnerable y deseosa de volver a estar en sus brazos que estuvo a punto de suplicarle que hiciera lo que se le antojara. Sí, era un hombre peligroso.

—No le contarás lo que ha sucedido a Sharkey, ¿de acuerdo?

—¿Cómo que no? ¿No vas a defenderte de sus atropellos?

—Sí. Pero lo haré a mi manera.

—Te destrozará la vida.

Natalie lanzó a su amiga una triste mirada acuosa.

—Eso ya lo hizo hace mucho tiempo —retrucó, levantándose—. Lo que ves ahora son los restos de mí misma que pude recoger cuando me partió el corazón en mil pedazos.

Diane apretó los dientes. Jamás se había enamorado, por lo que intentar comprender a su compañera le producía una aguda cefalea. Nadie merecía tal devoción. Nadie.

—No te entiendo, ni te entenderé nunca.

—No te pido que lo hagas.

—Veo que dejaste tus agallas deambulando sin dueño por los callejones de Londres.

Natalie le tendió la mano, mirándola con resquemor. No solía encajar demasiado bien los golpes bajos propinados por Diane cuando esta se enojaba. Con los dientes apretados, declaró:

—El querer a otra persona no te hace más débil ni más estúpida. Solo humana. El error está en escoger de manera equivocada, y yo he cometido demasiadas equivocaciones. Benjamin es uno de mis desaciertos, pero necesito tiempo para solucionarlo. Por lo que deja de juzgarme y haz algo útil. Ayúdame a limpiar este estropicio, por favor.

## 5

*Lyon, Francia, junio de 1893*

Las huesudas manos de Delphine Lefèvre alisaban la colcha ocre de seda de su dormitorio conyugal, mientras, tumbado boca arriba y respirando ruidosamente como un animal agonizante, su marido descansaba entre sábanas recién cambiadas y enormes almohadas de plumas de ganso.

La habitación que acogía al enfermo emitía una amalgama extraña de olor a medicamentos, muebles viejos y cortinas polvorientas, y Delphine, poco acostumbrada a servir de enfermera para casos terminales de dolencias desconocidas, empezaba a estar harta de aquel enclaustramiento ridículo al que su estado civil la había sometido.

Atrapó con los dientes la uña de su dedo índice derecho y se arrancó un pedazo, escupiéndola luego sobre la alfombra recién cepillada, como si esta fuera la cara del hombre con el que se había casado. Claude no hacía otra cosa que delirar y llamar a su hija en sueños, y eso la ponía de los nervios, además de generar un desarrollo aún más profundo de su odio contra aquel apellido que destrozó todos y cada uno de sus sueños.

—Natalie...

Ahí estaba otra vez ese panadero mal nacido evocando a su mocosa desertora. Reprimió las ganas de tomar una de las almohadas y aplastársela contra esa cara repulsiva a la que había besado por pura obligación. Se volvió hacia él, mostrando un deje de triunfo en la voz.

—Ella no va a venir, *mon chéri*. Ya no le importas. Ni tú ni ninguno de nosotros.

Claude se revolvió en la cama, con la absurda pretensión de contradecirla, aunque no tenía fuerzas para discutir. A pesar de la gravedad de su estado, su cerebro continuaba en perfecto funcionamiento y todavía lograba comunicarse con los demás. De una manera precaria, pero lo hacía.

—Natalie...

—Calla, padre.

Delphine observó a su hijo, de pie en el dintel de la puerta entornada. Jean Pierre, cabeza de la familia hasta que Claude se recuperara, si es que lo hacía, contemplaba al hombre que le adoptó con una repulsa aún mayor que la que le mostraba su madre. Su cabello castaño cortado a la moda, sus facciones patricias y su fino traje hecho a medida le hacían parecer un noble caballero, y la anciana sonrió orgullosa. Había conseguido sacarlo adelante después del deceso de Étienne, cuando aquel hijo de perra lo hundió en la miseria.

—Jean Pierre, cariño...

El joven se aproximó a su progenitora, que le extendía los brazos, llamándole. Como un gatito obediente que venera a su ama, se sentó a los pies de Delphine y descansó su cabeza contra las rodillas de la dama.

—No deberías quedarte despierta cuidándole. No merece ni una sola de tus atenciones.

—No digas eso.

—Es la verdad, madre —dijo Jean Pierre—. Apenas comes o duermes. No quiero perderte ahora que vamos a librarnos de él.

Delphine miró al fruto de su vientre con desaprobación. Era cierto que Claude era un desgraciado que les arruinó la vida en el pasado; incluso ella misma en ocasiones albergaba unos instintos asesinos contra su esposo nada recomendables para las almas cristianas, pero de pronto la envolvían un pesar y una congoja infinitos, y rezaba para que fuera Dios quien le quitara del medio y no tuviera que mancharse las manos de sangre.

—Puede oírte, así que sé prudente —susurró ella—. Si se recupera con la convicción de que le odias a muerte, no heredarás la confitería, y nuestro sacrificio será en vano.

Jean Pierre enseñó sus hermosos y blancos dientes, sonriendo con sarcasmo.

—¿Y a quién se la dejará? ¿A esa loca fratricida que anda en el exilio?

—Hasta donde yo sé, tú estabas enamorado de ella.

Jean Pierre se acarició el costado, y las cicatrices de las puñaladas propinadas por su hermanastra volvieron a clamar venganza por la humillación recibida.

—Lo estaba. Hasta que intentó matarme.

Delphine se levantó de su sillón y se recompuso el polisón de su vestido de color violeta con bordados negros en las mangas y el cuello. Anduvo hasta la ventana, descorrió la cortina y observó las calles de Lyon, la ciudad en la que se había visto forzada a residir por causa de los Lefèvre. Tantos recuerdos amargos y funestos...

Jean Pierre se le acercó por detrás y la besó en la coronilla plateada.

—¿Has averiguado ya su paradero? —musitó la matriarca.

—No. Pero sé que está en el extranjero. Esta tarde he ido a ver al detective Blanchard...

Delphine suspiró.

—Han pasado siete años. No la encontrarás. Olvídate de ella, Jean. Relaciónate con alguna muchacha de nuestro círculo y cásate. Estoy envejeciendo y deseo nietos.

—Y los tendrás, madre —la tranquilizó el caballero—. Pero los motivos que me llevan a perseguir a Natalie no son para convertirla en la madre de mis hijos. Quiero verla entre rejas, nada más.

La señora Lefèvre tomó la recién rasurada mandíbula de su hijo entre sus manos.

—No te engañes —le advirtió—. El amor es corrosivo, *mon fils*. La herida no cicatriza. Está ahí, y ahí se queda exponiéndose hasta que se te marchita el alma.

—Hablas de este sentimiento como si fuese algo maligno. ¿Acaso no amaste tú a padre, y hubieras dado tu vida por asegurar su bienestar?

Delphine le soltó, vencida.

—No es lo mismo. Él era un ángel. Me adoraba e iba a casarse conmigo. Hasta que aquella feria acabó con sus planes de futuro...

Sin poder evitarlo, Delphine se echó a llorar, y Jean Pierre la envolvió en un vigoroso abrazo, mirando en dirección al lecho donde su padrastro yacía inerte. Santo cielo, si el odio matara...

—No llores más, madre. Me partes el corazón.

—Lo siento. A veces los recuerdos me abruman...

—Natalie...

Jean Pierre apretó los puños y refrenó una maldición.

—Si no le haces callar, lo haré yo —declaró, ante el estupor de Delphine—. No hace más que llamar a esa cobra venenosa, mientras tú eres quien le brinda los cuidados necesarios para que no se pudra como una tarta caducada expuesta al sol.

—Ten paciencia, mi cielo —suplicó Delphine, oprimiendo su antebrazo en un firme agarre—. Esta situación no se extenderá mucho. El doctor me ha advertido de que es probable que no dure otra semana.

Jean Pierre se pasó la mano por el pelo. Eso le iba a doler a Natalie. Sobre todo porque ni siquiera podría acudir al entierro si no quería ser detenida en cuanto pusiera los pies en Francia. La muy ladina...

Llevaba un tiempo sospechándolo, pero desde el mes anterior, gracias a algunas averiguaciones realizadas por Blanchard, confirmó que Sélène Lemoine, la tía solterona y amargada de Natalie, conocía su paradero. Y también era posible que se estuviera carteando con ella.

Pues bien, había llegado el momento de hacerle una

amigable visita a Sélène. Hacía dos años que no se veían, y, como hijastro de su cuñado, ya era hora de presentar sus respetos.

—He venido a comunicarte que voy a estar unos días fuera —informó, sin apartar la vista de la cama con dosel situada junto a la pared opuesta del dormitorio.

—¿Te vas? ¿Adónde?

—A ver a una dama.

A Delphine le brillaron los ojos.

—¿Estás cortejando a alguna chica?

Jean Pierre rio ante la ocurrencia de su madre. La vieja Sélène no era en absoluto objeto del deseo de ningún hombre con ojos en la cara.

—No. Son... negocios. Volveré pronto. Si me necesitas, ponte en contacto con el señor Blanchard, y él me mandará un aviso urgente.

La anciana se tensó.

—Espero que esta excursión repentina no guarde relación con...

Su interlocutor la calló posando su dedo índice en los labios arrugados de la mujer.

—No te preocupes por nada, *mère*. Está todo bajo control.

La besó en la frente y salió de los aposentos del matrimonio, echando un vistazo desdeñoso al lecho de Claude. Delphine se aproximó a su esposo, que ya dormía plácidamente.

—Ahí tienes el resultado de tu engaño, sabandija rastrera —escupió con inquina—. Pagarás caro lo que nos hiciste, y Étienne por fin descansará en paz.

Vencido por el agotamiento, Benjamin se dejó caer en el suelo del corral, víctima de las risotadas de Megan y Deirdre, que se desternillaban viéndole intentar atrapar una de las gallinas. Consciente de lo irrisorio que resultaba, se giró y las miró enfurruñado. No era bueno para el ego de un hombre ser el protagonista de tal espectáculo de comedia barata.

—¿De qué os reís?, ¿eh?

Megan se subió encima de un bloque de heno.

—No tienes ni idea de cómo cazar una gallina —chilló con su vocecilla infantil—. ¡Y estás cubierto de plumas!

Ben se miró el tórax y las extremidades. Diantre. Era verdad.

—¿Y por qué no me lo habéis dicho? Os divierte verme de esta guisa, ¿no?

Las criaturas asintieron. La mayor de las hermanas descendió de su pedestal y se situó al lado de Ben. Las gallinas estaban dispersas por el corral correteando en círculos como si aquel fuera un ritual de sacrificios, y Young, el chivo expiatorio.

—Observa —ordenó la niña.

Benjamin arqueó una ceja al ver que Megan se concentraba, como si fuese a ponerse a rezar o a recitar algún encantamiento mágico. Llevaban media hora de infructuosa y humillante cacería en el gallinero. Cuando oyó un pitido ensordecedor salido de la garganta de la pequeña, dio un brinco.

—¿Qué estás haciendo?

—¡Chissssss!

Megan siguió entonando su conjuro sonoro. Milagrosamente, las aves se juntaron a sus pies como atraídas por un imán invisible, y la chiquilla guardó silencio.

—Coge una —murmuró, tirando de la camisa de Ben.

—Si me muevo, se escaparán.

Deirdre puso los ojos en blanco.

—Ya lo hago yo.

Megan asintió, y Deirdre se agachó en una milésima de segundo, sorprendiendo a una de las escurridizas gallinas e irguiéndose de nuevo, sujetando al animal por las patas.

—Eso ha sido impresionante —reconoció Ben.

—¿A que sí? —se jactó Deirdre—. Sam dice que somos unas *changelings.* Somos niñas con poderes mágicos.

—No lo dice por eso, tonta —intervino Megan—. Lo hace para molestarnos. Los *changelings* son los bebés deformes y feos que tienen las hadas —le explicó a Benjamin—. Cuando las madres de los bebés humanos no bautizan a sus hijos, estas hadas raptan a los niños sanos de sus cunas y dejan al *changeling* en su lugar.

—¿Como un intercambio?

—Sí.

—Eso no es cierto. No somos duendes, y mucho menos feas. Además, nosotras estamos bautizadas. No le hagas caso, Ben —convino Deirdre, tratando de tranquilizar al montón histérico de plumas marrones que sostenía—. Ya tenemos cena. Se la voy a llevar a mamá.

Ben la contempló boquiabierto. Normalmente no tenía la costumbre de comerse algo que momentos antes hubiera visto vivito y coleando. Había que tener sangre fría para retorcerle el pescuezo a una gallina y después hundirla en aceite hirviendo.

—Te acompaño —oyó decir a Megan.

Young se sacudió sus ropas y siguió a las niñas fuera del corral. Esa noche Natalie y su amiga Diane habían sido convidadas a compartir su mesa, y para sorpresa suya, no se habían negado a acudir a casa de los Sharkey.

No cabía en sí de júbilo. Se lo pasaría en grande viéndolas tratar de disimular e interpretar el papel de perfectas desconocidas.

Las hermanas desaparecieron por el caminito que conducía a la cocina, y Ben se paró al oír que alguien las llamaba desde el coqueto establo que Reynold y el abuelo habían construido para su única yegua. Sus pies fueron al encuentro de la voz femenina que llamó su atención.

Con un chal echado sobre los hombros, Natalie recorría los alrededores buscando a las hijas de su amiga, que tenían que entregarle una gallina para preparar un plato de pollo con patatas asadas y estaban tardando más de lo previsto. Había llevado una tarta para el postre, elaborada con almendras y melocotones en almíbar, accediendo después a regañadientes a quedarse a cenar con Diane.

¿En qué estaría pensando cuando claudicó ante los ruegos de Ryan y las chiquillas? Se había jurado a sí misma que se mantendría lejos de Ben, y ahí estaba, cocinando para él y comiendo a su lado. La manera en que la acechaba la tenía aterrorizada, y por eso había vuelto a esconderse una navaja bajo sus enaguas. Si Young osaba atacarla, le pincharía como a un globo de helio.

—¿Niñas?

Rodeó la cuadra para adentrarse en el corral, y por poco se choca con Benjamin, que acababa de salir del gallinero.

—Vaya, vaya. Cinco años sin vernos, y ahora te encuentro hasta en la sopa.

Natalie dio dos pasos atrás, entrando de espaldas en el establo en penumbra.

—Busco a... Deirdre y... a Megan.

—Ya lo sé. Están con su madre.

*Victoria*, molesta porque alguien hubiera perturbado la paz de su rincón privado, relinchó. Los intrusos la ignoraron, y Natalie tomó aire, apoyándose en uno de los troncos de roble que sostenían el tejado del corral.

—Tengo que volver.

Young se acercó y descansó un brazo en la madera, por encima de la mata de mechones sanguinolentos de la joven. Acortó los centímetros que los separaban, rozándole la frente con la punta de la nariz.

—¿Qué prisa hay, querida? ¿Temes que te retuerza el cuello aquí mismo, en presencia de la honorable *Victoria*?

Natalie frenó el avance de Ben con las palmas de sus manos, que fueron a parar al torso del marinero. Soltó un jadeo sin querer. Había recorrido ese cuerpo decenas de veces con sus labios, y hasta ese mismo día sentía en su piel el intenso calor que desprendía.

—No vas a hacer nada. Sharkey...

—Reynold está jugando a las cartas con el viejo —la interrumpió Benjamin—. Sam está escribiendo poemitas de amor a su novia de la ciudad, y Olympia y la gallina que se acaba de cargar se hacen mutua compañía en la cocina. Nadie oiría tus gritos si decidiera arrancarte el corazón y enterrarte bajo la paja fresca de la que la dulce *Vicky* se alimenta. Qué fácil será hacerte desaparecer, cuando no hay nadie que te espere, te busque o se preocupe por ti.

Los iris ámbar de Natalie emitieron un destello malicioso.

—Dios los cría y ellos se juntan, ¿verdad, Ben? —contraatacó ella—. A ti tampoco te buscan, ni te esperan. No tienes una familia a la que pertenecer. Ni siquiera te queda tu preciada posada, aquel negocio mugriento por el que ibas a vender tu alma al diablo.

El rostro de Young se contrajo en un rictus de amargura. Ben gruñó, reprimiendo la tentación de darle un par de bofetones. John Lekker y su «negocio mugriento» fueron en su día su tabla de salvación, y aquella mentecata se atrevía a menospreciar al hombre que había conseguido evitar que acabara muerto antes de cumplir los veinte años.

—No, no me queda ni eso —siseó, con un enojo creciente—. Y adivina de quién es la culpa.

—Solo tuya.

Ben la sujetó por los hombros y apretó, y el chal se deslizó por su espalda, precipitándose al suelo. Natalie gimoteó, mas no por el dolor, sino de miedo. ¿Por qué tenían que hacerse tanto daño? ¿No era mejor olvidar el pasado y seguir adelante, tomando caminos opuestos?

—Ben, esto no tiene razón de ser —suplicó—. Ha pasado mucho tiempo. Sé que lo que te hice estuvo mal, pero saliste libre.

—¿Estuvo mal? —El aludido rio—. Eso es un maldito eufemismo. La trampa que tú me tendiste no se le habría ocurrido ni al demonio más pérfido del ejército de Beelzebú. Tres mujeres, Natalie. Tres asesinatos a sangre fría. Tres crímenes que no cometí, por los cuales por poco me cuelgan. Te habría gustado verme en el patíbulo, ¿no? Contemplar cómo mi cuerpo se retorcía buscando el aire que esa soga les arrebataba a mis pulmones. Un precio justo que pagar por haber elegido a Virginia.

Natalie se encogió y cerró los puños.

—Yo... no quería... Me amenazaste con entregarme a la policía por lo de Jean Pierre y me desesperé —sollozó—. Me arrepentí enseguida, pero era tarde.

Young le levantó el mentón con una ligera sacudida.

—Mentirosa.

—¡Déjame, por favor! ¡Ya basta! Hui de ti para recomenzar, y para vivir la existencia tranquila que hasta ahora se me ha negado. Ya tienes lo que deseabas. Búscate a otra dama distinguida, cásate con ella y recupera lo perdido.

Ben inspiró ruidosamente, mareado por la mezcla de deseos encontrados que dominaba sus sentimientos. ¿Iba a dejarla ir? ¿Así de fácil?

—No —graznó, engullendo su furia para no cometer un disparate—. Lo he perdido todo. ¡Todo! John se fue, mi casa, mi techo, mi vida... ¡Maldita seas, Natalie! Estoy solo. Solo y vacío. Otra vez.

Los labios de Young empezaron a temblar, y sus manos oprimieron los brazos de Natalie, cerrándose en torno a ellos como garras rapaces. La chica gimió, soportando la lacerante presión.

—Ben, me estás lastimando. ¿Ben?

Los ojos celestes de Young se encharcaron de lágrimas, y este no oía los ruegos de su rehén. Su alma estaba muy lejos de allí. Con Máire. Con Tim. Y con ese olor nauseabundo; una mixtura de orina y suciedad. Estaba todo oscuro. La mano de la cuidadora se elevaba para darle otro golpe en la cabeza. Y él lloraba. Lloraba. Lloraba.

Al verle en aquel estado de estupor repentino, Natalie deslizó su mano izquierda hacia su pierna, buscando su daga. Si la cordura había abandonado la mente de Benjamin, tendría que estar preparada. Pero entonces Young volvió en sí, y, dándose cuenta de sus intenciones, la soltó e introdujo el brazo debajo de su falda, palpando con empeño la parte interior de sus muslos.

—¿Qué? ¿Qué haces?

La mano de Ben tiró de la liga, rasgándola. La navaja cayó al suelo, perdiéndose entre la paja del suelo de la cuadra.

—Ajá. Ibas a aprovechar un descuido para rajarme. Para no perder práctica, ¿eh? Como en los viejos tiempos.

El tortazo seguido de un tenaz empellón pilló por sorpresa al hombre. Natalie avanzó a trompicones hacia el pasillo de salida, de rodillas y apartando la paja, intentando hallar el arma, pero él se lanzó sobre ella y ambos cayeron encima de una montaña de heno. Natalie se sacudió como una enajenada.

—¡No! ¡No! ¡Socorro! ¡Reyn...!

Ben liberó una monstruosa obscenidad. Tenía las manos ocupadas sujetándole las muñecas, y solo había una manera de silenciarla. Su instinto actuó por su cuenta, claudicando ante la fascinación que le producía aquella intrépida valquiria que le instaba a besarla hasta la extenuación solo con mirarle. Natalie se estremeció ante el inesperado contacto, y volvió intentar zafarse.

—No —gimoteó Young—. No te muevas.

Imprimió su urgencia en sus labios, devorándolos con una mezcolanza de ira, abandono y desenfreno, y hundiendo la lengua en su boca en una danza sucia y pagana. La chica terminó por rendirse a su invasión cuando él acarició la cara interna de su brazo con las yemas de sus dedos y rodeó su cintura con ambas manos. Estrujó la camisa de Ben, aferrándose a él. Todo su cuerpo temblaba como un azogado.

Benjamin le remangó el vestido y recorrió su corpiño con desmesurada codicia, desatando la cinta que lo asía al busto de la mujer que le volvía loco. Tiró de ella y la atrajo al amparo de sus brazos, resbalando por su garganta con tórridos y húmedos ósculos inmisericordes. Descendió aún más y descargó una apasionada dentellada en la piel desnuda de su escote, haciéndola doblarse hacia arriba de puro placer.

—Ben... nos van a ver...

Young interrumpió su ardiente itinerario y la miró. Sus pupilas ensanchadas parecían haber transigido ante alguna sustancia opiácea que la hubiera sumergido en una condición de plácido hipnotismo. Cerró los párpados y reunió fuerzas para hablar.

—No iba a matarte, necia. No soy un homicida. Y esto... esto no debería haber sucedido.

—¿Por qué me has besado y me has tocado como si todavía fuéramos amantes, si tanto me odias?

Young se movió, quitándose de encima, aturdido aún por la insubordinación del resto de sus miembros para con su embotado cerebro. Maldita fuera, era venganza lo que buscaba, no una ardorosa reconciliación. El que ella decidiera mirar para otro lado si iniciaba un idilio con otra mujer era hacerle un gran favor. O eso quería creer.

—¿Llamita?

Ambos se giraron desconcertados. El viejo Ackland llamaba a Natalie desde el exterior. Suerte que al estar amparados por la penumbra, Ryan no conseguía verles dentro, prácticamente abrazados y con las ropas desarregladas.

—Sí, abuelo, estoy aquí. —Natalie carraspeó al corregirse—. Estamos aquí.

Se recompuso el corpiño y el peinado, y salió, dejando a Ben con la frustración del deseo insatisfecho. Asió el brazo de Ryan y dijo:

—He salido a buscar a las niñas. Empezaba a preocuparme, ¿sabe? Menos mal que el señor Young me ha avisado de que ya habían entrado en casa.

Benjamin se expuso a la luz de la luna, y Ryan lo miró divertido. Su melena rubia, antes recogida, estaba suelta sobre sus hombros.

—Hummm... —respondió el anciano, enarcando las cejas—. Y se te ha caído el chal en tu vehemente búsqueda de mis nietas. Espera... tienes paja en el pelo.

Natalie se puso colorada, y se mordió el labio, aún enrojecido e inflamado por el encuentro con Young en el establo. ¡El chal!

—Aquí lo tiene, señorita Lefèvre —terció el joven, tendiéndole la prenda.

Ella se la arrebató de las manos.

—Gracias.

La chica se adelantó y se dirigió a la vivienda cabizbaja, y Ryan se quedó plantado viéndola alejarse. Se volvió hacia Ben.

—Bien hecho, Young. La has cogido por banda —bromeó con gesto pícaro.

—No sé de qué me habla.

—Soy viejo, pero no imbécil, hijo —retrucó Ackland, palmeándole el hombro—. Si te gusta la muchacha, adelante. Unos besos en la oscuridad de las cuadras no matan a nadie. Pero, como te pases, te advierto de que Sharkey guarda una escopeta cargada bajo la cama.

—Qué alentador —se mofó Ben.

—Vamos dentro. Tengo una botellita de ron escondida detrás de la alacena. Te daré un trago para que se te apacigüen las aguas —declaró el abuelo, soltando una risita.

Ben se recogió el cabello y se lo ató con una tira que llevaba en la muñeca.

—No hay aguas que apaciguar, se lo aseguro.

Ryan le lanzó una ojeada sarcástica y emprendió el camino hacia el *cottage* que les daba abrigo.

—Claro que las hay —aseveró, convencido—. Con una náyade como Natalie Lefèvre, siempre las hay.

Gareth removía el vino de su vaso observando el líquido con meticulosidad, pero ausente en sus pensamientos. Ben, más callado que de costumbre y sentado a su lado en la barra de El Trébol de Cuatro Hojas, jugueteaba con un pañuelo de algodón y frotaba unas iniciales grabadas en una de las esquinas, como pretendiendo borrarlas de la tela con el roce de sus dedos.

Courtenay le miró de reojo y le contempló durante su efímero trance. Seguro que aquel decaído estado de ánimo se debía a un rostro femenino enmarcado por una melena del color del cielo al atardecer.

—Sharkey me ha mandado un mensaje —expuso, tratando de recuperar la atención de su amigo—. Ahora que se ha reparado el barco, nos haremos a la mar otra vez dentro de poco.

—Hummm.

—¿Estás bien?

Benjamin estrujó el lienzo y le encaró.

—Sí. ¿Por qué?

—Tienes mal aspecto.

—Gracias por recordarme lo poco atractivo que te resulto.

Gareth le asestó un puñetazo en el antebrazo.

—No te pases, Young. No eres mi tipo, que lo sepas.

Ben rio y se guardó el pañuelo en el bolsillo. Natalie, la noche que se quedó a cenar con Diane, lo había olvidado sobre la repisa de la chimenea, y él, en un impulso para el que ni se le ocurrió buscar explicación, en lugar de devolvérselo lo había escondido bajo su chaqueta. Y todo para aproximárselo a la nariz en la soledad de su cuarto mientras el resto de la familia dormía y aspirar la misma fragancia que notó que desprendían sus cabellos.

Sacudió la cabeza al evocar los fogosos minutos vividos en el pequeño establo. Si Ryan no les hubiera interrumpido, a saber adónde les habría llevado aquel brioso arrebato pasional. Por el amor del cielo, ¿es que no podía estar cerca de ella sin morirse por arrancarle la ropa?

—Nos vendrá estupendamente algo de aventura —murmuró, aliviado por la noticia.

Cuanta más tierra de por medio pusiera entre los dos, mejor.

—Sobre todo para ti —señaló Courtenay—. No te conviene estar con Sharkey demasiado tiempo, puesto que la suculenta manzana roja del árbol del bien y del mal vive prácticamente al lado, y no te veo muy por la labor de resistirte a la tentación.

Ben le miró enfadado.

—¿Por qué no te metes en tus asuntos?

Gareth se rascó la barba.

—Te gusta la tal Natalie. No lo niegues. Y no te lo recrimino, compañero. La jovencita es realmente preciosa. Estuvisteis dos años juntos. Esporádicamente, pero juntos. Este afán de revancha no te llevará a ninguna parte, Young. Cada vez que te acerques a intentar hacerle una jugarreta acabarás debajo de sus enaguas. Hazme caso. Cuando una mujer se te mete entre ceja y ceja, es ella la que tiene todas las de ganar.

Ben le arrebató el vaso y se bebió el vino de golpe.

—Ella no se me ha metido entre ceja y ceja —se defendió—. Reconozco que me atrae, y hasta ahí. Pero es una víbora, y uno no retoza con víboras si no desea que le llenen la sangre de veneno. Tengo que hallar la forma de retribuirle el mal que me hizo...

—Sin salir lastimado —completó Gareth—. Pero asegúrate primero de que no sientes nada por Natalie Lefèvre o tu *vendetta* también te arrastrará a ti. Y piensa en Tiburón... Es como una hija para él. Según tú mismo, Sharkey es una de las pocas personas que te ha prestado ayuda sin exigir una retribución. Tus coletazos ponzoñosos afectarán gravemente a ese grandullón, que no te perdonará por gestar tus turbios planes a su espalda mientras duermes en su cama y comes de su mesa.

Young cerró el puño y se mordió un nudillo.

—Cállate, Courtenay. No sabes nada. Ni somos los protagonistas de un romance barato ni mi vida es un guion para féminas ociosas y ávidas de insípidas historias de folletín. Esto es lo que han hecho de mí, ¿de acuerdo? La felicidad solo es el interludio entre un batacazo y otro. Lo que sucede mientras esperas a que venga alguien y te reviente la vida de nuevo. No hay desenlaces redondos ni perdices al final del cuento. Y cuando llegas a viejo, si es que lo haces, puedes contar tus días de dicha con una sola mano. Y te sobrarán dedos. Es una verdad como que hay Dios.

—Solo te lo advierto. Tú no eres así. Eres honesto. He trabajado codo con codo contigo y sé de lo que eres capaz. Te expusiste a la muerte para salvar a Sam de perecer aplastado durante aquella tormenta horrible. No puedes usar tus podredumbres pasadas para excusar tus equivocaciones presentes. No es justo.

—No me conoces —escupió Ben, poniéndose en pie—. No albergas la menor idea de lo que he tenido que hacer para sobrevivir hasta ahora.

—Yo tampoco me he ganado los peniques que tengo ahorrados rezándoles a los santos —aseveró Gareth—. Se llama naturaleza humana, Ben. Bienvenido al club.

Thacker se acercó, llenó el vaso de Gareth y volvió a sus quehaceres. Courtenay bebió un sorbo y prosiguió con su alegato.

—Y te digo, aun arriesgándome a quedar castrado y por lo tanto inservible para siempre, que me apuesto las pelotas a que acabarás prendado de esa francesita. Le pondrás un anillo en el dedo y tendréis un montón de mocosos de cabellos ígneos. Viviréis en Irlanda en una casita en la capital y seréis medianamente felices, exceptuando las discusiones que tendréis, en las que, te aviso de antemano, tú tendrás la última palabra: «Lo que tú digas, mi amor.»

La carcajada ácida de Ben alivió la tensión que se estaba generando en el ambiente.

—Estás loco —dijo, aún riendo—. Qué dramático te has vuelto, caray. El alcohol que te metes en el cuerpo está surtiendo efecto. O eso o es que alguna doncella te tiene cogido por... ya sabes.

Courtenay frunció los labios, y abrió la boca para responderle, y la mirada azul de una joven poseedora de unos relucientes bucles rubios le rebotó en el cerebro.

—Tú búrlate. Yo por si acaso iré ahorrando para tu regalo de boda —le pinchó—. Por cierto, esa amiga suya... Diane... menuda fierecilla, ¿eh? Con lo bajita que es, se te enfrentó con un par de narices.

—Y fue la que me denunció —informó Ben—. Entre Diane Hogarth y su endemoniada camarada urdieron todo el plan. También le debo una a Ricitos de Oro. Son inseparables. Viven juntas en la casa que alquilaron a un conocido de la señora Sharkey.

¡Oh! ¡Gran dato! ¡Así que la resbaladiza Diane era vecina de Tiburón! Gareth almacenó la confidencia en un lugar seguro de su materia gris. El *Bethany* no zarparía hasta el viernes, así que le sobraría tiempo para visitar a un barbero, comprar unas flores y presentarse ante la puerta de Taponcito. Solo de pensarlo se le hacía agua la boca.

—Brindemos por el amor, amigo —enunció—. Por los desgraciados que caerán en sus redes y por los diligentes caballeros que no lo haremos.

Se giró en dirección al dueño de la taberna.

—¡Aaron, más vino!

# 6

Sélène Lemoine repasó con el pulgar y una actitud culpable las letras en relieve del título de su última adquisición literaria, *Madame Bovary*. Esta novela, una dura crítica a la hipocresía de la sociedad rural de su tierra escrita por el ensalzado Gustave Flaubert, no era bienvenida en varias casas decentes, pues la protagonista distaba mucho de ser una dama de moral intachable y su comportamiento era reprobable y repugnante.

Sonrió con tristeza. Emma Bovary no era muy distinta de varias de las féminas de su círculo de amistades. Pero, como bien decía su madre, si el escándalo no rebasaba el umbral de la puerta de casa, nada importaba.

Se llevó un pañuelo bordado a la nariz y estornudó. Las innumerables alergias que padecía junto con el eterno resfriado que habitaba su cuerpo como un parásito molesto y despiadado apenas le permitían abandonar su hogar, a pesar de que fuera junio e hiciera un calor bochornoso. Acababa de recibir una esquela de Irlanda y por fin sabría noticias de Natalie.

Depositó el libro en su mesita de lectura, cogió un abrecartas y rasgó el sobre con mano trémula. El doctor Pelletier, su médico personal, se lo había advertido. Nada de emociones fuertes ni de exponerse a estar envuelta en acontecimientos que fueran a alterar su sistema nervioso, mas tenía que saber de ella. Se lo debía a su hermana. A su querida Bernadette.

Una lágrima rodó traviesa surcando las arrugas de sus pómulos y cayó al vacío, convirtiendo en agua salada el tonelaje de aflicciones acumuladas en su corazón a lo largo de los años. El secreto que guardaba a buen recaudo, revelado por Bernadette el día de su muerte, aún le pesaba en el alma. Le hizo prometer que Natalie nunca se enteraría. Nunca.

«Júralo, Sélène. Por nuestros padres, júralo.» Y ella lo juró, santiguándose inmediatamente después.

Contempló su vestido de seda negra, tétrico representante del luto que llevaba por todos aquellos que se fueron antes que ella, dejándola sola en el mundo. No se lo quitó tras el deceso de la madre de Natalie, y continuaba adherida a él con el transcurso de los meses, hasta que las prendas oscuras y carentes de adornos comenzaron a formar parte de su propia identidad.

Sélène Lemoine. La hermana solterona de la hermosa y vivaracha Bernadette. La fracasada que no pudo ni siquiera encontrar un marido que la soportara y la sacara de la soledad que engullía sus entrañas.

Un golpecito en la puerta entornada la instó a limpiar todo vestigio de llanto instalado en su faz envejecida. Escondió la carta de su sobrina entre las páginas del ejemplar de *Madame Bovary* y alzó el rostro.

—Adelante.

Una de las doncellas del servicio se asomó al dintel.

—Señorita Lemoine... aquí hay un caballero...

Sélène se levantó y se puso sus mitones de encaje.

—¿De quién se trata? —inquirió.

Se oyó un ligero carraspeo proveniente de la garganta de la criada.

—Es... el señor Lefèvre, señorita.

El corazón de Sélène empezó a aporrear su pecho como un condenado a prisión perpetua que se lanza contra los barrotes de su celda con desesperación, tratando de abrirse un hueco y escapar.

—Hazle pasar —ordenó, trémula igual que un chihuahua sin abrigo expuesto a los vientos de finales de diciembre.

La doncella entró, seguida de Jean Pierre.

—Buenas tardes, tía —saludó el recién llegado.

—Hola, Jean Pierre.

Ambos permanecieron contemplándose unos segundos como dos rivales en un duelo.

—Trae té, Denise, por favor.

—Sí, señorita.

La criada les dejó solos, y Sélène invitó al hombre a sentarse con un gesto. Jean Pierre miró alrededor.

—Tía, deberías abrir las ventanas para que entrara más luz —le aconsejó— . No es saludable vivir en una cueva como si fueras un ratón.

La anfitriona hizo una mueca. La oscuridad interna en la que vivía jamás sería disipada con los cálidos rayos del sol que brillaba en el firmamento. ¿Para qué molestarse en dejar que aquella estrella volviera a iluminar sus días?

—Gracias por preocuparte por mi salud, sobrino. Siéntate a mi lado.

El joven obedeció.

—¿Qué te trae por la campiña? —preguntó, intentando sonar alegre—. Es bien sabido que eres un caballero urbano.

Jean Pierre rio y desvió la vista hacia la mesita. Agrandó lo ojos.

—¿*Madame Bovary*? Santo cielo, tía. ¿Saben tus amigas que lees estas cosas?

Sélène se ruborizó.

—No es tan censurable como dicen. Los adultos conocemos de sobra la naturaleza depravada de algunos seres humanos —se justificó— . El señor Flaubert solo se hizo eco de la misma.

Su interlocutor se mesó el mentón, pensativo.

—Entonces debería sugerirte otra novela que explota deliciosamente el lado oscuro de nuestra especie. *El Monje*, de Gregory Lewis. Pero no cuentes a nadie que te la he recomendado yo. Tengo una reputación que mantener.

Le tocaba reírse a Sélène.

—Está en mi estantería.

Jean Pierre asintió, sorprendido. La eterna virgen y gazmoña cuñada de su padrastro, con semejantes gustos literarios. Vaya. La conocía mucho menos de lo que creía.

Sélène notó la curiosidad en la mirada de Jean Pierre. Siempre había pasado desapercibida, como la dama apagada e insignificante en la que nadie se fijaba, pero ella también había conocido el amor. La pasión. El deseo. Había gemido con lujuria en los brazos de François cuando la juventud y la belleza eran sus compañeras de viaje. Había experimentado el ardor de los besos prohibidos de un amante experto en un nido de sábanas revueltas. Hasta que lo mandaron lejos y jamás regresó.

—¿Qué te trae por mi humilde hogar? —cuestionó ella, insistiendo por segunda vez.

—He venido a visitarte. Hacía dos años que no nos veíamos.

—Oh. Y has decidido comprobar que sigo entre vosotros.

Jean Pierre suspiró, esbozando una sonrisa.

—Me consta que posees una salud de hierro, tía. Al contrario que mi pobre padre.

Sélène se tocó la gargantilla de terciopelo de la que colgaba su preciado camafeo. Delphine y ella no se habían hecho amigas, puesto que se le hacía extraño entablar relaciones con la sustituta de Bernadette en el lecho y en la vida del cabeza de los Lefèvre; sin embargo, estaba bien informada de la procedencia de aquella misteriosa campesina que aportaba un hijo bastardo al matrimonio, y no había hecho nada para alertar a Claude. Él moriría y legaría su adorada confitería a la semilla de su peor adversario, y ella no sería quien lo impidiese.

Ojo por ojo y diente por diente. Así lo afirmaban las Sagradas Escrituras, y Sélène no era nadie para contradecir al santo que escribió esas sensatas palabras.

Denise entró con una bandeja de plata, dos tazas, té de hierbas y magdalenas rellenas de crema de vainilla.

—¿Cómo está tu padre, Jean Pierre? Tu madre, en su último mensaje, me comunicaba que había empeorado...

—Así es —corroboró él—. Por desgracia, no podemos hacer más.

Sélène les sirvió té a ambos y le acercó una taza humeante a su sobrino.

—Me gustaría ir a verle. A... despedirme.

Jean Pierre tomó un sorbo de su bebida y asintió.

—Qué pena que Natalie se haya marchado lejos sin dar señales de vida —dijo—. Cuando le lleguen las noticias del fallecimiento de nuestro padre, le dolerá en lo más profundo de su alma.

La anciana se incorporó al oírle nombrar a Natalie. Había acogido a la joven siete años atrás bajo su techo y le había dado dinero para que escapara después del incidente protagonizado por esta y por el hombre que hablaba con toda naturalidad de ella, y sospechaba que Jean Pierre sabía que había participado de alguna manera en el plan de huida de la hija del confitero. Trató de disuadirlo con disimulo.

—Las malas noticias siempre llegan a su destino, cualquiera que este sea. Confío en que Natalie aparezca pronto.

Jean Pierre sostuvo su taza en el aire, esperando la apropiada reacción de Sélène ante su indirecta, y no halló indicios de incomodidad, ni siquiera una inflexión en su voz que le ayudara a confirmar que mantenía el contacto con la fugitiva. Diablos... ¿es que tendría que amordazarla y azotarla para que confesara? ¿O estaba equivocado Blanchard en sus pesquisas? Lo intentó de nuevo.

—Si halláramos la forma de dar con mi hermanastra antes de que fuera tarde...

Sélène se levantó de golpe, azorada, y la mesita se tambaleó, haciendo tintinear los cubiertos. Un papel grueso se deslizó de la novela que la mujer hojeaba anteriormente, y el caballero le echó un rápido vistazo. Un sobre. Caramba, esa letra... le era familiar.

Aprovechando que Sélène le daba la espalda, tiró de la esquela y se fijó en el sello de correos. Irlanda. Su mirada felina se ensombreció. ¿Era posible...?

Su tía retiró las pesadas cortinas de terciopelo del ventanal, y un tímido rayo solar se filtró a través de los cristales.

—Estás en lo cierto —susurró—. Hay demasiadas tinieblas.

Jean Pierre la miró, y entonces notó su nerviosismo.

—¿Va todo bien, tía?

Sélène se volvió, sonriendo de oreja a oreja.

—¡Claro! —exclamó, elevando el tono más de lo normal—. Me alegro de que te acuerdes de esta vieja aburrida y te molestes en venir a verla. Te quedarás unos días, supongo.

—No, la verdad es que había reservado habitación en una posada...

Ella le interrumpió, haciendo un exagerado aspaviento.

—Hay tres dormitorios vacíos en mi hogar. No permitiré que un miembro de mi familia repose en una pensión.

Una sensación de impotencia se apoderó de ella cuando escuchó de sus propios labios la palabra «vacíos», y la melancolía volvió a atenazarla. «Querido François, ¿por qué tuviste que sucumbir a sus tretas y amenazas? ¿Por qué, si juraste que me amabas?»

—Como desees, tía —respondió Jean Pierre—. No pretendía molestarte, pero si soy bienvenido...

No, no lo era. Aunque tendría que distraerle y hacerle creer que no tenía nada que esconder si quería que abandonara toda conjetura.

—Desde luego que lo eres.

—Gracias.

—Y así podremos viajar juntos de vuelta a Lyon —propuso Sélène, con expresión inocente—. Ya te he comunicado mi deseo de ver a Claude. El pobre está tan enfermo...

—Se hará lo que tú ordenes.

La anfitriona se sentó a su lado y removió su té, echándole otro terrón de azúcar. Terminaron su cremosa merienda sumidos en un mutismo absoluto; entretanto la mente de Jean Pierre elaboraba mil métodos diferentes de sondearla para obtener información detallada sobre el paradero de Natalie.

Debía hacerse con esa carta. Un palpitante presentimiento le advertía de que se hallaba muy cerca de dar con esa fiera escurridiza. Y la hermana de su difunta madre, con su convite, acababa de allanarle el camino.

De rodillas y con las manos hundidas en el gélido riachuelo, Diane sumergió la pesada falda empapada y recubierta de restos de jabón, entonando alegremente la melodía de *Spanish Lady,* una canción tradicional que le habían enseñado las hijas de Reynold. No es que tuviera una voz inolvidable, pero sabía cantar relativamente bien. De hecho, cuando intentó abrirse un hueco en el mundo del espectáculo como actriz, hacía ya un millón de años, el propietario del humilde teatro había alabado sus dotes musicales, recomendándole que siguiera practicando, pues según él, la chica «tenía futuro».

Pensando en esa frase, sus cuerdas vocales bailaron al son de una tímida risita. Claro que tuvo un futuro después de sus vanos intentos por dedicarse al escenario. Un futuro repleto de hombres malolientes, posadas y catres cochambrosos, manoseos indeseables, bofetones y tundas de algún que otro degenerado y veladas enteras de borracheras con bebidas que solo los piratas osaban degustar.

Y no les importó ni a su padre ni a sus hermanos que se hubiera convertido en una ramera de la noche a la mañana, al no recibir noticias de la agencia de empleo en la que estaba inscrita y observar cómo su bolsa de dinero se iba vaciando a un ritmo vertiginoso.

Tomó dos de sus pololos mojados y restregó en su superficie una pastilla de jabón, para a continuación golpearlos contra las rocas y disponerse a fregarlos de nuevo, mientras volvía a canturrear la primera estrofa:

*As I came down through Dublin City*
*At the hour of twelve at night*
*Who should I see but the Spanish lady*
*Washing her feet by candlelight*
*First she washed them, then she dried them*
*Over a fire of amber coal*
*In all my life I ne'er did see*
*A maid so sweet about the soul**

Retorció la tela de sus prendas interiores y las amontonó en la orilla del arroyo, para luego aclararlas. Cuando alzó la vista, calló de pronto y enarcó los arcos perfectos de sus cejas. Un ramillete de lavanda había sido colocado encima de una de las piedras redondeadas, y ella ni se había dado cuenta de que ya no estaba sola.

—Bonitos bombachos.

Diane recogió a toda prisa su colada y contempló al intruso indignada.

—Haga el favor de mirar para otro lado y dejar de curiosear en mi ropa interior. ¿Y cómo diablos ha dado conmigo, señor Courtenay?

Gareth señaló el ramillete que había llevado.

—No seas grosera, botijo. Encima de que te regalo un ambientador para tus vestidos y trapitos varios...

—No ha respondido a mi pregunta.

* Letra de *Spanish Lady*, una canción tradicional irlandesa. Su letra en castellano dice lo siguiente: *Mientras venía caminando por la ciudad de Dublín / A medianoche / A quién debo ver sino a la dama española / Lavando sus pies a la luz de las velas / Primero se los lavó, después se los secó / Sobre un fuego de carbones ambarinos / En toda mi vida nunca vi / Una doncella de alma tan dulce.*

Ambos se miraron. Diane notó que el rústico mentón de Courtenay había sido habilidosamente afeitado, dejando más a la vista sus prominentes mejillas y sus labios generosos. Recordó el beso fugaz que este le dio en El Trébol de Cuatro Hojas y se sonrojó.

—Veo que se ha rasurado las lianas de vello castaño que tenía colgando de la cara.

Gareth sonrió. Qué fina era su doncella casadera.

—Gracias por fijarte —apostilló, divertido—. Lo he hecho para que no te pique la piel la próxima vez que te bese.

Diane rio a carcajada limpia, apoyándose en un tronco caído. El estruendo del sonido hizo que un pajarraco que descansaba en la rama de un abedul a unos metros del arroyo huyera despavorido, batiendo las alas con un graznido ronco y alejándose por el horizonte.

—Te ríes igual que un cantinero barrigón —apuntó él, riéndose también—. Me encanta.

—Y tú como una señorita remilgada —rebatió Diane, ofendida.

—¿Señorita remilgada? —repitió Courtenay.

—Con una gripe de mil demonios, eso sí —alegó ella, haciendo alusión burlesca al grave tono de voz de aquel macho humano demasiado desarrollado para su gusto.

Gareth saltó por encima de las rocas y tiró del delantal de la joven, acercándola a su pecho vigoroso.

—No me maltrates así, reina —murmuró—. Vengo a despedirme y no sé si volveré a verte. Voy a hacerme a la mar, ¿sabes? Podría no regresar.

—Ojalá —masculló ella, tratando de zafarse de su

agarre—. Pero no soy tan afortunada. Una tormenta de verano, un tiburón o una orca asesina... hay una cantidad de opciones...

—Prefiero que me devores tú y no un mamífero bicolor.

Diane ensanchó los orificios de su nariz, acción que demostraba un latente estado de irritación. ¿Acaso había nacido con un maldito imán para sinvergüenzas pegado en el trasero?

—Suélteme, señor Courtenay.

—Antes prométeme algo.

—Ni hablar.

—De acuerdo. Entonces no me lo prometas.

La chica le miró a los ojos, y Gareth experimentó un cosquilleo en el estómago. Sin pensárselo dos veces, la besó con el ímpetu de un desterrado ávido de alimento en una isla desierta.

A Diane se le aflojaron las rodillas, y se asió de la camisa de Courtenay, anestesiada por aquella extraordinaria y dulce lengua danzarina. Respondió al beso con idéntico entusiasmo, y allí permanecieron largos minutos.

Cuando él se apartó, ella estaba completamente desorientada, obnubilada por el deseo de continuar con aquel inesperado encuentro. Vaya. Hacía una eternidad que no la abrazaban así. Qué diablos. Nunca la habían abrazado así.

—Adiós, mi deliciosa Ginebra —se despidió Gareth, haciendo una reverencia.

—¿Lo dices por la botella o por la soberana esposa del rey Arturo?

Courtenay arrojó una carcajada al viento.

—Recordaré cada noche que pase mecido por el Atlántico nuestra amorosa separación. ¡Mi corazón es tuyo, excelso querubín cantor!

—¡Pues le clavaré unos cuantos alfileres! —exclamó Diane con gesto cómico, viéndole alejarse sin darle la espalda.

Cuando Gareth desapareció de su campo visual, Diane regresó a sus quehaceres. Debía lavarlo todo antes del crepúsculo. ¡Dichoso Courtenay! Ya no tendría cabeza para nada.

Vio que la bolsa de prendas lavadas estaba abierta, y una corazonada la invadió. Rebuscó entre los remolinos de húmedos vestidos, escarbando con agudo frenesí como si se le fuera la vida en ello. Al comprobar lo acertada que había estado con el presentimiento que le oprimía el pecho, emitió un aullido que ensordeció hasta a los elfos, duendes y seres mitológicos que poblaban el bosque.

—¡La madre que lo parió! ¡Me ha robado las ligas!

El carruaje arribó puntual a su destino, deteniéndose frente al portón de hierro negro que bloqueaba la entrada y establecía el límite de los dominios de los Lefèvre. Sélène, sentada frente al hijastro de su cuñado y con el tocado de plumas rozando el techo aterciopelado del vehículo, miró por la ventanilla de la portezuela, satisfecha de estar en Lyon al fin. No solía acudir a menudo a la ciudad, mas en ocasiones añoraba el bullicio de la urbe como cualquier ser medianamente sociable.

Jean Pierre se levantó, descendió por la escalerilla y le tendió la mano. Ella la aceptó y bajó del coche de caballos arrastrando sus negros ropajes. Los baúles fueron recogidos de inmediato por un par de sirvientes, y Sélène se encaminó del brazo de su acompañante hacia la casa.

—Delphine no ha salido a recibirnos —observó.

Jean Pierre se tocó el ala de su sombrero en señal de saludo a una dama conocida que caminaba por la acera exterior.

—Vigila a padre las veinticuatro horas —explicó—. Se ausenta del dormitorio únicamente para comer, bañarse o realizar quehaceres diarios.

—Claude es un hombre bendecido. Tras la pérdida de Bernadette, ha hallado en Delphine a una buena esposa.

Jean Pierre lanzó un resoplido impaciente casi inaudible. ¿Bendecido? No era una descripción adecuada para un infeliz que se había pasado la existencia poniendo la zancadilla a los demás para salirse con la suya. Si tan solo reuniera el valor necesario, acabaría con todo...

—Estás en lo correcto, tía. Madre es una mujer inigualable, con todos mis respetos hacia usted, por supuesto.

—No te disculpes, Jean. Demuestras poseer un buen corazón al alabar a tu progenitora y otorgarle el lugar que se merece. Delphine posee una valentía y una entereza como pocas personas de mi sexo.

El caballero asintió. Era preciso echar mano de una fortaleza hercúlea para concluir el plan y no claudicar por el camino.

Entraron en el *hall* de la vivienda y la invitada contempló el ostentoso mobiliario de este, compuesto por una mesa Luis XV con ornamentos dorados y un espejo no menos llamativo. Claude no tenía gustos tan extravagantes, por lo que apostó a que aquellos enseres fueron adquiridos por su segunda esposa.

—¿Jean Pierre? ¿Eres tú?

El sonido provenía de la primera planta. Sélène trasladó su mirada al final de la escalera.

—Buenas tardes.

Delphine no ocultó su asombro por hallar a Sélène Lemoine en el recibidor de su hogar.

—¿Sélène? ¡Cielo santo, qué sorpresa! —exclamó, bajando la escalinata.

Al llegar a su altura, Delphine recibió un beso en la mejilla de su hijo y le dio un abrazo a la cuñada de su marido.

—Así que era a ella a quien ibas a ver —le dijo a Jean Pierre—. Si me lo hubieras participado, habría dispuesto ya el dormitorio de huéspedes.

—¿Podrás perdonar mi atrevimiento? —intervino Sélène.

Delphine tomó las manos enguantadas de la tía de Natalie.

—Atrevimiento ninguno —aseveró—. Eres bienvenida, aunque no nos hayamos tratado mucho.

La anciana se compadeció de la triste dama que ocupaba el lugar de Bernadette. Otra víctima de la crueldad de Claude. Su sufrimiento era compartido, pues las dos habían perdido al hombre que amaban en su juventud, y el moribundo que descansaba en el piso superior era un denominador común en toda aquella historia.

—Te lo agradezco —musitó, complacida.

—Ven —dijo Delphine—. El trayecto ha sido largo, y necesitáis reposo. Pediré a los criados que nos traigan unas pastas.

La anfitriona les guio a su salita particular, una estancia decorada con un estilo muy femenino: papel de pared con motivos florales, piezas de porcelana que representaban bucólicas escenas pastoriles en la repisa de la chimenea, cortinas del color de un cielo primaveral, una elegante *chaise longue* forrada en azul claro, y un par de majestuosos sillones de oreja, en uno de los cuales un somnoliento minino bigotudo de raza angora turco de pelaje largo dormía a pierna suelta.

—Oh, aquí estás, *Napoleón.*

El aludido ronroneó y estiró las patas. Acto seguido se dio la vuelta, se acomodó dando la espalda a los intrusos y siguió a lo suyo, dejándose vencer por la modorra y la pereza propias de los gatos consentidos.

—Si me permiten, queridas damas, les dejo a solas para que hablen de sus asuntos —apuntó Jean Pierre.

Delphine contempló a su vástago con adoración, mientras este rozaba con las puntas de sus dedos en un gesto cariñoso el mentón de ella, y Sélène, atenta a la tierna escena, giró el rostro al sentir una punzada de profunda envidia. Después de todo, Delphine era afortunada por haber conservado un pedazo viviente de su amor. Ella no tenía ni eso.

Se acercó a *Napoleón* y le rascó en la nuca. El felino expulsó de su peluda boquita un largo ronroneo, instándola a continuar con su masaje. Sélène se relajó con el tacto que el animal le proporcionaba, y alejó sus pensamientos de los tormentosos recuerdos que últimamente acudían a su cabeza con una frecuencia alarmante.

—¿Qué es esto? —oyó preguntar a Jean Pierre en un susurro—. ¿Es un moratón lo que veo en tu cuello, madre?

—Ya hablaremos después.

Sélène fingió estar concentrada en la mascota de la casa, segura de que Delphine no deseaba mantener esa conversación delante de ella. ¿Un... cardenal? ¿Habría sido Claude? A pesar de su estado de salud, ¿aún tenía fuerzas para maltratar a su esposa?

Al volverse hacia ellos, se percató de que el joven ya se había ido. Le daba vergüenza mirar a Delphine a los ojos. Sabía que si lo hacía, no tendría valor para abrir la boca y pronunciar ni una sílaba sin echarse a llorar.

—Sélène, ¿me acompañarás con una taza de té?

—Claro.

La anfitriona la convidó a sentarse a su vera en la amplia *chaise longue*, y la recién llegada se apartó del minino, colocándose junto a su compañera.

—Este hijo mío —dijo Delphine con la mirada clavada en el suelo, azorada—. Se preocupa demasiado por mí. Me di un golpe contra el marco de la puerta mientras salía de mi dormitorio en penumbra, y ahora anda interrogándome por el moratón de mi cuello. ¡Ni que mi integridad física corriera peligro!

Una sirvienta entró con el té solicitado por el ama. Sélène escudriñó la expresión contrita de su interlocutora y asintió.

«Un golpe contra el marco de la puerta. Ya.»

# 7

Natalie salió del negocio de Roger Dinnegan con las manos vacías de la mercancía que había llevado, mas con la bolsita basculante que colgaba de su cintura rebosante de monedas. Hacía unas cuantas jornadas que Ben había partido con Sharkey y su tripulación a bordo del *Bethany,* y podía respirar tranquila sin esperar encontrárselo a la vuelta de la esquina y tener que esquivar las saetas de aquella boca pendenciera.

Se paró en el callejón que daba a la parte trasera de la confitería, se quitó uno de los zapatos y lo sacudió, expulsando de su interior una molesta piedrecita que se había introducido en su calzado durante el trayecto a Dublín. Esta vez Diane no estaba con ella y había tenido que lidiar sola con *Hortense*, pero aquel fresco y refulgente día de comienzos de julio había desatado su buen humor, y la terquedad de la borrica apenas hacía mella en su escasa paciencia.

Desdobló las tres hojas que contenían recetas de

dulces que se consumían en la región y las apretó contra su pecho. Dinnegan era un ángel ayudándola de aquel modo. No tenía necesidad alguna de comprarle sus bollos, pues él, como buen repostero, elaboraba unas creaciones sublimes que mantenían a sus clientes encaramados como lapas a sus tentadores escaparates, pero aun así se había prestado a cederle un hueco en el mostrador de su rinconcito, y le pagaba un porcentaje mayor del acordado por las ventas de sus exquisiteces francesas.

Era todo un caballero, a pesar de no vestir como uno de ellos ni poseer una mansión a las afueras de la capital ni un séquito de sirvientes que le siguieran a todas partes como hormigas tras el azúcar. Y conocía su inclinación romántica por ella. ¿Por qué era incapaz de enamorarse de él, con lo ventajoso que resultaría para ambos? ¿Por qué no podía extirpar a Benjamin Young de su alma herida por las coces que la vida le había propinado?

No era justo. Ni para ella ni para Roger. Él la quería. Y lo único que le ofrecía cada vez que entraba por la puerta de su confitería era una bandeja de masas horneadas.

—Señorita Lefèvre, qué bueno que aún siga aquí.

Natalie dobló rápidamente las hojas de papel y se las guardó en un bolsillo de su descolorida falda de algodón estampado. Miró a Roger con ternura y explicó:

—Estaba a punto de marcharme. ¿Qué se le ofrece?

A Dinnegan se le colorearon las mejillas al contemplarla fijamente. Qué facciones tan magníficas. Rostro ovalado, nariz fina y delicada, unos enormes ojos del color de los carbones encendidos, y una melena rizada que parecía una corriente de aguas arcillosas, de un rojo potente y deslumbrante.

Lo que daría por tenerla en su casa. Y por qué no, calentando su cama. Mujeres como Natalie no abundaban en Dublín, y estaba seguro de poder hacerla feliz si le aceptaba. Pero antes debía reunir valor para pedírselo. Se conocían desde hacía tiempo, y aún no se había atrevido a invitarla a un paseo mientras disfrutaban de alguna chuchería adquirida en la heladería del risueño O'Connell.

«Vamos, Roger. Es tu oportunidad. Hazlo de una vez. Ya tienes el no, ¿qué puedes perder?»

—¿Señor Dinnegan?

El confitero volvió en sí. Se había quedado embobado mirándola en silencio. Carraspeó un par de veces, aclarándose la voz.

—Me preguntaba si... bueno... si le gustaría dar un paseo un día de estos. Me he enterado de que mi amigo Devlin O'Connell está teniendo mucho éxito con su nuevo helado de manzana verde, y... quería...

—Será un placer.

Roger agrandó sus hermosos ojos azules.

—¿Perdón?

—Que será un placer acompañarle, señor Dinnegan.

Al hombre le entró una euforia tan grande que creyó que se iba a poner a saltar como si le hubieran instalado unos muelles en las piernas. La inigualable Cliodhna, diosa del amor y la belleza, había accedido a descender de sus moradas celestiales para complacer a un simple mortal y otorgarle el privilegio de poder compartir con Natalie una velada inolvidable. ¿No era acaso un milagro divino?

—¿De veras? —cuestionó, titubeante.

—Por supuesto —confirmó ella—. He oído hablar de los jugosos helados de manzana verde del señor O'Connell. Tengo curiosidad por probarlos.

Dinnegan le dedicó su sonrisa más espectacular, y Natalie se sintió orgullosa de ser la causante de aquel gesto de simpatía. Quizá Diane tuviera razón y debiera darle una oportunidad. De todas formas, no había por qué iniciar forzosamente un romance; podrían comenzar con una amistad que fuera avanzando a pasos cortos y seguros.

El recuerdo del encuentro con Ben en la cuadra de la casa de Olympia perturbó la calma que la invadía en aquel instante. El calor de sus manos largas e inquietas la trasladó a un estado de embriaguez emocional que la había hecho entregarse a su boca caliente y explosiva sin medir posibles consecuencias, y le faltó poco para dejarse arrastrar por él a un rincón del refugio y permitir que sus brazos la rodearan mientras le despojaba de todas sus prendas y la hacía suya sobre la paja fresca del establo.

Ese hombre era el diablo encarnado, y debía poner distancia entre los dos si no quería quemarse con las ascuas de las llamas del infierno. Y si Dinnegan le brindaba la salida a ese complicado laberinto, no se pararía a meditarlo.

Roger tomó su mano y la apretó con afecto.

—¿Mañana al atardecer le iría bien?

Natalie se lo pensó durante unos segundos que a su pretendiente le parecieron eternos.

—No tengo quehaceres que atender —contestó alegremente—. Mañana entonces.

—Cerraré la confitería una hora antes. Así disfrutaremos del sol más tiempo.

—De acuerdo. Aquí me tendrá.

Roger inclinó la cabeza y besó el dorso de la mano de la joven. Un sueño más que se cumplía. La pelirroja cogió las bridas de *Hortense* y tiró de la burra.

—Hasta mañana.

Minutos después de despedirse, Dinnegan seguía plantado en la calle sin moverse. Cuando perdió a la chica de vista, se volvió para entrar en su guarida, pero la latente sensación de que estaba siendo observado le hizo detenerse y mirar a su alrededor.

No, no era probable. Ella no perdería su valioso tiempo vigilándole. Habían pasado demasiados años desde aquello. Cometió la necedad de abrir la tienda enfrente de su casa una década atrás solo para tenerla cerca, ¿y de qué le había servido? Ya llevaba veinticuatro meses casada con aquel energúmeno cuando se inauguró la confitería, y el muy cerdo se encargaba de custodiarla en todas sus entradas y salidas, hasta que la Providencia tuvo a bien librarla de su yugo mediante una viudez totalmente inesperada.

Desapareció al otro lado de la calle y entró en su negocio, y unas cortinas de encaje blanco regresaron a su lugar en la ventana del primer piso de una bonita residencia justo delante del local. Los suaves dedos de

Sinéad Irwin pasaron de sostener la delicada tela que cubría los cristales de su atalaya a tapar un traicionero sollozo que se escapó de sus labios.

Roger había logrado sustituirla. Ya no quedaba esperanza.

La intensa jornada laboral le había dejado agotado, mas aun así reunió las energías necesarias para acudir a la cita con algunos camaradas. No fue fácil librarse del ojo escrutor de su padre, pero Sam, a esas alturas, ya era un experto en elaborar las más estrambóticas y efectivas excusas en medio de un carrusel de impecables mentiras, que iba construyendo como un muro inexpugnable a su alrededor.

El muchacho corrió con su saco a cuestas entre angostas callejuelas hasta llegar a Phoenix Park, el lugar en el que el grupo se había aglutinado, rodeado por matojos y setos de tejo de considerable altura en un rincón perfecto en el que pasar desapercibido. No le esperaban, pero les daría una sorpresa. El *Bethany* había navegado cerca de casa y le había llevado de regreso a tiempo para la siguiente junta.

—Hola —saludó, jadeando por el cansancio acumulado durante la carrera.

Sus compañeros se dieron la vuelta y le encararon, asustados.

—¡Diablos, Sharkey! ¡Pensábamos que era la guardia! —se quejó Peadar, el primogénito de Dillon Sloan, un pelirrojo de su misma edad.

—Lo lamento, Sloan —se disculpó Samuel.

—¿No habías salido de pesca con tu viejo? —preguntó otro, sentado sobre una gran roca gris.

—Hemos vuelto antes de tiempo. Nos ha ido bien. Pero no puedo quedarme demasiado rato, así que vayamos al grano. Contadme novedades.

Dos de sus amigos le hicieron un sitio entre ellos. Allí no había ningún adulto propiamente dicho que pusiera orden e hiciera de moderador en la conversación, pero los chavales parecían no precisar de la guía de sus mayores, pues, como hijos de los organizadores, eran excelentes discípulos.

—¿Noticias de nuestro colega de Inglaterra? —inquirió Sharkey, ávido de buenas nuevas.

—La Home Rule Bill* sigue en marcha —declaró Peadar—. En febrero fue presentada por Gladstone a la Cámara de los Comunes, y por fin la han aceptado. Esta mañana he tomado prestado el periódico de la mesa de mi padre y he podido confirmarlo por mí mismo. Las cosas de palacio van despacio, pero imparables.

—Entonces vamos a lograr al menos una victoria —afirmó Hugh, otro de los asistentes.

—Todavía es pronto para celebrarlo —apuntó Sam—. Todas las leyes británicas pasan por los dos poderes del Parlamento. Si la Cámara de los Lores la rechaza, entonces no habrá nada que hacer, por mucho que los Comunes hayan dado el visto bueno. Y dado que la mayoría de los lores son conservadores, y encima

* La Home Rule Bill fue un estatuto presentado al Gobierno inglés central, concebido para dar más autonomía a Irlanda cuando esta era parte del Reino Unido durante el siglo XIX. El primer ministro William Gladstone fue uno de sus principales defensores.

nuestros compatriotas protestantes del Úlster también se oponen a la autonomía besándoles el trasero a los ingleses, dudo que el resultado no sea idéntico al fracaso del ochenta y seis.

—Y es ahí cuando entramos nosotros —terció Tierney, el cuarto colaborador—. No dejaremos que nos sigan tomando el pelo. Si los británicos no ceden por las buenas, será por las malas. Nuestra gente que vive en Londres y apoya la causa conoce a un par de contrabandistas que nos venderían explosivos de muy buena calidad, de esos que podrían volar la abadía de Westminster en un abrir y cerrar de ojos.

Sam tragó saliva.

—¿La abadía de Westminster? ¿Lo decís en serio?

—¿Y por qué no? —replicó Sloan, enarcando las cejas—. Ejercer presión. De eso se trata. Si no quieren quedarse sin su querido templo anglicano, tendrán que aflojar las cintas del corsé que han obligado a Irlanda a ponerse. ¿Os lo imagináis? Un domingo por la mañana, en pleno servicio dominical, y de pronto.... ¡Pum! Tardarían meses en barrer los escombros.

—¡Pero mataríamos a civiles! —murmuró Sam, aterrado—. Se supone que ellos no son el objetivo, Peadar.

Sloan miró a su amigo de soslayo, pensando en la charla que había tenido con Dillon días atrás. Sabía que Sam era un irlandés de la cabeza a los pies, un nacionalista férreo y patriota como pocos. No obstante, le temblaba la mano a la hora de actuar, y por eso le había presentado objeciones a su progenitor cuando este le comunicó que el nieto de Ryan Ackland formaría parte del proyecto de resurgimiento de Los Invencibles. ¿Y si se echaba atrás en el último momento? Y en el peor de los casos... ¿Qué les ocurriría a todos si Sam se veía coaccionado para delatarles y entregarles a las autoridades?

—Si no estás seguro, no te obligamos a participar —murmuró Peadar, clavándole una mirada intensa a Sharkey—. Pero recuerda a los muertos, Sam. A los que lucharon por impedir que esta isla fuera fagocitada por el enemigo. La Gran Hambruna de la patata. La emigración de nuestros conterráneos al resto del mundo. La pobreza extrema en la que viven muchos de nuestros campesinos, mientras no se les perdona un penique de los impuestos que han de pagar. A tu conciencia dejo la decisión de ayudarnos a liberar al pueblo de un yugo que no han pedido llevar sobre sus hombros.

Samuel experimentó por primera vez en su vida la sensación de estar acorralado, o entre la cruz y la espada, como solía decir su abuelo. Por un lado, no deseaba decepcionar a sus colegas, y por otro... temía lo que pudiera hacerle Reynold si determinaba ser un militante de Los Invencibles.

Le mataría, no sin antes arrancarle los ojos y colgárselos del cuello como un relicario.

Miró en derredor, mientras analizaba las miradas inquisitivas de los demás jóvenes. «¿Eres un hombre o no, Sharkey?», parecían gritarle en silencio. «¿Temes acaso las represalias de mamá?»

Peadar posó su mano templada en su antebrazo, invitándole a darles una respuesta. Sam se quitó la gorra, se rascó la cabellera y dijo:

—El palacio de Buckingham habría sido una mejor elección.

Todos rieron a carcajadas, no obstante, el muchacho artífice de la broma que les devolvió el buen humor estaba temblando por dentro.

—Ese es mi chico —canturreó Sloan—. Pues que sea Buckingham también.

Natalie caminaba despreocupada a orillas del Liffey con una gran bola de helado verde introducida a duras penas en una tarrina, y mordía con deleite un trocito del manjar de manzana que había atrapado con una cucharilla. Roger, sosteniendo la suya de chocolate, la miraba relajado y arrastraba los pies por los adoquines, tratando de alargar lo máximo que pudiera su cita con la dama que se estaba ganando su corazón. Era una mujer valiente, luchadora, y en ocasiones hasta temeraria. Poseía virtudes que muchas féminas decentes calificarían de comportamientos propios de las casquivanas, sin embargo él lo veía como un toque de color en su ya atractiva personalidad, como un chorrito de salsa picante en un sabroso guisado con patatas de la huerta. Una mezcla de sabores exquisita, apta solo para paladares que supieran apreciarlos.

Natalie cerró los párpados cuando notó el gélido sabor del helado en los dientes, y una mueca se dibujó en su boca, rellena y rosada. Dinnegan rio.

—Frío, ¿eh?

—Se me ha congelado hasta el cerebro.

La risa de Roger se oyó aún más alta.

—Celebro que se esté divirtiendo —le regañó Natalie con ojos acusadores—. Qué bonito. Riéndose de una señorita.

—¡No, Dios me libre! —se retractó Roger—. Pero he sido pillado en falta observándola mientras come. Eso es de mala educación, y le pido disculpas.

Natalie se detuvo y las brasas ardientes que tenía por ojos le encararon.

—Usted es la primera persona que me pide perdón por algo así.

—¿Le extraña?

—Confieso que me ha sorprendido.

Dinnegan la guio a un banco próximo a un puesto de frutos secos y se sentaron más juntos de lo que dictaban las normas del decoro. A Natalie no pareció molestarle, lo que animó a Roger a decir lo que tenía preparado, tomándola de su mano libre.

—Gracias, señorita Lefèvre.

—Las gracias se las debo dar yo por alterar mi rutina. Está siendo una tarde muy agradable, señor Dinnegan.

—Llámeme Roger, por favor.

Natalie se azoró.

—Roger. ¿Me llamará usted Natalie?

—Si me lo permite, con todo el gusto.

Dinnegan elevó la mano de la muchacha y rozó con sus labios el interior de su muñeca. Natalie supuso que debería haber sentido algo, pero el gesto la dejó tan apática como una estatua de mármol. Si se hubiera tratado de Ben, albergaba la certeza de que su cuerpo ya estaría rozando la combustión, y esa comparación la hizo sentirse sucia y culpable. Iba a ser difícil hacerse a la idea.

—Natalie...

«Por favor, no lo diga. No lo diga. No me lo pida.»

—¿Sí?

Roger se humedeció los labios.

—Ha sido un honor que aceptara acompañarme en esta calurosa tarde estival.

Natalie soltó muy despacio un suspiro de alivio que llevaba minutos reteniendo. No había ninguna propuesta en la frase anterior.

—Creo que puede usted deducir cuáles son mis sentimientos respecto a esto —prosiguió él—. Desde que la conocí, me ha parecido una mujer excepcional. Admiro su arrojo, su independencia, su valentía... y me tomo la libertad de comentarle que todo ese cúmulo de virtudes está coronado por una manifiesta belleza externa.

—Señor Dinnegan... Roger...

—Quiero que sea sincera —la interrumpió—. Como lo es siempre, pero ahora más que nunca. Si mis atenciones no son bienvenidas, hágamelo saber.

Natalie desvió la mirada y se fijó en las ondulaciones producidas por la corriente del caudaloso río que cruzaba Dublín. El ocaso estaba a punto de producirse, y los tonos anaranjados y rosas se iban adueñando del firmamento como una mezcla de colores que va cubriendo un lienzo azul dirigida por un descomunal pincel invisible.

Se alisó el vestido. Aquel traje amarillo con ribetes marrones en el cuello, la cintura, las mangas y el bajo de la falda era uno de los pocos elegantes que le quedaban. De hecho, solamente se lo ponía en días especiales. ¿Por qué se le habría ocurrido arreglarse tanto para su acompañante, si no quería despertar nada en él?

Su honestidad la abrumaba. Era incapaz de contemplarle y no ver el reflejo de Ben en sus ojos, acusándola de la más vil de las traiciones. ¿Era lícito entregarse a otro hombre sin avisarle de que el suelo que pisaba estaba peligrosamente minado?

No, no lo era. Y por eso las siguientes palabras se le escaparon de las cuerdas vocales sin avisarle siquiera:

—Hubo... otra persona en el pasado.

Dinnegan se irguió.

—¿Otra persona? ¿Estuvo usted casada?

Natalie negó con la cabeza, y una sonrisa contrita se dibujó en su cara. ¿Casada? Ben hubiera preferido que lo arrojaran desde lo alto de los escarpados acantilados de Moher antes que atarse a ella bajo el sagrado sacramento.

—No, en absoluto —aclaró—. Amé a alguien durante siete años.

«Y todavía le sigo amando.» Pero esto último se le atascó en la garganta y no pudo pronunciarlo.

—Percibo un deje de melancolía en su voz, Natalie. ¿Ese... caballero le provocó algún daño?

—Sí. Me abandonó por una señorita de alta alcurnia.

El confitero cerró el puño. Miserable.

—Sucedió cuando residía en Inglaterra. Puse tierra de por medio y vine a Irlanda con Diane a rehacer mi vida. Aquí soy dichosa y no me arrepiento de mi decisión. Respecto a su pregunta —explicó la dama—, por supuesto que son bienvenidas. Es usted un hombre encantador, íntegro y bondadoso. No obstante, le advierto de que está tratando con un corazón herido y desconfiado, Roger.

—No temo a los corazones heridos y desconfiados, mientras sean libres para amar —apostilló él.

La mandíbula de Natalie tembló, frenando las ganas de llorar. No, tampoco era libre para amar. No a él. Ni a ningún otro que no fuera Benjamin Young.

Miró en el interior de su tarrina. Su helado se había derretido.

—Lo he echado a perder —se lamentó—. Con lo bueno que estaba...

—Iremos a por otro —dijo Dinnegan, levantándose.

Natalie le imitó, cogiéndole del brazo.

—Vayamos entonces.

Con su fardo echado a la espalda, Benjamin caminaba por el muelle del puerto de Dublín, feliz de estar de vuelta tras días de duro trabajo. Tiburón había insistido en que se hospedara nuevamente con su familia, por lo que se abstuvo de buscar una posada donde pernoctar, y se había despedido de él, de Gareth y del resto de la tripulación en la plataforma, decidido a dar una vuelta por la ciudad antes de irse a casa. Ninguna tormenta se les cruzó en el camino lo que duró la travesía, y esta fue placentera, provechosa y a veces hasta aburrida, y les llenó a todos los bolsillos con un jornal más que merecido.

Un grupo de niños invadió su espacio chillando y correteando con tarrinas de helado en la mano, siendo perseguidos por una mujer que parecía ser su niñera. Ben los sorteó a tiempo, y la tromba de mocosos en estampida se alejó galopando y llevándose consigo un estruendo de risas. La pobre cuidadora jadeaba y se recogía las faldas para no caerse de bruces, pero su edad era un factor en su contra, y en escasos segundos ya había perdido a sus traviesos pupilos de vista. Se detuvo a unos metros de él y tomó aire.

—Gracias a Dios que no tengo hijos. ¡Gracias a Dios! —la escuchó exclamar.

Cualquiera habría reído con la cómica escena, pero Ben permaneció serio. Los ásperos recuerdos de su infancia acudieron a él como un repentino monzón tropical y sepultaron su memoria bajo imágenes mentales pasadas, cuando era un niño más en aquel orfanato apestoso, abandonado a su suerte y cuya única compañía eran los indeseables piojos.

Era el décimo hijo de un matrimonio inmigrante asentado en Londres desde el inicio de su vida en común. Había nacido en Inglaterra, pero llevaba sangre irlandesa en las venas, y la situación económica de su familia, unida a la desgracia de ser extranjeros, no les permitió mejorar de vida, viviendo situaciones de pobreza extrema y sin ninguna esperanza.

Por ser el pequeño de los hermanos, le llamaron Benjamin, y fue criado en medio de grandes privaciones. Como era demasiado joven para trabajar, cada día contemplaba a su padre salir de madrugada con el resto de sus hijos a buscarse el pan, y él se quedaba con su madre, que a veces conseguía algún empleo temporal limpiando casas o lavando y remendando ropa.

Pero él solo era una boca más que alimentar, y los Young pronto se dieron cuenta de que tendrían que invertir demasiado en su polluelo hasta que pudiera compartir su carga, por lo que lo metieron en un internado y se desentendieron de él. La última vez que abrazó a su madre, esta no dejaba de llorar, apretándole contra su orondo y reconfortante pecho. «Todo irá bien.» Eso fue lo que le dijo mientras dos hombres se lo llevaban. Tenía cinco años.

Sí, gracias a Dios que él tampoco había engendrado hijos. Traer una criatura al injusto mundo en el que subsistía era un imperdonable acto de crueldad.

Inspiró hondo y observó a la desconocida, que había iniciado otra vez la carrera persecutoria profiriendo amenazas contra los chicos, y sí que rio ahora. Sin embargo, la sonrisa se le heló al divisar a Natalie sentada en un banco con... un hombre. La tenía cogida de la mano, y ella mostraba una expresión relajada, cómoda. Iridiscente. El caballero se aproximó y le habló muy cerca del rostro. Iba a... ¿besarla?

Maldito hijo de perra.

Apretó los dientes y contuvo la cólera que invadía su cansada anatomía en oleadas gigantes, como las que precedieron a su primer desembarco en Dublín. Vio que se pusieron en pie y ella cogió del brazo a su acompañante. Sin pensarlo siquiera, les siguió, ocultándose tras los edificios y comercios cuando corría el peligro de ser descubierto.

Estuvieron un par de horas deambulando por el centro, conversando y riéndose, aunque Ben no alcanzaba a oír lo que se decían. El desgraciado había comprado para Natalie una pulsera con cuentas de mar, y ella, agradecida, le había regalado un tierno beso en la mejilla. Young bufó de ira, negándose mentalmente a analizar su irrisoria pataleta infantil. Cuando la pillara a solas, se iba a enterar.

La oportunidad se le brindó cuando Natalie se despidió de su supuesto amante en la puerta de una confitería, y a pesar de que este insistió en acompañarla a casa, ella se negó. Había caído ya la noche, pero no le importaba regresar sola. Tomaron caminos separados y el hombre se alejó calle abajo, y la joven se adentró en un callejón para tomar un desvío. Fue allí donde Ben saltó sobre ella como una pantera que aguarda al incauto cervatillo que le servirá de cena.

—¿Es él quien te ayuda a pagar el alquiler? —le increpó a bocajarro.

Natalie dio un brinco.

—¡Ben! ¿Qué... qué haces...? ¿Has vuelto ya?

—Menuda pregunta. ¿Es que no me ves?

Sí, sí que le veía. Le veía muy bien.

—¿Qué quieres?

—¿Es tu nuevo amante? Parece un buen partido.

La joven se frotó las sienes. Estaba exhausta. No tenía ganas de discutir. Se dio la vuelta para continuar andando, pero Young la detuvo asiéndola por el codo.

—No me toques.

—¿Me vas a dejar con la palabra en la boca? El campo te está embruteciendo, señorita Lefèvre.

Ella se retorció en un vano intento de liberarse, lo

que llevó a Ben a arrastrarla a un rincón oscuro y apresarla con su cuerpo, descansando un brazo a cada lado de los hombros de su rehén.

—¿Y bien?

—No es de tu incumbencia.

—Te doy dos segundos.

Natalie le empujó, pero no logró que se moviera ni un centímetro.

—¿Qué buscas, Ben? ¿Qué? ¿Quieres saber si me he acostado con él? ¡Pues no, no lo he hecho, aunque oportunidades no me han faltado! ¿Contento? Vamos, ahora golpéate el pecho como el gorila semental de una manada de macacas, machote. Por el amor de Dios, a veces eres tan ridículo que me inspiras lástima.

Young prestó atención solamente hasta la tercera palabra. La cuarta sonó como un eco lejano. La quinta ya ni la oyó. Los labios temblorosos y entreabiertos de aquella ladina combativa acapararon sus cinco sentidos, que fundieron las parpadeantes luces de advertencia de su cerebro y se dedicaron a contemplarla, olerla, tocarla y oír con deleite su respiración entrecortada. En cuanto a saborearla... con gusto lo haría, pero no hasta saber quién era allí el tercero en discordia: él o el relamido irlandés que la había adulado con miradas caramelizadas y baratijas hechas con conchas de mar.

—Benjamin, no soy de tu propiedad. Y te puedes ir al cuerno con tus insinuaciones. No dependo de nadie para sobrevivir. Tú, sin embargo, sí tuviste que encamarte con una mujer para intentar pagar tus deudas. El burro se burla de las orejas del conejo. ¡Hipócrita!

Sintiéndose provocado por la mirada altiva y desafiante de Natalie, Ben le desabotonó los primeros botones de la pechera de su vestido y separó la tela, exponiendo su piel blanca y perfumada al frescor cargado de un intenso aroma a espliego de aquella noche veraniega. Recorrió con los dedos el extremo superior de su corpiño, mientras contaba mentalmente todos los lunares que engalanaban sus curvas, desde la cabeza hasta los pies.

—Diecinueve.

El corazón de Natalie se aceleró.

—¿Qué?

—Tienes diecinueve lunares repartidos por todo el cuerpo. Uno en la parte baja de la nuca, tres en la espalda, uno en la planta del pie derecho, dos junto a...

—Basta. Ya es suficiente.

Ben se inclinó y murmuró en su oído:

—No me has dejado terminar. Dos junto al ombligo... Recuerdo que esos los he besado cientos de veces.

—¡Para!

—¿Por qué? —inquirió Benjamin con inquina—. ¿Te da vergüenza, Nattie? ¿O lo que sientes son remordimientos por haber sido la querida de un posadero pobretón como yo? ¿Te asquea pensar que el primer hombre que te ha visto desnuda es un ladrón y un cazadotes?

—No tengo por qué tolerar esto.

Se zafó de su abrazo y dio tres pasos. Sus pies se negaron a obedecerla cuando oyó tras de sí:

—¿Sabe acaso cómo te gusta el café por las mañanas? ¿Sabe que siempre duermes con el retrato de tu padre bajo la almohada? ¿Te abraza de madrugada cuando tus pesadillas crónicas perturban tu sueño?

—¡Cállate! —vociferó ella, dándose la vuelta y pegándole con el puño cerrado en el torso. La pulsera se rompió y las cuentas saltaron por los aires—. ¡No, no hace nada de eso! Pero al menos no me siento sola, al contrario que cuando hacía de concubina en el cubículo en el que dormías.

Ben enmudeció por la bofetada que le dieron sus duras palabras al chocarse impetuosas contra su cara.

—Un ser inhumano y despreciable, eso es lo que eres. —Las acusaciones salieron como una flecha con la punta envenenada disparada directo al corazón—. Me utilizaste aun sabiendo que yo... que yo...

Young la miró expectante. Las lágrimas corrían libremente por la tez de Natalie, confluyendo en un fino riachuelo salado que se precipitaba en el pavimento adoquinado de la vía.

—No vale la pena.

—Natalie, espera.

La aludida se secó el llanto con la manga del vestido.

—Yo te amaba, Ben —confesó, cabizbaja—. Te amaba con una intensidad y un tesón que dolían. Te amé desde el día que te encontré en las calles de Whitechapel y me llevaste a tu casa. Te amé a pesar de que solo podías ofrecerme tu cuerpo, pues tu alma la guardabas a buen recaudo y no permitías que nadie la poseyera. Te amé con todo el vigor con el que una mujer puede amar a un hombre. Pero no fue suficiente. Virginia Cadbury tenía lo que a mí me faltaba: dinero. Dinero para pagar tus deudas y darte la comodidad que tu codicia siempre ambicionó.

—Tú no lo entiendes.

—¡Claro que lo comprendo! ¡Anhelabas dejar de convivir con las ratas de las cloacas, para relacionarte con los perros con camisas almidonadas! ¡Los mismos que pasan de largo cuando ven a un mendigo o un niño hambriento, y que no los apartan de una patada simplemente porque no quieren mancharse los zapatos!

—¡No sabes nada! —gritó Young—. ¡Tú, que viviste entre algodones hasta que el infame de tu hermanastro se metió en tu cama! Que ni siquiera estirabas las sábanas de tu lecho, porque tu doncella lo hacía por ti. ¿Y osas juzgarme? ¿Tú, que te serviste de las muertes de tres mujeres para vengarte de mí?

Natalie boqueó dos veces. Claude le había proporcionado una educación, vestidos, estudios y un hogar tibio en los fríos meses de invierno, era cierto. Pero tampoco había gozado de una existencia sin sufrimientos ni preocupaciones.

—No, no te juzgo —farfulló, agotada por aquella infructuosa discusión—. Y sentí en mis carnes la aflicción por mi deslealtad al tenderte esa emboscada. No me crees, pero no me importa. El amor que te tenía extendía contra mí su dedo acusador. Me volví loca, enferma de envidia, al imaginarte en brazos de Virginia Cadbury. Cubriéndola de besos, adorándola en vuestro repugnante lecho aromático con sábanas bordadas. Mi espíritu aullaba de furia. Contra ti. Contra todos. Eras mío. ¡Mío! Los celos me cegaron, pero no lo bastante como para insensibilizarme hasta que todo hubiera pasado. «El hombre al que quieres está encarcelado, y lo matarán porque eres una maldita ególatra pusilánime», me repetía sin cesar. Y yo agachaba la cabeza y me consolaba abrazada a tu recuerdo. No quería dejarte ir. Y sabe Dios cómo te odiaba por no comprender cómo me sentía. Cómo me dolía. Cómo me duele aún. Era una muerta en vida. —Hizo una pausa—. Soy una muerta en vida.

Ben la sujetó por la muñeca y la acercó a él. Su mano libre cubrió la nuca de la joven, y su boca lanzó los últimos dardos que le restaban, muy cerca de los labios de ella, tan cerca que Natalie notó el calor que desprendía su agitada respiración.

—No sé cómo lo haces, pero siempre logras que crea en todos y cada uno de tus embustes. Me odio a mí mismo por no poder controlarme. Y te odio a ti, Natalie Lefèvre, por representar todo aquello que deseo y no soy capaz de obtener. Por recordarme con solo una mirada que mi lugar está entre los perdedores, y que jamás podré aspirar a nada mejor. ¿Y sabes por qué? Porque no soy una buena persona. Robo, miento, estafo y me aprovecho de las mujeres. Quiero hacer añicos tu vida, acabar contigo, que sufras como yo, y cuando pienso que voy a conseguir mi meta, ahí estás para hacer que todos mis propósitos se derritan como la cera de una vela. Me dejas en blanco, indefenso igual que un niño en pañales que patalea al percatarse de que toda su histeria no servirá para otro fin que el de dejarle afónico. Me siento el protagonista de una absurda pantomima, y lo más ridículo es que ahora mismo, a pesar de todo este juego idiota, me muero por besarte hasta quitarte el aliento, por devorarte como un lobo necesitado e insaciable, por arrebatarte el alma, por fundirme con tu cuerpo de tal forma que no sepamos quiénes somos o adónde nos guiará esta locura. ¿Puedes comprenderlo? ¿Puedes, Natalie? Porque yo no.

—Ben...

Su nombre fue pronunciado en un tenue susurro. Anhelante, dolorido... espeso como el aire que les abrazaba. Natalie, con una congoja imposible de expresar en palabras, murmuró:

—Me has roto el corazón. Ya no tengo más posesiones valiosas que destruir. Siéntete satisfecho, Benjamin.

Él cerró los ojos, fatigado, buscando sus labios. No obstante, no los encontró. El beso que anhelaba darle no borraría la cruenta realidad que encerraba la petición que vino después de boca de Natalie:

—Por favor, sal de mi vida. Desaparece, si es que llegaste a sentir alguna vez algo por mí. Quedémonos con los recuerdos de nuestros días pasados, y no los manchemos con los rencores del presente. No puedo más, Ben. Si deseas levantar la mano contra mí, no huiré. Estoy... cansada...

Young no la persiguió cuando Natalie se apartó para emprender el camino de vuelta a Howth. Habría podido detenerla, pero eligió contenerse. Estaba profundamente herida y, si trataba de darle alcance, lucharía como una presa agonizante en las fauces de un león, y no lograría otra cosa que ahondar en la llaga.

Dio media vuelta y condujo sus piernas hacia la primera taberna abierta que viera. No iría a casa esa noche. Se tomaría un buen trago para apaciguar su conciencia, y después se jugaría unas monedas al *whist*. Natalie había acertado de lleno con sus acusaciones: él era incapaz de amar a alguien que no fuera a sí mismo, mas el aceptarlo no lo hacía más llevadero.

La llave que abría la puerta a la felicidad la había lanzado lejos de sí, y las oportunidades de alcanzar la dicha se le estaban extinguiendo. No había sitio para un hombre vacío como él. En ningún lugar. Ni siquiera en el corazón de la mujer que acababa de confiarle sus sentimientos.

Diane se agitó inquieta entre las sábanas, poniendo todo su empeño en tratar de conciliar el sueño. Sin embargo, y pese a su agotamiento, no lo lograba, y el motivo eran los infernales golpes provenientes de la planta inferior de su casa.

Agudizó el oído. Esa madrugada se había levantado un viento de poniente bastante fuerte, pero aquel estruendo no parecía proceder del aire en movimiento, sino de... puños. Puños que se estrellaban contra la madera de... ¿la puerta?

Saltó de la cama, se ajustó el gorro de dormir y se puso su chal de punto sobre los hombros, olvidando los mocasines y saliendo descalza y de puntillas en dirección a la escalera. Natalie parecía dormir plácidamente, pues su dormitorio estaba a oscuras y la quietud reinaba en su interior.

Otro estruendo zarandeó sus tímpanos, y la joven bajó los escalones como una bala disparada por un cañón de guerra. Fue directa a la cocina y se armó con la destartalada escoba de paja que usaban para barrer el patio y regresó al arco de entrada.

—¿Quién anda ahí?

—¡Abre, Natalie! ¡Abre o la tiro abajo!

Diane dejó de respirar al reconocer la voz causante de aquel escándalo nocturno. Dudó si abrir y echarle a escobazos, como hacía su padre con los indeseables que se presentaban en su casa a vender cualquier artículo doméstico al que era imposible hallar alguna utilidad.

—¡Lárgate! ¡Estas no son horas!

—¡Abre!

Enojada y hastiada por la insistencia del cavernícola que gritaba el nombre de su amiga, Diane descorrió el cerrojo de hierro, y la tabla emitió un sonido semejante al lamento de un moribundo al abrirse. Young estaba en el porche, encorvado, con los brazos en el marco exterior y apoyándose en la fuerza de los mismos para no volver a tambalearse. El lacio cabello rubio le caía suelto por la apolínea faz endurecida, y sus vivaces ojos azules nadaban perezosos entre litros de alcohol barato.

—Estás borracho.

—Tú... no... no eres Natalie.

—No me digas. Lárgate a tu choza y déjanos en paz. Algunos tenemos que dormir, ¿sabes? Además, no eres bienvenido aquí.

—Necesito... verla.

—No vas a entrar en ese estado.

Ben avanzó y Diane se apartó, temerosa de que fuera a arremeter contra su persona. Aunque Natalie le dijo que su amante inglés jamás le había puesto un dedo encima, ella no se fiaba de desconocidos, y mucho menos si estaban ebrios.

—Quita.

La puerta se cerró cuando el intruso, vacilante, se introdujo en la vivienda. No portaba su fardo, y sus ropas estaban arrugadas y despedían un olor a humo, aguardiente y vicio. Un hedor que le era familiar, pues había convivido con él cada día cuando ejercía la prostitución en los muelles de Londres.

—Son las cuatro de la mañana, animal —bramó la muchacha—. Y hueles como un cerdo.

—¡Natalie!

La escalera crujió, y se oyeron pasos. La aludida apareció en el quinto escalón, en camisón y con el largo cabello suelto. Ben creyó ver una aparición. Buen Dios, qué hermosa era.

—¿Qué haces aquí, Ben?

—He... v-v-venido... venido a... a...

—¿A qué?

—A dis... culparme.

Natalie miró a su compañera, que tenía los brazos cruzados sobre el pecho y las facciones contraídas en actitud belicosa. Volvió a centrar su atención en Ben, que anduvo despacio hasta el pie de la escalera y trató de subir.

—Quédate ahí. Si subes, puedes caerte. No estás en condiciones...

No acabó la frase. Él ya había llegado a un nivel por debajo de ella y su mirada melancólica y perdida le atravesaba el alma.

—Nat...

—Baja.

—No. Tengo... que... hablar contigo.

—De acuerdo. Hablaremos. Pero bajemos primero, ¿sí?

Como un corderito indefenso ante su amo, Benjamin asintió y se giró. Pero su pie no encontró el escalón inferior. Trastabilló y cayó como una bolsa de patatas en el firme suelo de madera.

—¡Ben! ¡Diane, ayúdame!

Las dos mujeres acudieron a auxiliar a Young, que, aunque no había perdido la conciencia, era incapaz de incorporarse solo. Era un hombre muy grande y pesaba un quintal. Diane arrugó la nariz al acercarse.

—¡Puaj! ¡Huele a rayos! ¿De dónde ha salido este engendro? ¿Del cementerio? ¡Debe de haberse bebido toda la reserva de Thacker para lo que queda de siglo!

—Calla, Di —la reprendió Natalie—. Hazme un favor. Ve al patio de atrás y llena el barreño hasta arriba.

Diane frunció el entrecejo, adivinando lo que su amiga iba a hacer.

—¿Vas a... bañarle?

—Hay que espabilarle. Ha ingerido demasiado alcohol, y el agua fría le despertará.

—Lo que me faltaba, ver que le tratas como a un bebé en lugar de darle la patada en el culo que se merece.

—Deja de quejarte como una vieja chaperona y haz lo que te digo.

Diane se marchó por la puerta trasera y Natalie ayudó a Benjamin a levantarse.

—Mi... mi... fardo.

—Ahora lo cogeremos. Vamos a darte un baño, Ben.

Arrastraron los pies a la intemperie del patio de atrás, y Young suspiró aliviado al notar la brisa fresca en el rostro. Era una noche despejada, sin nubes, y hacía calor. El viento había remitido. Suerte que estaban en verano y la sesión de limpieza iba a resultarle agradable, cosa poco probable si hubiera osado protagonizar esa aventura en pleno mes de enero.

Diane llenó la improvisada tina de madera con los cubos que usaban para transportar la colada hasta el río, llevando el agua del pozo que su casero había mandado construir en el extremo derecho del jardín. Natalie, entretanto, sostenía a Ben como bien podía, abrazándole por la cintura y hablándole para que no se durmiera.

—Ya está —indicó Diane—. Ya puedes quitarle toda esa hediondez que lleva pegada en el cuerpo. Y de paso, si decides ahogarle, haré la vista gorda. Lo enterraremos en la parcela de los nabos y las zanahorias, que precisan de abono.

Young le clavó una mirada asesina.

—Ga... Gareth está... está en lo cierto. Eres... eres un... botijo. Bajita... fea... y... bo-bo-bo...

—¿Boba?

—Bocazas. Lo de fea... lo añado yo.

Diane elevó una ceja.

—Y tú apestas, cretino.

Natalie sonrió. Al pasar Diane por su lado, detuvo a su inseparable camarada.

—Gracias.

Diane le guiñó un ojo.

—¿Por sacarte las castañas del fuego? Tranquila. El día que te necesite, me cobraré los favores uno por uno. Y si este se pone pesado, avisa y bajaré con la porra que guardo debajo del colchón.

La carcajada de Natalie retumbó en la cabeza de Ben como un avispero rebosante de actividad, y este se desembarazó de su punto de apoyo, dando un paso adelante y mirando el reflejo de la luna llena sobre el agua lóbrega y ondulante. Se sacó la camisa de un tirón y la lanzó a unos metros, quedando completamente desnudo de cintura para arriba.

Diane, al contemplar aquella espalda compacta, silbó como un marinero ante una bella dama de ciudad.

—Vaya, vaya con el borrachín. Sabes escogerlos, ¿eh? —dijo burlona.

—Diane, ya basta. No estamos para bromas.

—Me voy, que tres son multitud.

Natalie la observó mientras se alejaba, y tomó aire para enfrentarse a la inesperada situación que se le había presentado de repente. Para entonces Ben ya se había deshecho de su vestimenta y se había introducido en el barreño.

—¿Nat?

—Estoy aquí, Ben.

—Está fría. El agua.

—Lo sé.

En tres zancadas, la joven se situó a su espalda. Se compadeció de él al notar su vulnerabilidad, y no se resistió a acariciar su melena, introduciendo la mano en la tina, humedeciéndola ligeramente y pasándosela por el pelo.

—¿Mejor?

—Quiero verte.

Natalie cambió de posición y Ben la miró de arriba abajo.

—Estás... preciosa con... ese camisón.

Su interlocutora se tapó con los antebrazos en un acto reflejo. Había olvidado que iba vestida con un ligero y vaporoso salto de cama.

—Iré a por jabón y a recoger tus pertenencias. Las has dejado fuera, ¿no?

Ben descansó la nuca en el extremo de una tabla de madera de roble sobresaliente y no respondió. Natalie aprovechó para correr dentro, coger la bolsa que había olvidado en el zaguán y abrigarse con una mantita.

Al volver junto a Benjamin y agacharse para entregarle la pastilla de jabón de caléndula de elaboración casera, él sacó los brazos chorreantes de la masa acuosa y tomó su mandíbula con ambas manos, enderezándose y quedando a unos centímetros de sus labios.

—Qué guapa... eres —balbuceó—. Y qué... qué imbécil soy. Lo soy, ¿a que sí?

—Termina de lavarte. Es tarde.

—Yo... no puedo... no puedo querer a nadie, Nattie. No tengo... corazón. Mi madre... me lo arrancó del pecho... cuando me llevaron... a ese... antro de ratas... y pulgas...

Natalie le miró confundida. Aunque mantuvieron una íntima relación de dos años, Ben jamás le había hablado de su pasado. El día que ella le preguntó por su familia, notó su incomodidad, y enseguida cambió de tema. No conocía sus orígenes, ni si tenía hermanos, ni dónde vivían los suyos, si es que quedaba alguien. ¿Serían esas palabras producto de la monumental cogorza que le recorría las venas o estaba presenciando la confesión de lo que fuera una mísera y traumática historia?

Prefirió no contestar y se desembarazó de su agarre. Introdujo la pastilla en el agua y le frotó en el pecho, recubierto por un sensual y marcado vello dorado. Le restregó los hombros, los brazos, el cuello, el tronco, le lavó la cabeza y, cuando se dirigía a las piernas, Young la volvió a atraer hacia sí, cogiéndola por la muñeca.

—Escúchame —dijo con gesto serio—. No soy... bueno para ti, ¿me oyes? No lo soy. Aléjate. Aléjate... Natalie.

Natalie le sonrió y le acarició la barba de varios días.

—Lo sé. Pero en el corazón no se manda, Ben.

Terminó de bañarle y le pasó una toalla. Al emerger del agua, Young le recordó a las fábulas que su padre le contaba sobre el invencible Poseidón y sus aventuras en los insondables océanos.

Por primera vez sintió lástima por Virginia Cadbury. Perder al hombre al que se amaba era una amarga experiencia en la vida de una mujer. Y quién sabe si, de haber permitido que los acontecimientos se sucedieran sin provocar su separación con aquella locura, la vida de ambos sería totalmente distinta en ese momento. Qué fácil era culpar a otros por las faltas que uno cometía, víctima de su propia porfía y egoísmo.

—Tienes una muda limpia en el saco que has traído contigo —explicó—. Póntela. La otra te la lavaré mañana.

Ben salió del barreño ya más despejado, se secó y se vistió. Ella se mantuvo cerca, por si durante el proceso necesitaba ayuda. Luego lo guio de nuevo al saloncito de la casa y comprobó que Diane, antes de subir a dormir, había bajado unas mantas y las había extendido en el suelo para él. Se lo agradeció mentalmente.

—Quédate a dormir, no puedes irte en esas condiciones. Espero que no te importe hacerlo en el suelo; carecemos de camas suficientes. Buenas noches, Ben.

Pero él no le permitió retirarse. Tiró de su camisola y, atrayéndola, musitó:

—Déjame... dormir contigo. Prometo... prometo no propasarme.

—No es buena idea.

—Nat... necesito abrazarte. Lo necesito.

Natalie contempló los suplicantes ojos vidriosos de Ben. Era demasiado arriesgado restablecer la intimidad perdida. Las heridas se reabrirían y volverían a supurar. No obstante, allí estaba, debatiéndose entre acceder a lo que su corazón ansiaba o a lo que su sentido común le gritaba. Y ganó su maldito y terco corazón. Como siempre.

Entrelazó sus dedos con los de Benjamin, y juntos se echaron sobre las mantas, cubriéndose con una fina y ligera sábana de algodón. Se mantuvieron inmóviles durante unos cuantos minutos, sin hablar, solo escuchando los latidos de aquel órgano palpitante que bombeaba vida a través de sus venas. Ben rodeó su cintura desde atrás y descansó su barbilla en la selva ensortijada de su pelo, plantándole un tierno beso en la nuca. Natalie luchó por no darse la vuelta, rodearle el costado con los brazos y entregarse a la eterna llama del deseo que titilaba en su pecho como la apocada lumbre de una palmatoria. Humilde, pequeña... pero que ahuyentaba con precisión la densa oscuridad e iluminaba el camino de su portador.

—Te he perdido, ¿verdad? —susurró él con voz pastosa y sofocada—. He des... perdiciado lo único que ha valido la pena en mi vida. Te he... perdido...

Perdido. Esas siete letras fueron las últimas que Benjamin pronunció antes de dejarse acunar por los irresistibles y amorosos brazos del sueño. En ese momento, una angustia silenciosa reptó implacable por la garganta de Natalie, y transcurrieron horas hasta que el cansancio también la venció a ella.

# 8

—¿Me lo vas a explicar o continuarás dándome largas, madre?

Sélène retiró de pronto la mano que tenía encima del pomo de la puerta al oír la reprimenda de Jean Pierre, y permaneció al otro lado, oculta tras el tablón barnizado entornado. La acalorada discusión de los anfitriones la había hecho aproximarse a la biblioteca al despertarse de su acostumbrada siesta vespertina, y ahora que estaba a punto de entrar en la estancia donde ellos se intercambiaban mutuos reproches, se había arrepentido de inmiscuirse en sus desavenencias familiares. Natalie, la hija de su hermana, era el último lazo que le quedaba con los Lefèvre, y esta llevaba siete años fuera, por lo que poco debería importarle si se mataban entre ellos.

—No fue nada, cariño. Lo juro. Él estaba delirando y...

—¿Delirando? —Ese era Jean Pierre—. ¡Te hizo un moratón en el cuello, por el amor de Dios!

—Chisss. Tu tía duerme a unos metros de aquí. No querrás asustarla con tus alaridos.

—¿Fue él? ¡Dímelo!

Silencio absoluto. Sélène se mordió el labio, expectante ante la respuesta de Delphine. No, Claude no podía haber llegado tan lejos...

—Sí —declaró ella, en medio de un sonoro sollozo—. Intentó ahogarme. Gemía como un toro herido, llamando a Natalie y a su madre.

—¡Lo mataré! ¡Juro por lo que me es más sagrado que lo haré!

Sélène sacó el rosario de cuentas negras que guardaba bajo el escote y se puso a rezar. Si pensaba que ese apellido ya no podía cubrirse de más oprobio, estaba errada. Sumamente errada.

—¡Calla, Jean! —le ordenó Delphine—. No mancharás tus manos con un pecado tan vil. No permitiré que mi hijo quebrante los mandamientos del Señor. Aguantaremos hasta el final.

La intrusa que espiaba tras la puerta se estremeció al oír un bufido ronco empapado de una ira primitiva.

—Este ya es el final, madre. Si existe la justicia divina, se lo llevarán los demonios esta misma noche. Y no me importará echarles una mano.

—Te prohíbo que actúes, Jean Pierre.

—No esperaré más, ¿me oyes? No lo haré. Y me importa un rábano no tener tu consentimiento.

Otra vez un silencio sepulcral. Un mutismo que rasgaba el aire como un pergamino milenario que acaba de hacerse pedazos en manos de su descubridor. Sélène, que presintió que el diálogo había terminado y se disponían a salir de la biblioteca, se retiró con sigilo y caminó de puntillas hacia su dormitorio.

Vio que el pelaje pardo de *Napoleón* pasó entre sus faldas, colándose dentro de sus aposentos en cuanto ella le dejó espacio suficiente para introducir su grácil y rechoncho cuerpecillo. Llevaba los bigotes manchados de leche, y la miraba con las pupilas contraídas formando dos perfectas líneas verticales en medio de unos grandes y hermosos iris azul cielo.

—¿Has almorzado ya, *mon petit*?

El minino se le acercó y se frotó contra sus piernas. Sélène se inclinó, lo tomó en brazos y se dirigió a la amplia cama con dosel en la que dormía desde que llegó a la residencia en la que se hospedaba, acomodando a la mascota encima del colchón y tapándola con una mantita de punto cuadriculada.

La dama volvió a asir el rosario que colgaba inerte en su pecho, le dio la espalda a *Napoleón* y a través de la ventana oteó la calle, poblada de transeúntes que paseaban ajenos al tormento de la familia que vivía entre aquellas paredes.

Quiso gritar, llorar, patalear y maldecir una y mil veces. Maldecir al mundo entero. Jean Pierre también estaba harto. Harto de todo. Y esa mañana había amenazado con intervenir en el destino de Claude y acelerar lo inevitable. Lo inevitable.

Tembló como si le hubieran pegado la espalda desnuda a un bloque de hielo antártico. Fue hacia su mesita de noche y abrió su Biblia por uno de sus versículos predilectos.

«Lo que el hombre siembre, eso también segará.»

Tragó saliva y pensó en todos los pecados cometidos por su cuñado. Y sus elucubraciones alcanzaron a retroceder hasta el día del fallecimiento de Bernadette, con sus facciones cadavéricas y sus labios cortados, víctima de aquella maldición en forma de dolencia que engullía sus tejidos pulmonares y la hacía expulsar sangre cada vez que tosía.

«No se lo cuentes a Natalie. Júralo, Sélène. Ella no debe saber lo que hizo su padre.»

—Mi adorada Bernadette —sollozó—. Estabas casada con un monstruo, y el saberlo te mató. Y me temo que, más pronto que tarde, Claude arderá en las llamas eternas, que es el lugar al que pertenece, y del que jamás debió salir.

Se sentó en una silla y comenzó a recitar un Ave María. Rezaría el resto del día. Por Jean Pierre, por Delphine, por Claude y por ella. Se avecinaban horas difíciles y era primordial mantener la serenidad. Debía resistir, ser fuerte y dejar que los acontecimientos siguieran su curso. Como decía su abuela materna: tras la tempestad, siempre te aguardaba la calma.

Volvió a soñar con él. Y con aquella condenada feria.

*Los cuatro jueces, sentados detrás de la alargada mesa engalanada con un mantel blanco y pulcro como la túnica de un ángel, hablaban entre sí y se preparaban para catar las primorosas creaciones de los reposteros aspirantes al puesto.*

*Se ajustó el delantal y se frotó las manos, nervioso. Se jugaba mucho aquel día. La competencia era dura, y muy buena, así que no había demasiadas posibilidades de salir elegido. No cuando Étienne Morel participaba con esa nueva receta aprendida y perfeccionada en el mítico París, quedando finalista juntamente con él para pelear limpiamente por ser el nuevo miembro de la Asociación.*

*Y por eso había tomado esa decisión. No le fue complicado colarse entre los ayudantes y manipular los ingredientes. Tenía que hacer algo si no quería perder la oportunidad de convertirse en el repostero más notable de Lyon, y no lo dudó ni un segundo a la hora de hacer añicos la reputación de su contrincante.*

*Uno de los miembros del jurado se levantó, y la sala se hundió en una tensión aplastante. Caminó en dirección al puesto de Morel, que le sonrió con afabilidad y le ofreció uno de sus apetitosos dulces embellecidos con crema siciliana.*

*El enjuto hombrecillo lo probó, y su expresión dejó entrever que le gustaba lo que había paladeado. Étienne cruzó los dedos. Claude también. Y de repente el gastrónomo vomitó encima de los bollos de Morel y se llevó la mano al cuello, cayendo sobre la mesa expositora y desatando el caos entre los presentes.*

*Una mujer chilló y Étienne miró al público mientras un par de hombres lo agarraban. Él contemplaba la escena mudo, asombrado, anonadado. ¿Se habría pasado con la dosis?*

*El resto del jurado se volcó con el enfermo, y dos galenos que acudieron al evento salieron de entre los espectadores para proporcionarle asistencia médica al intoxicado. Pero era tarde, y sus ojos abiertos y sin vida así lo confirmaban. Estaba muerto.*

Claude abrió los párpados de golpe, despertando de su letargo con la frente perlada de sudor y jadeando como un galgo que persigue a un conejo en una cacería. Las tenebrosas garras de la culpa rodeaban su maltrecha tráquea, impidiéndole respirar y robándole el escaso aire que le mantenía vivo.

La puerta del dormitorio se abrió, y una silueta humana cubierta con una capa de viaje masculina entró en la habitación. Claude estaba confundido. Imágenes reales de su dormitorio se fundían con las que le atormentaban en sueños. ¿Era aquello real, o formaba parte de sus visiones?

—¿Étienne? —inquirió, víctima de su delirio.

—No, no soy Étienne —susurró el intruso—. Soy su sombra. Su fantasma. Su mano justiciera.

El ánima se acercó, y Claude se estremeció al ver su rostro putrefacto, pues la oscuridad de la estancia había sido quebrada por la débil luz de una vela que se consumía en un candil de metal.

—¿Qué buscas de mí? ¿Qué quieres? Tú... tú estás muerto...

—Quiero... venganza, Lefèvre. Que pagues por lo que me hiciste.

Claude pronunció el nombre de su hija con dificultad.

—Natalie...

—Natalie no vendrá. Y tú no volverás a verla.

El siniestro visitante se apropió de una de las almohadas que sostenían la dolorida cabeza de Claude y dijo:

—Cuando te encuentres con Él cara a cara, no culpes a Dios de tu desgracia. No será él quien te arrebate hoy la vida, sino yo.

Y al pronunciar esta sentencia, colocó la almohada sobre su faz y presionó, hasta que el enfermo comenzó a debatirse, en un inútil intento de conseguir aire para sus pulmones.

—Por todos los desventurados que se cruzaron en tu camino —siguió murmurando su agresor; entretanto veía agitarse a su víctima con absoluta satisfacción—. Por ellos y por sus familias. Por sus seres queridos, por sus sueños rotos. Por las vidas que pudieron vivir y que les fueron negadas por tu ambición. ¡Muere, maldito! ¡Muere! ¡Ven conmigo al infierno!

Unos segundos más y Claude dejó de luchar. Sus brazos, que habían capturado las muñecas de su verdugo al tratar de apartarle, cayeron flácidos a ambos costados. La sombra se apartó con cautela, dejó la almohada en su sitio y cerró los ojos aterrados de Claude.

—Que el Altísimo se apiade de tu alma —completó el homicida con un lúgubre murmullo.

Y se marchó por donde había entrado, difuminándose en las tinieblas nocturnas, atravesando el vestidor y desapareciendo por los pasillos eclipsados de aquella tétrica madrugada.

Una bola de pelo se movió entre los cojines del sillón que había junto al tálamo del convaleciente, y unas pupilas felinas relucientes y dilatadas parpadearon en la negrura que reinaba en los aposentos de Lefèvre. Se oyó un tierno ronroneo del único testigo de aquel crimen. *Napoleón* se subió a la cama y se frotó contra los dedos inertes de su amo. Un amo que, gracias al individuo que acababa de salir, no volvería a acariciarle nunca.

—¡Y se quedó a dormir, el muy descarado!

Gareth masticaba un tallo que había arrancado de la maleza en la que se había tumbado de costado, riendo para sus adentros al ver a Diane moviéndose de un lado a otro presa de la indignación.

—Entiendo tu enfado, Taponcito, pero no lo pagues con las plantas. Las estás chafando con tus andares furibundos.

La chica le clavó sus ojos azules con la energía de una puñalada.

—¡Que no me llamo Taponcito!

—¡Vale, vale! Lo retiro.

—Además, si te molesta que despotrique contra el chalado de tu amigo, puedes largarte a hacer gárgaras.

Courtenay se incorporó y tiró de ella. Diane se puso rígida al caer sobre la firmeza del torso del hombre y quedar tendida encima de él.

—A mí no me vengas con amenazas, Diane Hogarth —sentenció Gareth—. Yo no me voy a ir, y tampoco voy a estar escuchando tu sarta de alabanzas dirigidas a Ben.

Estamos perdiendo unos minutos valiosísimos hablando de personas ajenas a nosotros.

Los bucles dorados de Diane se agitaron en la brisa que se elevó a su alrededor. La joven observó la expresión pícara de su compañero, y preguntó:

—¿Consideras que hablar conmigo es perder el tiempo?

—No tuerzas mis palabras para llevarme a tu terreno, señorita listilla —contraatacó su interlocutor—. Me he pasado días enteros en el océano trabajando como un borrego y, ahora que vengo a por mi premio, ¿con qué me encuentro? Con un loro poseído que no cesa de parlotear ni para tomar aire. ¿Qué has hecho con mi bella Ginebra? ¿Te la has comido?

Una carcajada femenina y cautivadora hizo cosquillas en los oídos del marinero.

—Dios mío, Gareth. ¿Es así como piensas seducirme? ¿Llamándome «loro poseído», «botijo» o «taponcito»? Con esos románticos apelativos que me dedicas no lograrás nada de lo que te propongas.

Dispuesto a contradecirla, Courtenay se giró sobre sí mismo y la colocó de espaldas en la hierba que crecía libre en la campiña.

—¿Qué te apuestas?

Los ojos de la muchacha le miraron divertidos, tentadores. Su admirador recorrió con el pulgar el perfil de su nariz, y luego declaró:

—Confieso que lo de Taponcito hace mención a tu estatura. No me negarás que alta no eres. Pero lo de botijo era un halago.

—Ah, ¿sí? Además de bajita, ¿también gorda?

—Curvilínea diría yo —la corrigió él—. De gorda nada. Odio a las mujeres esqueléticas y encorsetadas. Tú eres... perfecta. Mejillas rellenas, brazos fuertes, caderas anchas, senos plenos...

—¡Serás patán! —bramó Diane, dándole una patada en la espinilla e intentando poner distancia entre ella y aquel pescador ordinario.

Las fuertes pantorrillas masculinas ni notaron el arrebato de la chica, y Gareth no se retiró, sino que aprovechó los segundos de cercanía para observarla a placer.

Estaba siendo egoísta. Diane trataba de contarle la última trastada de Benjamin y él solo pensaba en recorrer la piel de su musa a besos y perderse entre sus propias ensoñaciones. Poco le importaba que Young se presentara borracho en casa de su amante y acabara abrazado a la tal Natalie en el suelo de la sala. Sabía bien que esos dos, tardaran lo que tardaran, acabarían juntos y revueltos. Sobre todo revueltos. En cuanto a él y a esa fierecilla inglesa...

—*Is cailín álainn thú* —musitó sin pensar.

Diane frenó su forcejeo.

—¿Qué?

Gareth no repitió lo que sus labios habían pronunciado. Ella se incorporó, apoyándose en sus codos. Residía desde hacía cinco años en la isla, y había aprendido algunas palabras sueltas, pero estaba muy lejos de dominar el gaélico irlandés.

—¿Qué has dicho? —insistió.

Gareth tragó saliva. Aquello empezaba a ponerse serio. No solía usar su sagrada lengua materna para halagar a ninguna mujer, pero con Diane no pudo resistirse.

—Eres preciosa. Eso es lo que he dicho.

Diane se ruborizó, quedando del color del vestido que llevaba la mañana que la tormenta veraniega les llevó a refugiarse en la catedral de San Patricio y Gareth le lanzó aquellas insinuaciones que zarandearon su entereza, dejándola descolocada como un puzle montado por un infante desdentado. No deseaba complicarse la vida con un hombre; sin embargo, la atracción que sentía por él era absolutamente incontenible.

Qué más daba. Él no buscaba ataduras, y ella, tampoco. Podrían divertirse juntos sin herirse mutuamente. O eso creía.

—Gracias.

—¿Me he ganado el beso?

Diane sonrió satisfecha.

—Ven aquí.

Hundiendo los dedos en los mechones castaños del hombre, se acercó y mordió cariñosamente su labio inferior, encendiéndole por dentro como si él fuera una tea impregnada de queroseno y ella la humilde llama de una hoguera. Courtenay permitió que Diane le guiara en aquella fantástica exploración, y terminaron palpándose por todas partes y rodando colina abajo, besándose con impaciencia.

Gareth se preguntó por un momento dónde habría aprendido su hada inglesa a besar así, y desechó la idea de indagar sobre el asunto. Prefirió concentrarse en tenerla, en catarla, en absorberla. En tomar todo lo que le diera.

—*Iontach*...

Diane rio.

—¿Es lo que te produce retozar con esta servidora? —bromeó—. ¿Te da por decir bobadas en esa extraña lengua celta?

—Maravillosa.

Descendió una vez más sobre ella y la calló con otro ardiente beso, acariciando su talle y recreándose en las deliciosas sensaciones que su proximidad le provocaba. La había echado tanto de menos...

—Diane...

Con ambos brazos en derredor de su cintura, ella respondió:

—Será mejor que me vaya. Natalie se preocupará. No le dije que iba a estar fuera esta mañana, y...

De mala gana, Gareth obedeció y se separó de la joven, se sentó en la hierba y la miró fijamente, con los codos descansando sobre las rodillas.

—¿Tienes familia aparte de...?

—No.

Courtenay se sorprendió por la rápida contestación. Apenas había podido terminar la frase.

—¿No? ¿Padres? ¿Hermanos?

—He dicho que no. ¿Es que no me has oído?

—¿Por qué me da la sensación de que me estás ocultando algo?

Diane se levantó y agitó sus faldas para desprenderse de los hierbajos, hojas y trocitos de tierra que se le habían pegado a la ropa en su apasionado descenso por el altozano. Debía marcharse. Y ya no por Natalie, sino por ella. Una cosa era gozar de unas horas de mutua compañía y de unos manoseos sin compromiso, y otra empezar a ahondar en sus andanzas pasadas. Eso no formaba parte del acuerdo. Si es que había acuerdo.

—Soy tan transparente como el agua de la cascada que hay cerca de aquí —se defendió—. Pero no me gusta que me interroguen.

—No te estoy interrogando. Si hay algún hombre que sea responsable de ti, me gustaría conocerlo. Solo eso.

—¿Para qué?

Gareth la imitó y la tomó por los hombros.

—Porque no quiero tratarte como a una de esas busconas de los muelles —declaró—. Eres una chica respetable y no voy a ser yo quien te conduzca por malos caminos.

Diane se carcajeó sin poder evitarlo. Courtenay frunció el ceño, molesto.

—¿Le ves la gracia?

Ella siguió riéndose.

—¡Diane, ya basta! Lo digo en serio.

—Mis padres están muertos y mi hermano falleció de escarlatina a los tres años —mintió—. ¿Satisfecho? No sufras, no vendrá ningún varón protector a pegarte un tiro si te ven metiendo la mano debajo de mi falda.

A Gareth no le gustó aquella réplica. ¿Acaso creía que le había preguntado por detalles de su familia para cerciorarse de no acabar con un balazo en el trasero si iban más allá de unos simples besos y caricias?

—¿Por quién me has tomado? —escupió irritado—. ¿Siempre piensas mal de la gente o esa costumbre solamente la ejerces conmigo?

—Me voy a casa.

Courtenay le impidió el paso con su imponente presencia.

—Cobarde.

—Quítate de en medio.

El hombre alzó su barbilla y se inclinó hasta quedar a escasos milímetros de su boca.

—Diane Hogarth, ni sueñes con hacerte ilusiones de que podrás torearme y mandarme a paseo en cuanto te canses de mí. Con este rudo irlandés no se juega —manifestó desafiante—. Si no te apetece contarme cómo llegaste a estas tierras lo respetaré, pero no te perdonaré que me mientas.

—Mi historia no merece ser contada.

Y sí olvidada. Mas la segunda parte de su alegación se la guardó en los recovecos más profundos de su mente, al igual que sus siete años de tribulación por las mugrientas calles de Londres.

Gareth la escrutó con desconfianza, y Diane sonrió coqueta, intentando disimular su temor a delatarse con algún comentario desafortunado.

—¿Me permites acompañarte?

—¿Podré impedírtelo?

—No.

—Entonces ¿para qué preguntas?

Courtenay corrió a por el sombrero que había traído consigo y había abandonado sobre una roca. En cuatro zancadas regresó al lado de Diane.

—Para no parecer grosero —dijo, abrazándola—. Tenga presente, señorita Hogarth, que ante todo soy un caballero.

—Un caballero y un ladrón de ligas —rebatió ella, y recibió como protesta una audaz palmada en las nalgas.

Ryan expulsó el humo de su puro mientras vigilaba desde su mecedora los juegos y correrías de sus nietas, sentado cómodamente en el zaguán de su hogar y con las huesudas piernas apoyadas en la barandilla cargada de macetas con geranios rojos. Deirdre y Megan habían salido a jugar aprovechando el buen tiempo que se paseaba por la zona desde hacía una semana, y dado que Olympia les había prohibido subir a la cascada a bañarse sin compañía adulta, las pequeñas se conformaron con corretear por los terrenos cercanos a la casa y sacar a *Victoria* y a *Rufus*, la mascota canina de la familia, a dar una vuelta y a hacer algo de ejercicio.

El equino emitió un relincho de rebeldía cuando Deirdre le ató su lazo fucsia a la crin y Ackland rio, mandando a la niña que le quitara aquella cosa horrible al animal. La criatura le puso morritos y acabó acatando la orden, y ambas siguieron con sus diversiones infantiles sin interrupciones.

El viejo dio otra calada a su puro y arrojó al vacío un par de aros de humo de su garganta. Cada vez que veía cómo era su vida entonces, le era imposible no rememorar aquellos fatídicos años, cuando casi había perdido la cordura por el dolor y los dos seres que más amaba sucumbieron al hambre y a la miseria.

Sí, la endemoniada década de 1845, cuando las cosechas de patata empezaron a salir mal, y el gobierno del Reino Unido en nada ayudó al desvalido pueblo irlandés. La gran hambruna que se desató como consecuencia del desastre mató a más de un millón de personas, y una cantidad enorme de irlandeses buscó refugio y salvación en la emigración a otros países.

Un primo suyo le convidó a embarcarse con él a América, pero él, cabezota hasta la médula, se quedó. Amaba su patria, y decidió que allí o salía adelante o moriría intentándolo. Su primera esposa había fenecido al no tener un bocado que llevarse a la boca, y el hijo que ambos esperaban y al que le faltaban dos meses para nacer acabó encerrado con ella en un humilde ataúd.

Ryan sintió un nudo en las entrañas al depositar sobre sus cuerpos la última pala de tierra. Luego se fue a una taberna de mala muerte y bebió, se entregó a los viles placeres lúdicos y volvió a beber, maldiciendo con todas las blasfemias que se le ocurrían a la Corona británica, que no movió un dedo para auxiliar a la isla.

Desgraciados ingleses pomposos. Irlanda era para ellos solo una colonia más. Sus habitantes les importaban un rábano.

Sin embargo, como todo en esta vida, su desdicha también pasó, y pudo recuperarse de su pérdida al casarse con la madre de Olympia. No la amaba como había amado a la dulce Eithne, pero la difunta Niamh era una cónyuge fiel y trabajadora, y devolvió a su corazón la paz que le había sido arrebatada. Y daba gracias a Dios por no haber fundido sus días revolcándose en el cieno de la autocompasión, pues la actual familia que había formado era su única alegría. Niamh se sentiría orgullosa de su hija si la viera.

La puerta principal se abrió, y Ben se asomó al umbral.

—¿Abuelo?

Ryan liberó otra tanda de humo, mirando a su invitado.

—Hola, Ben. ¿Quieres sentarte a mi lado? Tengo más puros en el bolsillo.

—No fumo.

—¿No? ¿Por qué? Todos los machotes fuman, y no dudo que a ti se te pueda calificar como tal.

Young soltó una risita gutural. Había estado ligado al vicio del tabaco antes de conocer a Natalie; no obstante, lo había abandonado al iniciar su relación, pues ella detestaba el olor del mismo. Y tras acostumbrarse a vivir sin sus cigarrillos, no había vuelto a llevarse uno a la boca.

—Me obligaron a dejarlo.

—¡Ay! Una moza, ¿a que sí?

—Exacto.

—Chismosas metomentodo. Encima que les traes el pan a casa, se enseñorean de ti como si fueses el perro o uno de los mocosos. Y cuando vas a protestar, te callan con un meneo de caderas y te ponen a babear como si tuvieras la rabia.

La risa de Ben se hizo más fuerte.

—Conoce bien a las mujeres.

—Tengo ochenta y tres primaveras, hijo. Han pasado unas cuantas hembras por la vida de este viejo moribundo.

Benjamin se sentó en un taburete que Ryan le señaló.

—¿Y ha amado a alguna de ellas? —inquirió.

Ackland se tomó su tiempo para responder, dando una calada a su habano. Sí, había amado. Tan intensamente que creyó que se volvería loco cuando la perdió.

—Sí. La amé. Más de lo que podría haber querido a mi propia madre, que en paz descanse. Pero no era la madre de Olympia.

Ben elevó una ceja, mirándole intrigado. Ryan no parecía el tipo de hombre que mantenía a una esposa y a una barragana a la vez. Era un campesino honesto. No como él.

—No me mires así, Young. No era mi querida —le reprendió el abuelo—. Era mi primera esposa. Se llamaba Eithne. Tenía una cabellera roja como los pétalos de las amapolas y los labios carnosos y sabrosos, igual que unos buenos chuletones de ternera asados al carbón. Me casé con ella en contra de la voluntad de su padre. Era una diosa.

—¿Y qué le sucedió?

Ryan lanzó un largo suspiro.

—Murió. De hambre. Ella y nuestro hijo nonato. La gran hambruna de la patata que azotó nuestro país en los cuarenta. ¿Has oído hablar de eso?

Ben asintió. Sus padres habían emigrado a Inglaterra precisamente por ese motivo.

—Sí. Mis padres hablaban siempre de ello. Eran inmigrantes irlandeses. Aunque no recuerdo mucho lo que decían. Tenía cinco años cuando nos separaron.

Ackland le contempló con simpatía.

—¡Sabía que eras de los nuestros! —exclamó, propinándole un puñetazo en el omóplato que cortó la respiración de Ben unas milésimas de segundo—. Naciste en Inglaterra, pero no importa. Un irlandés puede nacer donde sea, que seguirá siendo irlandés.

—Es usted todo un patriota.

—Y tú también lo serás cuando pases en estas tierras mágicas el tiempo suficiente. Porque has venido a quedarte, ¿no?

Ben no supo qué decir. Había evitado pisar la patria de sus antepasados por no avivar los dolorosos recuerdos de su malograda infancia, y hasta había llegado a detestar todo lo relacionado con Irlanda. Él era inglés, y su corazón estaba ligado a la nación que la reina Victoria gobernaba con mano de hierro. Hasta que se enteró de que Natalie estaba allí, y eso desbarató todos sus planes.

La había tenido en sus brazos hacía tres noches, sintiendo sus movimientos, su resuello sensual y pausado, su cabello suelto acariciándole la piel. Se despertó con una cefalea colosal por la mañana abrazado a ella, tumbados ambos en el suelo del saloncito de la casa de Natalie y tapados con una sábana. Al principio se preguntó cómo demonios había ido a parar allí, pero por desgracia la ingesta de alcohol produce resaca, pero no pérdida de memoria, y se acordó de la escena que había montado estando totalmente ebrio, del reconfortante baño que ella le había dado, de sus ruegos para no dejarle dormir solo, y del sueño reparador que les sobrevino después.

Al abrir los ojos, vio que su acompañante aún dormía. Con los párpados cerrados y los labios entreabiertos, estaba arrebatadora. Le daba la espalda, y su cuerpo estaba tibio y relajado.

Le dio la vuelta con mucho cuidado de no despabilarla y la contempló fascinado unos largos e interminables minutos, abandonándose a la determinación de saborear su boca. La besó con sutileza, paseando la lengua por los pliegues resecos y humedeciéndolos con mimo. Era tan bonita...

Viendo que su cuerpo empezaba a reaccionar a la atracción que la joven producía en él, se levantó y recogió sus enseres. No podía quedarse a verla estirarse como una gatita zalamera o se abalanzaría sobre Natalie y no respondería de sus actos.

Se marchó de allí sin mirar atrás, y se dio una vuelta por la campiña para aplacar sus ánimos y dejar que saliera el sol para llamar a la puerta de los Sharkey. Ryan le había abierto con el gorro de dormir aún puesto, y le observaba con expresión juguetona. Apostaba a que sabía de sobra dónde había pasado la noche y con quién.

—No, no vine a quedarme —declaró, resuelto—. Esto es... temporal.

—Eso no te lo crees ni tú.

—Abuelo, yo...

—¿Y qué harás con Llamita, eh? —le interrumpió Ryan—. ¿Qué explicación le darás?

—No tengo que explicar nada a nadie. Trabajo para Reynold, pero no voy a ser pescador toda la vida. ¿Y se puede saber por qué llama «llamita» a la señorita Lefèvre?

Ackland se inclinó hacia delante, encarando a Ben.

—No disimules llamándola por su apellido, como si vuestra relación fuera únicamente cordial. Sé que estáis liados. Os vi besuqueándoos en las cuadras, y hace unos días llegaste casi de madrugada de su casa. No soy tonto, Young, y no me gusta que me traten como tal.

—No es lo que piensa.

—Ya. ¿Qué hay de malo en reconocer que estáis enamorados?

—No estoy enamorado.

—Entonces, ¿te metes en su cama solo para divertirte?

Benjamin se puso en pie. Se sentía acorralado por aquel chafardero arrugado y astuto como una musaraña hambrienta.

—Las mujeres no son las únicas chismosas metomentodo, por lo que veo.

Ryan se envaró.

—¡Eh! ¡Más respeto con los mayores, mequetrefe insolente! Soy un hombre maduro, pero no estoy enfermo, ni senil. Te podría derribar con un hábil derechazo. Haz el favor de sentarte, que me tapas el sol.

Ben rio por la bravuconería de su interlocutor. Ryan Ackland era un hombre admirable. Deseaba parecerse a él si llegaba a cumplir los ochenta.

—No me he metido en la cama de Natalie Lefèvre, señor Ackland. Lo juro.

—Pero te gustaría.

—No lo niego.

—Bien. Pues pongamos las cartas sobre la mesa, muchacho —propuso el viejo—. Natalie no lleva mi sangre, pero es como si fuera mi nieta, porque no tiene edad para ser mi hija, aunque este cuerpo robusto aún puede dar mucho de sí. El asunto es que si Eithne hubiera vivido más años, Llamita podría ser el polluelo de nuestro pequeño que partió hacia la eternidad con ella. Tiene la misma preciosa melena escarlata de mi mujer, y una sonrisa vivaz y encantadora. Comparten un espíritu de lucha y superación que no he visto en otras damas, ni siquiera en Niamh, la progenitora de mi Olympia. Natalie es intocable, y por muy bien que me caigas, si le haces daño te arrancaré los testículos con unas tenazas y se los daré de comer a los peces del lago donde se baña mi familia. ¿Ha quedado claro?

—Como el agua de ese lago que acaba de mencionar.

Ackland también se levantó, pasando un brazo por el hombro de Benjamin.

—No es tan terrible echar raíces, amigo —aseveró—. Natalie sería una magnífica esposa. Te daría una prole recia y saludable, y encima te despertaría con magdalenas calentitas para desayunar. ¿Se le puede pedir más a la vida?

Young se estremeció, pero no de tirria, sino de placer, y eso le incomodó. No olvidaba que la repostera francesa era una perturbada que había urdido una traición de lo más baja y mezquina contra su persona, y aceptar que la deseaba con una intensidad arrolladora era un gran paso para mantener su libido a raya y no arrastrarse hasta su lecho, rogándole que le permitiera compartirlo con ella hasta que acudiera la muerte a llevárselo.

Sin embargo, desearla y amarla eran dos puntos opuestos que no debían unirse jamás, por la salud emocional de ambos. Amar a Natalie significaría destruir el futuro de la pareja. Él no quería responsabilidades, ni hijos, ni serle fiel a una mujer. Con Virginia no iba a serlo, ¿por qué con Natalie tendría que ser diferente?

—No se me dan bien los críos —pensó en voz alta, mientras veía correr a Megan y a Deirdre con los brazos extendidos, imitando los movimientos celestes de las gaviotas.

—Y lo disimulas con una destreza que da miedo —se burló Ryan—. Te vi jugar con mis nietas ayer, y le contaron después a Tiburón que «el tío Ben» era el mejor pirata que habían conocido. Por no hablar de la sesión posterior de relatos sobre los *grogoch* y su miedo aterrador a los curas y sus crucifijos.

—¿De veras?

—Palabra.

—¡Abuelo! ¡Ven a ver lo que ha encontrado Megan!

Deirdre llegó trotando con la mano izquierda cerrada en un puño, interrumpiendo la tertulia.

—¿Qué traes ahí, nena? Espero que no sean cucarachas o lombrices.

—¡No, es una oruga, como la que sale en el cuento ese de *Alicia en el País de las Maravillas*! —rebatió la pequeña—. Pero esta es verde.

—No traigas ese bichejo a casa. Voy para allá —ordenó Ryan, guiñándole un ojo a Ben y descendiendo los escalones del porche—. Por cierto, Young, Llamita es un apodo que le puso Deirdre a tu novia —siseó en voz muy baja—. Dice que la primera vez que la vio pensó que llevaba una hoguera encendida en la cabeza.

Benjamin dejó escapar una sonora carcajada mientras contemplaba al anciano salir al encuentro de sus nietas. Su estancia en casa de Sharkey estaba siendo un verdadero bálsamo para sus heridas. Oteó el horizonte, divisando a lo lejos la casita de Natalie. «Sería una magnífica esposa. Encima te despertaría con magdalenas calentitas para desayunar.»

Rayos. ¿Para qué se le ocurrió salir a charlar con ese octogenario liante y conspirador?

Natalie cosía distraída uno de los extremos de la colcha que Diane había iniciado con los retales que recogió de la mercería que solía frecuentar en la ciudad, midiendo con precisión los pedazos de tela y uniéndolos con aguja e hilo en un rítmico vaivén. Desde que Ben se marchó aquella mañana no había dejado de pensar en él, y cada cierto tiempo se humedecía los labios con nostalgia, rememorando el beso que le regaló antes de levantarse y llevarse su fardo consigo.

Estuvo despierta la mayor parte del tiempo, pero fingió dormir para no enfrentarse al error que había cometido de claudicar y dormir a su lado. No, aquello era absurdo. Lo supo en cuanto le permitió deslizar la mano bajo las mantas y aferrarse a su cintura. Había sufrido demasiado los dos años que duró su relación, y no estaba por la labor de caer de nuevo en la misma trampa. Además, Ben tenía cuentas pendientes que saldar con ella. ¿Sería ese acercamiento parte del plan? ¿Querría acaso engatusarla otra vez para luego abandonarla con el corazón aún más roto? ¿Sería capaz de semejante crueldad?

Al meditar en esa posibilidad, las náuseas asaltaron su sistema digestivo, y Natalie soltó sus utensilios de costura, masajeándose la sien derecha. Ben no se atrevería a propinarle un golpe tan mezquino. ¿O sí?

—¿Nat?

Natalie miró a Diane, que analizaba su labor con la boca fruncida. Cuando hacía eso significaba que no estaba satisfecha con algo.

—¿Qué?

—Has enhebrado mal esta zona. Mírala, si es que da la impresión de que has engullido una botella de whisky antes de ponerte a coser. ¿Qué te pasa?

—Nada.

—¿Es por Young? ¿Qué te dijo para alelarte de esa manera?

—¡No estoy alelada!

Diane le mostró sus palmas en alto, pidiéndole tranquilidad. Tampoco era para alterarse así.

—Llevas ocho pinchazos en la mano, y eso que hoy te has puesto el dedal. Soy tu amiga, ¿recuerdas? Y hasta hace poco tu más leal confidente.

Natalie se desmoronó al escuchar sus palabras. Era verdad. Mantener a Diane fuera de sus problemas, con todo lo que había hecho por ella, era un acto de puro egoísmo.

—No... no logro sacármelo de aquí —gimió, señalándose el centro del pecho—. Eso es lo que me pasa.

Diane se levantó de su asiento y abrazó a su amiga.

—¿Ocurrió algo entre vosotros esa noche? —inquirió sin rodeos.

—No. Y no es porque no quisiera. Él... él me miraba con una ternura que... Dios mío, estoy perdiendo la cabeza.

—¿Estás segura de que era ternura y no una grandiosa intoxicación etílica?

Natalie rio, a pesar de su decaimiento. Qué bendición resultaba tener a Diane Hogarth como cómplice y consejera.

—¿Dónde aprendiste a hablar así? Pareces salida de una universidad.

—Una aprende por ahí palabras cultas de vez en cuando para no sonar más estúpida de lo que ya es. Crecí y me crie entre ratas y botellas de aguardiente, y no sé pronunciar más de tres frases seguidas sin soltar alguna palabrota, pero entre tú y Sinéad me vais moldeando poco a poco. Y yo me dejo. Al fin y al cabo, no es tan malo mostrarse educada con quien se lo merece.

—No eres estúpida. Nunca lo has sido. La vida no te ha tratado bien, eso es todo.

Diane se sentó en el brazo del sillón donde reposaba su interlocutora.

—Le quieres. Le quieres de verdad, y me hierve la sangre al verte sufrir.

Natalie asintió.

—Lo sé. Y por eso me duele. Y este sentimiento me ahoga, porque no puedo compartirlo con él. No puedo abrir los brazos y llenarlos con su cuerpo. No puedo dormir acunada por los latidos de su corazón, ni despertar oyéndole respirar mientras duerme. Y encima he sido tan idiota que se lo he dicho.

Diane agrandó los ojos, que se le hicieron enormes y redondos como las fuentes de latón que Natalie usaba para depositar sus bollos.

—¡Natalie, eso no se hace! Le has dado ventaja sobre

ti. Mostrar debilidad ante el adversario siempre le hará ganar terreno. Un terreno que luego no se recupera.

—Le dije que lo amé. En pasado —le corrigió ella—. Pero él sabe que nada ha cambiado. Lo sabe y me tortura con ello.

—¿Y Dinnegan? ¿Qué harás con...?

Natalie apartó la colcha de su regazo y fue hacia la cocina. Regresó con dos vasos de agua y le tendió uno a Diane.

—Seguiré viéndole y quizá le dé una oportunidad.

—Pero ¿no te parece injusto utilizarle?

—No le utilizo. Le he contado que hace años quise a alguien y que aún sigo recuperándome por su pérdida. Lo comprendió y está resuelto a continuar con el cortejo.

Diane dio un sorbo a su vaso y calló. Aquello no iba a dar buenos resultados. Natalie se estaba metiendo en un berenjenal y no saldría airosa de aquel tinglado.

Además, estaban sus sospechas de que Sinéad... La había pillado fisgoneando desde su ventana en numerosas ocasiones, durante sus visitas matutinas a su casa. Y siempre daba la casualidad de que Dinnegan se encontraba a la vista, paseando por la calzada o asomado a la entrada de la tienda, cuando la viuda de Patrick Irwin decidía revisar el nivel de limpieza de los cristales o descorrer las cortinas para que incidiera más luz solar en el cuarto de costura. Si su instinto no le fallaba, su reciente amistad se sentía atraída por el confitero. O eso o es que ocultaba alguna turbia historia pasada que aún no había relatado.

Tomó la colcha y las tijeras, y deshizo el destrozo de

su amiga, para volver a empezar a coser en el punto en el que lo había dejado. No, no iba a salir bien. Y apostaba su cabeza a que más de un corazón acabaría escaldado con ese absurdo triángulo amoroso.

—Tú verás lo que haces. Por cierto, olvidé comentártelo el otro día, pero al salir de casa de Sinéad, me di una vuelta por el centro y me encontré a Sam —enunció Diane, cambiando de tema—. No sé si serán invenciones mías, pero temo que ese mozo esté metido en algún lío.

—¿Por qué lo dices?

—Nada más verme se puso blanco como el papel. Iba con otros muchachos; uno de ellos es el hijo de ese barbudo tan extraño... Sloan, creo que se llama.

Natalie ladeó la cabeza, achicando los ojos y haciendo memoria. Ryan le había hablado de Sloan en una ocasión. Ambos pertenecían a la Hermandad Republicana Irlandesa y eran amigos, pero se habían distanciado a causa de las ideas radicales de Dillon. ¿Qué estaría haciendo Samuel en compañía de su hijo?

—Gracias por el aviso, Diane —dijo, pensativa—. Dudo que sea para alarmarse, pero me mantendré alerta. Si existe cualquier peligro... se lo contaré a Reynold. Él sabrá cómo actuar.

# 9

La procesión avanzaba con lentitud por el cementerio de la Croix-Rousse, deslizándose por los estrechos caminos de tierra del camposanto. El ataúd del homenajeado se abría paso entre las lápidas y los panteones presentes, cargado por seis hombres que caminaban con pasos sincronizados y las cabezas gachas.

Sélène y Delphine les secundaban, agarradas del brazo y estrujando ambas sus pañuelos de algodón. Portaban velos negros translúcidos que cubrían sus demudados rostros, acompañados de unos sobrios y elegantes trajes de luto. La viuda observó a Jean Pierre, el primero de los caballeros que guiaban al cuerpo inerte de Claude hacia su descanso eterno, y su corazón se encogió de angustia. El joven, que había descubierto el cadáver al amanecer, había dado la voz de alarma y había llamado inmediatamente al galeno que atendía a su padrastro; sin embargo, el médico, muy a su pesar, no pudo más que confirmar el fallecimiento del confitero.

Su hijo demostró ser un actor muy convincente al fingir sorprenderse por el repentino desenlace, pero ella, en su fuero interno, sabía que su vástago había agotado su paciencia y se había tomado la justicia por su mano, enviando a su marido al lugar del cual nunca se regresaba.

Cielos... Jean Pierre era un asesino. ¡Un asesino!

Una gruesa lágrima rodó por su mejilla, y Delphine se la secó con una esquina de su pañuelo. Sélène apretó ligeramente su brazo y la miró. No, no necesitaba esa clase de consuelo. Lo que deseaba era gritar. Zarandear a Jean Pierre y abofetearle por ser el autor de ese crimen tan rastrero. ¡Solo debían esperar, por Dios! Unos días, unas semanas, quizás unos meses... y el Altísimo se lo llevaría. ¿Por qué violar el quinto mandamiento, y así condenar sus almas a una eternidad de tortura y castigos?

Detuvieron la caminata frente a la tumba familiar y los asistentes se congregaron a su alrededor. El sacerdote que oficiaba la ceremonia elevó una plegaria al cielo y comenzó su discurso, y se oyeron entre los presentes numerosos suspiros, sollozos y lamentos. Claude era un ciudadano querido en su comunidad, y su negocio había obtenido una fama considerable desde su admisión en la Asociación de Cocineros y Reposteros Lyoneses. Una buena parte de Lyon le lloraría en los siguientes meses.

Cuando todo acabó y el féretro descendió por la abertura que habían cavado en la tierra húmeda, Delphine vio cómo varios amigos y conocidos lanzaban flores sobre la tapa que tenía tallado un hermoso crucifijo de madera. Ella les imitó y se preparó para la avalancha de pésames que le sobrevendrían en unos segundos. Se sentía reconfortada por la compañía de Sélène, que permanecía fielmente a su lado y le transmitía con la mirada todo su apoyo y comprensión.

Desfilaron uno tras otro, esbozando un «siento mucho su pérdida» con facciones compungidas y ojos llorosos. Jean Pierre se situó a su derecha y recibió las condolencias con aplomo, respondiendo a todos con la caballerosidad que le caracterizaba.

Finalmente, el vicario se aproximó y mantuvo una corta conversación con los familiares del difunto, ofreciéndoles su ayuda incondicional y consejo espiritual. En aquel instante, Delphine deseó estar en su sagrado confesionario y descargar su alma ante el clérigo, revelando el monstruoso secreto de su propio hijo.

¡Santo cielo, qué carga tan grande debía llevar a partir de entonces!

—Madre, es hora de irnos.

Delphine asintió, mirándole a los ojos. El párroco se había ido, y solo quedaban ellos tres.

—Jean Pierre...

Las palabras no le salían.

—Hay que llevarla a casa, sobrino —intervino Sélène—. Está agotada.

—Vamos.

Al llegar al carruaje que les aguardaba fuera, el caballero se acomodó frente a la viuda, que no apartó la vista de él en ningún momento. Su mirada, interrogante y acusadora a la vez, penetraba en su espíritu con el brío de un cuchillo en manos de un carnicero. Jean Pierre frunció el ceño.

—¿Qué sucede, madre?

—¿Por qué? Te ordené que no lo hicieras. ¿Y si se abre una investigación y te descubren? Podrían pedir la exhumación del cadáver y...

Delphine miró a Sélène, que hablaba con el cochero y no prestaba oídos a su inquietante diálogo. Se giró hacia él de nuevo.

—Lo que has hecho es horrible. Horrible. Que Dios te perdone —susurró.

Y se escondió detrás de su velo de crepé, desviando sus iris fatigados hacia la ventanilla.

—Lo que ha ocurrido era necesario e inevitable. Claude merecía morir, y el Gran Hacedor lo sabía. No me pidas que lo lamente o me dé golpes de pecho angustiado por los remordimientos.

—Y tú has sido la mano ejecutora de la justicia divina, por supuesto. Eres... un criminal.

Jean Pierre apretó los dientes y no contestó.

Sélène cerró la portezuela del vehículo e indicó al cochero que partiera en dirección al hogar de los Lefèvre. Quedaba un largo y tedioso día por delante, y a partir de esa mañana, sus vidas experimentarían un importante cambio.

Claude yacería para siempre sepultado en los terrenos del Croix-Rousse. No quería ni pensar en cómo reaccionaría Natalie cuando se enterara de que la muerte había acudido al encuentro de su padre. Le escribiría en cuanto arribara a casa, aunque dudaba de su capacidad para sujetar una pluma portadora de tan malas noticias. Se aferró a su rosario, convertido ya en su talismán personal.

«Que Dios se apiade de nosotros. De todos nosotros.»

Las zanahorias que había plantado en la atusada huerta que Reynold le había ayudado a crear eran grandes y robustas. Con dos o tres que recogiera tendría suficiente para un bizcocho recubierto de chocolate espeso. Les había prometido a las niñas que les llevaría un buen pedazo esa tarde, y debía darse prisa en reunir los ingredientes y preparar la masa.

Natalie arrancó un par de aquellas hortalizas anaranjadas de la tierra cultivada, las limpió con un trozo de paño y las introdujo en el bolsillo de su delantal. Calculaba que en hora y media tendría horneada la apetitosa merienda de las pequeñas. Con cuidado de no pisar la zona de las patatas, dio un salto y caminó de puntillas por el extremo de la parcela, en dirección al interior de la vivienda. Cocinar era una excelente manera de entretenerse para no pensar en sus problemas. Además de sus encontronazos con Benjamin, estaba la cuestión de la enfermedad de su padre, y los nervios la hacían presa del insomnio noche tras noche desde que no volvió a recibir ni una carta de su tía Sélène.

Llevaba dos semanas sin cruzar una palabra con Ben. Desde que se plantó en el porche de la casa, ebrio y tambaleante, parecía intentar evitarla siempre que visitaba a los Sharkey. Roger, por su parte, la había invitado una vez a comer a un agradable restaurante situado cerca del muelle del puerto de Dublín, y al acompañarla le había dado un tímido beso en la mejilla, sin recibir respuesta alguna de la mujer a la que cortejaba.

Se preguntaba cuánto tardaría en querer llevar su relación a otro nivel, y al pensarlo un hormigueo incómodo reptó por sus piernas y se instaló en el centro de su estómago.

—Hola.

Natalie dejó caer el paño manchado de tierra, asustada por el saludo del intruso, al que no había oído acercarse.

—Hola, Ben.

Young sonrió, afable.

—Diane me ha dicho que te encontraría aquí.

—Estoy recogiendo zanahorias. Los dos diablillos de los Sharkey no me han dejado en paz hasta que les he jurado que hornearía un bizcocho para ellas.

—Son bastante persuasivas, sí.

Natalie se alisó el vestido raído que llevaba y trató de dominar las rebeldes hebras rizadas de su cabello, peinándoselas con disimulo con los dedos y buscando con desesperación introducirlas en la redecilla que apresaba el resto de su melena. Ben la escrutaba a placer, fijándose en cada movimiento nervioso de la joven, encantado de ser el causante de su repentina inquietud.

Se había tomado su tiempo para meditarlo con la cabeza fría. Dos semanas le habían bastado para darse cuenta de lo absurdo de su sed de venganza. Cuando la había abrazado bajo las mantas y ella se lo había permitido a pesar de todas las amenazas ridículas que le lanzó tras su reencuentro accidental, el único sentimiento que se adueñó de su alma fue el deseo de quedarse así para siempre, acurrucado en su pelo, oliéndolo, rozándolo, acariciándolo. Y para colmo Natalie había cuidado de él, ignorando a propósito el peligro que representaba. Diablos. ¿Por qué tenía que ser tan dulce y generosa?

—¿Tienes un momento? Me gustaría hablar contigo.

La chica asintió, y Ben la ayudó a salir sin hollar la hilera de tubérculos que crecían bajo tierra. La llevó de la mano hasta el pozo, y ambos se sentaron sobre el murillo de piedra.

—He venido a darte las gracias por haberme recibido en tu casa la noche que me emborraché. No era dueño de mis actos. Lo siento.

—No te preocupes. No podía dejarte marchar en ese estado. Olympia te habría devuelto la sobriedad a escobazo limpio, y me diste pena.

Ben elevó una ceja y sus profundos ojos azules la miraron divertidos.

—Eso me ha dolido.

Un delicioso rubor coloreó los pómulos de Natalie, que trató de corregirse.

—Bueno, quería decir... quería decir que...

Young descansó la palma de su mano en su antebrazo.

—Sé lo que querías decir. Y te lo agradezco de todos modos.

El corazón de Natalie se aceleró al notar el calor que desprendía su cuerpo. Cómo anhelaba que las circunstancias fueran distintas...

—¿Estarías conforme en hacer un trato con este servidor? —preguntó Young con prudencia y meditando cada palabra que pronunciaba.

—¿Qué clase de trato?

—Enterrar el hacha de guerra.

El cerebro de la muchacha vibró, confuso y desorientado como una manada de murciélagos revoloteando exaltada tras recibir de pronto el impacto de una roca suelta en la pared del interior de una cueva.

—¿A qué te refieres?

Benjamin rozó su barbilla con el dedo índice.

—Voy a regresar a Inglaterra.

Natalie hizo ademán de levantarse, pero él la detuvo.

—¿Volver? ¿Por qué?

—Es lo mejor para los dos. Vine aquí por tu causa, empeñado en amargarte la vida. Pero eres una buena mujer y no mereces que destroce todo lo que te ha costado sudores y lágrimas conseguir —respondió Ben, ante el asombro de la francesa—. Cierto es que casi acabas conmigo; sin embargo, después de analizar el trato que te di mientras estábamos juntos, comprendí que tanto tu comportamiento como el mío estaban a la misma altura. Somos dos embusteros que encontraron el uno en el otro a la horma de su zapato. No tengo derecho a reprocharte nada.

Natalie ahogó un suspiro de alivio.

—No debí hacerlo —se disculpó—. Obré mal y te arrebaté la posibilidad de alcanzar tus sueños. Habrías sido feliz siendo un caballero. Y también la habrías hecho feliz a ella.

—En eso te equivocas —rebatió Ben—. Virginia habría sido desgraciada si nos hubiéramos casado. Yo no la amaba. Nunca la amé.

—Aun así hubiera encontrado la dicha a tu lado.

Un corto pero intenso silencio se estableció entre ambos, y Ben osó preguntar, carcomido por la curiosidad:

—¿Seguirás viéndole?

—¿A quién?

—Al hombre con el que te vi en el puerto.

Natalie palideció.

—Supongo que sí.

Young se mordió el carrillo para evitar rogarle que no lo hiciera, y sintió en el paladar el amargor del abandono y la pérdida. De la magna derrota. Sus caminos se separarían en cuanto embarcara hacia Londres, y no se verían de nuevo. Los sentimientos que Natalie despertaba en él debían ser urgentemente silenciados, y la distancia se encargaría de apagarlos, como un balde de agua fría echado entre las llamas de una fogata.

—Espero que te trate mejor que yo —alcanzó a musitar.

Natalie reprimió una sonrisa irónica.

—Y yo espero quererle como te quise a ti.

Ben expulsó el aliento que estaba reteniendo de golpe, incapaz de frenar los galopantes latidos alojados en el centro de su tórax. Si no fuera tan cobarde, si tuviera algo que ofrecerle... ¿por qué no podían darse una oportunidad? En siete años que hacía que la conocía no se había planteado la naturaleza del afecto que le profesaba; se había limitado a despojarla de su vestimenta y a gozar del placer que ella le ofrecía, sin pensar que después de levantarse de la cama había una vida que vivir y unas consecuencias a las que enfrentarse.

«Lo que se hace se paga», solía decir su padre, al que recordaba muy vagamente. ¿Y esa sería su penitencia? ¿Vivir de los besos y los abrazos de antaño, como un náufrago que retuerce su cántaro seco suplicando que esa vez también quede una gota que sacie su horrenda e inmisericorde sed?

—Al menos esperarás a partir después del cumpleaños de Ryan... —sugirió la chica.

—Ese viejo es desesperante —bromeó Ben—. Y un cotilla consumado. Sí, esperaré a verle cumplir los ochenta y cuatro. No me perdería su borrachera por todo el oro del rey Midas.

Natalie separó las comisuras de sus labios, esbozando una sonrisa relajada.

—El abuelo no se emborracha. Olympia se lo ha prohibido. Guarda una botella de ron...

—Escondida en un hueco detrás de la alacena.

Los ojos de su interlocutora le miraron con complicidad.

—¿Cómo lo sabes?

Young bajó la vista. La noche que Ackland les pilló manoseándose en el establo, le confesó su secreto y le ofreció un trago. Un trago que aplacaría el fuego que se estaba gestando en cada rincón de su anatomía, consecuencia de los besos de aquella taheña tenaz e insaciable. Prefirió callarse esta explicación.

—Se le escapó la información durante una partida de ajedrez —mintió—. Natalie, yo...

—¡Natalie!

Ben interrumpió bruscamente su discurso al escuchar la voz de Diane. Ambos se levantaron al unísono y la contemplaron acercarse corriendo portando un sobre ocre en la mano y agitándolo en el aire.

—¡Ha llegado carta de Francia!

La aludida abandonó su puesto y corrió hacia su amiga, le arrebató la misiva de las manos y rasgó la barrera de papel que contenía la valiosa información que recibía de su tía del continente. Devoró las nuevas con ansia, parada y tiesa como un poste, ignorando cualquier cosa que no fueran las letras de Sélène. ¿Habría novedades de su padre? ¿Se había recuperado?

Sin embargo, la alegría que destilaba su rostro fue desapareciendo con el avance en su lectura. Cada renglón escrito la desposeía de una pequeña dosis de felicidad.

Un agudo hipido salió disparado de su boca, y las hojas se precipitaron al suelo, manchándose de barro. Comenzó a balbucir incoherencias en francés y se alejó vacilante. Cayó de rodillas y dejó que la angustia la dominara, rompiendo a llorar.

Ben alcanzó a Diane en cinco amplias zancadas.

—¿Qué pone? —inquirió con el corazón encogido al ver a Natalie temblar y lamentarse.

—No sé leer —declaró ella, agachándose a recuperar la esquela y entregándole el mensaje escrito.

Young lo leyó lo más rápido que pudo, haciendo uso de las lecciones básicas que recibió y que le ayudaron a regentar la posada en Londres que el anciano Lekker le legó en testamento. Y a pesar de que la carta estaba escrita en francés, las palabras *père, mort* y *enterrement* fueron suficientes para comprender lo que sucedía. Sus dos años de relación le enseñaron varios vocablos en la lengua materna de Natalie.

—Dios santo...

—¿Qué? ¿Qué pasa?

Ben caminó hacia Natalie, se arrodilló y la envolvió con sus brazos, besando su pelo y arrullándola con toda la terneza que pudo reunir. Ella se aferró a él con fuerza y hundió la cara en su cuello. Young miró a Diane y murmuró con seriedad:

—Su padre ha muerto.

Los días pasaron como una neblina luctuosa y sombría, teñidos de una melancolía que solo podía hallarse en el alma de alguien que ha perdido lo único que le queda en la vida. Ni el consuelo de Diane, ni los abrazos de Ben, ni las condolencias de los Sharkey lograron elevarle el ánimo, y Natalie, con cada hora transcurrida, se enterraba más y más en su aflicción.

El dolor era tan devastador, tan hondo... Todos sus sentidos estaban empañados con una ponzoña corrosiva, un abatimiento que conseguía vencer cualquier intento de superar el impacto que las malas nuevas habían tenido sobre ella, convirtiéndola en un títere andrajoso e inservible y manteniéndola acostada casi toda la jornada, asida a la desgastada fotografía de Claude.

No volvería a verle, ni a escuchar su risa. No podría explicarle por qué se marchó, ni la razón de su silencio todos esos años. Jean Pierre y Delphine habían ganado y solo le restaba afrontar el resultado de su derrota.

Reynold acudió con las niñas a visitarla, e incluso Roger apareció por allí con un ramo de flores. Sus amigos eran un verdadero tesoro. Y Ben... Ben secó sus lágrimas y mostró una preocupación antaño totalmente inexistente. ¿Por qué se había producido ese cambio tan drástico en él? ¿Tanta lástima le daba?

Diane subió a verla una tarde, llamó suavemente a la puerta y asomó sus dorados caracolillos en el quicio de la misma.

—¿Se puede?

Natalie asintió.

—No tienes que llamar.

—Pues hazme un hueco en la cama.

Su amiga se sentó a su vera y le acarició el pelo. Un trueno estalló en la bóveda celeste.

—Va a caer un diluvio fuera —informó Diane—. Como sea igual que la tromba de inicios de primavera, se nos van a estropear las verduras. ¿Cómo sigues?

—Ni mejor ni peor. Temía que esto ocurriera, Diane. Temía que mi padre partiera sin despedirse. Y mis miedos se han cumplido.

Diane pestañeó, meditando sobre ello.

—Ojalá pudiera sentir por mi progenitor lo que sientes tú por el tuyo —reflexionó—. Te envidio. Posees una bondad innata. Yo en cambio... no le lloraría si me enterara de su fallecimiento. Claro que el hombre que me engendró no se compara con Claude Lefèvre, que era un verdadero ángel.

—Lo era —corroboró Natalie—. Era un ser generoso, amable y amaba de manera completamente altruista. Se casó con Delphine para proporcionarle un hogar y darle un apellido a su hijo bastardo, y se desvivió por su familia. Y ellos me privaron de asistirle mientras agonizaba... Es algo que no les perdonaré jamás.

Los negros y esponjosos nubarrones que asaltaron la fría atmósfera descargaron un chaparrón que se estrelló contra los cristales con la violencia de un toro salvaje. Las dos mujeres miraron hacia la ventana.

—Los postigos ya no chirrían —comentó Natalie.

Diane se encogió de hombros.

—Young vino a verte ayer, mientras dormías, y como le dije que estabas descansando, aprovechó para reparar las contraventanas. Es todo un manitas, ¿eh? También arregló la puerta del granero.

Natalie se incorporó de golpe.

—¿Que hizo qué?

—Le di las gracias de parte de ambas, aunque sé de sobra que no lo hizo por mí —manifestó Diane—. Me guarda rencor por lo sucedido con la policía de Londres. No le caigo bien. Pero qué se le va a hacer...

Natalie permaneció muda, anonadada por la revelación de su amiga.

—¿Te dijo si iba a volver hoy?

—No.

—Sigue con los Sharkey, ¿verdad?

Diane la miró con recelo.

—¿Qué os traéis entre manos tú y el rubiales ese? ¿Os habéis reconciliado acaso?

—¡No! —se apresuró a negar Natalie—. No estamos juntos. Solo somos amigos, o eso creo.

Diane se echó a reír.

—¿Amigos? ¡Ese es el mejor chiste que he oído en años!

—Di, para ya. No tiene gracia. No vayas por ese camino. Te conozco.

—Un hombre y una mujer no pueden ser amigos, Nat —afirmó la joven con firmeza—. Sobre todo cuando han dormido en la misma cama.

Natalie apartó la sábana que la cubría y se levantó del lecho.

—El día que me trajiste la carta hablábamos acerca de nuestra absurda animadversión —anunció, evocando las palabras de Ben—. No quiere seguir con esta ridícula pelea, y yo, tampoco. Lo pasado pasado está. Iniciaremos caminos separados y olvidaremos lo que ocurrió. Por nuestro propio bien.

—¿Y qué harás con lo que sientes por él?

Esa pregunta se le estampó en el pecho como si le hubieran dado un mazazo en el busto. Sus sentimientos...

—Me los tragaré, como he hecho siempre. Viviré con ello. No se muere por amor, ¿sabes? Eso solamente ocurre en el teatro.

—La cuestión no es si vivirás con ello. Lo que importa es que Young te lo permita. Te recuerdo que esta partida la jugáis entre dos.

Natalie se plantó delante del viejo espejo de pie que Olympia le había regalado e inspeccionó su atuendo, evitando responder a la réplica de Diane. No iba a meditarlo en ese momento. Ya lo pensaría más adelante. Concentraría toda su fortaleza en superar la muerte de Claude y recomponer los pedazos de su corazón.

—Mírame —sollozó—. Ni siquiera poseo un traje de luto para llorarle debidamente.

—Tu duelo está aquí, Natalie —contestó Diane, señalándose la pechera—. No en un vestido negro. Son patrañas que la sociedad, «señorita apariencia», se ha inventado. Pero nosotras no somos damas, así que podremos saltarnos todas sus normas vomitivas y retrógradas.

Natalie abrazó a su compañera.

—Eres un bálsamo para mí, Diane —declaró—. Te echaré de menos cuando algún apuesto caballero se enamore de ti y te arranque de mi lado.

El rostro sonriente de Gareth acudió a la mente de Diane, y esta cerró los ojos intentando apartarlo. Desde aquella mañana en el bosque, cuando se había abandonado a sus caricias y luego habían terminado discutiendo, Courtenay no había vuelto a buscarla. ¿Estaría cansado de ella? ¿Habría conocido a otra? ¿O estaría enfadado porque intuía que le había mentido sobre sus parientes?

Qué más daba. Ningún hombre le había durado más de una noche. Ese irlandés atrevido no sería distinto a los demás.

—No voy a dejarte —aseveró—. No nací para ser la mujer de nadie. Gareth no se casaría con alguien como yo.

En el instante en que pronunció la última sílaba, Diane deseó darse un coscorrón con el puño bien cerrado por bocazas. Natalie se separó de ella y la contempló interrogante y con el entrecejo fruncido.

—¿Quién es Gareth?

Con el cartel de «cerrado» colgado en la puerta, las mesas limpias y ordenadas, y el suelo debidamente barrido, Roger se preparaba para finalizar otra jornada laboral y marcharse a casa a descansar. Había sido un día extraño, además de poco provechoso. La lluvia torrencial que cayó sobre las calles de Dublín por la tarde había espantado a los clientes, y más de la mitad de los bollos que se exhibían en el mostrador se quedaron sin vender.

Contempló el hueco del escaparate en el que solía depositar los pasteles llevados por Natalie y agachó la cabeza entristecido. Había dejado de llevarle bandejas de exquisiteces francesas desde la noticia del deceso de su padre, y parecía que no volvería a ser la misma. La chispa que brillaba en sus ojos se había apagado, y se dejaba mecer por la susurrante voz de la tristeza.

Pobre mujer. Si tan solo le dejara consolarla...

Una idea se le cruzó por la mente y sonrió. En realidad llevaba pensándolo desde hacía tiempo. Sería de gran ayuda para su negocio, y quizá con el paso de los años hasta podrían abrir más tiendas en otras ciudades, y convertir su humilde establecimiento en una red de pastelerías a lo largo y ancho de Irlanda.

Dinnegan & Lefèvre. El nombre sonaba elegante, como las confiterías frecuentadas por las damas de la alta sociedad inglesa. Esas terrazas impolutas donde el té se bebía en tazas de porcelana con grabados coloridos, y los dulces se servían en bandejitas de plata tan relucientes que parecían espejos. Claro que si se casaban seguiría siendo Dinnegan a secas, pues ella tomaría su apellido. Pero luego podrían modificarlo y poner Dinnegan & Sons...

Rio ante su estúpida ocurrencia. Se adelantaba demasiado a los acontecimientos. Natalie había aceptado su cortejo, pero eso no era garantía de que se dejaría deslizar un anillo de boda en su dedo anular. Los planes de tener hijos aún quedaban muy lejos.

Se dirigió a la caja y abrió la gaveta que contenía las ganancias del día para hacer el recuento. Apenas había unas cuantas monedas.

—¿Y tú pretendes abrir una red de pastelerías? Como no te salga algún patrocinador de debajo de las piedras, a ver cómo lo consigues —se burló.

La campanita de la entrada resonó en sus oídos, y Roger suspiró. Había olvidado cerrar la puerta otra vez, y algún intruso acudía a hacerse con un trozo de bizcocho, o quizás a robarle. Mas eso no le preocupaba. La caja estaba prácticamente vacía, y la pérdida no sería irrecuperable.

—Está cerrado —dijo, concentrado en sus cálculos financieros.

—Lo sé.

Dinnegan elevó la vista de golpe. La saliva se hizo una pasta gruesa dentro de su boca y tragó con dificultad, con la mala suerte de que su esófago, resistiéndose a obedecer las órdenes de su cerebro, se cerró a cal y canto, provocándole una repentina tos que casi lo ahoga. La mujer que había al otro lado del mostrador agrandó los ojos, asustada.

—¿Señor Dinnegan? ¿Está bien?

Roger tardó en responder, y cuando se recuperó, carraspeó para aclararse la garganta.

—Sí, no se preocupe. Es... un catarro sin importancia.

Ella le miró desconfiada, y el confitero enrojeció, sintiéndose ridículo. A punto de pasar la frontera de los cuarenta, ya no tenía edad para sonrojarse.

—Perdone que haya venido en un horario tan intempestivo —se disculpó la dama—. Me preguntaba... si le quedan rollos de canela. Mi doncella ha olvidado traérmelos esta mañana de la panadería en la que suelo adquirirlos, y...

La grave mirada azul de Roger la traspasó como una navaja afilada, y el cutis blanquecino de Sinéad palideció aún más. Las graciosas pequitas esparcidas por la zona superior de su nariz bailoteaban divertidas ante los ojos del hombre, que recordó las veces, en su juventud, que había bromeado con ella, diciéndole que aquellas manchitas divinas eran polvo mágico lanzado por algún ángel desde el cielo para embellecerla. Y ella se ponía como un tomate. Entonces él acercaba su rostro y...

«¡Para, Roger! ¡Para!»

—No, no me quedan rollitos.

Su voz rotunda y cortante cohibió a Sinéad de tal manera que lo que tenía pensado decir se le esfumó de la lengua al instante. Permaneció envarada en su lugar, de pie, regia como una ninfa, pero temblorosa como una hoja caduca. El silencio se paseaba entre ambos acompañado de un viento helado que no sabía de dónde había salido, y la penumbra de la estancia ponía el toque siniestro final.

Todavía le guardaba rencor por haberse casado con Patrick. Y lidiar con viejas heridas no era una de sus cualidades.

—¿Qué quieres, Sinéad?

La joven viuda despegó los labios para responder, mas volvió a cerrarlos. Sinéad. La había tuteado. Nada de «señora Irwin». En circunstancias distintas habría saltado de alegría, pero era consciente de que esa familiaridad con la que se dirigía a su persona no era producto de la amistad, sino del desdén. Eso le dolió profundamente.

—No entiendo su pregunta —osó balbucir.

Dinnegan extendió los brazos a ambos lados de su cuerpo, apoyando las palmas de las manos en la repisa.

—Bueno, llevas una década viviendo frente a mi tienda y siempre has comprado tus dulces en otro sitio. ¿Por qué cambiar la costumbre? ¿Es que ahora queman las masas de hojaldre o ya no elaboran la crema de vainilla a tu gusto?

—No te mofes de mí.

El comerciante contempló con rabia sus iris llorosos.

—Tú te burlaste primero al casarte con ese borracho maltratador.

—Mi padre me obligó.

—Te propuse que te fugaras conmigo y te negaste.

—¡No podía exhibirle ante todos y suscitar un escándalo!

—¡Y una m...!

Sinéad contuvo el aliento. Roger jamás usaba palabras groseras en su presencia, y tuvo ganas de romper a llorar al ver que seguía respetando la regla, a pesar de que merecía que le lanzara a la cara todos los juramentos habidos y por haber. Dinnegan calló para serenarse. Era un adulto y comportarse como un infante al que han arrebatado un caramelo no era la solución.

—Lo siento.

—No me pidas perdón. No has hecho nada malo.

—¿Por qué apareces ahora? ¿Por qué, cuando estoy a punto de rehacer mi vida?

—La he visto —declaró la irlandesa—. Es muy hermosa. Enhorabuena.

Dinnegan se sintió un traidor. Un desgraciado desleal. Con Natalie, con Sinéad y consigo mismo. La bella muchacha a la que cortejaba le abrió su corazón y le confesó que había amado a otro, y él... él no tuvo agallas para responder con exacta sinceridad. Porque quiso a Sinéad. Vaya si la quiso. La adoró tanto que habría sido capaz de matar y morir por ella.

—Gracias.

—No quiero entrometerme en tu compromiso, no me malinterpretes —se excusó la chica—. No volveré por aquí. Soy cliente asidua de otro negocio y así seguirá siendo. Trastocar tu tranquilidad es lo último que se me ocurriría hacer. Yo no supe retenerte, es justo que la señorita Lefèvre ocupe ahora el trono donde tú me sentaste en el pasado.

Dinnegan la observaba mudo, inmóvil. Una puñalada directa al corazón le habría dolido menos que esa confidencia.

—Sinéad...

—No obstante, considero justo aclarar algo, y así librarme de tus acusaciones —le cortó ella—. Tenía dieciséis años cuando nos conocimos, y tú, veintisiete. Huir contigo habría sido la ruina para mí, pero también para ti. Mi padre era un caballero pudiente y te habría hundido por raptar a su hija menor. Te hubieras podrido en la cárcel o quizá... Dios sabe qué. No hay escondite en esta Tierra que nos librara de la furia de mi padre, y en cuanto a Patrick... tú sufriste, lo sé, pero yo me llevé la peor parte.

Una lágrima cayó al suelo procedente del rostro de Roger. No era un secreto que su amada había sido apaleada por aquel perro, pero que ella fuera quien se lo contara, y encima con semblante impasible, como una mártir dispuesta a entregar su alma con tal de que no se ensañaran con el humilde panadero del que se había enamorado...

—Dios, Sinéad, vete, te lo ruego —rogó, pasándose con nerviosismo una mano por el pelo—. Vete o no respondo.

Los músculos de la barbilla de Sinéad temblaron, conteniendo el llanto que estaba a punto de desbordarla.

«Vete o no respondo.»

La echaba. Así de simple. La echaba de su tienda, y por consiguiente, de su vida. No valía la pena tratar de justificarse. Las puertas del alma del hombre por el que lo sacrificaría todo se habían cerrado bajo llave.

Las pesadas ropas de tonos malva de la señora Irwin se hicieron un remolino a sus pies, y la dama dio media vuelta, dejando una estela de olor a azahar que abofeteó los sentidos de Roger.

Las manos del confitero comenzaron a dolerle intensamente. Necesitaba tocarla, pero eso era una locura. Si la detenía frente a la entrada de cristal, actuaría como un animal y rasgaría aquel fino traje parisino que le había costado lo que él ganaba en un mes. Y luego reventaría para siempre su reputación, pues no le importaría que los viandantes le vieran descargar sobre ella toda la pasión retenida por esos malditos doce años de tortura.

Era más sabio dejarla marchar. Y que los dos infiernos particulares que eran sus vidas les siguieran atormentando por separado.

## 10

No había logrado interceptar esa carta. Es más, la misiva había desaparecido del cajón de la mesita de noche como por arte de magia. Las veces que entró en el dormitorio para registrarlo procuró volver a colocar todo en su sitio, así que no había dado lugar a la sospecha.

No obstante, la anciana era muy lista; no se la podía engañar fácilmente. Una arruga en la colcha de la cama, una hoja de papel movida o simplemente el rastro de su colonia masculina flotando en el aire serían indicios de que alguien ajeno a ella entraba a menudo en su cuarto, y Sélène era un sabueso con un olfato infalible.

Aunque eso no le importaba a esas alturas. Blanchard había descubierto el paradero de la fugitiva. Inglaterra, y después, Irlanda. Mas Irlanda era inmensa, y encontrarla le llevaría semanas, meses o incluso años. Y tenía la dirección en ese sobre que había estado tan cerca de conseguir.

—Daré contigo, pequeña hechicera, juro que daré contigo —susurró, estrujando el informe del detective.

—¿Puedo pasar?

Jean Pierre miró a Delphine, que aguardaba en el vestíbulo de sus aposentos.

—Claro, madre. ¿Qué se te ofrece?

—El notario acaba de irse. Lo hemos hecho, hijo. Te confieso que al principio de la lectura de las últimas voluntades de Claude, he llegado a temer que nos la hubiera jugado. Pero cumplió con su palabra. Nos lo ha legado todo.

La reciente viuda se refugió en brazos del heredero, que correspondió a su muestra de afecto, apretándola contra su pecho.

—Me da lástima por ella.

Él sintió cómo algo punzante e hiriente se removía en su interior.

—¿Lástima? ¿Por qué?

—Porque pagará por los pecados de Claude. Natalie está fuera de su testamento. Y ni siquiera puede intentar defender sus derechos y venir a impugnarlo.

Jean Pierre la apartó de sí y escudriñó sus cansados ojos color miel.

—Nosotros no elegimos esto.

Delphine asintió.

—Eres el heredero universal del confitero más reputado de Lyon, Jean. ¿Sabes lo que significa eso?

—Que hemos recuperado lo que debió haber sido nuestro hace mucho tiempo.

Volvieron a abrazarse, satisfechos. Jean Pierre acarició el cabello de la valiente mujer que le dio la vida y se enfrentó a toda la rígida burguesía lyonesa con la cabeza alta. Ambos regentarían el negocio familiar, vivirían con holgura y disfrutarían de haber resultado vencedores.

—¿Se habrá enterado de su muerte?—preguntó Delphine, volviendo a mirarle.

—Estoy seguro. Sélène se lo habrá contado.

—¿Sélène?

—Sí. Conoce el paradero de Natalie. Se cartea con ella.

—¿Cómo...? Oh, Jean Pierre, no me digas que has estado hurgando entre sus pertenencias.

—No he hecho nada reprobable. No he robado nada.

Delphine se asió de las solapas de la chaqueta de elegante corte del hombre al que intentaba hacer entrar en razón.

—Cariño, déjalo ya. Tenemos lo que vinimos a buscar. No hagamos más mal. No podré disfrutar la victoria si manchas de nuevo tus manos de sangre. Yo... rezo por ti, para que Dios entienda lo que has hecho. Pero tentarle por segunda vez...

Jean Pierre se soltó de repente, mirándola con decepción. ¿Qué había de la confianza que había depositado en él? ¿Le creía capaz de organizar una carnicería como un vulgar lunático escapado del manicomio? ¿Pensaba que su intención era matar a la muchacha?

—Madre, yo...

—No quiero oírlo. No seré tu cómplice. Se acabó.

El aludido lanzó un resoplido que sonó como el de una bestia malherida. Si no quería escuchar sus explicaciones, se las guardaría para él. Lo primordial era llevar a su hermanastra de vuelta al hogar y entregarla a las autoridades.

Abrió su guardarropa y sacó dos bolsas de viaje, las echó sobre el lecho y volvió al armario a por algunas de sus prendas. Dobló varias camisas, pantalones y chaquetas, y los fue distribuyendo en el fondo de una maleta, ante la mirada atónita de su madre, que le veía trajinar sin pronunciar palabra.

—¿Qué estás haciendo?

Jean Pierre se detuvo a mirarla.

—Es obvio, ¿no?

—¿Te vas?

—Sí.

Delphine se estrujó las manos y caminó a zancada limpia por la alfombra Aubusson que desparramaba vivos colores sobre el suelo del dormitorio de su hijo.

—No puedes marcharte. Tienes una confitería que dirigir.

—Puedes hacerlo tú por mí.

Los argumentos persuasivos se le estaban agotando. Tendría que haber una manera de pararlo. Probó a apelar a su compasión.

—¿Y me dejarás sola?

Jean Pierre, que acababa de meter unos tirantes entre su equipaje, hundió los puños cerrados en el fondo de la bolsa.

—No me manipules, madre. A mí no. Lo he decidido y no cambiaré de idea.

Delphine se acomodó en el grueso brazo de una butaca. Su obsesión por Natalie no había menguado con el transcurso de los años. ¿Y de qué serviría entregarla a la policía, si luego estaría lamentándose por los rincones y lamiéndose las heridas como un chucho vagabundo y sarnoso?

—No has contado con que es posible que se haya casado. ¿Cómo lograrás arrastrarla hasta Francia? ¿Y si su marido la sigue? ¿Y si tiene hijos? ¿Le harías eso a unos niños inocentes, privándoles de su madre como Claude hizo contigo?

La violencia con la que el hombre cerró su macuto asustó a Delphine, que dio un brinco, alarmada. Su respuesta fue escupida de su boca, como una llamarada expulsada de la garganta de un dragón.

—No cometas la mezquindad de comparar a ese hijo de Satanás con tu propia sangre. Yo no soy Claude Lefèvre. Solo deseo que se haga justicia. Respecto a la soledad que tanto te preocupa, la tía Sélène resolverá el problema.

Delphine calló, recordando la noche en la que encontró a su muchacho con el costado ensangrentado en el cuarto de Natalie. Andaba a la deriva en mitad de una espesa marea etílica y murmuraba frases incongruentes. Tenía la camisa de dormir abierta y portaba un cuchillo. Aunque creía su versión de la historia, era consciente de su debilidad por la chica de cabellos encarnados, y de que su borrachera le había dado valor para introducirse en su alcoba. Su hijastra era muy impetuosa, y no habría dudado en defenderse. Pero ¿cómo hacerle ver su parte de culpa, si ni siquiera se acordaba de lo sucedido, y se empeñaba en afirmar que ella le atacó sin motivo alguno?

—Sélène también nos deja —respondió pesarosa—. Volverá a la campiña para llorar a su cuñado.

—Pídele que se quede. Mi ausencia no será larga. Dile que me voy por negocios.

—No te creerá. Sabrá que vas en busca de Natalie y la avisará por carta.

Jean Pierre no replicó. Existía esa posibilidad.

—Entonces tendrás que vigilar las misivas que salgan de esta casa, y procurar enterarte de cada vez que pida al servicio papel y tinta.

—Te he dicho que no seré tu cómplice.

Su interlocutor la miró furibundo.

—Yo lo fui cuando planeaste engatusar a Claude. Serví de cebo, ¿recuerdas?

—¡No es lo mismo!

—Sí lo es. Ahora tú me ayudarás en esto.

La puerta entornada se abrió despacio con un sonido tétrico y quejumbroso, y una bola de pelo se deslizó dentro. *Napoleón* cruzó el vestíbulo trotando alegremente, pero al ver a su amo bufó y se erizó como un puercoespín dispuesto para el ataque. Delphine, extrañada por el agresivo comportamiento sin precedentes del minino, miró a Jean Pierre interrogante.

—¿Has pegado a *Napoleón*?

—No. Le pisé la cola sin querer esta madrugada, y está enfadado conmigo. Fui a la cocina a por un vaso de leche y no me di cuenta de que estaba en el pasillo. No llevé mi lámpara conmigo.

El micho pasó volando entre ellos y se metió bajo la cama. Jean Pierre miró de reojo al felino, dejó una de las bolsas en el suelo y preguntó, irritado:

—¿Me acusarás de ensañarme con el animal?

—Algo has hecho para que se haya puesto a la defensiva. Él... dormía en el cuarto de Claude cuando le encontraste. Estaba muy apegado a tu padrastro.

—Le he pisado la cola a ese orejón rencoroso. Nada más. No le consiento como tú y Sélène, dándole galletas y dulces a todas horas, pero de ahí a maltratarle hay una gran diferencia.

—No me refiero a eso.

—Déjame en paz, madre. En lugar de reprocharme cosas, lo que deberías hacer es gozar de tu reciente libertad. A veces el fin sí justifica los medios, ¿sabes?

Jean Pierre sacó su reloj de cuerda del bolsillo y miró la hora.

—Me marcho esta noche —informó, volviendo a concentrar su atención en Delphine—. Y en Calais cogeré un barco hacia Southampton. Te escribiré.

—¿Partes a Inglaterra?

—A Irlanda. El barco atracará en costas inglesas antes de dirigirse a su destino.

—Sé prudente, hijo. Te lo suplico. Toma las decisiones con la mente fría.

Jean Pierre agarró sus manos heladas y las besó.

—Llevo siete años planeando esto —arguyó—. No sufras por mí.

Delphine se apoyó en él y le besó en la mejilla.

«Étienne, mi amor, desde donde estés, cuida de nuestro retoño. Por favor, cuida de él.»

Agosto llegó, lanzando sobre Irlanda un clima marcado por altas temperaturas y escasa lluvia. El verano había arrancado con fuerza, sorprendiendo a los habitantes de la isla, que, acostumbrados a cielos grises y vientos recios, daban alegres la bienvenida a la estación más calurosa del año.

Natalie caminaba junto a Ben por una senda de tierra que conducía a la ciudad, secándose cada minuto el sudor que brotaba de su frente y abanicándose como podía con su pañuelo de algodón. Tiraba desanimada de las riendas de *Hortense* y se detenía de cuando en cuando para dar agua a la burra y refrescarse ella misma con la cantimplora que Young portaba consigo, pero sabía que sus pies no resistirían recorrer ni cincuenta metros más.

Observó a Ben, que andaba cabizbajo y concentrado en animar a la pollina a no hacer alarde de la terquedad característica de los de su especie y detenerse de pronto, y una risita se le escapó sin querer. Ben levantó los párpados con lentitud y la contempló con una mirada centelleante.

—¿De qué te ríes?

—Te aterroriza barajar la idea de que *Hortense* decida pararse.

—Nos falta muy poco para achicharrarnos, Natalie. Siempre me dije que había dos maneras de las cuales no deseaba morir. Una era ahogado, y la otra, de calor.

—Pues estás ayudando a una campesina a arrastrar una mula por la campiña en un intenso día estival, y sales al mar a menudo a bordo del *Bethany* a ganarte el sustento. ¿No crees que deberías exponerte menos al peligro? No sé... dedicarte a criar gallinas o a vender verduras...

—Se ha levantado usted esta mañana con unas ganas locas de burlarse de mí.

El tono divertido de Ben sacudió el desánimo de Natalie, quien, siguiéndole el juego, no respondió a aquella afirmación.

—Estás cansada. ¿Por qué no paramos un poco? —sugirió Ben, señalando un roble enorme que extendía sus poderosas ramas pobladas de hojas cerca de ellos—. Un ratito bajo su sombra y quedaremos como nuevos.

Cambiaron el rumbo del trayecto, saliéndose del camino con *Hortense* rebuznando a su espalda, muy próximos a las inmediaciones del castillo de Howth. Natalie le ofreció una zanahoria a la borrica, que abrió la boca para recibir su chuchería.

—¿Cuánto hace que tienes a *Hortense*? —inquirió Young, viéndola tratar con mimo al animal.

—Bastante tiempo, ya ni me acuerdo. La rescaté de un granjero que la zurraba cuando le apetecía, y la traje a vivir con nosotras. No me sirve de mucho, pues es vieja y terca como ella sola, pero Diane y yo la queremos como a un miembro más de la familia.

Benjamin se sentó en una raíz sobresaliente, estiró las piernas y la miró. Ya no era la misma desde el deceso de su padre, aunque seguía conservando aquella vivacidad que acentuaba aún más su exótica belleza.

Los rayos del sol penetraban en desdibujados lengüetazos entre las ramas del roble que les cobijaba, estrellándose contra la melena de fuego de la chica. Ben contempló hipnotizado la gama de tonos anaranjados, rojos y marrones que se mezclaban en aquel bello efecto de luces, y cerró los puños como un acto reflejo, anhelando sentir entre sus dedos los sedosos rizos que conformaban su espléndida cabellera.

Natalie giró la cabeza y sus ojos se enfrentaron. Parecía un felino salvaje rodeado de naturaleza, y Ben, al experimentar una profunda punzada de deseo, maldijo su suerte. ¿Por qué no había podido ser un hombre diferente? Si la vida no le hubiera convertido en un ambicioso egoísta, no se hallaría en esa situación, queriendo para sí lo que no podía tener. Lo que no debía tener.

—Ese castillo es precioso —afirmó, señalando la fortaleza del conde St. Lawrence, cuyos torreones y almenas grises se asomaban como dos potentes brazos emergidos de la tierra con los dedos apuntando al cielo—. Observándolo desde aquí, protegidos por toda esta frondosa vegetación, da la sensación de que estamos en otro siglo.

—A mí me da una impresión idéntica —corroboró Natalie—. Cuando desembarcamos en Dublín, Diane y yo teníamos pensado ir al norte, a la campiña, y establecernos allí. Pero entonces conocimos a Olympia y a Reynold, al abuelo, a los niños... y pisamos estas mágicas tierras. Si cierras los ojos hasta puedes oír, a los lejos, el aire empapado del sonido de los violines que entonan las tradicionales melodías irlandesas, que continúan vivas a lo largo de los siglos.

Ben cerró los párpados unos segundos y luego volvió a abrirlos. Una amplia sonrisa de satisfacción embellecía su rostro.

—Tienes razón. Los oigo.

Natalie removió con las puntas de sus botines un montoncito de hojas secas y, tomando aire, condujo su mirada áurea al perímetro de los dominios de aquel gigante de piedra centenario.

—¿Conoces la letra de *Oró Sé do Bheatha 'Bhaile*?

—No.

—Es una canción de la época de la reina Isabel I —explicó la joven—. Habla del deseo de ver una Irlanda libre del yugo inglés y hace alusión a Gráinne Mhaol o Grace O'Malley, como se la conocía en Inglaterra. Es un personaje que vivió allá por el siglo XVI, una mujer reina y a la vez pirata. Considerada toda una heroína entre los independentistas.

Young rio.

—¿Una mujer pirata? Doble peligro. Santo cielo, debió de ser de armas tomar...

—Lo fue, lo fue —aseveró Natalie, sonriendo—. El abuelo Ryan me enseñó la canción y me contó que hay una leyenda que relaciona a la imbatible Grace con Howth Castle. Se dice que ella vino a visitar un día el lugar y que los anfitriones no quisieron recibirla. Se sintió ofendida por el trato que se le dio y secuestró al heredero del conde en represalia. Solo lo devolvió cuando se le prometió que las puertas del castillo estarían abiertas a las visitas inesperadas y que se les proporcionaría un sitio en la mesa de los anfitriones. Al parecer conquistó varios castillos, y capitaneaba toda una flota de barcos. Estaba al mando de una tripulación formada por rudos hombres de los que recibía una obediencia ciega.

Benjamin asintió, imaginándoselo con nitidez. Una temeraria intrépida en un mundo de hombres que se ganó un lugar en la historia de su país natal. Seguramente tendría el cabello rojo y ensortijado, como Natalie. De hecho, apostaba a que también serían similares en su personalidad. No le costaba en absoluto visualizar a la francesa blandiendo una espada y cortando cabezas. Poseyendo botines ajenos y subyugando a reyes, reservando para sí a los más avezados amantes.

—¿En qué piensas? —cuestionó ella.

—Te escandalizarías si te lo dijera.

—Prueba. He vivido suficiente como para no llevarme sobresaltos por tonterías.

Sí, era cierto. Natalie había vivido experiencias que otras jóvenes de su edad ni soñarían, pero aun así seguía conservando parte de su candidez. Al fin y al cabo, él fue quien la inició en los senderos del placer físico, y vivió protegida y amparada en sus brazos hasta que Virginia se cruzó por medio y lo echó todo a perder por perseguir la fortuna de los Cadbury.

—Ven —ordenó, dando golpecitos con la palma de la mano en la superficie de la gruesa raíz donde se había sentado.

Natalie se negó.

—Debemos continuar o llegaremos tarde.

—Tenemos diez minutos.

Las pupilas contraídas de la francesa le escudriñaron recelosas. No era buena idea hacerle caso. Habían hecho un pacto de amistad y lo estaban respetando, pero estar tan próximos en un lugar solitario era muy arriesgado.

—No te voy a morder. Por ahora.

Natalie por poco se atraganta con su afirmación.

—Eso me demuestra que estoy en lo correcto al mantenerme alejada de ti —afirmó.

Ben rio con jocosidad.

—No sabía que me temieras.

—No te temo.

—Entonces ven.

Natalie volvió a oír los golpecitos y cedió con desgana, colocándose al lado de Ben y extendiendo sus faldas raídas para taparse las extremidades. Sus pestañas, largas y abundantes, aletearon coquetas sobre el ámbar de sus ojos, y no se atrevió a mirarle, porque sabía que aquellos dos lagos diáfanos encerrados en sus cavidades oculares la harían naufragar si se enfrentaba a ellos.

Young, con el dedo índice, levantó su barbilla con suavidad y sus miradas se encontraron. Los ojos de Natalie siempre le recordaron a dos grandes topacios tallados con esmero, dos joyas expuestas en una faz femenina y delicada a la que era imposible olvidar después de haberla contemplado. Hubiera dado todo por ser el dueño de aquellas gemas de inestimable valor. Todo... menos su libertad.

Natalie observó el rostro de Benjamin y contuvo las ganas de acariciarle. Se le veía tan perdido, tan triste, tan solo... igual que ella. Gracias a Dios que Diane estaba allí para dar algo de color a su vida.

Young se movió y se agachó a sus pies, quitándole las botas polvorientas. La chica se sobresaltó.

—¿Qué haces?

Una ligera brisa agitó los cabellos sueltos de Ben, que dijo con rotundidad:

—Ahora verás.

Cuando inició el masaje en círculos por la planta de su pie derecho, Natalie creyó que se desmayaría. Sus manos grandes y encallecidas por el trabajo con las redes del *Bethany* ejercían una presión tan maravillosa sobre su piel fatigada que la hacían gemir de gozo. Echó la cabeza hacia atrás y le dejó hacer, cerrando los párpados y disfrutando del momento de reposo. Como si alguien arrancara las estrofas de sus cuerdas vocales, comenzó a entonar la cancioncilla antes mencionada, pronunciando un inexacto gaélico, pero que sonaba a gloria a los oídos de su espectador:

—*Tá Gráinne Mhaol ag teacht thar sáile, óglaigh armtha léi mar gharda, Gaeil iad féin is ní Gaill ná Spáinnigh, is cuirfidh siad ruaig ar Ghallaibh...*

—¿Te gusta?

Natalie no contestó.

—¿Natalie?

—¿Hummm? Si sigues un poco más, me quedaré dormida.

Benjamin rio.

—¿Y no te importará quedar a merced de un pirata como yo?

—No me harías nada que no me hayas hecho ya.

Se arrepintió enseguida de pronunciar esa frase. Ben, sorprendido por su respuesta, dejó de masajearla y le clavó una mirada ardiente. Ella le miró también.

De pronto sintió que las manos del pescador ascendían por su pantorrillas, abrasadoras bajo sus pololos como el hierro recién forjado de una herradura. Ben presionó el músculo dolorido y frotó de arriba abajo, sin apartar la vista de su expresión arrebolada. Parecía un leopardo jugueteando con su cena antes de lanzarse a comérsela.

—Ben...

—Dime.

—Es... Yo... Gracias... por venir.

Young le dedicó una simpática sonrisa.

—Si no hablas con algo más de coherencia no podré entenderte.

—Quería decir...

Benjamin finalizó el masaje y, de rodillas, se acercó más a su interlocutora, acortando las distancias.

—Quería... agradecerte lo que has hecho por mí estas semanas. La muerte de mi padre ha sido un golpe muy duro y...

Young acarició su pelo y sus pómulos, murmurando:

—No hay de qué. Sé lo que se siente cuando te apartan de tus padres. Intentaba evitarte un sufrimiento mayor, aunque hay penas que no se arreglan con compañía humana, por mucha gente que haya a tu alrededor.

Las crudas imágenes del orfanato donde se crio asaltaron a Ben, que sintió que la bilis alojada en su interior comenzaba a ascender en llamaradas por su esófago. Él mismo creció rodeado de cuidadores y niños. Pero solo. Siempre solo. Ni sus padres ni sus nueve hermanos cruzaron jamás las puertas del hospicio para ir a visitarle.

Soportó estar todos esos años entre esas paredes mugrosas esperando a que aparecieran y, al ver que no lo hacían, se escapó, decidido a vivir en la calle con tal de recuperar su albedrío. Logró sobrevivir con pequeños hurtos y hasta tuvo un perro vagabundo que lo seguía por doquier. Hasta que, a los diecisiete, Lekker le cazó tratando de robarle la cartera en Covent Garden y, entre lágrimas, Ben le contó que hacía dos días que no comía. A partir de ahí todo cambió. El anciano, viudo y sin hijos, le llevó a su posada, le sirvió un plato de sopa de pollo, le regaló algo de ropa y le dio un trabajo como ayudante del negocio. Los años y el cariño que ambos se tomaron hicieron el resto.

Regresó mentalmente al presente, y se percató de que continuaba con la mano apoyada en el rostro de Natalie, que escrutaba su ceño fruncido con curiosidad.

—¿Tus padres te... abandonaron?

Ben se tensó. No hablaba de su pasado. Con nadie. Nunca. Y mucho menos con Natalie, una comadreja taimada capaz de sonsacarle cualquier secreto. No se mostraría vulnerable. No ante ella.

—Vamos. Hemos descansado bastante.

Se puso en pie y le dio la espalda. Frotó la testuz de *Hortense* con un gesto cariñoso, y la joven, aturdida, le tocó el antebrazo y le hizo girarse.

Al notar el semblante contrito de Young, Natalie refrenó su lengua. Era obvio que ese tema le provocaba mucho dolor, y optó por cambiar el rumbo de la conversación. Se alzó de puntillas y le dio un fugaz beso en los labios a modo de disculpa.

Al hacer ademán de apartarse, Ben la retuvo sujetándola por los hombros y la miró como un niño indefenso. Sus pensamientos eran un torbellino desordenado que estaba a punto de llevárselos a los dos por delante. El anhelo que les asolaba a ambos se estaba volviendo incontrolable, potente como un árido vendaval que sacudía sus corazones, vaciándolos y saturándolos a la vez. Colmándoles de esa necesidad primaria de saciar su hambre, secar sus lágrimas, llenar sus brazos y fundir sus cuerpos.

Sus ojos proyectaban confesiones íntimas e impronunciables, y ellos, incapaces de articular palabras a la altura de la profundidad de sus sentimientos, como dos soldados supervivientes que comparten en silencio los horrores de la guerra, continuaron contemplándose, mientras la congoja crecía y desgarraba su ser.

«Bésame otra vez, pequeña. Devora mi boca, mi mente, mi alma. Bésame y arráncame esta angustia que carcome mis entrañas como un ave carroñera que engulle los pedazos de un cadáver. Dame un motivo para seguir luchando.»

Los labios de Natalie temblaron, indecisos. Solo unos centímetros los separaban de la fuente de sus fantasías. Benjamin Young había sido, hasta ese día, su tabla de salvación. Su única alegría. Y también... su sueño inalcanzable.

Rompió el hechizo que los retenía en su utópica crisálida de la manera más efectiva que halló en ese momento.

—Roger me está esperando. Si nos entretenemos, sus clientes se lo van a comer vivo por no entregarles los pedidos.

Ben la soltó. Escuchar el nombre de su pretendiente le paralizó como si hubiera recibido un sopapo en la cara con la mano abierta.

Emprendieron su marcha a la ciudad, recorriendo el camino que quedaba en un tenso mutismo. Natalie miraba de reojo a su compañero de vez en cuando, pero este no parecía querer retomar la conversación que habían compartido al iniciar el trayecto. Supuso que su mal humor se debía a que cometió la imprudencia de hacerle preguntas indiscretas e indagar en su pasado, y una sensación de impotencia se adueñó de ella. Con su osadía, lo único que había conseguido hacer era alejarlo aún más.

Young prefirió no proferir palabra el resto del viaje. La mención de Roger Dinnegan lo devolvió a la realidad de un solo golpe, recordándole que una relación con Natalie sería algo absurdo e imposible. Ambos deseaban cosas distintas, y no estaba en condiciones de mantenerse a sí mismo, y mucho menos a una familia.

Él no era Ryan, ni Sharkey. No tenía siquiera un hogar para ofrecerle. Y dado que Natalie estaba acostumbrada a la abundancia, tarde o temprano su afecto se esfumaría cuando las discusiones, las deudas y las recriminaciones comenzaran a llegar.

Sin embargo, no podía evitar sentir... celos. Sí, celos, para qué negarlo. Era un hombre adulto, y si había algo que había aprendido a no hacer jamás era a refutar lo evidente. Ryan le dijo abiertamente que estaba enamorado de ella. Y también Courtenay. ¿Estarían en lo cierto? ¿Eso era el amor, un deseo continuo de permanecer a su lado y compartir risas y lágrimas, tormentas y bonanzas? ¿Una sensación de posesión que hacía que se le contrajeran las entrañas cada vez que pensaba que alguien que no fuera él pudiera tenerla para sí?

Cuando se detuvieron frente a la tienda de Dinnegan, Ben prefirió esperarla fuera, aunque no resistió la tentación de espiarla disimuladamente a través de los cristales del escaparate. Vio que Roger besaba su mano y la retenía un par de minutos, y Natalie sonreía y asentía feliz. Sintió el impulso de entrar, sacudir al confitero y gritarle que no la tocara. Pero, luego, ¿qué? ¿Qué haría después?

Natalie abandonó sonriente la pastelería con su bolsa de monedas y Roger, que divisó a Young aguardando en la acera, inclinó su cabeza y le saludó. Ben respondió al gesto.

—Ya está. ¿Nos vamos?

—Parece buen tipo.

—¿Quién?

—Dinnegan.

Natalie se giró hacia el escaparate.

—Ah. Sí, lo es.

—¿Cuánto hace que le conoces?

—Prácticamente desde que llegué. Le conté que mi padre tenía una confitería en Lyon y que yo le ayudaba a preparar la masa de los bollos. Buscaba trabajo. Me ofreció un espacio en su tienda y así me gano el pan, vendiendo mis recetas a sus clientes, que, según él, han aumentado desde que le proveo de dulces oriundos del continente. Diane cose y lava para las damas. No nos va tan mal como esperábamos.

—¿Y no te ha ofrecido una sociedad?

—¿Una sociedad?

Ben alzó la mano y le retiró el pelo de la cara.

—Sí. Ampliar el negocio.

—Pues no, no lo ha hecho. Quizás ahora que...

Natalie calló al ver el semblante serio de Benjamin. Supuso que mencionar un posible matrimonio entre ellos no era buena idea, así que decidió guardar silencio.

—¿Tienes que ir a algún sitio antes de que regresemos? —preguntó.

—Voy a pasarme un momento por casa de Gareth, un amigo que trabaja en el *Bethany* con Tiburón y conmigo. ¿Me acompañas? Está aquí cerca, unas calles más abajo.

Natalie frunció el ceño.

—¿Gareth?

—Sí. Lo conociste el día que nos vimos en la taberna de Thacker.

Pero Natalie no pensaba en eso, sino en las palabras de Diane. «Gareth no se casaría con alguien como yo.» ¿Se estaría refiriendo a ese hombre?

—¿Pasa algo?

Ella le sonrió, disimulando.

—Ben... ese... amigo tuyo... ¿está casado?

Young se sorprendió ante la pregunta.

—¿Por qué quieres saberlo?

—Simple curiosidad.

—No, no lo está.

El nudo que se le había formado en la garganta se disipó como una neblina matinal al salir el sol. Bueno, si Diane se veía con el tal Gareth, al menos no se llevaría una desilusión. No sería la tercera en discordia ni formaría parte de ningún patético triángulo amoroso.

Azuzó a la burra, la cual, liberada de la carga que llevaba en sus lomos, avanzó sin rechistar. Averiguaría un poco más acerca del misterioso pretendiente de su amiga. No estaba dispuesta a consentir que nadie la hiriera, pues ya había sufrido lo suyo, y la oportunidad había llamado a su puerta sin pedirlo.

—Sí—asintió, decidida—. Estaré encantada de acompañarte.

—Y dile a Natalie que Ryan no piensa celebrarlo si no le prepara una tarta de fresones con velas y todo. Anda algo triste y desanimado por la negativa de ese amigo suyo del condado de Down a venir a verle. Con todos los problemas que están teniendo tanto en su granja como en las propiedades vecinas, y con lo supersticiosa que es esa gente del norte, dudo que mi padre logre arrancar a su colega de su tierra, aunque sea solo por unos días. Están empeñados en que están sufriendo una nueva ola de ataques de los *pooka*. Y a ver quién se atreve a llevarles la contraria.

Sentada en la mesa del acogedor comedor de su casita, Diane tomaba nota mental de las peticiones de Reynold y su esposa. No era la primera vez que escuchaba historias sobre los *pooka*, unos entes malvados pertenecientes a la compleja y larga lista de seres que conformaban la mitología irlandesa, los cuales se dedicaban a arrasar cultivos, robar a viajeros, derribar cercados y portones, y aterrorizar al ganado, entre otras fechorías. Dependiendo de la tradición de la comunidad que sufría estos agravios, estas criaturas podían tomar diferentes formas, desde portentosos caballos negros que recorrían los campos al anochecer, a ogros de apariencia grotesca que amedrentaban a los habitantes de la región. El temor de algunos llegaba a tal extremo que abandonaban en los caminos parte de sus cosechas para pagar tributo a los pooka y así lograr la paz para sus hogares. Y claro, las bandas de vándalos sacaban un suculento provecho de la inocencia de los pobres campesinos.

—Imagino que el señor Ackland no sabe nada sobre la fiesta sorpresa.

Los dedos de Olympia tamborilearon sobre la mesa.

—Sí que lo sabe, mi padre parece escuchar detrás de las paredes —afirmó—. Pero esta vez he conseguido engañarle. Cada año lo conmemoramos con familia y amigos, así que sería una tontería negar que estamos preparando algo. Pero el festejo con músicos, cerveza y carne a la brasa creemos que no se lo espera.

Reynold secundó las palabras de su mujer con una risita de complicidad.

—Cuando vea los barriles de cerveza va a pensar que ha muerto y está en el cielo —bromeó.

—Bien. Entonces llevaremos la tarta de fresones y algunos pasteles más. Tengo unos manteles viejos que servirán para cubrir los tablones donde se dejarán los alimentos —terció Diane—. Será una noche maravillosa; el abuelo se lo merece.

La puerta de entrada se abrió y apareció Natalie, limpiándose las botas en el felpudo.

—Hola.

Los tres la saludaron con la cabeza.

—Has tardado —dijo Diane—. Estamos ultimando detalles para el cumpleaños del señor Ackland.

—He ido con Ben a la ciudad. Tenía que hacer unos recados y lo he acompañado a casa del señor Courtenay.

Diane la miró con los ojos muy abiertos y atentos, como los de una ardilla famélica que acaba de divisar una bellota gorda y apetitosa. A Natalie no le pasó desapercibida su cara de sorpresa y la enfrentó con una mirada retadora. Si tenía algún secretillo que estuviera relacionado con el irlandés, ya era hora de que fuera soltando prenda.

—Ah —fue todo lo que Diane respondió. Pero ganas no le faltaban de bombardearla a preguntas.

Olympia se acercó a la recién llegada y la besó.

—Gracias por vuestra colaboración. Sois unos soles.

—De nada, Olympia. Es un placer contribuir a la felicidad del abuelo. Le queremos mucho. A él y a todos vosotros.

Reynold se levantó y la pellizcó en la mejilla.

—Aunque no hayamos cumplido aún los cincuenta, para nosotros sois nuestras hijas. No lo olvidéis, ¿eh? Por cierto, ¿y Young? ¿No habíais bajado juntos a Dublín?

—Ha regresado a tu casa —explicó la francesa—. Se le hizo tarde y le había prometido a Sam echarle una mano en la huerta.

—Sí, y yo tampoco debería estar aquí, sino ayudándoles a cavar —repuso Sharkey—. Bueno, te hemos dejado trabajo, chiquilla. Tarta de fresones, *barmbrack*, y esos bombones rellenos de crema de calabaza que están para chuparse los dedos. ¿Crees que podréis tenerlos para la fiesta? Sin presiones.

—¡Claro que sí! —exclamó Natalie, jubilosa—. Y haré unos buñuelos receta de mi padre. Los vendía en nuestra confitería en Lyon y eran la sensación del local.

—Trato hecho.

Los Sharkey se despidieron de ambas y Natalie les

acompañó al porche. Mientras se alejaban abrazados, Diane se aproximó por detrás.

—Vamos, suéltalo.

La orden de Natalie cogió desprevenida a su compañera.

—¿Que suelte qué?

La pelirroja se dio la vuelta y la desafió achicando los ojos.

—Te mueres por saber qué hicimos Ben y yo en casa de Gareth Courtenay. Admítelo.

—No soy ninguna cotilla enferma —replicó Diane, enfadada—. Allá tú si has decidido volver a enredarte con ese sinvergüenza.

—No hablo de mi relación con Ben, sino de tu idilio secreto con el tal Gareth. ¿Cuándo ibas a contármelo?

La piel lechosa del rostro de Diane se tiñó de un rojo sangre. Se había delatado durante la tertulia que compartieron aquel día lluvioso, y tendría que dar explicaciones. Sin embargo, no había nada que decir. Sí, habían intercambiado unos cuantos besos en el lago, ¿y qué? Hacía tiempo que no iba a buscarla, y parecía evitar encontrarse con ella desde entonces. Ni siquiera le devolvió las ligas que había sisado de su colada.

—No sé de qué me hablas.

—Mentira.

—Natalie, no te pases. ¿Cómo podrías pensar que yo...?

—¿Que te has enamorado de un hombre al que apenas conoces?

Los mofletes de Diane, ya hinchados por la cólera, se inflaron aún más.

—No mezcles las cosas, ¿eh? Nadie ha hablado de amor.

—Ajá. No niegas que os veis.

—Nos veíamos. En el pasado. Pero eso ya se ha acabado.

Natalie cerró la puerta y posó una mano en el codo de su interlocutora.

—¿Acabado? ¿Por qué?

—Empezó a hacer preguntas. Y no me gustan las preguntas.

Diane se dirigió a uno de los sillones del saloncito, y Natalie la siguió. Se sentaron una frente a la otra, y la francesa trató de sonsacarle el motivo de su mirada triste. Si había sido ella la que había puesto fin a la relación, ¿a qué venía esa cara larga?

—¿Qué clase de preguntas?

—Preguntas incómodas. Sobre mi familia.

—Ya veo. Y tú las esquivaste, huyendo como una cobarde. Enfrentarte a él no era una opción que barajar, ¿no?

—No pongas en tela de juicio mi actitud —replicó Diane—. Es mi vida y hago lo que quiero con ella.

—Y no te digo lo contrario. Pero ser sincera con la gente que te rodea no mata a nadie.

—¡Oh, claro! ¡Y tú has sido transparente como una gota de agua con los Sharkey!

Natalie se puso tensa. Cuando Diane se empecinaba en ponerse a la defensiva, nada podía derrumbar el muro que construía a su alrededor.

—No es comparable —murmuró, humillada—. Yo me juego mi libertad. Me veo obligada a ocultar lo que ocurrió porque cometí un delito, Diane. Estuve a punto de matar a un hombre sin querer. En cambio, lo que te lleva a ti a esconderte es el miedo al rechazo. Le profesas afecto a ese hombre y temes que te desprecie si se lo cuentas.

—¿Y tú no lo harías? —rebatió Diane—. Él piensa que soy una mujer respetable que nunca ha roto un plato. No soportaría que me mirara con asco si supiera que fui una puta de Whitechapel. Una como las que se le insinúan en los muelles del puerto de Dublín al bajar de la cubierta del *Bethany*.

Por primera vez en años, Natalie vio que los ojos de Diane se humedecían. Su amiga no lloraba con frecuencia, y contemplar su rostro compungido la hacía sentirse muy afligida. Ella sabía bien lo que era huir, incluso de aquellos a los que se amaba.

—¿Crees que no lo comprenderá si le dices que no hacías la calle por voluntad propia, sino para poder comer?

Un sollozo saltó de las cuerdas vocales de Diane.

—Un hombre no es comprensivo con esas cosas, Nat. Me dirá que podría haber intentado acompañar a una dama anciana o servir en una casa decente, o incluso ejercer de niñera. Él nunca ha vivido en Londres. No conoce mis circunstancias, ni vio la larga lista de mujeres de las agencias de empleo buscando trabajo. No sé leer ni poseo conocimiento de nada que no sea coser o lavar. Y para colmo soy una mujer. Mi futuro estaba escrito.

—Es injusto que no te des una oportunidad. Puede que él te quiera de veras.

—Si así fuera no habría guardado las distancias en cuanto me negué a someterme a su interrogatorio.

Natalie se mordió una uña, pensativa. Diane llevaba unas semanas decaída y completamente ausente. Ya sabía la razón: no saber nada de Gareth la estaba matando.

—¿Y por qué no vas a su casa y habláis como dos seres civilizados? Podrías exponer la situación —propuso—. Si está interesado en ti, lo entenderá y podréis comenzar a conoceros en serio.

—No quiero que nos conozcamos en serio. No busco un certificado de matrimonio con nuestros nombres impresos en esa asquerosa tinta negra.

—¿Y si es lo que él desea? No has de pensar solo en tu parte.

Diane arrugó la nariz, aún enojada porque su amiga fuese tan astuta. No tenían secretos entre ellas, pero aquello... aquello ya era indagar en asuntos demasiado privados.

—A ver, doña Tortuga, no te hará daño enseñar las cartas que tienes en la manga. No siempre se gana cuando se juega.

—¿Doña Tortuga? ¿Ya me has encontrado mote nuevo?

Natalie rio.

—Es que estás metida en un caparazón más duro que una piedra: tu orgullo. Y encima eres lenta de entendederas. Pero si anhelamos ser felices a veces hay que bajar la guardia. Ve a esa casa y acláralo con él.

Diane se encogió, asustada. La excitación ante el pensamiento de volver a verlo le oprimía los pulmones y apenas la dejaba respirar. No le contaría su pasado;

eso no admitía discusión, pero podía ir y pedirle que le esclareciera algunos puntos del extraño vínculo que los unía. No era mala idea estar preparada para saber a qué atenerse. Y de paso aprovecharía para exigirle la devolución de sus prendas interiores.

Un dilatado suspiro impaciente semejante a un bufido de hastío salió de su garganta.

—Me rindo. Dame la dirección.

Las sombras del crepúsculo empezaban a colarse por su ventana cuando decidió poner orden en aquella pocilga. Había dejado la bolsa de ropa limpia que había traído de casa de Mary encima del angosto catre donde dormitaba cuando no se ganaba el sustento en alta mar, y resuelto a dejar su humilde hogar como una patena, comenzó a cambiar sábanas, recoger tazas sucias de té y barrer como podía el suelo de madera descolorida con una escoba de paja vieja y escacharrada.

Tenía que reconocer que era un pésimo amo de casa. Llevaba años viviendo solo y ni siquiera sabía lavarse la ropa, por lo que debía recurrir a los excelentes servicios de la anciana Mary. Le gustaba beber té negro y zamparse las galletas irlandesas que adquiría en una panadería próxima a su guarida, y en contadas ocasiones solía tener algo más de comer en la alacena. Sí, era un auténtico desastre.

Gareth miró a su alrededor. El minúsculo cuarto que había alquilado al señor Perry se le estaba quedando pequeño. Claro que, para un hombre soltero como él, el austero cubículo en el que dormía era suficiente para cubrir sus necesidades básicas. Además, con lo que pagaba allí, podía permitirse el lujo de ahorrar y hacer planes de futuro. Unos planes que incluían mujer, hijos, un perro y, con un poco de suerte, un carro tirado por un caballo joven y sano para no tener que ir andando a todas partes.

El irritante ruido que la escoba de paja emitía al deslizarse por el suelo era odioso. No le extrañaba que su madre se paseara por el que antaño fue su hogar con los nervios encrespados todo el santo día. Cuidar del zopenco leñador que tenía por marido y sus tres vástagos debía de ser un trabajo extenuante.

Los echaba de menos. Añoraba sus palabras de ánimo, las manos callosas de su padre desordenando su peinado infantil, las largas jornadas comiendo castañas asadas junto al fuego...

Fue un niño feliz. Vaya si lo fue. Y los buenos recuerdos que guardaba de sus progenitores le ayudaban a vivir entonces, cuando descansaban bajo dos humildes lápidas en el vetusto cementerio de una capilla católica a cuya congregación pertenecieron desde tiempos inmemoriales.

Sus hermanos se mudaron uno a Escocia y el otro al norte del país, y hacía años que no se reunían. Le llegó la noticia de que se habían casado, y que el que aún permanecía en Irlanda esperaba un retoño para la primavera siguiente. Loco de contento al saber las novedades, compró para su sobrinito un gorro blanco con cintas de raso y un sonajero de colores, y los envió por correo tres días atrás. Le hubiera encantado dárselo a su hermano personalmente, pero su trabajo le exigía estar siempre disponible o de lo contrario Tiburón zarparía sin él, se quedaría sin su jornal y tendría que posponer su proyecto de convertirse en el cabeza de su propia familia.

Terminó de barrer y recogió la basura con cuidado de no dejarla caer, introduciéndola en una bolsa de tela de la que pretendía deshacerse. Lavó las tazas en una palangana que adquirió en una tienda de productos domésticos para esos menesteres y las puso a secar en la encimera de su diminuta cocina. Bien. Estaría el resto de la tarde doblando calzones y camisas, y devolviéndolos a los cajones del guardarropa.

Deshizo el nudo del bulto que contenía su colada y sacó la primera camisa. Un vibrante sonido que provenía del exterior parecido a un puñetazo contra la puerta le arrebató la concentración y soltó un juramento. Apostaba a que era Perry de nuevo pidiéndole un adelanto del alquiler para gastárselo en su querida. En cuanto le abriera le iba a mandar a hacer gárgaras a ese casero maleducado.

Con paso enérgico, abrió la puerta y separó los labios dispuesto a hacer uso de su dilatado vocabulario procaz, pero lo que vio al otro lado le dejó perplejo, como si hubiera visto una epifanía mariana.

—¿Diane?

La joven de dorados tirabuzones enarcó las cejas. Parecía enojada.

—¿Tú qué crees?

—¿Qué haces aquí?

—¿No vas a dejarme pasar?

Gareth titubeó. No sería prudente permitirle la entrada.

—¿Vienes sola?

—Sí.

—Entonces no puedo.

Diane agitó sus bucles, bufando como una yegua bravía a la que hubieran encerrado en una cuadra. Después de sus atrevidas carantoñas en la campiña, le salía con remilgos protocolarios.

—Soy una abeja obrera, Courtenay, no la reina del panal. A nadie le importa mi reputación. No tengo reputación.

—Ah, ya decía yo que tus besos me sabían a gloria. Me encanta la miel.

—Deja de flirtear conmigo.

Gareth curvó su seductora boca en una sonrisa de lo más significativa.

—No te aconsejo quedarte a solas con este servidor. De verdad que no.

—Pues devuélveme las ligas que me robaste y me voy por donde he venido.

Courtenay la tomó por el codo y la arrastró dentro, sellando la entrada de un portazo. Si le iba a increpar a grito limpio, era mejor hacerlo sin testigos.

—Regístrame.

—Eres un caradura —arguyó Diane—. Me persigues como una mosca en un día de verano y de pronto desapareces. ¿Por qué? ¿Te aburriste de manosearme o ya encontraste sustituta?

Gareth se rascó su barba incipiente, frotándose la barbilla como si le hubieran propinado un guantazo y tratara de aliviar la zona irritada. Reconocía que lo había hecho adrede para comprobar su reacción ante su indiferencia, pero no esperaba que su palomita se enfadara tanto.

—Entonces..., ¿has acudido a mi casa para acusarme de robo o para echarme en cara que hace tiempo que no voy a verte?

—No eres el último hombre sobre la faz de la Tierra, ¿sabes?

El irlandés le señaló el extremo del colchón de su cama, invitándola a sentarse, dado que carecía de un buen sillón en el que acomodar a las visitas. No estaba acostumbrado a acoger amistades en el cuartucho que tenía por vivienda, y a él le sobraba con un lecho mullido en el que dormir.

Ella se opuso a su ofrecimiento.

—¿Quieres un té?

—No bebo té —mintió la chica.

—¿Cerveza? ¿Whisky? Vino no tengo.

Diane puso los brazos en jarras sobre sus anchas caderas.

—Dame mis ligas, Gareth.

—¿Es que solo tenías esas?

—No. Pero eso no es asunto tuyo.

Courtenay se acercó como un puma garboso y travieso, abrazándola por la cintura. Diane notó el absorbente ardor que provenía de su pecho, oculto bajo la tela de algodón de su camisa abierta, y contempló sus ojos, de color obsidiana. Craso error.

—¿Qué quieres, Diane? Será importante, puesto que acudes a la cueva del lobo cuando el depredador está dentro. O eres una temeraria compulsiva o una loca que no mide las consecuencias de sus actos.

—Voy a dejarte algo muy claro, señor Courtenay —le advirtió ella—. Con Diane Hogarth tampoco se juega. Me incordiaste hasta el cansancio y luego te esfumaste, como si te hubiera hecho algo malo. ¿Te enfadaste porque no quise contestar a tu preguntas quisquillosas? ¿Fue eso?

A Gareth se le endureció la mirada. ¿Preguntas quisquillosas?

—Si te molesta que me preocupe por ti, avisa y no volveré a hacerlo.

—¡No tergiverses lo que digo!

El marinero la apretó aún más fuerte contra su tórax.

—Deseaba conocerte, eso era todo. Deseo conocerte. No es tu cuerpo lo único que me interesa. Lo único que me importa. Si tan solo alcanzaras a comprenderlo...

—¿Y eso implica indagar en mi pasado?

Courtenay la besó en la mandíbula, y después en el cuello. Diane se fundió en sus brazos como un lingote de oro en un horno encendido. No tenía idea de lo que estaba haciendo. De lo que ese gesto tan aparentemente carnal estaba removiendo en su interior. De todo lo que se estaba rompiendo en su alma con aquella caricia.

—Gareth... yo...

—Tienes que marcharte. Ahora. Hablaremos en un momento y un lugar más apropiados.

Diane le asió por la nuca y le dio un inflamado y atormentado beso en la boca, sucumbiendo a la sensación desesperada de estar siendo engullida por sentimientos imposibles de dominar. ¿Sería posible que fuese capaz de ver en ella más allá de su carcasa marchita? ¿Sería verdad que la veía como a algo más que a un simple objeto de desahogo? ¿Cuánto perdería si se arriesgaba a averiguarlo?

—Tengo una objeción —susurró, separándose de él.

—¿Cuál?

Ella le empujó contra la cama, y Courtenay cayó sobre el catre con los brazos en cruz. Diane se desabrochó los botones delanteros del vestido, se soltó el cabello y le sonrió.

—Lamento no poder complacerte, Gareth. Pero, ahora mismo, lo último que quiero hacer es... hablar.

# 11

Inglaterra era un país condenadamente frío. Aun estando en agosto, la gélida llovizna que parecía desprenderse de forma continua del cielo encapotado le congelaba los huesos, y la eterna neblina que se paseaba por las sucias calles de la capital daba un aspecto deprimente a la urbe.

Las hileras de adosados de estilo victoriano lanzaban al aire desde sus chimeneas un espeso y contaminante humo ennegrecido, y los peatones caminaban abrigados y cabizbajos, sorteando el río humano que trataba de abrirse paso y seguir su camino. Aquella mañana especialmente gris, las calles adoquinadas estaban ocupadas por opulentos carruajes, calesas y coches de punto que iban y venían sin ningún orden aparente, causando más de un susto a un transeúnte incauto que andaba distraído.

Prince William, la posada donde Jean Pierre se hospedaba, estaba ubicada en un barrio de clase media al norte de la ciudad. Sus habitaciones eran pequeñas, pero aseadas y silenciosas, y la comida que servían en la planta inferior, aunque nada tenía que ver con la maravillosa textura y el sabor de la gastronomía francesa, era bastante pasable. A Jean Pierre no le desagradó el lugar, a pesar de todo. Londres tenía un encanto propio, y se había ganado el derecho de ser una de las ciudades más importantes de Europa.

Con un inglés bastante precario, logró comunicarse con su posadero, que le indicó cómo llegar a la dirección que tenía apuntada en un pedazo de papel que arrancó de su libreta de notas. Blanchard le había dicho que Natalie se había marchado a Irlanda en 1888, hacía cinco años, pero que, a partir de ahí, le había perdido la pista, y quizá si entrevistaba a la que había sido su casera cuando vivió en Inglaterra obtendría buena información.

Natalie Haig. Ese diablillo era inteligente. ¿Quién podría encontrarla si usaba una identidad falsa?

Puso un pie fuera de la acera, dispuesto a cruzar al otro lado, y el relincho de un caballo le advirtió de que estaba a punto de ser atropellado.

—¡Mire por dónde va! —gritó el cochero que guiaba al animal.

—¡Y usted no beba antes de subirse a un carruaje! —contestó él, airado.

El hombre del pescante elevó al viento el puño cerrado, gruñendo mientras se alejaba:

—Puñeteros franceses. No sé por qué no les cierran la frontera a esas cobras venenosas.

Jean Pierre pudo haberse enfadado por el insulto, pero en lugar de eso se rio por lo bajo. Su acento lo había delatado, y eso no era bueno. No cuando los británicos les tenían tirria desde que Napoleón, con su afán de conquista, quiso adherir Inglaterra a su imperio y casi lo consiguió.

Pero de eso ya hacía casi un siglo. Qué rencorosos eran los pobres. Aunque, pensándolo bien, quizá tuvieran algo de razón, pues Francia les hizo un gran daño, y se libraron de un ataque frontal de la flota imperial gracias a la batalla de Trafalgar, en la que Bonaparte perdió muchos de sus preciados barcos.

No obstante, el emperador no cesó en su empeño de destronar al débil rey George III y, viendo que no lograría nada por la fuerza, desencadenó una batalla económica contra los enemigos al elaborar el Decreto de Berlín, en el que se prohibía a toda Europa tener relaciones comerciales con Gran Bretaña, iniciando así un bloqueo continental con la intención de matarlos de hambre hasta que se rindieran, como un auténtico asedio feudal propio de la Baja Edad Media.

Sí, el enano que se hizo con el trono de Luis XVI al estallar la Revolución tenía malas pulgas. Muy malas pulgas.

Jean Pierre consiguió cruzar la calle sin más contratiempos y se subió a un cabriolé de alquiler aparcado a unos metros de una plaza. Le dio el papel escrito al conductor y este asintió. No volvería a abrir la boca hasta que hubiera llegado a su destino; no quería arriesgarse a encontrar a otro patriota en su camino y acabar teniendo que recorrer todo el trayecto a pie.

Cuando el vehículo se detuvo ante una casa de dos plantas cerca de Whitechapel, le dijo *merci* al desconocido que lo había llevado. Le entregó el pago por sus servicios y esperó a ver su reacción. Cuál fue su sorpresa al escuchar:

—*Je vous en prie, monsieur.**

Caramba. Otro inmigrante. El hombre se tocó el extremo del sombrero y Jean Pierre se apeó del cabriolé. La entrada estaba custodiada por dos barandillas de hierro pintado a ambos lados de cuatro escalones, cubiertos de un desagradable musgo verdoso causado por la humedad que pululaba en la atmósfera. Era una vivienda humilde pero bien cuidada, y parecía que estaba habitada.

Llamó con los nudillos, y una niña muy rubia le abrió. Pidió ver a la dueña de la casa, y la criatura se fue corriendo por el pasillo dejando la puerta abierta. Una mujer, también rubia y de ojos del color de las violetas acudió a la llamada, saliendo a su encuentro secándose las manos en un delantal que llevaba atado a la cintura.

—¿En qué puedo ayudarle? —preguntó ella.

Jean Pierre carraspeó antes de presentarse.

—Buenos, días, señora —saludó, quitándose el bombín—. Perdone que la moleste. Mi nombre es Jean Pierre Haig y necesitaría hablar con la propietaria de esta casa.

—Es mi madre —informó la mujer—. ¿Es usted uno de sus inquilinos?

* En francés, forma convencional de responder a un agradecimiento. Significa «de nada, señor» o «no hay de qué, señor», aunque la frase *je vous en prie* en otro contexto quiere decir literalmente «se lo ruego» o «por favor».

—No, en realidad estoy buscando a un familiar que vivió en esta dirección hace cinco años. Mi hermana.

—¿Su hermana?

—Sí. Natalie Haig. De ascendencia francesa.

—Espere un segundo.

La puerta se entornó y Jean Pierre se quedó esperando fuera. Al cabo de un rato ella regresó y le invitó a entrar.

—Pase.

Le guio por un largo pasillo que exhibía cuadros de la campiña inglesa y fotografías familiares, y se detuvo ante el dintel de la puerta del salón.

—Madre, el señor Haig pregunta por una de sus antiguas inquilinas.

Una anciana enjuta levantó la vista de un elaborado y colorido bordado. Dejó las agujas y el hilo a un lado y sonrió.

—Pase, señor Haig, pase.

El francés obedeció y aceptó la invitación de la anfitriona, sentándose frente a ella en un sillón orejero.

—Perdonen mi intromisión.

—No se preocupe. No estábamos haciendo nada importante. Me ha contado mi hija que está buscando usted a su hermana.

Jean Pierre asintió.

—Natalie se marchó de nuestro hogar hace siete años para encontrar trabajo en Londres y desde hace mucho tiempo no sabemos nada de ella —explicó—. Nuestro padre ha fallecido recientemente y ni siquiera hemos podido comunicárselo.

—Oh, cuánto lo siento —se lamentó la casera—.

Mas me temo que no le seré de gran ayuda. Sí, recuerdo a Natalie. Era una jovencita muy espabilada, y con una cabellera roja como la sangre. Muy guapa. Se fue en el verano del ochenta y ocho.

—¿Le contó adónde se dirigía o alguna cosa relacionada con su paradero?

La vieja caviló por unos momentos.

—No, señor Haig —contestó—. Dijo que iba a coger un barco. Ella y la amiga con la que viajaba.

Jean Pierre aguzó el oído.

—¿Amiga?

—Sí. Una joven rubia y de aspecto desaliñado. Creo que se dedicaba a... Bueno... poco se puede elegir cuando vives en Whitechapel.

—Comprendo.

—Se llamaba Diane. Lo que no recuerdo es el apellido. Ah, y vino también otro hombre a buscarla. Un conocido.

El visitante frunció el ceño.

—¿Y ese conocido le dio su nombre?

—Si lo hizo, no me acuerdo. Parecía desesperado por encontrarla. Creo que le debía dinero. Se le veía bastante nervioso.

Jean Pierre procesó y almacenó la información obtenida. No era mucho lo que había averiguado, pero sabía que un hombre la buscaba por deudas y que había viajado con una compañera llamada Diane. No estaba mal para empezar.

—Muchas gracias por su ayuda, señora.

—No hay de qué. En este barrio hay personas de todo tipo, ¿sabe? Natalie fue una de mis inquilinas más formales. Me pagaba con puntualidad y mantenía la casa limpia. Ahora que mi familia ha ocupado la vivienda ya no debo preocuparme, pero cuando se la alquilaba a gente ajena... qué disgustos.

El caballero se levantó para despedirse y oyó el tintineo de unas cucharillas. Se giró y vio que la madre de la niña que le había atendido llevaba una bandeja con bizcocho, tres tazas y una tetera humeante.

La mujer mayor le miró con afabilidad.

—Me llamo Suewellyn. No sería de recibo que se fuera sin tomar con nosotras una taza de té. ¿Nos acompaña?

Al caer la tarde, los preparativos para la fiesta de cumpleaños de Ryan ya habían finalizado. Olympia había convencido a su padre para bajar a la ciudad con Reynold y permanecer allí unas horas disfrutando de un buen whisky y de la compañía de sus viejos colegas mientras ella, juntamente con Natalie, Diane y algunas vecinas más, se quedaba para montar las mesas en el exterior y acomodar toda la comida elaborada para la ocasión.

Natalie miró a su alrededor. Las pequeñas antorchas encendidas que rodeaban el lugar y que proporcionaban luz al recinto ardían con fuerza, y daban un toque mágico a la celebración. Habían elegido conmemorar los ochenta y cuatro años de Ackland recién cumplidos a la intemperie, aprovechando las interminables hectáreas de terreno sin construir que quedaban en la campiña, conscientes de que al anciano irlandés, un amante férreo de su tierra, le haría inmensamente feliz entonar sus cánticos tradicionales y comer cantidades ingentes de dulces y *colcannon* bajo el brillo de las estrellas.

Los invitados fueron llegando, y Diane, a la que se veía radiante en compañía del amigo de Ben, se acercó sola a la mesa de los dulces. Se había ataviado con su mejor vestido y recogido el cabello en un moño bajo muy elaborado.

—Esto tiene una pinta... —oyó que decía la joven.

—Gracias —respondió Natalie—. He añadido a las peticiones de Oly un par de recetas de mi padre. Espero que sean de su agrado.

—Al pobre hombre le dará un síncope en cuanto vea tanta comida. —Diane rio—. Le estamos mimando demasiado. Y ese barril de cerveza... Dios mío.

Natalie divisó a Ben entre el grupo que acababa de llegar. Llevaba la media melena recogida con una cinta de cuero e iba impecablemente afeitado y vestido con unos pantalones oscuros, camisa de algodón y botas altas.

—Ahí tienes a tu pirata —bromeó Diane al percatarse de que los ojos ámbar de la francesa ponían toda su atención en aquel rincón—. Ha venido muy guapo.

—No es mi pirata —contestó Natalie—. Y te repito que somos amigos.

Diane se apropió de un bombón de calabaza.

—Claro. Y Gareth y yo también lo somos.

Natalie, que había imitado a la joven inglesa y le había dado un buen bocado a un bollito, se atragantó. Su insinuación no podía ser más descarada. La muy pícara, la tarde que se ausentó para pedirle explicaciones a Courtenay, no había vuelto hasta la mañana siguiente, dejando a Natalie esperándola despierta toda la noche y temiendo que le hubiese sucedido algo. Y para colmo, cuando llegó a casa, lo hizo silbando como un tabernero.

—Estuve a punto de alertar a los Sharkey, inglesita sin sesera —le recriminó, arrebatándole el bombón—. Podías haber avisado de que ibas a pasar la noche con él.

—No lo había planeado. Pero se puso difícil y tuve que ablandarlo.

—Diane, eres una sinvergüenza.

—Haré como que no lo he oído. Y aprovecha que esta noche te has acicalado, a ver si de una vez dejáis de jugar al gato y al ratón. Me tienes harta con tanto remilgo. Si le quieres, ve a por él.

—Pensé que no lo aprobabas.

—Y no lo apruebo.

—¿Entonces?

—No soy tu madre. Allá tú si es con él con quien deseas perder el tiempo.

Diane le quitó el dulce que había empezado a comerse y se alejó contoneándose en dirección a Gareth, que la recibió en sus brazos con una amplia sonrisa. Natalie sintió un ramalazo de celos. O quizá fuera... envidia. A la pareja se la veía muy contenta y compenetrada, y Courtenay, disimuladamente, le hablaba al oído a su amiga y ambos se reían con complicidad. Suspiró y se dispuso a repartir las bandejas de manera equitativa sobre la mesa.

—Estás preciosa esta noche.

La voz de Ben a su espalda le provocó un delicioso

cosquilleo en la nuca. No le había visto acercarse. Natalie se volvió para encararle.

—Gracias por el cumplido, pero este vestido ya es viejo y está pasado de moda.

—De todas formas, te queda bien. Tendrás que reservarme por lo menos un par de bailes.

La pelirroja rio tímidamente.

—No estamos en un salón londinense, Ben. Y la música que van a tocar esta noche no se va a parecer ni de lejos a un vals.

Young le guiñó un ojo.

—Mejor. Yo no sé bailar el vals, y los pasos tribales de esta gente me ayudarán a disimular mi torpeza con los pies.

—¿Tribales? ¡Oh! —Natalie se tapó la boca para evitar que los presentes oyeran su carcajada—. Eres un atrevido, ¿lo sabías?

—Eso decían en el orfanato donde me crie. Recibía palizas y chorros de agua fría cada semana por las trastadas que planeaba contra nuestras cuidadoras.

Natalie le miró fijamente, y una punzada de tristeza le atravesó el corazón. Benjamin nunca le contaba nada acerca de su infancia, y el saber que le habían maltratado de pequeño le causó un malestar que borró de inmediato la sonrisa de sus labios.

Young la contempló confuso. El semblante alegre del rostro de Natalie había desaparecido.

—¿He dicho alguna cosa que te haya molestado? —inquirió.

—No —se disculpó ella—. Perdóname, es que cuando has mencionado... da igual.

Ben le estampó un beso en el dorso de la mano.

—Ya no me duelen las cicatrices —murmuró—. Y no sabría decirte si me merecía o no esas tundas.

—Ningún niño merece que le peguen así.

Young aproximó su nariz a su cuello, inspiró y susurró en su oreja:

—Yo sí. Era un muchacho realmente malo, princesa. Y lo sigo siendo.

—¿Pretendes que te tenga miedo?

Benjamin rozó su mejilla con los dedos.

—No puedo aterrorizar a una persona que es mucho más peligrosa que yo.

El estómago de Natalie se encogió ante la proximidad del hombre, que parecía empeñado en destrozarle los nervios aquella velada. Se había puesto un recatado pero hermoso vestido lila con encaje blanco que adquirió en Dublín un par de años atrás con la intención de lograr que se fijara en ella, y en ese momento se arrepentía de su ridículo impulso. A Ben le divertía aquel coqueteo, y para más inri echaba más leña al fuego con sus comentarios insinuantes.

La llegada de tres de los músicos le proporcionó la excusa perfecta para cambiar de tema. Los campesinos amigos de Ryan llevaban consigo dos violines y una flauta, con los que animarían la fiesta en cuanto el viejo asomara la cabeza. Natalie señaló al grupo y dijo:

—Ahí están.

Ben asintió.

—A Ackland le va a encantar esta sorpresa.

Un minuto después llegó el cuarto componente, portando un enorme *bodhrán** bajo el brazo. Saludó a Olympia y se unió a los demás, a la espera del homenajeado. Natalie iba a dirigirse al cuarteto para hablar con ellos cuando el agarre de Ben a su cintura se lo impidió.

—Aún no me has dicho si bailarás conmigo.

—Acabas de confesarme que no sabes bailar.

—¿E importa eso? Aprendo rápido.

Natalie le miró de soslayo.

—No soy buena maestra.

—Eso está por verse.

La chica se deshizo con disimulo de su abrazo y dio dos pasos. Acto seguido se volvió y declaró:

—Una pieza. Si no, las damas solteras presentes se me tirarán al cuello como si fuese una piñata.

Oyó la risa grave de Ben detrás de ella mientras ponía distancia entre los dos y sonrió para sus adentros. Santo cielo. ¡Estaba flirteando con él!

Reynold no tardó en aparecer con su suegro, y cuando lo hizo, todos los presentes estallaron en efusivos aplausos y vítores. Ackland le dio una palmada en el hombro a uno de los músicos, y los instrumentos comenzaron a sonar. Natalie voló hacia él y le dio un abrazo.

—¡Abuelo, feliz cumpleaños!

Ryan rio como solo él sabía hacerlo.

—¡Pillina! Sois todos unos tramposos. ¿Y estas antorchas? ¿De quién ha sido la idea?

* Tambor de marco tradicional de la cultura irlandesa. El músico normalmente lo toca sentado, sujetándolo verticalmente entre el tronco y el antebrazo. Con la otra mano lo golpea con una baqueta.

—Mía, aunque Ben y el señor Courtenay son los que las han colocado.

—Qué apuesto está tu pretendiente hoy, ¿eh? Supongo que te habrá pedido algún baile.

Los dos miraron a Young, que elevó un vaso de latón en señal de brindis.

—No es mi pretendiente, Ryan.

Ackland le dio un tirón cariñoso a su cabello trenzado.

—Ese irlandés cabezota se derrite por tus huesos, te lo digo yo. Un chasquido de dedos y lo tendrás comiendo de tu mano.

—Benjamin es inglés.

Ryan frunció el ceño.

—De eso nada. Es tan irlandés como yo. ¿No te ha contado nada sobre sus padres? Nació en Inglaterra, cierto, pero los irlandeses nacemos donde nos da la real gana.

Natalie rio y le dio un beso en la mejilla al anciano.

—Disfruta de tu fiesta, abuelo.

Una melodía empezó a tañer en el ambiente festivo del lugar, y los dueños de los violines se dispusieron a hacer vibrar sus cuerdas. Varios de los convidados fueron acercándose a Ackland para felicitarle y servirse un plato de ternera asada, patatas, coles cocidas y el tradicional pan de soda, y el patriarca de la familia Sharkey recibió de los suyos una pipa hermosamente tallada proveniente de la capital como regalo por seguir dando guerra a pesar de haber pasado la barrera de los ochenta.

Comieron hasta saciarse y, durante el postre, gentileza de sus vecinas, Natalie y Diane, se reunieron todos en corro para que Ryan les contara una de sus famosas historias. Los niños se sentaron a sus pies y él les deleitó con anécdotas de los *leprechauns* y las hadas que habitaban en los bosques, y hasta les hizo chillar de miedo con sus relatos de batallas entre piratas y las horrendas leyendas sobre las *banshees*, espíritus que anunciaban con sus sollozos la inminente muerte de un miembro de la familia a la que el ánima pertenecía.

Al caer la medianoche, la fiesta seguía en su apogeo. Los más pequeños se habían retirado a descansar y los adultos aprovecharon para continuar celebrando. El violinista más veterano entonó la tradicional *Irish Washerwoman*, y varias parejas se situaron en el centro de la improvisada pista para danzar al son de la vieja melodía.

Natalie se aventuró a salir a bailar, invitada por uno de los vecinos. Ben la vio reír y asirse del brazo del hombre mientras le acompañaba en los enérgicos pasos y giraban todos en círculo, y apuró el resto de la cerveza que le quedaba en el vaso.

—No has de sufrir por él, está casado.

Ben volvió la cabeza. Ackland extendió su propio vaso y este chocó con el de Young.

—Por una larga vida para este carcamal.

—Por una larga vida, señor Ackland.

Ryan se sentó en el extremo de la tabla de una de las mesas, junto al joven.

—Ese vestido lila le sienta mortalmente bien. Parece un ramillete de lavanda.

—¿Quién?

El cumpleañero chasqueó la lengua.

—Todavía son las doce, ¿y ya estás borracho? Pues Natalie, ¿quién va a ser?

—No estoy borracho. Por desgracia.

—Ya. Así no tendrías que verla dedicar esa linda sonrisa a otros, ¿no?

El viejo se puso en pie y se plantó delante de Ben con los brazos en jarras.

—Eres tonto, chico. Muy tonto.

—Gracias por el cumplido.

—¡Lo digo en serio, Benjamin! ¿Qué pasa? ¿El vivir tantos años en Inglaterra te ha convertido en un cobarde mojigato? ¿Dónde ha quedado ese arrojo propio de un irlandés con un par de narices?

—Allí preferimos llamarlo «compostura».

—Pero estamos aquí. Esto es Irlanda. Y en Irlanda vuestra «compostura» nos resbala.

Young dejó su vaso en la mesa y miró a su interlocutor.

—Dinnegan la está cortejando.

—Porque tú no te decides. ¡Qué manía tenéis los jóvenes de poner trabas a vuestra felicidad! ¿Vas a dejar que se case con él aun estando enamorada de ti?

Ben experimentó una mezcla de sentimientos encontrados. La valentía no tenía nada que ver con su silencio. Él no podría darle lo que ella le pediría si retomaban su relación.

—Natalie merece ser feliz, y no lo será conmigo.

—Eso lo tendrá que decidir Llamita. No te corresponde a ti.

Ambos contemplaron a la muchacha dar vueltas entre los bailarines, riéndose sin parar.

—Baila con ella, Ben.

Young se levantó y dio dos pasos hacia delante. Se volvió y dijo:

—Si esto acaba en desastre, será culpa suya.

—Y si no, llamaréis Ryan a vuestro primogénito.

Ben se alejó del abuelo riendo. Viejo pillastre.

Los violines continuaron tocando, acompañados por la flauta y la percusión del *bodhrán*. Natalie, hechizada por el ambiente alegre y desinhibido, giraba en círculos con pequeños saltitos, y a punto estuvo de tropezar en un par de ocasiones con otras dos parejas que intentaban seguir el ritmo. Al tercer traspié, unas manos grandes la sostuvieron por la espalda, y ella se giró alarmada.

—¡Ben!

—Me has prometido un baile. ¿Puedes soportar uno más?

El campesino alto y fornido que la había sacado a bailar le cedió su lugar y se alejó, yendo en busca de su esposa. Young tomó a Natalie por la cintura y reiniciaron la coreografía.

—No lo haces tan mal —comentó la joven.

—Agradecido le estoy por su cumplido, señorita Lefèvre.

—Oh, qué formal eres cuando te lo propones, Ben.

La pieza terminó, y los presentes aplaudieron. Danzaron al son de las dos siguientes canciones, inundados por una creciente ola de euforia y calidez. Cuando al fin se detuvieron, Young no soltó a su compañera, sino que la apretó más contra él. Natalie le miró interrogante.

Benjamin la contempló a placer, complacido por

disfrutar de la visión de aquellas primorosas mejillas arreboladas. Sus ojos gualdos brillaban con intensidad, y la luz emitida por las llamas de las antorchas acentuaba el tono rojizo de su cabello. Sus labios, encarnados como la piel de los fresones maduros, le invitaban a besarlos hasta robarle el aliento, y él, aquella noche, no tenía fuerzas para rehusar caer en sus redes.

—¿Ben? ¿Qué pasa?

—Estar tan cerca de ti me incendia por dentro —murmuró—. Ahora no anhelo otra cosa que romper en mil pedazos nuestro trato. Quiero volver a besarte, Natalie, aunque sea una última vez.

—Eso no será posible.

—Lo sé.

—No, no lo sabes —dijo ella, sonriendo—. Ni siquiera has comprendido lo que acabo de decir. Quieres besarme, pero no vas a hacerlo. Porque voy a besarte yo.

Natalie acercó su boca a la de él y la rozó en un toque íntimo, propio de un amante ausente demasiados años desesperado por obtener su premio a su regreso al hogar. Ben se estremeció profundamente al notar el sabor dulzón de su paladar, que paralizaba sus miembros y le arrebataba el mínimo resquicio de entendimiento y serenidad que aún le restaba.

Olvidando que un buen grupo de personas charlaba y bromeaba a su alrededor, Benjamin abrió más los labios y dio la bienvenida a aquella arrolladora fricción. Permitió que su lengua reptara lánguida y abrasadora en su interior, explorando, conquistando y poseyendo, y respondió a su apasionado abrazo con idéntica vehemencia.

Los brazos de la joven fueron a parar al cuello de Ben, y sus dedos a su nuca, retirando la cinta de cuero que apresaba su melena y estrujando las hebras rubias en su mano temblorosa. Young se separó de ella unos milímetros, los suficientes para poder hablar.

—Vámonos de aquí.

Natalie tiró de él, y se apartaron del gentío, que ni siquiera se había percatado de su arranque pasional. Se marcharon corriendo en dirección a la casa que la chica compartía con Diane y abrieron la puerta a empujones, enredados el uno en el otro y besándose como si no hubiera un mañana. La salita estaba completamente a oscuras, mas aun así Ben logró ver el brillo incipiente de sus ojos ansiosos.

—¿Estás segura?

—Como nunca antes.

Natalie volvió a besarle, y él la alzó por las nalgas, invitándola a abrazar su cintura con las piernas. Ella obedeció sin rechistar.

La encimera fue el primer punto de apoyo que hallaron en su camino. Ben la sentó allí, desabotonó su vestido y hundió la cara en el pálido y voluptuoso balcón de su corsé. Su piel sabía a pura ambrosía.

—Espera... aquí no. Arriba.

Young asió de nuevo su carga.

—¿Dónde está la escalera?

—A tu derecha.

Entre risas y traspiés, consiguieron subir a la siguiente planta. El cuarto de Natalie estaba abierto de par en par. Young la dejó en el suelo y la ayudó a deshacerse de su traje, y cuando la hubo liberado de la prenda, ella le correspondió sacándole la camisa por la cabeza sin mucha ceremonia.

Benjamin acarició su mentón, y abrazándola, la besó con un frenesí dulce y agresivo. Arrastró sus labios por su cuello, su clavícula y sus hombros, y tiró finalmente de su corpiño, aflojándolo y liberando su talle de las ballenas del ceñidor que apresaba su figura. Natalie gimió, dejándose guiar hasta su lecho.

—Necesito tocarte, Natalie. —La voz ronca de Ben sonaba angustiada—. Lo necesito. No puedo aguantarlo más. He perdido la cuenta de las noches en las que he soñado contigo. En las que me he despertado de pronto, sumergido en el recuerdo de tu perfume. Acúname entre tus brazos y dime que no todo está perdido entre nosotros. Que todavía deseas destrozarme, desintegrarme, hacer que mi cuerpo se diluya entre besos y susurros, para que pueda volver a sentir que no me pertenezco. Déjame tan condenadamente vacío de mí mismo que no me quede nada más que darte.

—Toma aquello de lo que deseas apropiarte. Nada te lo impide —jadeó ella contra su labios, besándolo tras cada sílaba pronunciada—. Tú me arrancaste la vida, y yo ahora me beberé la tuya.

—No me detendré hasta que mi boca y mis manos memoricen cada rincón de tu cuerpo de nuevo—dijo él—. Cada curva, cada pliegue. Te haré pagar con usura el tormento al que me has sometido estos meses.

—No me... no me conformaré con menos.

Ben cayó sobre su amante enloquecido, hundiéndola en el gastado colchón, pegado a ella en un intento de impregnarse con su esencia. El resplandor de la luna llena que entraba por la ventana perfilaba sus facciones, y la débil luminiscencia blanquecina del astro recorría los músculos de su espalda contraída.

Se deshizo de sus pantalones y Natalie de lo que quedaba de sus prendas. La envolvió con el calor de su abrazo e inició un inclemente descenso de besos por su complexión femenina, cumpliendo de manera devastadora e implacable con la promesa que había acabado de hacerle. Y así, la cama que fue el rincón donde Natalie derramó lágrimas de soledad y desamparo, por primera vez desde su llegada a aquel país se convirtió en un nido de amor que acogió en su seno a dos siluetas sudorosas que se movían vigorosamente protegidas por las sombras nocturnas, vibrantes de un anhelo infinito y perdidas en el espacio y el tiempo, cuyos intensos gemidos eran acallados por las voces alegres de gentes que chocaban sus copas en el exterior, en un mágico entorno de celebración.

La ciudad de Lyon llevaba días sumergida en un temporal de lluvia y ventisca. Sélène había abandonado el hogar de los Lefèvre poco después de la partida de Jean Pierre y había regresado a su hogar en la campiña francesa, despidiéndose a su pesar de Delphine y de la amistad que esta le había entregado desde que arribó a la que fue la residencia de Claude en vida.

La madrastra de Natalie intentó disuadirla de volver a su casa de todas las formas posibles, pero la hermana de la difunta Bernadette no deseaba permanecer allí más tiempo. Además, echaba de menos su jardín, sus libros y el aroma de las flores silvestres, y hacía varias semanas que no visitaba la tumba de François.

Delphine le había escrito para agradecer su apoyo en los difíciles momentos por los que atravesaba su familia, mencionando su fastidio por las precipitaciones que caían sobre la urbe, que al parecer no iban a cesar nunca. Sélène se sintió afortunada por haber vuelto a su *cottage* y a su rutina, pues en el campo lucía el sol y no se hallaba impedida de dar sus acostumbrados paseos.

Esa mañana había cortado rosas frescas y las había unido en un ramito para depositarlo en la lápida que había ordenado tallar para François. Daría una vuelta por el camposanto y luego iría a la iglesia a confesarse, aprovechando que el párroco, debido a una inesperada enfermedad, había sido sustituido por otro al que no conocía, y por lo tanto, relatarle sus pecados uno por uno se le iba a hacer menos complicado. La impúdica historia que estaba a punto de contar no era apta para los oídos de cualquiera.

Con el chal rodeando sus hombros, salió de su casa y anduvo por el sendero hasta que divisó la antigua capilla católica medio escondida tras los árboles. El cementerio privado estaba justo detrás del vetusto edificio desde donde la autoridad espiritual local impartía misa a sus feligreses. Sélène sorteó un montículo de tierra removida y se paró frente a una de las tumbas.

—Aquí estoy, cariño —dijo—. Sigo en duelo por tu pérdida. No creas que lo he olvidado. He traído rosas. De mi jardín. Espero que te agraden.

Sin embargo, visitar aquel sepulcro no la consolaba en

lo más mínimo. El cadáver de François en realidad no estaba enterrado bajo el barro hollado por sus zapatos. La lápida era un simple recuerdo de una felicidad que murió mucho antes de comenzar, de una relación que duró lo que tarda un huracán en llevarse todo lo que encuentra por delante.

Sacó un pañuelo de su bolsito negro y lloró de nuevo, lamentando la noche que él se fue, amenazado por su padre y su cuñado. Claude y el señor Lemoine actuaron con una bajeza innata, restregándole a su amado en la cara que era un atrevido por osar seducir a una dama que estaba fuera de su alcance y tratar de casarse con ella. Les rogó, suplicó y hasta les gritó, mas recibió como respuesta una única bofetada propinada por su progenitor que le hizo sangrar las encías, y al contemplar la silueta de François mientras ponía tierra de por medio entre ambos, supo que su futuro se había derrumbado para siempre.

Rumió durante décadas sus escasos encuentros en una abadía en ruinas a las afueras del pueblo, donde, al cerrar la puerta y aislarse del mundo, daban rienda suelta a su pasión desbordante. Una vez fue lo suficientemente temerario para trepar hasta su dormitorio y gozar de los placeres que ella le entregaba en su cama de soltera, teniendo a su padre durmiendo a dos alcobas de distancia. Amar al joven y vigoroso François era un pecado del que no podía librarse, y jamás le habló de él a su confesor. Hasta ese día.

Se santiguó y se encaminó hacia el confesionario. El padre Adrien estaría esperando en el cubículo construido para otorgar el perdón de Dios a todos los fieles que entraran en él, y Sélène, antes de atravesar el umbral, separado por una gruesa cortinilla de terciopelo, inspiró hondo, armándose de valor.

Una vez dentro, apoyó la cabeza en la rejilla de madera que la separaba del sacerdote y, en un susurro pausado, declaró:

—Perdóneme, padre, porque he pecado.

El padre Adrien se irguió en su puesto, y se dispuso a escuchar a su interlocutora con atención. Estaba curado de espanto, y ya nada le sorprendía. Hasta que la desconocida que había al otro lado terminó de enumerar sus faltas.

Abrió los ojos como platos y aguantó la respiración. Su deber como pastor espiritual era guiar a sus ovejas al arrepentimiento genuino, no juzgarlas por sus acciones ni sus vidas libertinas. Aún aturdido por lo que acababa de oír, le ordenó que rezara siete avemarías y cinco padrenuestros, además de aconsejarla amablemente. Cuando la hubo bendecido, se levantó raudo de su asiento para tratar de ver su rostro y saber de quién se trataba, pero al asomarse con disimulo, comprobó con pesar que ella ya se había marchado.

«Secreto de confesión, Adrien», se recriminó el vicario mentalmente.

«Recuérdalo.»

# 12

Sinéad seguía tejiendo mientras Diane le contaba las buenas nuevas que había llevado consigo para alegrar un poco su tediosa jornada. Con la efusividad del momento se le había escapado que se veía con un hombre de la ciudad, y la dama se había interesado por el tema. Su amiga estaba enamorada, y vivía su historia con la ilusión de una colegiala que ha encontrado al príncipe de sus sueños. Qué afortunadas eran algunas.

—Y dime... ¿Pretende casarse o...?

—¿Casarse? —dijo Diane en un gracioso pitido—. ¡No! Qué va. Disfrutamos de nuestra mutua compañía y ya está. Él duerme en su cama, y yo, en la mía. Bueno... a veces.

Sinéad enrojeció como una amapola y se pinchó con la aguja. Había estado casada y era conocedora de lo que sucedía en el lecho conyugal, pero que Diane mencionara ese acto asqueroso como quien regatea el precio de las verduras en el mercado, sin pudor alguno, la turbó profundamente.

Se acercó el dedo herido a la boca, suavizando el picor del aguijonazo, y pensó en Patrick y en su cuerpo sudoroso y repelente. Se metía en su alcoba borracho y la obligaba a hacer aquello en contra de su voluntad, y ella sangraba siempre, permaneciendo dolorida durante días. Claro que esas noches de pesadilla no eran como su noche de bodas, cuando el dolor que le causó la ruptura de la barrera de su virginidad le hizo creer que iba a morir. Los suplicios que se sucedieron tras ese desastre fueron más soportables. Pero horrendos. Siempre horrendos.

Bien decía su madre que el acto sexual era lo más sucio a lo que una mujer debía enfrentarse. Una carga impuesta al sexo débil en la que su deber era callar y complacer a su marido en todo.

—No hables con tanta ligereza, Diane. Ten un poco de recato.

Ahora era el turno de Diane de ruborizarse.

—Perdón. He olvidado que eres una dama y vuestras conversaciones giran solamente en torno a bordados y tazas de té.

Sinéad se envaró e irguió su esbelto talle, embutido en un fino traje de diario de satén color marfil.

—No te mofes de nuestra casta. No es justo.

—No me río de ti —retrucó Diane—. Me río de ellas. Todo el día con sus parasoles y paseando sus bolsitos a juego. Los pobres les dan igual. Se gastan millones mimando a sus caballos y llenando su armario de moda extranjera, y son capaces de dejar a un niño morir de hambre. Sabes que no puedes negar eso.

La señora Irwin asintió, abatida.

—No lo niego.

—Por eso eres mi amiga. Tú sí eres generosa, y no te importa codearte con gente menesterosa e ignorante.

Sinéad experimentó una opresión en el pecho. ¿Generosa? ¿Acaso no había renunciado a Roger precisamente por su posición social?

—No me conoces lo suficiente —murmuró—. No soy una buena cristiana. No amé a mi esposo; de hecho me alegré cuando murió. Y de verdad, Diane, no sé cómo puedes dejarte envolver por ese hombre y yacer con él voluntariamente. Eso es lascivia. Qué horror.

El entrecejo de Diane se juntó en su frente como los muelles de un acordeón.

—De acuerdo, reconozco que lo que hacemos está mal. No estamos casados —apuntó—. Pero ¿qué tienes tú en contra de eso? Si se hace con un hombre al que quieres, puede ser maravilloso.

El rostro maduro y sosegado de Dinnegan acudió a su recuerdo, y Sinéad perdió el habla. No, no debía pensar en él. Además, se iba a casar con la señorita Lefèvre. Aquellas manos callosas pero tiernas no harían daño a nadie jamás. Era probable que con él hubiera sido distinto. No obstante, era Natalie quien lo comprobaría y no ella.

Una de las doncellas golpeó suavemente el marco de la puerta abierta, portando una bandejita envuelta en un papel amarillo.

—Señora Irwin, un mensajero acaba de traer esto para usted.

—Gracias, Jo.

La irlandesa despidió a la criada y desenvolvió el

paquete, que tenía enganchada una coqueta tarjeta. Un aroma a masa recién horneada y a canela explotó en el aire al separar el envoltorio, y a Diane le picó la curiosidad.

—¿Son rollitos de canela?

Sinéad leyó la tarjeta, escrita en gaélico.

> Mi querida señora,
>
> Le ruego disculpe mi atrevimiento, mas es mi manera de excusarme por mi comportamiento grosero de aquella tarde. Créame que lo he pensado mucho antes de mandarle estos bollitos, y espero que no se sienta ofendida. Mi más sincera admiración y respeto.
>
> Suyo,
>
> ROGER DINNEGAN

«Suyo.» Al leer esa palabra le dieron ganas de estrellar la bandeja contra la pared.

—¿Sinéad? —cuestionó Diane, viendo que los serenos iris de la dama empezaban a encharcarse de una manera muy sospechosa.

—Estoy bien. Tengo los ojos cansados e irritados de tanto coser. Eso es todo.

La joven se acercó.

—Sé diferenciar unos ojos cansados de unos ojos llorosos —afirmó esta—. ¿Qué sucede?

Su vista se desvió en dirección al envoltorio del inesperado regalo. No sabía lo que ponía, puesto que era analfabeta, pero reconoció los trazos, el color y la forma de las letras. Las mismas que las del cartel de la confitería de Dinnegan.

Demonios. Sinéad estaba llorando por recibir un presente del pretendiente de Natalie.

—Sé sincera, Sinéad. ¿Es el señor Dinnegan quien te envía esto?

La joven viuda la miró.

—Le encargué unos pasteles, y...

—Tú no eres una clienta habitual. Y confieso que varias veces me he preguntado por qué, ya que tienes la tienda a un tiro de piedra.

—¿Y qué? ¿No puedo comprarle sus productos acaso?

—No sabía que llorabas de emoción cada mañana durante el desayuno, cuando recibes tu encargo de bollos y demás caprichos. Qué sensible eres, caramba.

—¡No te burles de mí! —bramó la señora Irwin.

Su grito alertó a Diane, que casi se cayó de espaldas. La inamovible Sinéad, la dama de alta alcurnia que controlaba hasta la cantidad de dobleces y arrugas que hacía a su vestido, la mujer que no dejaba traslucir ni un solo vestigio de sentimientos en su mirada... estaba vociferando como una loca en su propio salón. ¿Y por qué? Roger Dinnegan era el motivo.

—¿Estás enamorada de él?

—No digas sandeces.

—Sinéad, no eres una embustera, así que cuando intentas mentirme, se te nota enseguida —la reprendió Diane—. Te he observado durante meses. No sé leer ni escribir, pero no soy ciega. Siempre estás pegada a esa ventana, que justamente da al negocio de ese hombre.

Te asomas y disimulas cuando él está en la calle, y te ruborizas si le ves. Y si añadimos el hecho de que te has buscado otra confitería para adquirir la repostería que se sirve en tu hogar habiendo una delante de tus narices... esto... esto me enciende, de veras. Estoy harta de vosotras. De ti y de la otra majadera que vive conmigo.

La inglesa de cabellos dorados andaba a zancadas por la estancia. Sinéad la contemplaba estupefacta y encogida a causa del enfado de su amiga. No esperaba tanta honestidad reunida.

—Si te habías dado cuenta... ¿por qué no me lo comentaste? —dijo.

—Quería que confiaras en mí y me lo contaras cuando estuvieras preparada.

La anfitriona inspiró hondo.

—Sí, estoy enamorada de él —confesó al fin—. Desde hace doce años.

Diane se tropezó con la alfombra.

—¿Qué?

—Le conocí a los dieciséis, en Dún Laoghaire, mi pueblo natal. Pero mi padre me casó con Patrick y me trasladé aquí con mi marido. Roger nunca me perdonó mi cobardía.

—Y como te odia a muerte, te envía bollitos que huelen a gloria para recordártelo, ¿no?

—Diane, detesto tu sentido del humor.

Diane se sentó a su lado. Había que hacer algo con aquella damisela sin sangre en las venas. Desde que se reconcilió con Gareth, sentía una profunda necesidad de ver a todo el mundo feliz y contento. Así que se propuso hacer de celestina con una inocente falacia.

—Se van a casar.

—Eso ya lo sé.

—Dentro de tres meses.

Sinéad agrandó los ojos.

—¿Tienen... tienen fecha? Yo... yo creí... que solo la estaba cortejando.

—El que no corre vuela. Y tú más bien vas a paso de caracol.

Un lacerante nudo se formó en la garganta de Sinéad. Se estaba haciendo a la idea de que iba a perderlo, pero sus esperanzas ya tenían fecha de caducidad. Tres meses. El duro invierno irlandés no solamente llevaría el frío a su tierra, sino también la eterna tristeza que moraría en su corazón al saber a Roger desposando a otra.

—Lo nuestro ha acabado.

—No para ti. Y veo que tampoco para él.

—Diane, esto... esto es muy difícil para mí. No hurgues en mis heridas, por favor —sollozó la chica.

—Amiga... quiero ayudarte. Eres una gran persona, una mujer que merece hallar la felicidad. Y esta está al otro lado de la calle. Tan cerca, Sinéad... solo debes extender la mano.

—No —sentenció su interlocutora—. No vuelvas a mencionar a Roger Dinnegan en mi presencia, Diane. Y mucho menos cuando este tiene la desfachatez de enviarle obsequios a una mujer que no es su prometida. Esto es vil. La bandeja volverá intacta a su lugar de procedencia, y yo misma seré quien se la lleve.

Diane no rechistó. La terquedad era uno de los escasos defectos de los que la viuda de Patrick Irwin podía alardear. Y por el fulgor que asomaba a sus ojos castaños, el gallardo panadero cuarentón podía prepararse para una auténtica batalla campal. Tomó sus manos entre las suyas y advirtió:

—Devuélveselos, pero no destroces la tienda, ¿de acuerdo? Que alguien como tú alegue locura temporal para defenderse ante un juez suena tan ridículo como que yo pretenda conseguir trabajo como maestra de escuela. Si le amas, díselo, y si le odias, también. Lo que tenga que pasar pasará.

Había cometido un disparate. Un estúpido disparate.

Con los dedos impregnados de harina, Natalie se retiró el flequillo de la cara, rememorando la noche que pasó con Benjamin en el cuarto superior de la vivienda, en la que en ese momento reinaba el silencio. Debía acabar la masa para los *muffins* de chocolate, pero las ardientes imágenes mentales que bombardeaban su magín le estaban retrasando el trabajo de forma alarmante.

Maldito Young. ¿Qué clase de sustancia adictiva era aquel hombre, que la hacía vibrar como un diapasón con cada mirada, cada caricia, cada toque? Debía concentrarse o perdería la cabeza.

Diane se había ido a hacer una visita a su amiga Sinéad y se había llevado a *Hortense* para aprovechar y comprar víveres en el mercado, y hasta esa mañana no le había dicho nada sobre Ben. Sabía que habían dormido juntos la madrugada en la que desaparecieron de la fiesta de cumpleaños de Ryan, pues se encontró a Young a la mañana siguiente bajando las escaleras mientras se abotonaba la camisa. Ignoró a Natalie y ni una palabra salió de sus labios, pero a él lo fulminó con la mirada.

Siguió dándole vueltas al mejunje marrón con la cuchara de madera, sin advertir que la puerta trasera se había abierto, y unas botas embarradas limpiaban sus suelas en la alfombrilla de esparto. El intruso se acercó con el sigilo de un león en la sabana, escondiéndose detrás del aparador de la cocina.

Natalie se dio la vuelta, olisqueando la atmósfera como un gamo que percibe un peligro inminente. La corriente de aire que entró y le rozó la espalda delató al extraño que se había introducido en propiedad ajena sin ser invitado. Cerró el puño alrededor de la cuchara y avanzó con el objeto hacia el patio. Había soñado con Jean Pierre hacía poco y cada vez que oía un ruido cuando estaba sola, el terror la invadía y su corazón galopaba en su pecho con la fiereza y la velocidad de un caballo de guerra.

—¿Hola? —preguntó casi resollando—. ¿Diane? ¿Eres tú?

Una silueta se abalanzó sobre ella y le arrancó la cuchara de las manos, estrujándola contra el aparador. La joven gritó, pero una mano le impidió seguir vociferando.

—Hola.

Natalie se desinfló al reconocer el rostro de su atacante. Él inmediatamente liberó su boca.

—¡Me has asustado, salvaje!

La sonrisa ladeada de Ben le provocó unas ganas irreprimibles de increparle.

—Estamos en el campo, mi bella dama, aquí el único depredador que tienes cerca soy yo y, dadas las circunstancias, no creo que estés por la labor de huir de mí.

—¿Qué haces aquí?

Young ladeó la cabeza y le mordió el lóbulo de la oreja.

—Te echaba de menos.

Natalie jadeó como un jabato malherido.

—Deja de manipularme.

—¿Cree que la manipulo, señorita Lefèvre?

—No lo creo. Lo sé.

Young le acarició los pómulos, la tomó por la cintura y la atrajo hacia sí.

—¿Sabes lo que me apetece hacer ahora? Preparar un postre exquisito.

Natalie enarcó una ceja, asombrada.

—No te equivoques, bonita —aclaró él—. El postre que tengo pensado es una receta propia. ¿Te lo muestro?

—Estoy impaciente.

La guio hasta la encimera y curioseó entre los ingredientes para elaborar los *muffins*, deshaciendo el meticuloso orden en el que habían sido dispuestos. Destapó el tarro de harina, cogió un puñado y lo espolvoreó encima del escote de Natalie.

—¿Qué diantres estás haciendo?

—Chisss. Es un experimento.

—¿Es que me vas a embadurnar a mí?

—*Touché, mademoiselle.*

—¡Ben!

—Y te introduciré en el horno a unas temperaturas volcánicas para luego devorarte como un coyote hambriento —susurró Young con socarronería.

Las palabras se le atascaron a la joven en la garganta, como si esta hubiera deglutido de pronto una bola de harina caliente. Natalie dejó de respirar al notar que le caía una cascada de miel por el cuello y sentir a continuación la lengua traviesa de Ben siguiendo el rastro del dulce manjar. Young jugó con su presa como un minino con un ratón, dando pequeños mordiscos a su mentón y alcanzando sus labios entreabiertos con un beso intenso y profundo que le arrebató toda cordura.

Natalie le abrazó y respondió a su avance con furia. La cocina no era un lugar nada apropiado para dar semejante espectáculo, pero tenían la casa solamente para ellos.

—Eres un tramposo. Me cazas con la guardia baja, por la espalda y por sorpresa, como un auténtico mercenario del medievo. —Natalie resopló e inspiró para tomar aire.

—No. Tramposo, no. En todo caso oportunista —retrucó Benjamin, recreándose en una gotita de miel que se había desviado de su recorrido, cayendo al centro del nacimiento de sus senos.

—Ben... tenemos que hablar de esto.

Él la tomó en brazos.

—¿Tiene que ser ahora? —inquirió, besándola de nuevo.

Natalie rio.

—No. Pienso que la charla puede esperar.

—Llévate la miel.

Young subió de tres en tres la escalera de caracol y abrió la puerta del dormitorio de un puntapié. Natalie movía los pies como una niña, riendo por las cosquillas que él le hacía, y al dejarla en el suelo, las ropas volaron entre caricia y caricia, y ambos se precipitaron sobre el colchón, haciendo crujir el somier. Ben tironeó del extremo de la sábana y la rasgó, haciéndose con dos jirones de tela.

—¿Qué...?

Natalie no pudo terminar la frase. En tres segundos vio sus muñecas atadas al cabecero de hierro y a Ben asiendo el tarro de miel.

—¡No!

Su cuerpo se arqueó hacia arriba en un acto reflejo al notar el tibio líquido translúcido, que caía sobre su vientre como un manantial de montaña y lo endulzaba con su viscosa textura. Young se inclinó sobre ella y lamió, diciendo con voz queda:

—La masa está casi lista para cocción. Esta es mi venganza por lo de la otra noche. Me volviste loco con ese beso, pero aún no has acabado conmigo.

Natalie apenas fue consciente de lo que ocurrió después. Los besos, la ternura y los susurros de Ben la sumieron en un estado de embriaguez que la condujo a un abrumador paroxismo inesperado, y se agarró con tanto ímpetu a la tela blanca que apresaba sus muñecas que los nudillos de sus manos perdieron todo el color.

Ella se incorporó y mordió el labio inferior de su amante, arrancando un tosco gruñido de su garganta. Sin despegar los labios de los suyos, rogó:

—Desátame. Déjame tocarte. Por favor.

Ben detuvo su exploración y ambos se hundieron con violencia en la piel del otro, fundiéndose en uno, perdidos en su delirio. Cuando Young deshizo los nudos de las cintas que capturaban sus extremidades, Natalie clavó las uñas en su espalda y la tormenta estalló en aquel rincón. El tiempo no jugaba en su contra, pero la premura del anhelo desatado no les permitía ir más despacio. Se amaron con desesperación, feroces como ansiosos purasangres bravíos, arañando y mordiendo. Contendiendo en un choque de fuerzas por la búsqueda del mutuo sometimiento, como dos rivales que exigen la entrega del otro, exprimiendo el placer que experimentaban con su unión hasta la última gota, ahuyentando con el roce de sus pieles húmedas y ávidas la soledad que les había llevado los años que permanecieron separados. La danza continuó frenética hasta que los dos amantes se rindieron al éxtasis y con un grito gutural cayeron extenuados y satisfechos uno junto al otro.

—*Je... t'aime* —musitó la chica en un tono tan bajo que Young ni siquiera fue capaz de oírlo.

Benjamin la abrazó por detrás y enredó sus piernas con las suyas. Atrapó un mechón de su pelo entre los dedos y lo besó, para luego acariciarle la sien con los labios entreabiertos. Natalie se estremeció.

—¿Tienes frío?

—No. No si estás conmigo.

Young tapó su desnudez con la colcha, que, durante su desenfrenado encuentro, habían abandonado a los pies de la cama.

—Gracias.

Ben volvió a besarla en la sien y contempló su cabello suelto esparcido por la almohada como el colorido plumaje de un pavo real. La visión de aquella mujer compartiendo su lecho era más de lo que podía desear. El calor que siempre se alojaba en su ser cuando la tenía cerca regresó en ese instante, y estuvo a punto de pronunciar las dos palabras que ella anhelaba escuchar, unas palabras que dejarían su espíritu al descubierto y expondrían su debilidad.

En lugar de eso, calló. Como un cobarde. El silencio se instaló entre ellos, y Young apoyó su áspera barbilla en el hombro de su compañera. Para qué luchar contra un destino marcado, si no podrían eternizar algo para lo que no habían nacido. Procedían de mundos diferentes. Soñaban con cosas distintas. Lo que sentía tenía nombre, pero el pronunciarlo les ataría a una promesa que él no podría cumplir jamás.

—Me marcho en el *Bethany* esta tarde.

Natalie se dio la vuelta, quedando frente a él.

—Has venido a despedirte.

—Así es.

—Ben... ¿no temes enfrentarte al mar? Es un trabajo muy arriesgado.

—He hecho cosas mucho más peligrosas para mi integridad física, te lo aseguro.

Ella se irguió, apoyándose sobre un codo.

—¿Cosas peligrosas? Regentabas una posada. ¿Qué hay de peligroso en eso?

Ben sonrió.

—En mi juventud cometí unos cuantos errores, *chérie*. No he sido un santo. Ni siquiera llegaba a la categoría de «hombre honesto».

Natalie le contempló con fijeza, impresionada por su revelación. Young le colocó un mechón detrás de la oreja.

—Sí, fui un ladrón. Y en dos ocasiones... dormí con una mujer a cambio de dinero.

—Dios mío, Ben...

—Se trataba de dos damas de clase media. Una de ellas estaba casada. Su marido la maltrataba y la encontré llorando en los muelles. Yo tenía quince años, y esa fue la primera vez que yací con alguien. Buscó consuelo en mis brazos y después me puso una bolsa de monedas en la mano.

—¿Y la otra?

—Viuda. Me llevó a su casa de campo y me tuvo allí dos meses. Con lo inexperto que era, me había zambullido en un disparatado enamoramiento que me había cegado ante la realidad de que nuestro idilio no sería para siempre. Fíjate, a pesar de todo, llegué a creer que ella esperaría a que fuera mayor de edad y nos casaríamos. Qué iluso, ¿verdad?

El rostro de Benjamin se contrajo, y se sonrojó avergonzado. Natalie tuvo ganas de llorar.

—¿Y dónde estaban tus padres? ¿Por qué dejaron que pasaras por eso?

Ben apretó los dientes. No podía contárselo. Dolía demasiado. Pero los sentimientos ya habían sido liberados, como una presa cuyos muros de contención revientan a causa de la presión, descargando un torrente de aguas furiosas que arrasan todo a su paso, y perdido en la mirada solícita de la joven, soltó con voz rota:

—No veo a mis padres desde los cinco años. Me dejaron tirado como un montón de basura inservible en un orfanato que olía a mugre y orina. Éramos doce en casa y no podían darme de comer.

Los ojos de Natalie se humedecieron.

—Me escapé de esa cárcel siendo apenas un niño —prosiguió él—, y viví de robos de carteras, comida y alguna que otra joya de damiselas incautas. Hasta que, a los diecisiete, se me ocurrió sustraerle el monedero a un viandante en Covent Garden. Lo hice regido por un impulso, y no fui lo suficientemente prudente como para que no me atrapara. Llevaba dos días sin probar bocado y estaba desesperado. El caballero me cogió por las solapas de mi vieja chaqueta y me preguntó por qué quería robarle. Y lloré. Lloré hasta que me vacié por completo. Lloré por mi miseria, por mis padres, por mis hermanos. Lloré porque había vendido mi alma al diablo por un pedazo de pan. Lloré porque me educaron para ser una buena persona, y me había convertido en un sucio ratero y en una fulana harapienta.

—Cariño...

—Caí de rodillas y se lo conté todo, y se compadeció de mí. Me pidió que le siguiera y eso hice. Llegamos a una posada, y allí me dio ropa nueva y un plato de sopa. Me contrató como ayudante, dándome un trabajo con el que subsistir, y me enseñó a leer y a escribir. Era el dueño del hostal. Se llamaba John Lekker.

—¿La posada? ¿La misma que...?

Young asintió.

—Sí. Nos tomamos un cariño genuino con el paso de los años. Él era viudo y sin hijos, así que decidió adoptarme. No me dio su apellido, mas me legó su negocio al fallecer. Lo malo es que también me dejó una buena cantidad de deudas que, según descubrí luego por medio de su abogado, fueron ocasionadas por la cantidad de veces que el anciano se prestó a ayudar a los más necesitados. Alquilaban las habitaciones y no le pagaban, pues la mayoría de sus clientes eran gente pobre. Y luego estaban esas donaciones a los hospicios y las asociaciones de reparto de comida gratuita... Dios, ojalá hubiera podido ser como él.

Un escalofrío ascendió por la columna vertebral de Natalie. Ese era el motivo por el que rompió con ella para casarse con Virginia. Necesitaba dinero para levantar el negocio que fuera la vida y el sustento de Lekker.

—Y la señorita Cadbury era tu vía de escape...

Ben tragó saliva.

—Sí. Casándome con ella salvaría la posada y, de paso, me convertiría en un caballero.

Natalie se aproximó y le besó en los labios.

—Y yo lo estropeé todo. Lo siento, Ben. Lo siento de veras.

Benjamin correspondió a su carantoña con dulzura, recorriendo la curva de sus caderas con el dedo índice.

—No lo sientas. Iba a utilizarla, como te usé a ti. La salvaste de un destino aciago y cruel. No habría sido un buen marido. No sé cuidar de una familia, puesto que nunca he tenido una. Lekker fue un ejemplo de bondad y generosidad, sin embargo, para desgracia de este planeta podrido y decadente, él era una rosa entre espinos. Una especie en extinción. Por eso yo jamás tendré hijos. No los quiero. Los dejaría a merced de la indigencia, como mi padre hizo conmigo. No sé si nací así o fueron las circunstancias las que me volvieron un maldito egoísta hasta la médula, pero no traeré más niños al mundo para que pasen por lo que yo pasé.

Sus determinantes palabras se grabaron en el corazón de Natalie y se pegaron a él como una herradura hirviendo en la pezuña de un equino. No habría familia ni veladas a la luz de la lumbre rodeados de pequeñuelos. No habría futuro. No con él.

—¿Queda algo para mí en tu alma, Ben? —Su pregunta sonó a un profundo lamento.

—No lo sé. Pero al menos puedo jurarte con seguridad que ahora mismo eres lo único que me importa.

Natalie se sentó a horcajadas sobre él, y Ben emitió un suspiro, asiendo sus caderas desnudas. Ella recorrió con un dedo la cicatriz de su mandíbula y dijo:

—Entonces dame lo que es mío y olvida lo demás. Yo haré que lo olvides.

Se inclinó hacia su boca y lo besó con pasión, escondiéndose tras la cortina bermeja y ensortijada que sus cabellos formaron a su alrededor. Young sonrió y se abandonó al deleite que tomó otra vez el control de su cerebro, riéndose de sí mismo y de su ya descartado deseo de vengarse.

Nunca se saciaría de Natalie Lefèvre. Nunca.

El mes de septiembre estuvo marcado por la triste noticia de que el parlamento de Westminster no había aprobado la segunda Home Rule Bill, echando por tierra los proyectos de Gladstone y los sueños de autonomía de los irlandeses separatistas. La Cámara de los Lores, envalentonada por los unionistas del Úlster, había negado ese pequeño soplo de aire fresco a los que ansiaban la independencia, y Sam, sabiendo que los fenianos extremistas no se quedarían de brazos cruzados al verse sometidos de nuevo, se temió lo peor.

Dillon había convocado otra reunión para hablar de la situación, y de los pasos que dar para cumplir lo planeado. Sus compatriotas de Londres les habían delegado la responsabilidad de enviar a dos de los suyos a colocar los explosivos en lugares estratégicos de las inmediaciones de la famosa abadía, y el mozo albergaba la convicción absoluta de que él sería uno de los elegidos, por lo que no le sorprendió la decisión del consejo al final del comité.

Sharkey y Tierney, los conejillos de indias que actuarían como la mano ejecutora de la represalia. Dos jóvenes que debían henchirse de valor y detonar tres bombas que sesgarían la vida de decenas de ciudadanos, siempre y cuando la mala suerte no les persiguiera y fueran interceptados por la policía antes de alcanzar el objetivo.

—¿En qué piensas? —preguntó Lochlan Tierney, mientras su amigo balanceaba los pies descalzos sobre el agua, sentado en una esquina del muelle del puerto de Dublín.

—En las razones que les han llevado a escogernos a nosotros.

Lochlan escupió al suelo a su lado y se encendió un cigarrillo. Le ofreció uno a Sam, que lo aceptó de buen grado.

—Nos están poniendo a prueba. Para ser un Invencible hay que tenerlos bien puestos, Sharkey. Deberías considerarlo un honor.

—Y lo es —declaró Samuel—. Pero matar a toda esa gente... Pienso en mis padres, mis hermanas, mi abuelo... Si alguien osara ponerles un dedo encima, le sacaría los ojos. Esas futuras víctimas sin nombre tienen familia, y yo...

—¿Vas a echarte atrás? —le interrumpió el mancebo, incrédulo—. Sam... ¿acaso el apocado de O'Berne te ha comido la mollera? ¡Él es un cobarde! ¡No le escuches!

Sharkey le dio una calada a su cigarro. Era sorprendente ver cómo se manipulaba la definición de «cobarde» en ciertos círculos.

—Lo he prometido e iré contigo a Londres —sentenció—. No obstante, no me quedaré a contemplar los frutos de nuestra venganza. Mi padre me arrancaría los brazos y las piernas si supiera lo que estoy a punto de hacer, y me vería desterrado para siempre de mi propia casa. Los míos me odiarían de por vida. No lo tengo tan fácil como tú, amigo.

—Lo sé. Por ahora no lo entienden, pero dales tiempo. No solo es por tu libertad por la que luchas, sino también por la suya. Y más nos valdrá salir por patas si no queremos acabar en el patíbulo —aseguró Lochlan—. Ni veinticuatro horas. Partimos para Dublín nada más ejecutar la misión.

Sam tiró al mar el cigarrillo, cuyas brasas se apagaron formando un hilillo de humo ascendente. La excusa que debía idear para marcharse tendría que ser igual de ingeniosa que la que le había librado de partir en el *Bethany* con Reynold. En cuanto a lo otro... ¿sería capaz de vivir el resto de su vida con esas muertes sobre su conciencia? Había oído historias de soldados que volvían de la guerra y habían perdido la cordura en el camino de regreso. Hombres que ya no eran personas, sino cuerpos vacíos cuyo corazón, milagrosamente, aún bombeaba sangre a través de sus venas.

—Nos veremos en este mismo punto en doce días, a las seis y media—se despidió, poniéndose en pie y recogiendo su chaqueta—. Y que el cielo nos perdone. Si es que puede.

# 13

La fetidez meliflua de la colonia de la última clienta que salió del local con una bolsa entera de *croissants* rellenos de crema de cacao le tuvo mareado toda la tarde, y Roger corrió a la despensa para apoderarse del ambientador floral que guardaba para urgencias como aquella. Ya había impregnado el aire con el aroma herbáceo hacía una hora, cuando la dueña del odioso perfume se había llevado su pestilencia con ella, pero aquel endiablado olor parecía haberse pegado a las paredes.

Mientras hurgaba entre los botes de diferentes esencias, oyó la campanilla de la entrada y, a continuación, un fuerte golpe en la puerta de vidrio. Seguro que eran los malcriados hijos del tendero, que iban a por pan. Sus célebres entradas en la confitería, como si fuesen una manada de búfalos en estampida, ya le habían costado dos reparaciones y una buena propina para el cristalero.

—Ya voy. Tened paciencia —bufó con hastío.

—Señor Dinnegan, salga ahora mismo.

Roger, que estaba inclinado bajo un estante, se enderezó repentinamente, chocando su cabeza contra la tabla clavada en el tabique de papel pintado.

—¡Por todos los...!

Se frotó la zona golpeada, y notó un ligero chichón. Aturdido como se encontraba, olvidó lo que iba a hacer y se quedó hincado en el suelo como si le hubieran tachonado los zapatos con una caja entera de clavos.

—¿Cree que me iré si se esconde en su despensa, señor?

Dinnegan sintió que se le cerraba la garganta. Sinéad le atravesaba con una mirada airada, asomada al arco de entrada al almacén.

—¿Señora Irwin?

—La misma. ¿Va a quedarse ahí parado o me va a explicar qué pretendía con esto?

Roger desvió la vista a su esbelta mano, apresada por unos carísimos guantes de encaje holandés. Sostenía la bandejita de rollos de canela que le había mandado a través de un mensajero hacía un rato. Después la miró a ella. En sus felinos y altivos ojos marrones refulgía una mezcla de ira y... y no sabía qué más.

—¿No le gustan los rollitos? —preguntó como un imbécil. Prefirió achacar su patosa respuesta al coscorrón de hacía un minuto.

—¿Cómo osa hacerme regalos a espaldas de su prometida? —disparó la dama—. ¡Esto es el colmo del cinismo y la insolencia!

—¿Perdone?

—¿Está usted sordo o qué? ¿Ha afectado a sus tímpanos el batacazo que casi rompe su estantería?

Luego se oyó un estruendo. Todos los bollos rodaban por el suelo, y Sinéad se restregó las manos, como si se hubiese librado de un lastre. Roger experimentó una punzada de rabia y flageló el amor propio de la joven con la siguiente declaración:

—Veo que el exceso de azúcar merma su sentido del decoro, señora Irwin. Habla usted como una verdulera en un puesto ambulante. Si su padre la viera... tantas libras derrochadas en un colegio elitista para nada. Me cuidaré de no volver a proporcionarle nada que contenga esos peligrosos granos blancuzcos.

Sinéad palideció ante la réplica del confitero.

—¡No le consiento...!

—Salga de aquí —ordenó él—. Su dama de compañía no ha venido con usted. ¿Le gustaría que mañana las cotillas la tomaran como su nueva fuente de diversión? Está en un almacén sola con un hombre. ¿Es que quiere estar en boca de todos, necia descerebrada?

El bofetón voló con la celeridad de un rayo en una noche tempestuosa.

—¡No vuelvas a hablarme así!

Dinnegan permaneció quieto cual estatua de mármol. La Sinéad que él conoció no perdía los nervios ni estando sometida a tortura. ¿A qué venía ese espectáculo? ¿Y a qué prometida se refería?

—Señálame mi pecado y me retractaré de todas mis palabras —musitó, con la mejilla enfebrecida por la cachetada.

—Te vas... te vas a casar con Natalie Lefèvre —logró

articular su interlocutora pese a sus incontrolables ganas de llorar—. No es propio de un caballero hacer lo que tú has hecho.

Roger la contemplaba desconcertado. Tenía la certeza de que se había perdido algo. Era cierto que cortejaba a Natalie, mas ni siquiera habían hablado de boda. ¿Cómo desentrañar un enredo como ese, si no sabía cómo habían empezado los rumores?

Sinéad apartó la mirada hacia ningún punto en concreto de la estancia. Dinnegan sería tonto si no se diera cuenta de que su irrisoria pataleta era un simple e infantil ataque de celos. Ella no era así. No lo fue con su padre, ni con su marido. Toleró órdenes, insultos, vejaciones y hasta palizas, y jamás profirió una mísera queja. Y fue enterarse del futuro enlace del hombre al que amaba desde que tenía edad para recordar y reaccionar como la reclusa de un sanatorio.

Dinnegan dio un paso, y la señora Irwin reculó.

—Me voy. No debí haber venido.

Roger asió su muñeca, protegida por los bordados de su vestido de tonos marfileños.

—Espera. ¿No vas a explicármelo? Acabas de poner perdido mi negocio y has rechazado mi intento de acercamiento. ¿Es que no podemos comportarnos como dos seres civilizados, Sinéad?

La dama de melena castaña sintió que una descarga de adrenalina le recorría el cuerpo entero. Un impulso totalmente novedoso para su alma cándida y reposada dominó su endeble voluntad, y sin mediar palabra, se aproximó a Roger y le plantó un casto y corto beso en los labios.

Los músculos de Dinnegan se endurecieron como si estuvieran tallados en piedra ante el efímero contacto. Ella... ella... le estaba besando. Le había besado.

Sinéad trató de apartarse por segunda vez, y en esta ocasión él reaccionó a tiempo. La estrelló contra el tabique olvidando toda advertencia lanzada por su conciencia y besó, lamió y mordió aquella condenada boca incitadora, haciendo que ella se retorciera debajo en un intento de tomar aire.

—Ro... Roger.

—Esto es lo que ocurre cuando se provoca a un hombre, *bláth* —contestó él, irguiendo su rostro y acariciando su talle—. Y será mejor que te vayas si no quieres acabar con el traje rasgado y tumbada sobre la mesa de mi minúscula trastienda. No me detendré esta vez, te lo aseguro.

Sinéad contempló sus ojos llameantes por unos instantes, indecisa. Diane... Diane había dicho que el amor lo cambiaba todo. ¿Sería verdad?

—¿Me quieres, Roger? ¿Me quieres todavía?

Dinnegan resopló.

—Prometiste que no te entrometerías.

—Pues he roto mi promesa. Yo te quiero. No he podido olvidarte. Lo he intentado, mas no he podido —sollozó ella—. Te observo cada día desde mi ventana, lamentándome por estos doce años perdidos. Soy una cobarde por hacerte esto, pero... no puedo contenerme. No puedo.

Un llanto silencioso y desgarrador brotó de su interior, y Sinéad agarró con sus delicadas manos la solapa de la levita de Roger.

—Dime que aún no es tarde para nosotros. Haré lo que sea. Lo que sea, Roger.

—Sinéad...

La joven le calló rodeando su cuello con un brazo y besándole con timidez. Dinnegan respondió a su arrebato abrazándola y sintiendo en su boca su respiración agitada.

—Espérame aquí.

Se apartó de ella y salió de la despensa de su negocio con un manojo de llaves tintineando en las manos. Colocó el cartel de «cerrado», extendió la esterilla que colgaba enrollada en la parte superior de la puerta acristalada, aseguró la cerradura y regresó al lado de una Sinéad completamente sonrojada y expectante.

Estrujó entre sus dedos la pechera del vestido de la chica y la atrajo hacia sí. Había decisiones que debían tomarse sin pararse a meditarlas, y esa era una de ellas. Los planes que había forjado respecto a Natalie de pronto le parecieron absolutamente ridículos.

—¿Por dónde íbamos? —inquirió, volviendo a abrazarla.

Seis semanas habían transcurrido desde que reiniciaron su relación. Se veían casi cada noche, en el momento en que Sharkey y el resto de su familia se iban a dormir. Él entonces saltaba por la ventana de su cuarto y corría como un galgo tras un faisán por la porción de terreno que separaba su refugio de casa de Natalie, trepaba por la enredadera que reptaba a unos centímetros del marco exterior de la ventana de su habitación y la despertaba metiéndose debajo de la colcha y besando la planta de sus pies, haciéndole cosquillas. La oía ahogar una risotada en su almohada, y después la amaba hasta que ambos se consumían por el agotamiento.

Y allí estaba ella, con su silueta principesca recortando las sombras que la madrugada les brindaba, asomada al alféizar con su cuerpo desnudo bañado por la luz de la luna, semitapado de forma improvisada por la punta de una fina sábana blanca. El lado del colchón donde había estado acostada hacía unos minutos permanecía caliente, prueba de las ascuas de la pasión que aún no habían desaparecido, recordándole a Ben una vez más lo maravilloso que era hacerle el amor a aquella mujer.

Siguió contemplándola, viéndola mecerse con la penumbra que la envolvía, y se incorporó en el lecho, acariciando el borde vacío de la cama. La visión que tenía de sus curvas era tan bella, tan deliciosa...

Se levantó sigilosamente, exponiendo su anatomía al fresco aire nocturno que se colaba por la abertura por la que Natalie observaba la quietud del paisaje oscurecido, y se acercó. Abrazó su cintura desde atrás, y ella dio un respingo.

—Chisss... soy yo.

—Creí que estabas durmiendo.

Ben besó su hombro y luego atrapó con los dientes la piel de su níveo cuello. Desenredó la sábana y los rodeó a ambos con ella, creando una pálida crisálida a su alrededor y protegiéndoles del frescor de un otoño que no se demoraría en aparecer.

—¿Por qué sigues despierta? ¿No logras conciliar el sueño?

—No.

Young masajeó su vientre, suave y aterciopelado como el plumaje de una paloma.

—¿Qué te preocupa, *chérie*?

Natalie inspiró y expulsó el aire con dificultad. ¿Cómo participarle sus miedos, sin correr el riesgo de ahuyentarle? Desde que se conocieron y se convirtieron en amantes, Ben siempre había sido prudente en lo que a su relación se refería, cuidándose para evitar una gravidez no deseada, al menos por él.

Pero en la fiesta de cumpleaños de Ryan los dos habían olvidado contenerse, y ese no había sido el único día. Esa noche su temeridad se había repetido por cuarta vez. ¿Y si había consecuencias?

—Esta... esta situación... ¿Crees que hicimos bien en retomar esto?

Young calló. No, no hicieron bien. No hacían bien. Esa no era vida para una joven como ella, yacer en brazos de un hombre que no le había prometido más que besos y noches robadas de delirio sin dar nada a cambio. No era justo tomar el cuerpo sin haber jurado antes fidelidad al alma. Y con el paso de los días se fue dando cuenta de lo estúpido que estaba siendo al someterla a esa vergüenza, una vergüenza que les estaba pasando factura.

—Quise mantenerme alejado, pero no lo logré —dijo para justificarse—. Estar contigo me ha creado una adicción insana —completó, abarcando su rostro y volviéndola hacia sí.

Natalie descansó su mejilla en el confortable hueco de su mano.

—¿Llega tu adicción al punto de no querer marcharte?

Benjamin sonrió.

—¿Eso es lo que te quita el sueño? ¿La posibilidad de que vuelva a Inglaterra?

Ella asintió, aunque no era en eso exactamente en lo que pensaba. El temor a perderle no radicaba en la distancia que pudiera poner entre ambos. Podría irse con él si se lo pidiera. Pero si cometía el error de concebir... la abandonaría. Y sus caminos, a partir de entonces, se separarían para siempre.

—No me voy a ninguna parte, amor —declaró Ben, haciendo que Natalie temblara al escucharle llamarla así—. He barajado largamente varias opciones. He hablado con Tiburón, pues no deseo continuar abusando de su hospitalidad. Vine para quedarme unos días y llevo meses acogido por esa familia. Olympia no quiere ni oír hablar de ello, pero quiero mi propia vivienda en la ciudad, aunque sea un cuarto como en el que vive mi amigo Gareth. Así... no tendría que volver a escalar paredes para visitarte como un bandido. Seríamos libres para vernos donde y cuando quisiéramos. Incluso podrías trasladar algunas de tus cosas y acomodarlas en mi casa. No tenemos por qué cambiar. Disfrutémoslo mientras dure. Por experiencia sé que nada es eterno. Puede que la fortuna nos sonría y nos toque compartir más lunas como esta durante años. O puede que mañana debamos enfrentarnos al fin del mundo. Qué más da. Ahora soy feliz como nunca antes lo he sido.

—Yo...

—¿Qué te parece la idea?

Natalie tragó saliva.

—Me parece una solución lógica.

Tras unos segundos de espeso silencio, ella enunció:

—He... roto con el señor Dinnegan.

Ben la estrechó contra su pecho y la besó en la frente.

—¿Cómo se lo ha tomado?

—Mejor de lo que esperaba. Hasta parecía contento.

—¿En serio?

—Sí.

—Es una gran noticia.

Natalie recorrió con sus dedos la línea de los músculos de la espalda desnuda de Young. Estos se crisparon ante el sensual toque femenino, y Ben respondió a la caricia atrapando su labio inferior con su boca hambrienta y saboreándolo como si se tratara de un néctar de dioses.

—¿Te he dicho que me encanta la manera en que me besas?

Volvió a arrullarla, adormeciéndola con los pausados latidos de su corazón. Natalie entonces se armó de valor para hacerle la pregunta que llevaba rondando su mente desde hacía semanas.

—Ben.

—¿Hummm?

—¿Nunca has anhelado ver de nuevo a tus padres? ¿O a tus hermanos?

Un suspiro de nostalgia se deslizó por el reducido espacio que había entre ellos.

—Sí. Y he soñado con ello. Sin embargo, los sueños sueños son. Y es muy probable que, en las condiciones infrahumanas en las que vivían, los dos estén muertos.

Atracaron en Londres en un barco proveniente de Irlanda con la mente preñada de ambiciones de progreso, y desde ese día pasaron privaciones cada minuto de su vida. Les he odiado por su abandono durante muchos años, y me oponía a poner un pie en este lugar porque cada rincón de la isla me trae nefastos recuerdos. Incluso me negué a hablar gaélico, hasta que al final terminé olvidando mi lengua materna. Qué estúpido, ¿verdad? Llevo estampada en mi ser la patria de mis antepasados. Es imposible que Irlanda no se te meta en lo más profundo del espíritu, aun no habiéndola visto jamás con tus propios ojos. Todo se reduce a una simple palabra: *draíocht.* «Magia.»

—Pero... si los encontraras... ¿qué harías?

Natalie notó que Ben se tensaba. Pero no por la ira, sino por una amargura generada por décadas de lágrimas sin consuelo alguno.

—No lo sé —murmuró él—. No sé lo que haría.

La joven echó la cabeza hacia atrás para mirarle, y halló entre la negrura que imperaba en el dormitorio unos redondos ojos azules como el mar, humedecidos por la emoción que le produjo el evocar la imagen de sus progenitores.

—No quería entristecerte. Lo siento.

Ben besó la punta de su nariz.

—No es culpa tuya. Las heridas abiertas forman parte de la naturaleza humana. Liam Young me trajo a este mundo y me dio su apellido; no puedo cambiar lo que pasó. Lamento que tu destino no haya sido distinto del mío, Natalie. Claude Lefèvre estaría orgulloso de la mujer en la que su hija se ha convertido. Puede que te esté observando desde algún punto en ese cielo estrellado.

Natalie se pegó más a él, y sus brazos acordonaron su cuerpo.

—No sabes cuánto me consuela creerlo. Ben...

—¿Sí?

—¿Por qué no se fue Sam con vosotros en esta última travesía?

Young la tomó de las manos y la guio a la cama. Natalie se tumbó junto a él, descansando la cabeza en su hombro.

—Hay una chica —dijo Benjamin—. Se llama Riona. Y como la cosa continúe por ese camino, el *Bethany* perderá muy pronto a uno de sus tripulantes. Parece que Samuel quiere estudiar y dejar la pesca. Le oí hablar con Tiburón la otra noche.

—¿Y no hay nada más?

—¿A qué te refieres?

Natalie se incorporó sobre un codo y susurró con preocupación:

—Diane le ha visto con algunos agitadores, y...

—¿Agitadores? ¿Qué es lo que quieres contarme? Si sabes algo, Natalie, debes decírmelo —cuestionó Ben con voz grave.

La francesa apretó los labios, temerosa de que las sospechas de Diane fueran infundadas y el muchacho acabara metiéndose en un problema que no se había buscado. Reynold poseía un carácter benévolo y era un hombre manso, pero perdería los estribos si su primogénito atraía la ira del Gobierno británico sobre su familia, así que había optado por callar, y ya que surgía la oportunidad de compartir su inquietud con Ben y dejar a Sharkey al margen hasta comprobar si la teoría de su amiga era cierta, había que aprovecharla.

—Tengo miedo por él —explicó, acariciando el mentón de Benjamin—. Últimamente se junta mucho con el hijo de Dillon Sloan.

—¿El feniano?

—Sí.

—Maldición. Ese niñato no tiene dos dedos de frente —rezongó Young—. Hablaré con Ryan y veré qué puedo hacer. Ahora abrázame y duérmete, cariño. Yo me encargaré.

Natalie le besó y se acomodó en el hueco de su cuello. Esperaba que todo quedara en un susto, y los Sharkey, sobre todo Olympia, no se llevaran una decepción. Cerró los párpados y musitó en su oído:

—Gracias.

Arrinconado en su mecedora y con las piernas cubiertas por una manta, Ryan se masajeaba el cuello y trataba de controlar su respiración, dominando sus nervios y procurando calmarse. La nota arrugada que sostenía en sus manos enjutas había abierto un cisma en su vida y en la de los habitantes de aquella casa, aunque nadie era conocedor todavía del desastre que estaba por caerles encima.

Todos sus miembros temblaron al releer las líneas escritas por Deaglan O'Berne, y el anciano se resistió a creer que eso les estuviera ocurriendo a ellos. Tantos años luchando por la libertad de manera pacífica, sin derramamiento de sangre, sin violencia... y estaban en el ojo del huracán.

Estimado señor Ackland:

Espero que se encuentre bien de salud, y aprovecho este espacio en mi misiva para presentarle mis respetos. Supongo que se preguntará qué me lleva a ponerme en contacto con usted, y créame, lo he pensado mucho antes de hacerlo. Si hubiera otra solución, otra manera de hacer las cosas y de persuadir a su nieto, habría optado por ella, pero no me queda más remedio que solicitar su ayuda para detener algo que se está gestando en las mismísimas entrañas del infierno.

No nos conocemos demasiado, sin embargo, ambos hemos oído hablar el uno del otro, y nuestra devoción por la amada Irlanda es un sentimiento que jamás hemos ocultado a nadie. Éire merece ser independiente, y nunca dejaremos de pelear porque así sea, y que las próximas generaciones vivan libres del yugo del colonialismo al que nosotros estamos sometidos.

El problema surge cuando tratamos de lograr el objetivo sacrificando vidas que nada tienen que ver con el pulso que este país lleva siglos manteniendo con Inglaterra. Y eso, mi querido paisano, es lo que Dillon Sloan y sus seguidores planean hacer, arrastrando al joven Samuel consigo.

Sí, Sloan ha reclutado a Sam y le ha lavado el cerebro, y a causa del rechazo en el parlamento de la nueva Home Rule Bill propuesta por el primer ministro británico, tanto su muchacho como un compañero de su misma edad han sido comisionados para llevar a cabo un atentado contra la abadía de Westminster.

Su fama de pacifista y negociador le precede, señor Ackland, y confío en que no esté de acuerdo con esta barbarie. No puedo permanecer callado sabiendo que mi silencio sesgará la vida de cientos de inocentes. Los Invencibles procuran bautizar su resurrección con un reguero de sangre inglesa, y si deseamos mantener la endeble paz de la que disfrutamos, habremos de actuar.

Según la asamblea, los emisarios partirán desde Dublín el 29 de septiembre, a las seis y media de la mañana. Por favor, le insto a que impida que el joven Sharkey se suba a ese barco, y que bajo ningún concepto se acerque al puerto, o de lo contrario, su vida se habrá acabado.

El chico ha demostrado tener un buen corazón; no permitamos que su destino se trunque por la temeridad de sus semejantes, que se atreven a usarle como cabeza de turco en sus deleznables propósitos. Y sepa que este servidor está a su entera disposición.

Atentamente,

DEAGLAN O'BERNE

—¿Abuelo?

Ryan elevó la vista, mostrando unos ojos cansados, enrojecidos y lacrimosos. Ben, al ver su estado de profunda congoja, corrió a su lado, y este le enseñó la carta.

—Vaya, así que era cierto entonces.

—¿Lo sabías? —gimió Ryan, incrédulo.

—La señorita Hogarth le vio con algunos colegas de dudosa reputación, y Natalie me alertó. Le dije que hablaría con usted y juntos lo solucionaríamos. O'Berne se me ha adelantado.

Ackland se mesó su abundante cabello blanco y miró fijamente a Young, con el mentón tembloroso.

—Mi nieto es un terrorista, Ben. ¿Cómo voy a mirar a mis amigos y vecinos? ¿Cómo voy a poder siquiera volver a pisar una iglesia? Soy un viejo idiota. Todas las historias que le he contado a Sam durante años se han vuelto contra mí y me han explotado en la cara. Le he instigado sin querer a desearle la muerte a gente inocente. Estúpido, estúpido...

Por primera vez, Ben fue testigo de una de las escasas ocasiones en las que Ryan se derrumbaba, sumergiéndose en un mar de lágrimas. Le dejó llorar y desahogarse en silencio; sabía Dios cuánto había necesitado él mismo a lo largo de su vida momentos como ese. Detenerse, liberar la carga, y luego seguir abriéndose paso a brazada limpia, y a contracorriente.

Cuando el torrente de agua salada fue remitiendo, tornándose débiles riachuelos que surcaban el contorno de su rostro, Ryan sacó un pañuelo de su bolsillo y se sonó. Young, de cuclillas, le obligó a mirarle.

—Esto matará a mi Olympia. Y Reynold... Dios mío, Reynold...

—Lo primordial es rescatar al muchacho de su insensatez —aseveró Benjamin—. Tenemos que contárselo a Tiburón. Mañana él y yo acudiremos al puerto y traeremos a Sam de vuelta.

—Quiero ir con vosotros.

—No. Usted se quedará aquí —retrucó Ben—. Alguien debe vigilar a Olympia para que no haga ninguna tontería. Prométamelo, abuelo.

Ackland, comprendiendo que el plan de Young era más sensato, asintió.

—¿Por qué lo haces? —inquirió el anciano, volviendo a sonarse—. ¿Por qué te expones a algo tan peligroso por ayudarnos?

—Porque son mi familia —sentenció el joven, con un inmenso nudo en el pecho—. Porque quiero evitar que Sam tenga una existencia mísera como la mía. Hay mucho que no sabe sobre mí, señor Ackland. No soy un hombre honrado. Fui un ladrón y un estafador en el pasado. Cuando Tiburón me aceptó en su tripulación, me salvó la vida. En todos los sentidos. Ha llegado la hora de retribuírselo.

Ben se puso en pie y tendió la mano al patriarca, ayudándole a levantarse.

—Así que un ladrón, ¿eh?

—Sí. Carterista. Y algunos delitos menores que prefiero no mencionar.

Ryan se puso frente a él y le asió por la camisa.

—Jamás había tenido el placer de estrecharle la mano a un ladronzuelo como tú, guapo y buena gente. Si evitas que Samuel termine en la cárcel, me tendrás a tus pies aunque hayas desvalijado todo el palacio de Buckingham, Ben.

Young esbozó una amplia sonrisa. Aun después de lo que acababa de confesar, Ackland seguía confiando en él. Lekker le había enseñado con su ejemplo el verdadero significado de la palabra «perdón». Y al parecer, Ryan también lo practicaba.

—No le quiero a mis pies, abuelo —susurró dándole un animoso abrazo—. Con tenerle a mi lado tengo más que suficiente. Pongámonos manos a la obra. No hay tiempo que perder.

La aurora extendía por el cielo dublinés distintos tonos de ocres y rosados, anunciando la inminente salida del sol, y Samuel, abrigado con su capa de viaje y una pequeña bolsa, oteaba desde el muelle el panorama, intentando divisar a Lochlan en la plataforma.

Había pasado la noche con Riona para despedirse de ella y evitar estar bajo el mismo techo que sus padres, a los que no se había atrevido a enfrentarse. Mantenerles ajenos a sus trapicheos y desconocedores de su vínculo con Los Invencibles era su manera más efectiva de protegerles de la mano implacable de las autoridades.

Continuó esperando, poniéndose cada vez más nervioso, aunque en realidad Tierney no llegaba tarde. Sharkey se había presentado en el lugar en el que se habían citado veinte minutos antes, incapaz de controlar su ansiedad.

Matar y huir. Esa era la encomienda. Pero él, por principios o cobardía, rezaba para que ocurriera un milagro y alguien se ofreciese a ocupar su puesto.

—¿Dónde anda el payasete que debía acompañarte a esa carnicería?

Sam, espantado, se giró y se encontró a Young a su

vera. Se había aproximado con tanta discreción que no había notado que ya no estaba solo.

—¿Qué...?

No pudo completar la frase, pues Ben le agarró por la capa y literalmente le arrastró hacia las sombras, ocultándose bajo una ajadas escaleras de madera.

—¿Cómo has...?

Se tragó el resto de las palabras que iba a pronunciar al sufrir una brutal sacudida que le dejó todos los órganos internos temblando, como si estuviese hecho de gelatina.

—Decir que eres imbécil es poco. ¡Es poco, Sam!

—¡Suelta, bestia!

—Si fueras mi hijo, juro por Dios que te daba una tunda de las que dejan secuelas vitalicias. Te doy un segundo para ponerte en marcha o te llevaré a casa a la fuerza.

—No iré a ninguna parte. Tengo una misión que realizar.

El golpetazo en la cabeza fue instantáneo. Sam se encogió de dolor al percibir como se estampaba la mano de Benjamin contra su nuca.

—Pero ¿tú quién te has creído que eres? ¿El arcángel Gabriel? ¡No tienes ninguna otra misión que la de honrar el apellido de tu familia! ¿No has cumplido aún los diecisiete y ya deseas fastidiarla? ¿Tan pronto, Sam?

—¿Qué demonios va a saber un advenedizo como tú? —graznó Samuel—. Yo al menos no intento renegar de mis raíces y ser alguien que no soy.

Ben soltó al muchacho, vociferando una imprecación.

—Un pobre ingenuo con ínfulas de superhombre, eso es lo que eres —contraatacó él—. No me expuse a la muerte en esa tormenta para permitirte desgraciar tu futuro. Partir de este mundo aplastado por el mástil de un barco es la gloria comparado con colgar de una soga como un ternero sacrificado, donde todos te vean y te abucheen, incluida tu querida Riona. Los asesinos no son héroes. Jamás lo han sido, no importa lo que digan esos idiotas. ¿Has pensado en...?

—¿Sam?

Samuel oteó hacia el muelle y vio a Tierney caminando a unos metros, llamándole. Desde su posición podía ver a Lochlan, pero a su amigo le era imposible divisarle. El cuerpo grande y compacto de Young le cortaba el paso, y el mozo se movió, intentando escapar.

—Déjame. No soy problema tuyo. Me salvaste una vez y te lo agradezco, pero ya soy mayorcito. No te metas.

—Te arrepentirás, Sam. Y vivir con remordimientos es peor que vivir con odio.

Sharkey se escurrió a través de la barandilla rota de la escalera, decidido a reunirse con Lochlan. Sí, tenía miedo, y mucho, pero se había comprometido. Probaría a sus compañeros que merecía estar entre los luchadores, y quizás en un futuro pudiera ver a Irlanda libre de sus cadenas antes de exhalar su último suspiro.

Dio dos zancadas y no avanzó más. No sabía de dónde habían salido, pero en ese momento había un grupo de hombres uniformados persiguiendo a Tierney por el muelle, y Samuel los reconoció en el acto. Cuando le echaron mano a Lochlan, este gritó, retorciéndose como una culebra:

—¡No! ¡No! ¡Saaaaaaaaam!

El terror revolvió el estómago del joven, que reprimió una profunda arcada. Dio media vuelta e increpó a Ben.

—¿Qué es esto? ¿Una encerrona?

Young actuó con los reflejos que le habían ayudado a sobrevivir en la calles londinenses, tomando a Sam por el cogote y buscando la salida entre los barcos atracados frente a la plataforma. Huyeron sin mirar atrás, conscientes de que, de permanecer allí, también serían apresados. Los dos.

—¿Los has enviado tú? —jadeó Sam.

—¡Cállate y corre!

—¿Y qué pasa con mi amigo?

—Ya no podemos hacer nada por él.

—¡No voy a dejarle! ¡Esto es traición! ¡Ben, escúchame!

Ben ignoró su réplica y continuó corriendo, con el muchacho a la zaga. Se metieron entre callejones y placetas para despistar a la policía y, al comprobar que nadie les seguía, fueron al encuentro de un carro aparcado en una esquina, donde Reynold aguardaba, sujetando las riendas de *Victoria.*

—O'Berne avisó a la policía metropolitana de Dublín —resolló Benjamin al llegar a su altura—. Tenemos que irnos.

Ambos se subieron al carromato y se cubrieron con una lona, mientras Tiburón conducía la yegua en una alocada carrera por alcanzar la periferia de la capital. Al abandonar el centro de la ciudad y adentrarse en el camino al pueblo de Howth, aminoraron la marcha para no levantar sospechas, y a Sam aquel viaje se le hizo eterno.

De pie en el salón del *cottage* de los Sharkey, Olympia, Natalie y Ryan esperaban noticias. Megan y Deirdre todavía dormían, para alivio de todos. Al abrirse la puerta, Reynold obligó a su primogénito a entrar a empujones, y la madre del chico, envuelta en llanto, se apresuró a abrazarle.

—¡Sam! Dios mío, ¿por qué nos has hecho esto? ¿Por qué?

Young observaba a su patrón, que parecía estar conteniéndose para no quebrar cuanto objeto se le pusiera por delante.

—¿Qué ha ocurrido? —inquirió Natalie, mirando a Ben.

—Había otro muchacho. Pero no hemos podido avisarle —explicó él—. La policía ha aparecido de la nada y se ha lanzado sobre él como una jauría de hienas. Que Dios se apiade de ese crío.

De pronto, cual trueno que estalla en el firmamento y rompe la tensión que augura una tempestad ominosa, Tiburón no pudo reprimir más su ira y arremetió contra Sam, gritando:

—¡Maldito insensato! ¿Es que quieres matar a tu madre? ¡Te lo hemos dado todo! ¡Todo!

—¡No! ¡Reynold, por favor, no le pegues! —aulló Olympia, interponiéndose entre su marido y su hijo.

Viendo los puños de Reynold en alto preparados para descender directos al rostro de Samuel, Young le agarró el brazo y forcejeó con él, tratando de reducirle.

—¡Para, Tiburón, así no solucionarás nada! —vociferó.

—¿Quieres que te ahorquen y que todos nosotros veamos cómo te retuerces en el patíbulo, estúpido? —bufó Reynold, resistiéndose al agarre de Ben—. ¡Porque eso es exactamente lo que sucederá ahora! ¡Tu compinche te delatará y no tardarán en venir a por ti! ¡Pero antes te mato yo a golpes!

Young, desafiando a su amigo, le empujó contra la pared y le pidió calma con una mirada suplicante. Sam, viendo la angustia en los ojos de su padre, se apoyó en Olympia para no venirse abajo.

—Tenemos que ser más rápidos y sacarle de aquí —razonó Ben—. Que se vaya de Irlanda, al menos hasta que las aguas vuelvan a su cauce. ¿Conoces a alguien en Escocia, Francia o cualquier otro país que pueda ayudarle a ocultarse?

Reynold negó con la cabeza, resoplando para serenarse y refrenar unas increíbles ganas de llorar. Su pequeño... un fugitivo. Un paria de la sociedad. Un exiliado.

—Esto no me está pasando a mí. No me está pasando a mí... —se lamentó, mesándose el cabello—. Primero Bethany, y ahora él...

—Debe de haber otra forma de solucionarlo —gimió Olympia—. Hablaremos con el juez, le diremos que le manipularon, que le obligaron a hacerlo... No quiero que se vaya, no quiero...

—¿Y que le condenen? —cuestionó Tiburón. Su voz era seca y cortante como un fustigazo en el aire—. ¿Preferirías tenerle cerca, enterrado en alguna fosa pagana, Olympia? Porque ni siquiera tendríamos el privilegio de darle sepultura en un cementerio cristiano.

—*Athair*... yo no he matado a nadie —musitó Samuel entre hipidos.

—¡Pero ibas a hacerlo!

Ryan, que no había emitido ningún sonido ni se había movido durante la trifulca, dio un paso adelante, encarándose con su nieto. Sam le miró, buscando una pizca de misericordia en sus ojos para no morirse de vergüenza. Y entonces, el anciano reaccionó igual que un autómata, de manera impredecible, levantando la palma abierta y estrellándola contra el pómulo derecho del joven, haciéndole recular por la energía de la bofetada.

Aparte de las exclamaciones de sorpresa de las mujeres, no se oyó una sola palabra. Ackland, dando la espalda a Sam, se retiró a su habitación y, al internarse en el corredor, susurró:

—Estás muerto para mí.

El tiempo se detuvo en la estancia, y ninguno de los presentes osó respirar. Natalie abrazó a Olympia, y esta ahogó sus sollozos en su hombro, empapando su vestido con sus lágrimas. Ben no supo qué más decir, pues cualquier consuelo que pudiera ofrecer en aquel instante sonaría hueco e inútil. A partir de ese día se iniciaría una nueva etapa en la vida de Sam, lejos de su patria, de sus familiares y conocidos. La soledad sería su aguijón en la carne, su más profundo sufrimiento, y Young lo conocía de primera mano.

Tendría que renunciar a su identidad, y su secreto le acosaría como una monstruosa sombra demoníaca, arrebatándole todo lo que había amado. Dondequiera que viviera, tendría que ocultar el anverso de la moneda cara a los demás. Mentir para sobrevivir. Ni la cárcel ni la horca superarían eso.

No habría sobre la faz de la tierra peor castigo para él.

Gareth apuró su copa de vino y se inclinó en la barra de la taberna para verle mejor. Aquel extranjero con un acento de lo más peculiar que arrastraba las erres como si estuviese haciendo gárgaras frecuentaba la cantina de Thacker por sexto día consecutivo, preguntando aquí y allá a los clientes asiduos y dejándose una buena cantidad de dinero en alcohol y propinas.

¿Qué querría ese forastero proveniente del continente? ¿Qué se le habría perdido en Irlanda?

Carcomido por la curiosidad, se aproximó a él, carraspeando para llamar su atención. La mesa en la que estaba sentado les proporcionaba un rincón agradable en el que charlar, fuera de la vista de gente fisgona que no fuera más que un estorbo para sus indagaciones. Con algo de suerte, conseguiría sonsacarle algún chisme con el que entretenerse con sus colegas y compañeros del *Bethany* cuando les tocara volver a zarpar.

—¿Se puede?

El desconocido le miró de reojo. Courtenay señalaba la silla libre frente a él.

—Claro.

Gareth se acomodó en el asiento.

—Gareth Courtenay.

Jean Pierre ni se molestó en inventarse un nombre falso. Desde que el barco en el que viajaba atracó en el puerto, había callejeado media ciudad preguntando por Natalie, y el fracaso había sido portentoso. Después de su viaje a Londres, donde pudo reunir más datos relacionados con esa condenada tránsfuga, se recorrió toda la costa oriental de la isla empezando por Belfast, en el norte, y más tarde descubrió, siguiendo el rastro de las amistades de la tal Diane, que Dublín era el destino de aquel demonio de ojos miel.

—Jean Pierre Lefèvre. Mucho gusto.

Courtenay agrandó los ojos.

—¿Lefèvre? ¿Es usted pariente de la señorita Natalie Lefèvre?

Jean Pierre imitó el gesto de su contertulio. Caray. Por fin su búsqueda daba algún fruto. ¡Por fin!

—Sí —contestó, expectante—. ¿La conoce?

—¡Por supuesto! —exclamó Gareth, totalmente ajeno a las ideas escabrosas que se avecinaban en la mente de su interlocutor como un temporal oceánico—. No es que seamos amigos exactamente, pero la he visto en más de una ocasión. Suele venir a la taberna de cuando en cuando.

Jean Pierre meditó sobre aquella revelación. ¿Qué hacía una dama de su estatus en un antro como El trébol de Cuatro Hojas, una cantina abierta a pescadores, borrachos, prostitutas y gente de reputación dudosa? Decidió que no le expondría su estrecho vínculo familiar a su recién adquirido amigo. Confesar que era su hermanastro quizá frenaría su lengua a la hora de contar ciertas cosas.

—Somos primos —mintió—. Hace años que no nos vemos. Se marchó de Francia y se estableció en Inglaterra. Nos carteábamos hasta que perdí por completo su pista. Me enteré de que había hecho buenas migas con otra señorita inglesa, Diane, creo. El apellido lo desconozco. Pero qué disgusto me llevé al comprobar la clase de compañía inapropiada que la rodea ahora. Por eso he venido, para cerciorarme de que todo está bien. Su padre falleció recientemente y me rogó que velara por ella en su lecho de muerte.

Courtenay frunció el ceño en una mezcla de irritación y extrañeza.

—¿Compañía inapropiada? ¿Qué quiere decir?

—Me refiero a la tal Diane —confirmó Jean Pierre, y dio un trago a su cerveza—. Una meretriz de los bajos fondos de Londres. Y a saber si seguirá ejerciendo. No es de mi incumbencia lo que haga esa señorita con su intimidad, mas Natalie sí es asunto mío y me preocupa.

Gareth quiso partirle la cara a aquel descarado. ¿Diane una... prostituta? ¿Con qué derecho vertía esas acusaciones tan sucias y rastreras? ¿Quién era él para...?

—Oiga...

Y calló de pronto, mordiéndose la lengua.

Cuando era pequeño, durante uno de sus juegos con sus hermanos en el jardín de la casa de sus padres, una mañana de otoño sufrió un accidente que, gracias al cielo, no resultó grave. Parte del muro que separaba su parcela de la de su vecino se desplomó sobre él y casi lo enterró vivo, pero todo quedó en un susto y en unos cuantos rasguños. El trauma de ver cómo se derribaba encima de su tierno cuerpecito un arsenal de piedras labradas lo persiguió el resto de su niñez y parte de su adolescencia, y ya había abandonado en un rincón de su memoria aquel desafortunado incidente.

Hasta que el señor Lefèvre mencionó a Diane en

aquella conversación surrealista. Su Diane. Entonces, la misma sensación de ahogo que experimentó hasta que lo sacaron de debajo de las piedras amontonadas regresó con la fuerza de un tornado. Hubiera preferido que una tonelada de rocas fueran lanzadas directamente contra su cabeza.

Era mentira. ¡Tenía que ser mentira!

—¿Quién le ha contado eso? —escupió, cerrando los puños.

—La casera de mi prima —dijo Jean Pierre—. Se ve que vendía sus favores por los muelles del puerto. Vivía en Whitechapel, creo. El distrito donde actuó ese asesino en serie tan famoso que salía en los periódicos, Jack el Destripador.

Jean Pierre siguió con su perorata; sin embargo, Gareth retiró por completo su atención de la conversación. Así que por eso se negaba a hablar de su pasado o su familia. Así que por eso era tan deslenguada y atrevida. Así que por eso sabía cómo transportarle al paraíso en el catre de su cuartucho arrendado. ¡Desde luego, si era toda una profesional!

La única razón que impidió que rompiera todos los vasos, sillas, mesas, espejos y rostros que se le pusieran a tiro fue la simpatía que tenía por el dueño de la taberna. Aaron era un buen hombre, y no tenía por qué pagar de su bolsillo un arrebato furibundo de un cliente. Pero por Dios que tenía ganas de cargarse a alguien.

—¿Señor Courtenay?

—Dígame.

—Le preguntaba si sabe dónde reside Natalie. Será

una sorpresa para ella verme aquí. Estoy impaciente por saludarla.

—Sí, lo sé —gruñó Gareth—. Y maldita la hora en que lo averigüé.

Jean Pierre le miró sin comprender. Le costaba comunicarse en inglés, por lo que barajó la posibilidad de haber entendido mal.

—Disculpe, ¿qué decía?

Courtenay inspiró hondo.

—Que se lo indicaré. Eso es lo que he dicho.

# 14

Tarareando una antigua nana, único recuerdo que conservaba de las noches en las que su fallecida madre la acunaba entre sus brazos antes de llevarla a dormir, Diane doblaba camisas y calzones de Gareth y los amontonaba en la cama, cuidando de no olvidar remover el guiso que estaba preparando para la cena y cuyo aroma impregnaba el aire de la habitación.

Se rio de su estampa de afanosa hogareña, con el delantal manchado atado a la cintura, un moño elaborado con prisas y un paño de cocina colgando de uno de los bolsillos del vestido, y pensó en cuánta razón tenía el refrán «nunca digas nunca». Después de todo, no era tan difícil renunciar a su cabezonería, pues el premio que recibió compensó con creces su supuesta pérdida de libertad. La felicidad de una mujer no radicaba en tratar de vivir una vida opuesta a la común existencia de las de su género simplemente por llevar la contraria. Los hijos, el hogar, el matrimonio y el compromiso familiar podían llegar a ser una fuente abundante de dicha. La verdadera desgracia residía en la incapacidad de escoger, en la esclavitud que implicaba el sometimiento a la voluntad ajena. En ver, impotente, cómo se tomaban decisiones respecto a su destino sin contar con su opinión o sus deseos.

Pero ella había elegido su camino. Estaba donde quería y con quien quería. Gareth era un compañero atento, trabajador y cariñoso, la ayudaba a aclarar y secar los platos, y casi siempre le llevaba algún ramito de florecillas silvestres recogidas en el campo y atadas de mala manera con un cordón o cualquier cosa que sirviera para mantenerlas unidas.

Y a continuación se la comía a besos. Y lo que venía luego... era lo mejor.

Irlandés insolente. Cómo lo quería.

Sí, lo quería. Es más, lo amaba. Reconocerlo y tenerlo en cuenta día a día le facilitaba abstenerse de discusiones absurdas e innecesarias con su subconsciente. Estaba dispuesta a aceptar vivir con él si se lo proponía, y hasta a pasar por el altar, llegado el momento. Y no dudaba que ese momento estaba muy próximo, ya que la semana anterior le había participado su intención de buscar una casa espaciosa y alquilarla con sus ahorros, que para eso había vivido en aquella lata de sardinas durante tanto tiempo.

Por Natalie no se preocupaba. Tarde o temprano ella y Ben también vivirían juntos, aunque Young pareciera resistirse a las responsabilidades que conllevaba el estar con una sola mujer. Sabía que él escalaba noche tras noche hasta la ventana de su amiga, y montaban a oscuras su fiesta particular. Por mucho que disimularan, las risas y los susurros a veces atravesaban las paredes.

Por fin la veía sinceramente feliz. Y ella también lo era, con su semblante abobado permanente. Nada podría estropear su dicha. Nada.

La puerta de la vivienda se abrió, y Diane se dio la vuelta, sonriente.

—Hola, cariño. Hoy hay guisado de res para cenar. La carne ha costado cara, pero hay que comer bien de cuando en cuando. ¿Pongo la mesa?

Courtenay no contestó y la miró con los ojos inyectados en sangre. Sus ropas liberaban un tufo a alcohol que provocó que Diane se estremeciera. Había bebido más de la cuenta en el negocio de Thacker.

La muchacha retrocedió, contrariada ante la inusual quietud que se respiraba en la estancia. La misma que se paseaba por una playa donde el agua se retiraba traidora metros y metros mar adentro, para luego precipitarse sobre tierra en una ola gigante que arrasaba con todo ser viviente próximo a la costa. Una calma precursora de un terremoto avasallador. Heraldo de un inminente desastre.

—Gareth... ¿qué pasa?

Gareth presionó ambas partes de su mandíbula una contra otra con tal energía que le dolió toda la cara. El solo pensar en ello lo desquiciaba hasta niveles insospechados.

—¿Cuántos? —cuestionó con un tono pastoso.

—¿Cuántos de qué?

—Cuántos se han metido entre tus piernas. ¿Ocupo un número muy largo en la lista?

Diane abrió la boca, aturdida y asustada. Anduvo unos pasos ladeados hacia atrás, como un cangrejo de río acorralado. Había descubierto el secreto que tan bien custodiaba en los recovecos más profundos de su alma.

—Déjame explicarte...

—¡No quiero que me expliques una mierda! —bramó él—. No puedo respirar aquí dentro. Me voy a la calle.

—Gareth, espera, por favor —sollozó Diane—. Lo que hice... no... no me siento orgullosa, ¿sabes?

Courtenay se apartó para que no lo tocara. Era consciente de que no había sido el primero, lo descubrió al yacer con ella la primera vez, y no le importó. Pero se sentía herido, engañado. Burlado. Diane no le había dado la oportunidad de asimilar que se había enamorado de alguien con un pasado lleno de podredumbre, y que no había visto reparos a la hora de mentirle cuando él le abrió por entero su corazón. ¡Por Dios, si iba a pedirle que se casara con él!

—Estoy borracho —declaró, como si su aspecto no fuera suficiente para adivinar su aciago estado—. No soy dueño de mi lengua. No me hagas hablar.

—No te vayas así. Te lo suplico. Sí, fui una vulgar ramera durante siete años, Gareth, pero ya no lo soy. Hui de esa vida. Te garantizo que hombre alguno ha vuelto a tocarme desde que tú y yo nos conocimos...

—¡Basta! ¡No intentes enredarme de nuevo! ¡Y yo, imbécil de mí, interesado por tu familia y tratando de sonsacarte si tenías algún pariente vivo para pedirle tu mano! —tronó el pescador—. ¡Que me lleve el demonio, maldita sea! ¡Convertías mi cerebro en cera líquida con cada beso que me dabas! ¡Y resulta que... que... esos mismos labios me mienten sin ningún remordimiento!

Diane se echó a llorar, y a Gareth se le quebró la voz.

—¿Por qué? —preguntó derrotado—. ¿Por qué no me lo contaste? ¿Por qué no confiaste en mí?

—Porque deseaba posponer la escena que acabamos de protagonizar lo máximo que pudiera —respondió la chica, secándose las lágrimas—. Porque sabía que no me lo perdonarías. Tú eres un hombre, y los hombres siempre desecháis los juguetes usados.

Detuvo su discurso para frenar otra oleada de llanto y, tras unos segundos de silencio, prosiguió:

—No me digas ahora que nunca metiste a una prostituta en tu cama, Gareth. Ellas también tienen hermanos, padres, y puede que hasta maridos, y te dio igual. ¿Qué es lo que te duele tanto? ¿Que no me haya reservado para ti? ¿Has pensado en lo que tuve que sufrir, y las vejaciones a las que fui sometida por perturbados que veían en la violencia una divertida forma de pasar el rato? ¿Sabes lo que es deambular por las calles en pleno enero, desconociendo si dormirás esa noche con un techo sobre tu cabeza? ¿Sabes lo que es sentir tu estómago rugir de hambre y tener que vender tu cuerpo porque nadie se digna a darte trabajo?

A Courtenay se le tensaron todos los músculos de su adusto rostro. Evocó la velada en la que, mientras acariciaba su hermoso cuerpo desnudo, descubrió varias cicatrices de antiguos cortes de navaja entre sus muslos. Quiso preguntarle, mas no se atrevió. Y se maldecía por no haberlo hecho.

Se sintió impotente, miserable por sentirse tan enfermo de celos. Diane esperaba respuestas a todas aquellas preguntas, pero él no podía darlas. No tenía réplica para ninguna de ellas.

Dio media vuelta y se fue cabizbajo, vencido y humillado. Cerró la puerta lentamente, mientras veía desaparecer al otro lado la figura interrogante y llorosa de la joven, que le contemplaba suplicante. «No te vayas», le decían sus ojos. Pero no podía quedarse. Tenía que pensar. Meditar sobre lo que acababa de suceder caminando a la luz de la luna, con el frescor del aire nocturno revoloteando a su alrededor. Necesitaba despejarse para decidir qué hacer.

No precisó de muchas horas para alcanzar su propósito. Regresó a casa de madrugada dispuesto a abrazarla y a pedirle perdón por su estupidez. Sí, tenía un pasado turbio y vergonzoso. ¿Y quién no? ¿Iba a flagelarla con su indiferencia por algo que sucedió antes de que él llegara a su vida?

Anhelaba consolarla, amarla, extirpar con sus besos las cruentas llagas que llevaban abiertas demasiados años. Ella era la mujer adecuada con la que cumplir todos sus sueños. Y que se fueran al diablo sus prejuicios y su orgullo.

Entró en la vivienda, temeroso de hallar a una Diane enfurecida por las ofensas que le lanzó cuando eran la angustia y la decepción las que hablaban por su boca, y no obstante, lo único que encontró fue... vacío.

Desvió la mirada hacia la mesa. Su plato de guisado le esperaba allí, frío como un cadáver. Sus ropas, dobladas cuidadosamente, estaban apiladas encima del catre, pero ella no estaba. Se había ido, y ni siquiera había cenado.

—Santo cielo, Diane, soy un cerdo hipócrita —se lamentó—. Un detestable cerdo hipócrita.

Se echó en la cama sin desvestirse, pensando en cómo

enmendar su error. Haría lo que fuera, pero no la perdería. Esa noche no pudo descansar. Y no podría volver a hacerlo hasta que la tuviera durmiendo a su lado, mas esta vez para siempre, como la dueña de su corazón.

La policía metropolitana de Dublín no se había demorado ni tres horas en aporrear la puerta de Reynold con una orden de detención y en inspeccionar la casa de arriba abajo, buscando a Sam. Revolvieron armarios, cajones, somieres, y peinaron el sótano con la esperanza de hallarle escondido para llevarle con su amigo Lochlan Tierney, quien, presionado hasta el hartazgo durante el duro interrogatorio, no solo había confesado el motivo de su viaje a Londres, sino que había ido más allá, entregando a todo el grupo al relatar sus planes de hacer resurgir a Los Invencibles de sus cenizas.

Sharkey había averiguado a través de Ryan que su suegro tenía un conocido en Australia, con el que a veces se carteaba. Era la solución más a mano para aquellos instantes en los que el tiempo jugaba en su contra, así que, sin pensárselo dos veces, decidieron escribir al amigo irlandés de Ackland y pedirle que acogiera a su nieto unos meses hasta que pudiera establecerse por sí mismo en Oceanía.

Se dirigiría a caballo al norte de Irlanda, y de allí partiría en barco a las costas de Escocia. Se escondería en las Highlands unas semanas y luego cruzaría el Mar del Norte rumbo a Francia, donde tomaría el primer navío que zarpara hacia las colonias. Pero, bajo ningún concepto, debía pisar suelo inglés.

Natalie ocultó al muchacho en el desván de su hogar hasta que todo estuvo listo y llegó la fatídica madrugada de su exilio. Le entregó una bolsa con parte de sus ahorros a Sam y le abrazó, deseándole lo mejor. El joven, agradecido por aquel acto altruista y desinteresado, susurró:

—Estoy en deuda contigo. Lo que haces por mí es algo que nunca olvidaré. Ojalá y quiera Dios que en un futuro no muy lejano pueda devolverte este inmenso favor.

—No me devuelvas nada. Solo intenta ser feliz donde vayas. Quiero volver a verte, así que cuídate —respondió ella.

—No soy inocente, pero tampoco un criminal. Yo...

—Te equivocaste de camino, como hacemos todos —le interrumpió Natalie—. Lochlan Tierney y tú ibais a hacer algo atroz, pero eso no cambia lo que todos sentimos por ti. Para nosotros siempre serás nuestro Sam.

El resto de su familia, incluidas las niñas, se reunió en el comedor para abrazarle. Tiburón había llevado a su yegua y había cargado sobre el animal la alforja con las provisiones necesarias para el trayecto. Una vez Sam arribara a Belfast, dejaría el equino en el lugar acordado y Reynold iría para traerla de vuelta.

Ryan apenas podía contener las lágrimas. A su edad, viejo y cansado como estaba, dudaba de poder vivir lo suficiente para verle regresar. Aquello era el fin; lo presentía. Por eso había aparcado la ira que le consumía por la locura de Samuel y había decidido darle un último adiós. Quizás en unos años, cuando Irlanda fuera libre y su delito se hubiese olvidado, su chiquillo podría acudir al cementerio de la pequeña iglesia católica a la que asistía los domingos a dejar flores sobre su tumba.

Abuelo y nieto se fundieron en un intenso abrazo y lloraron juntos, derramando sus almas en cada lágrima titilante que emergía de sus párpados. Olympia y Reynold, con el corazón dolorido, se unieron a ellos junto con sus hijas, y Ben, viendo a Natalie apartada, sola y a punto de derrumbarse, se acercó a la joven, deslizó las manos por su cintura y la tomó entre sus brazos.

—Ay, Ben, qué desgracia...

—¿Dónde está Diane?

—Se despidió de él ayer. Está muy abatida. No quiere hablar con nadie.

Young ahogó sus sollozos ciñéndola contra su pecho. Verla sufrir le estaba matando. Se había negado durante muchos años a analizar el ardor que le recorría las venas cada vez que la tocaba, el anhelo desbordante que sentía por pegarse a su cuerpo, por fusionarse con ella, por implantar su marca a fuego en su alma...

Decían que las personas venían al mundo con su destino escrito en algún lugar, y él no lo creyó. Sin embargo, ya sabía que había nacido para amarla, venerarla... protegerla. Aquel accidentado encuentro en Whitechapel siete años atrás había roto sus esquemas, desbaratado sus planes, destrozado sus necios proyectos de independencia y libertad. Una libertad anclada en el temor a comprometerse y no en la capacidad de decidir qué camino tomar. En su mugriento cuarto de Londres, como una mujer pobre y harapienta que espera a su retoño, se gestó un amor profundo que repudió y pisoteó de las maneras más inhumanas, y cual Ave Fénix que retorna de entre los muertos, un lustro después ese amor resurgió, sobrevolando los cielos triunfante, imperecedero. Eterno.

Al notar la mirada fúlgida de Natalie sobre él, inclinó su rostro y contempló sus rasgos. «Te quiero, Natalie. Te quiero más que a mi vida, y me siento condenadamente feliz por ser esclavo de tus besos.»

Su ceño fruncido la puso alerta y, víctima de la desazón concebida por los silencios mal interpretados, Natalie se separó de él.

—Lo siento —murmuró la chica—. Sé que no quieres que sepan lo nuestro.

—Natalie...

—Lo comprendo, Ben. No volveré a cometer el error de desear algo que no me pertenece. Discúlpame.

Young se maldijo por no detenerla y sacudirla hasta hacerla entender que todo había cambiado. Que él había cambiado y ya no habría más secretos ni mentiras. Pero no era el momento adecuado; debían despedirse de Sam y consolar a sus amigos por su pérdida.

Benjamin se acercó a Samuel, le revolvió la melena castaña y le deseó buena suerte. El muchacho besó a sus hermanas y a su madre en la frente, y dijo:

—Hasta pronto. Aunque se me vaya la vida en ello, regresaré. Pase lo que pase, os lo prometo. Me redimiré de mis pecados, y lograré que me perdonéis y os sintáis orgullosas de mí. Os quiero.

Todos salieron al jardín para ver al hijo de Reynold montar a lomos de *Victoria* y cabalgar hacia la campiña, en dirección a los primeros rayos del astro rey, que acariciaban con sus dedos luminosos y oblicuos las lóbregas copas de los árboles. Olympia grabó esa imagen en su retina y rompió a llorar de nuevo.

Se había ido. Para siempre.

Como si adivinara sus pensamientos, Natalie, sosteniéndola, musitó:

—Volverá, Olympia. Puede que se demore años en hacerlo. No pierdas la esperanza, la vida da muchas vueltas, sé lo que digo. Tu hijo no estará para siempre en el exilio. Te aseguro... que volverá.

—Póngame dos libras y media, por favor.

El tendero obedeció, abriendo la bolsa de tela e introduciendo los víveres que Olympia le había señalado. Le cobró el importe correspondiente y le entregó la compra. A su alrededor, la brisa otoñal mecía los toldos de los puestos ambulantes, y el aroma melifluo de las flores frescas expuestas en una tienda cercana dotaba el aire circundante de una nostálgica fragancia primaveral que hacía meses que había quedado atrás.

—¿Vas a llevarte alguna cosa, Natalie?

La aludida miró a su alrededor con desgana. Había una gran variedad de fruta y verdura en los puestos del mercado, mas no le apetecía nada de lo que veía. Es más, parte del género que se exhibía bajo el extenso entoldado le causaba un extraño rechazo que no había sentido anteriormente hacia ninguna clase de alimento que normalmente se servía en su mesa.

Suspiró, sintiéndose muy cansada. Esa mañana se había mareado al levantarse y había vomitado todo el desayuno, y aunque estaba famélica, tampoco quería comer. Diane le aconsejó que buscara atención médica, pero no creía que fuera grave. Había oído que durante los meses anteriores varias personas tuvieron que ser atendidas por deshidratación, y posiblemente ella también había sucumbido a esa dolencia que afectaba a un buen número de ciudadanos.

—No. No voy a llevarme nada.

Olympia miró a su amiga con gesto preocupado.

—Natalie... ¿estás bien?

—Sí.

—Tienes la piel pálida y estás sudando. ¿Quieres que nos detengamos en alguna cafetería y tomemos un tentempié?

—No, no será necesario. Es solo que... hoy está siendo un día raro. No consigo concentrarme, mi estómago no retiene las comidas y lo único que deseo es una cama para dormir. Será fatiga acumulada.

Olympia le tocó la frente. Ni rastro de fiebre o alguna sospechosa calentura.

—Lo mejor es que te vea el doctor O'Neil.

—No quiero matasanos en casa. No estoy enferma.

Una mujer de gran envergadura pasó entre los clientes del puesto de verduras, empujándolas hacia un rincón. Tomándola del brazo, Olympia apartó a Natalie del gentío que vociferaba a la vez, preguntando por el precio de los productos.

—Pero es bueno cerciorarse, ¿no?

—No insistas. Gracias por interesarte por mi salud. Se me pasará.

—De acuerdo, no insistiré. Pero si te vuelve a suceder, llamaremos al doctor O'Neil.

Olympia se giró y emprendió el camino de regreso al inicio del mercado, con su amiga andando detrás de ella en fila india. La aglomeración de personas le producía una claustrofobia que le quitaba el aire, y bajaba a Dublín esos días únicamente porque no había más remedio. Desde la marcha de Sam, los acosos de los agentes de la ley que merodeaban por su casa se habían acrecentado, así que procuraba no alterar su rutina normal. El dolor que le producía su separación era casi físico, y sabiendo que no habría noticias de él en una larga temporada, su pesadumbre y desasosiego le golpeaban con impiedad el corazón hasta hacerla desfallecer.

Meditó sobre las inusuales reacciones de Natalie y su aspecto ojeroso, y recordó que le ocurrió lo mismo durante el embarazo de Bethany, su pequeña hija fallecida. Reynold y ella no pensaban tener más hijos; sin embargo, la llegada de la benjamina de la familia fue una sorpresa que alegró su existencia. Hasta que las fiebres se la arrebataron, aunque un tiempo después llegó la vivaracha y preciosa Deirdre, que trajo la felicidad de vuelta a su hogar.

—Hoy me he cruzado con Diane al salir de casa, y he visto que se marchaba sola hacia la cascada. Parecía muy decaída. ¿Sabes si le ha pasado algo?

La respuesta no se produjo, y en cambio solamente oía los murmullos de mujeres y hombres que hacían la compra de la semana inmersos en aquella oleada humana.

—¿Natalie?

La francesa seguía sin contestar. Olympia se detuvo y miró detrás de ella. Natalie había desaparecido.

—¡Niña! ¿Dónde te has metido?

—¡Ayuda!

El grito de una desconocida la alertó, y deshizo el camino recorrido, atendiendo al pedido de auxilio. Se acercó a un corro de gente que murmuraba entre sí mientras alguien, arrodillado en el suelo, trataba de levantar el cuerpo inerte de una mujer. Se le cayó el alma a los pies al ver quién era.

—¡Natalie! ¡Cielo santo!

—¿La conoce? —inquirió el caballero de mediana edad que la sostenía en brazos.

—Sí. ¿Qué... qué ha ocurrido?

—Un desmayo. Se ha desplomado como una pieza de dominó al pasar por mi lado. Vengan, las llevaré a algún lugar donde puedan descansar y refrescarse a la sombra.

Una pareja les cedió su asiento en un banco situado en una plaza junto a las tiendas ambulantes, y el hombre se ofreció a llevar a la chica un refrescante vaso de agua. Natalie, en aquel momento, volvió en sí, y se llevó una mano a la cabeza.

—¿Qué ha pasado? —preguntó, totalmente confusa.

—Has perdido el conocimiento, querida —explicó Olympia, preocupada.

El desconocido regresó y le tendió el vaso.

—Tenga.

—Muchas gracias —dijeron las dos al unísono.

—No hay de qué. Lástima que no lleve encima mis enseres ni mi maletín —apostilló él—. Soy médico.

Natalie se encogió, acercando sus rodillas a la zona

inferior de su vientre. Olympia entrecerró los ojos con desconfianza.

—No se moleste, señor —se apresuró a responder la francesa—. Me pondré bien enseguida. Le estoy muy agradecida por su ayuda.

El hombre no insistió, aunque no estaba convencido de dejarla allí después del episodio que había vivido. Un desmayo podía ser una tontería, mas también algo grave. La contempló detenidamente, y vio miedo en su mirada. Entendió entonces que no quería que la tocaran ni que la examinaran. Era probable que estuviera ocultando algo que no deseaba que sus allegados supieran.

—Como prefiera —claudicó tras unos segundos, analizándola con ojo clínico—. ¿Me permite un consejo?

—Sí.

—Beba mucha agua, no coja peso y coma verduras de hoja verde. Intente no... ceñirse demasiado el corsé.

Natalie enrojeció, y los ojos de Olympia se clavaron en el médico, interrogantes. Él no dijo nada más, y se tocó el extremo del sombrero, despidiéndose de ellas.

—Que tengan buen día, señoras.

El canoso galeno continuó su recorrido calle arriba, y antes de doblar una esquina en dirección a la catedral de San Patricio, se giró y la miró por última vez. Natalie le sonrió. Su salvador correspondió al gesto inclinando la cabeza y desapareció tras un edificio de ladrillo rojo de tres plantas.

—Tómate el agua.

Natalie vació el contenido del vaso y se lo entregó a Olympia, que enunció:

—Voy a devolverlo a la cafetería. No te muevas de aquí.

—No lo haré, tranquila.

La señora Sharkey cruzó la vía pública, entró en uno de los establecimientos que ofrecían refrigerios en aquella calurosa mañana de octubre y volvió rápidamente junto a su amiga. El grupito de curiosos que se había aglomerado a su alrededor a causa del incidente ya se había disipado.

Olympia se sentó al lado de Natalie, acomodando las bolsas de la compra debajo de sus piernas.

—Cariño... ¿hay algo que quieras contarme?

—No.

—Sabes que puedes confiar en mí.

Natalie se levantó.

—Vámonos. Si te retrasas, Reynold pensará que te han retenido para interrogarte, como hicieron con él y con el abuelo tras la detención de los miembros de Los Invencibles.

—Creo que deberías descansar.

—Ya me he recuperado. Quiero volver a casa.

—Como gustes.

Las dos anduvieron lado a lado sin apenas hablar durante todo el tiempo que duró el trayecto. Natalie había cerrado su alma como una puerta hermética de seguridad, y Olympia comprendió que su compañera deseaba preservar celosamente su intimidad y no permitiría que nadie se inmiscuyera en sus asuntos.

Pero ella era asunto suyo. Y sus problemas también.

No juzgaría sus decisiones, no obstante, le ofrecería su apoyo. Cuando llegaron hasta la puerta de casa de Natalie, la esposa de Tiburón vio la oportunidad de decírselo.

—¿Puedo entrar?

Natalie titubeó, mas no porque no quisiera recibirla. Sabía que el bombardeo de preguntas incómodas se desataría en cuanto se pusieran al abrigo del frescor de su hogar.

—Olympia, yo...

—Tenemos que conversar sobre ello.

—No hay nada de qué hablar.

—Estás encinta, ¿verdad?

Natalie introdujo su llave en la cerradura, giró la manivela de la puerta y entró. Olympia la siguió a la cocina y dejó sus bolsas en la repisa.

—Natalie, es importante. ¿Lo estás?

La pelirroja se dejó caer encima de los cojines de su sillón.

—No lo sé.

—¿Has tenido alguna falta?

—Sí. Un retraso de quince días. Y jamás me había sucedido esto. Mi periodo es puntual como un reloj. Dios mío, Olympia... ¿Qué... qué voy a hacer?

Los sollozos de angustia no tardaron en aparecer. Olympia, con el corazón henchido de compasión, se agachó frente a ella y le acarició la espalda.

—Y el padre de la criatura... ¿lo sabe?

Natalie la miró con una mezcla de temor y desesperanza.

—No. Él... él no quiere hijos ni familia. Y si resulta que lo estoy, no pienso deshacerme del bebé.

Olympia tomó sus manos y las besó.

—Por supuesto que no. Nosotros te ayudaremos a criarlo.

—Creerás que soy una loca licenciosa.

—En absoluto —replicó la mujer de Reynold—. Sé lo que es estar enamorada, Natalie. Mi marido también me hizo perder la compostura y darle una patada a la modestia cuando éramos novios, ¿sabes? Lo que has hecho no es lo correcto, pero no soy yo la persona adecuada para señalarte con el dedo. Las mujeres somos seres impetuosos, emotivos. La mayoría de las veces, cuando se trata del amor, no sopesamos las consecuencias de nuestras acciones. ¿Quieres a ese hombre?

—Sí.

—¿Y por qué no hablas con él? Es su obligación respaldarte y darte su protección. Un niño no se hace solo. No se pueden tener los goces y privilegios de un adulto, y eludir las responsabilidades que esa etapa conlleva.

Las lágrimas corrían por las mejillas de Natalie y se estrellaban contra su regazo.

—Tuvo una infancia pésima y traumática —confesó, sonándose la nariz con un pañuelo que su amiga le tendió—. Teme repetir el error de sus padres. Y pensará... pensará que le he preparado una emboscada. No es la primera vez que le tiendo una trampa.

Su interlocutora frunció el ceño, acercándose una silla y sentándose en ella.

—¿A qué te refieres?

Natalie elevó el mentón y la miró con ojos culpables. Ya era hora de contarle la verdad. Su confesión posiblemente haría que el trato con los Sharkey cambiara para siempre, pero debía redimirse de ese peso que le aplastaba los pulmones.

—Hace siete años cometí un delito en mi país de nacimiento —empezó a relatar—. Asesté cuatro puñaladas a mi hermanastro en defensa propia cuando entró en mi dormitorio, ebrio y dispuesto a violentarme, y hui de Francia en un barco que zarpó hacia Inglaterra. Me oculté en un barrio de clase obrera de Londres, y allí le conocí. Fuimos amantes durante dos años. Luego él me desechó para casarse con una señorita acaudalada, la hija de un banquero, y yo no lo soporté. Estaba perdidamente enamorada, y mi devoción se convirtió en odio al ver que iba a perderlo. —Tragó saliva para poder proseguir—. Por aquella época el Destripador y otro asesino en serie apodado el Envenenador de Whitechapel actuaban en el mismo distrito donde él residía, y se me ocurrió una macabra manera de vengarme... Reuní pruebas falsas en su contra y le acusé ante la policía de haber perpetrado los crímenes.

—Oh, Natalie...

—Estuvo a punto de ser ejecutado, pero Scotland Yard dio con el Envenenador y le puso en libertad. Él salió de la cárcel y me siguió la pista durante cinco años, hasta dar conmigo.

Olympia la observaba muda, con el corazón en un puño al contemplar el rostro pálido y los labios trémulos de Natalie.

—Y a pesar de lo que ocurrió entre vosotros... ¿retomasteis vuestro idilio?

—Sí. Después de todo, yo... le quiero. Siempre le he querido.

—¿Y él te corresponde?

Natalie nunca creyó que una palabra de dos simples letras pudiera causarle tanto daño al pronunciarlas.

—No.

—¿Estás segura de ello?

Natalie la miró a los ojos, presa de una angustia imposible de describir.

—Ben jamás me lo ha dicho. Ni en Inglaterra ni aquí.

Al pronunciar el nombre de Benjamin, Natalie escudriñó la expresión de la irlandesa, preparándose para una mueca de sorpresa, exclamaciones, aspavientos y quizás una bronca monumental por haberle ocultado su historia, sabiendo que los Sharkey acogían a Young en su casa. Olympia no movió un músculo, y Natalie enarcó una ceja, confusa.

—¿No vas a reprenderme?

—¿Yo? ¿Por qué?

—Esto debe de resultarte una sorpresa muy desagradable.

Olympia jugueteó con el flequillo de la joven.

—Ya sabía lo que había entre Ben y tú. De hecho, es el primero en el que he pensado como padre del niño que esperas. Lo que sí me ha dejado de piedra ha sido lo que me has contado. Le metiste en un lío terrible, Natalie.

—Y por eso debe de odiarme.

Olympia rio.

—Y como muestra de un aborrecimiento infinito te convierte en su querida, ¿no?

—El día que recibí la carta de mi tía con las noticias de la muerte de mi padre, vino a casa y establecimos una especie de tregua entre nosotros. Y ya ves de lo que nos ha servido.

—Tienes que decírselo. Es lo justo.

—¡No!

—¿Y qué harás, vendarte la barriga? —argumentó Olympia—. ¡Tiene derecho a saber que va a tener un hijo! ¡No puedes ocultarle algo así! ¡Es vil por tu parte!

La francesa se cubrió el rostro con las manos. Confesarle a Ben su futura paternidad sería perderle irremediablemente; no obstante, y de todas maneras, la criatura que se estaba gestando en sus entrañas les separaría de forma definitiva, pues su disposición a tenerla y criarla al margen de lo que Young pensara o dijese, era firme e inamovible.

Entonces... había que pensar en una solución unilateral. El niño precisaba de un padre, y ella, de un marido que la resguardara del escándalo. ¿A quién podría recurrir?

De pronto una idea la asaltó, y su alma se resquebrajó hasta quedar reducida a cenizas. ¿Le daría él otra oportunidad? ¿Estaría dispuesto a ayudarla también en eso? Tendría que intentarlo.

Las advertencias de Olympia la hicieron disipar sus elucubraciones.

—Natalie, hazme caso. Me lo debes. Me has tenido al margen de toda esta situación, y ahora tus problemas también son los míos. Habla con Ben. Me parece que estás muy equivocada respecto a sus sentimientos para contigo.

—¿Puedo hacerte una única petición?

—Claro.

—No se lo cuentes al abuelo ni a Reynold. No soportaría que... me despreciaran.

Los maternales ojos de Olympia se anegaron en lágrimas.

—Niña... si crees eso, es que no conoces al clan de los Sharkey. Ellos te adoran. «El que esté libre de pecado que tire la primera piedra», ¿recuerdas? Tú no eres una disoluta que se excusa para vivir una vida libertina. Han sido muchos los meses que hemos pasado contigo y con Diane. Jamás he oído ni un solo chisme sobre correrías o supuestos amantes. La vida no os ha sonreído. Lo que tenéis que hacer es dejar de esconderos y afrontar lo que os venga sin miedo a pedir ayuda. Somos una familia. Un poco excéntrica, pero una familia.

Dejando escapar un sollozo que salió disparado de su garganta, Natalie abrazó a su amiga con fuerza.

—Gracias.

—¿Se lo dirás?

—No puedo, Olympia.

—No te importunaré más con esto. La decisión es tuya. Pero cuenta con nuestro apoyo, ¿de acuerdo?

Natalie asintió en silencio, secándose los párpados con las puntas de sus dedos, temblorosos. Olympia se levantó, besando en la frente a la chica, y tomó los sacos de verduras.

—He de marcharme a casa. Papá está al cuidado de las niñas, y no me gusta dejarles solos demasiado tiempo. Si me necesitas...

—Iré a incordiarte.

Olympia esbozó una sonrisa sincera y relajada, y se encaminó hacia la puerta.

—Nos vemos mañana.

La señora Sharkey salió de la vivienda cabizbaja, aún anonadada por lo que había averiguado. Natalie... ¿en busca y captura por el gobierno francés? Virgen santa. Reynold se iba a llevar el susto de su vida.

Recorrió el largo sendero que separaba ambos *cottages*, sin percatarse de que un hombre sombrío se agazapaba vigilante entre los matorrales. Pasó por su lado totalmente distraída, absorbida por sus cavilaciones.

—Así que aquí es donde vives —susurró él en cuanto Olympia estuvo lo suficientemente lejos como para no oírle—. Bien, estimada hermanita, ha llegado el momento de vernos las caras. La tregua ha terminado.

No había sido una alucinación provocada por el ansia ni la añoranza. Lo había visto, y del brazo de otra mujer. Allí, sentados en la terraza de la chocolatería más frecuentada del pueblo, un local donde la élite de la sociedad rural francesa pasaba las horas muertas degustando las exclusivas y dulces creaciones de sus propietarios.

Se habría desmayado de no haber sido porque ya se encontraba sentada. Él, tan gallardo e imponente como siempre, sombrero en mano, sonrisa deslumbrante y... acompañado.

Se sentaron en una mesita a unos metros de la suya, y a Sélène le sobrevino un vértigo que por poco la lanza al suelo. La pesadumbre que arrastraba desde la juventud alcanzó un grado superlativo en aquel momento, estrangulando todo intento de recomponer su corazón deshecho y maltratado. Su chocolate espeso, deliciosamente humeante y con un ligero toque de menta, se le antojó repentinamente amargo, y la taza se deslizó entre sus dedos, protegidos por sus inseparables mitones de encaje, cayendo sobre el platillo y causando un estruendo que alertó a uno de los camareros que pasaba por su lado.

«¿Se encuentra bien, señora?», preguntó el muchacho. Ella contestó con una brusca afirmación de cabeza, aunque lo cierto era que se sentía morir por dentro. El viscoso líquido oscuro manchó su falda con un par de salpicaduras que ella se apresuró a limpiar, y se pasó el resto de la tarde sorbiendo de su taza y escuchando a la pareja hablar de su maravillosa vida en común.

François. Su adorado e inolvidable François. El hombre por el que se enfrentó a su familia, al que entregó su vida y por el que rechazó todas y cada una de las propuestas de matrimonio de su mocedad... paseaba con su esposa del brazo y hacía planes para llevarla de viaje a París con sus nietos. Y delante de ella. Era más de lo que su viejo corazón podía tolerar.

Pidió la cuenta, le dejó una propina al amable mozo que la había atendido, y pasó de largo, rozando el codo de François, que se giró sorprendido ante el inesperado contacto. El anciano la reconoció en el acto, aun viéndola de espaldas.

—¿Sélène? —la llamó.

No obtuvo respuesta.

—¡Sélène!

Sélène apresuró el paso y salió de la chocolatería. François no la siguió, sino que se quedó de pie, mirándola con infinita tristeza a través del cristal. La dama se volteó y contempló su rostro arrugado por unos segundos, y una gruesa lágrima rodó por sus mejillas. El caballero tragó saliva.

—¿Quién es, cariño? —cuestionó la agraciada mujer que les observaba.

—Una amiga de mi juventud, Colette. Pero no me ha reconocido —mintió.

—No recuerdo que la invitaras a nuestra boda.

François volvió a sentarse, tomó sus manos y las besó. Había regresado tras años de ausencia, esperando ver a Sélène y cerrar heridas pasadas. Le debía una explicación por haberse marchado, sucumbiendo a la voluntad de su padre. Le debía una aclaración acerca de la presencia de Colette en su vida. Mas ella huyó, sin otorgarle la oportunidad que había ido a buscar, y sus pupilas, antaño brillantes de expectación y felicidad, le acusaban en silencio de ser un cobarde traidor.

Suspiró con pesar. Su primer encuentro tras demasiados años de preguntas sin respuesta no debería haber sido así, y mucho menos con su esposa de por medio. Amaba a Colette, la noble compañera que llevaba compartiendo tres décadas de feliz matrimonio con él; sin embargo, recordaba a Sélène con un cariño especial. Y si ella aún le odiaba por haberla abandonado, iba a obtener su perdón. El destino no quiso que su historia llegara a buen puerto, y él lo había entendido. Era inútil luchar contra una corriente que tarde o temprano les hubiera arrastrado a ambos por el fango. Su fuego juvenil no lo habría soportado, por mucha pasión que hubieran compartido.

—Perdí el contacto con la señorita Lemoine hace años —aclaró François, sin dejar de otear a través del vidrio pintado con las elegantes letras del nombre de la chocolatería.

—¿Señorita? ¿No está casada a su edad?

No. No lo estaba. François ya se había encargado de investigarlo, y por eso le urgía romper toda atadura. No podía permitir que la sombra de un amor obsoleto siguiera empañando la existencia de esa mujer, a la que tanto quiso antes de que la primera cana emergiese de su oscuro cabello.

—No, no está casada.

Colette se encogió de hombros.

—Si decidió permanecer soltera, no seré yo quien juzgue esa actitud. ¿Tenías planeado ir a verla?

—¿Te gustaría?

—¡Claro!

François inspiró profundamente, y expulsó el aire retenido con lentitud. Tener a su esposa y a su amor adolescente en la misma estancia, examinándose mutuamente y compartiendo té y pastas no era una buena idea. Colette le miraba solícita, ilusionada e impaciente por obtener una respuesta. Más tarde se arrepentiría gravemente de haber claudicado.

—Será como desees, mi amor.

Entretanto, en las calles de la pequeña villa, una marchita silueta femenina corría con desesperación, arrastrando las piernas y sus pesadas faldas de seda negra consigo rumbo a su refugio. Era tanto el dolor que sentía que creía que el pecho le iba a explotar en cualquier momento. Había hecho locuras por él. Locuras que le iban a costar su propia alma. ¿Y para qué? ¡Para contemplar al hombre que amaba haciendo feliz y dándole hijos a otra!

Pasó como una exhalación por delante de la tienda del señor Eustache, el único boticario de la zona, y sus pies frenaron de golpe. Aquellos minutos cruciales donde la congoja suele hablar más alto que el sentido común ordenaron a su cerebro entrar en el negocio y poner fin a su calamidad.

Sería fácil. Muy fácil. Emma Bovary había sido valiente para hacerlo. Ella también lo sería.

Eustache le vendió su porción de arsénico con reticencia, pues, aunque era un producto usado por las damas para varios menesteres —incluida la manutención y el cuidado de la piel—, la señorita Lemoine no parecía emocionalmente estable en esos instantes. La vio partir y se santiguó, rogando a Dios y a los santos que no usara el veneno para hacer ningún disparate.

La gobernanta de la casa de Sélène se sobresaltó y dejó caer el manojo de llaves que portaba al oír el portazo que dio al cerrar el ama, que recogió el bajo de su vestido y fue escaleras arriba.

—Señorita Lemoine... ¿necesita algo?

—No. Y no quiero que se me moleste —escupió la anciana—. Ordena que lleven papel y tinta a mis aposentos. Ahora.

—Sí, señorita.

Sélène subió los escalones restantes y se encerró en su habitación, deshaciéndose de su tocado y su chal del color de la brea. Cuando uno de los sirvientes llevó su pedido en una bandejita de plata, ella le despidió apresuradamente y se sentó a escribir.

Estaba hastiada de guardar secretos. Cansada de encubrir pecados ajenos. Hastiada de sufrir por la culpa que sus manos infractoras instalaron en su conciencia.

Le enviaría esa última esquela a Natalie y se lo contaría todo, incluido lo que Bernadette le había prohibido expresamente. Ya era hora de que alguien revelara el verdadero carácter de Claude Lefèvre.

Sus dedos garabatearon las palabras entre lágrimas, augurando una dolorosa despedida. «Espero que tanto Dios como tú podáis perdonarme», escribió finalmente. Firmó, dobló la misiva, la introdujo en un sobre con la dirección de su sobrina impresa en una de las caras y lo cerró. Lo devolvió a la bandejita y abrió el envoltorio que el boticario le había entregado.

«Hazlo. Hazlo mientras te queden fuerzas y valor.»

Temblando, se llenó el puño con el mortal polvo blanco y se lo metió en la boca.

# 15

Las vastas y suaves manos de su amado acariciaron ansiosas su cuerpo lánguido y dispuesto bajo la fina tela del camisón de batista, y Sinéad reprimió un suspiro de placer. Era la segunda noche que pasaban juntos en casa de Roger, y las horas que tenían por delante auguraban una velada romántica inolvidable para ambos.

La besó con ternura, como solo él sabía hacerlo, y la chica se mantuvo quieta como una estatua, con una sonrisa perenne en los labios y deleitándose con las ingeniosas frases que le susurraba al oído en su idioma materno.

«*Táim i ngrá leat*», dijo Dinnegan, jugueteando con el lóbulo de su oreja, dándole pequeños y provocadores mordiscos y arrancando de ella una risita sensual y encantadora. «Estoy enamorado de ti.» Sinéad no se lo pensó dos veces y le silenció con un prolongado beso que le arrebató por unos momentos la capacidad de respirar. Diane estaba en lo cierto. Ser querida por un amante afectuoso y comprensivo era la más grande de las suertes, y aquello a lo que tenía tanta repulsión se tornaba un acto glorioso cuando eran los brazos de su hombre los que la rodeaban.

Su matrimonio con Patrick no solo le trajo sufrimiento, sino también la certeza de que su matriz era estéril, pues en diez años de unión no había concebido una sola vez. Roger conocía su miedo a no poder darle hijos, y le pidió que fuera paciente y esperara que los acontecimientos se sucedieran por sí solos. Tenía plena confianza en él. Los milagros ocurrían; su incomparable felicidad era una prueba de ello. El amor que se profesaban tendría sus frutos tarde o temprano, y si no fuera así... siempre podrían recurrir a la adopción.

—Cuando nuestros allegados se enteren, nos van a llover piedras —bromeó mientras él seguía atormentándola con sus dedos revoltosos.

—¿Por qué? ¿Porque no les dimos la oportunidad de disfrutar de nuestro pastel de bodas?

Sinéad asintió. Ahora era la señora Dinnegan. Roger y ella se habían casado en secreto el día anterior, y lucía con orgullo la sortija que él le había regalado con motivo de su reciente unión.

—Les daremos un susto de muerte. Sobre todo a mi familia.

—¿Te importa?

—Un pimiento.

Roger rio.

—Mi señora, es usted una mal hablada y una descarada.

Sinéad le rodeó el cuello con los brazos y se pegó a él, encendiendo enseguida su deseo.

—Una dama mal hablada y descarada, si me permites la puntualización.

—Se la permito, *madame*. Claro que se la permito.

—Así me gusta. Que me obedezcas.

Dinnegan soltó una fuerte carcajada.

—Te adoro, *bláth*.

—¿Y sabes qué? He pensado en hacer enfadar a mis parientes con otra travesura —propuso Sinéad—. Quiero que se revuelquen por el suelo de rabia e impotencia.

—¿Cuáles son esos planes tan siniestros?

La recién estrenada señora Dinnegan sonrió con malicia, experimentando anticipadamente en su paladar el dulce sabor de la victoria.

—Invertir en tu negocio todo el patrimonio que Patrick me legó en testamento. Tenía tanto dinero que no sabía dónde meterlo. Y yo... soy su única beneficiaria.

—¿Qué? —Roger tenía la boca tan abierta que le hubiera cabido dentro un panal entero de abejas—. ¡No puedes hacer eso! ¡Es tu herencia!

Sinéad se apartó de él y se cruzó de brazos.

—Nuestra herencia, querido —enfatizó—. Estamos unidos ante Dios y las leyes de Irlanda. Tú tienes un sueño por cumplir, y yo, los medios para realizarlo. Tendrás todos los locales que desees, desperdigados por las ciudades más importantes del país. Y podríamos hacerle una propuesta de sociedad a la señorita Lefèvre, nos vendría muy bien contar con un talento como el suyo.

—¿Y si no funciona?

—Funcionará. Soy rica, pero condenadamente inútil. Quiero cambiar eso. Patrick me hizo sufrir lo indecible, y tú me has devuelto la vida. No es una forma de pagarte por ello, sino de agradecértelo. Después de todo, verte feliz es primordial para mi propio bienestar. Ya ves, además de descarada y mal hablada, también egoísta.

Roger agarró la tela de la pechera del camisón de su mujer y la atrajo hacia sí, estrujándola hasta que esta emitió un quejido mimoso.

—Hace un calor demencial en esta habitación, y creo saber quién es la culpable de que mi cuerpo esté al borde de la combustión. ¿Ideas para sofocar un posible incendio que podría hacer arder toda la casa?

—Unas cuantas. Y demasiado decadentes para sus castos oídos, señor Dinnegan.

Se cobijaron otra vez en su nido de amor y pasión, mimándose con besos cortos y ardorosos, y dedicándose a venerarse mutuamente sin ningún pudor.

—Quiero que traslades tus cosas mañana mismo. Vivirás conmigo a partir de hoy.

—Sí, Roger. ¿Te importa que lo hablemos más tarde? Ahora me hallo ocupada intentando seducir a mi esposo.

Dinnegan deslizó la prenda por los hombros de Sinéad e inclinó la cabeza para besar su piel cuando oyó que llamaban a la puerta. Se irguió y la joven le miró irritada.

—¿Recibes visitas a estas horas?

—No. Al menos no hasta hoy.

Volvieron a llamar.

—Ve a ver qué quieren, anda. Por la manera en que

están aporreando la madera, diría que es alguien al que le urge hablar contigo.

—Aguarda aquí. Me desharé del intruso y volveré.

Roger recompuso sus ropas y salió de la estancia, dirigiéndose al vestíbulo. Descorrió el grueso pestillo de la puerta, introdujo una llave en la cerradura y giró, abriendo con cautela. Fuera estaba oscuro, por lo que solamente pudo adivinar la silueta de una fémina. Iba a tomar una lámpara para ver mejor, pero la desconocida pronto se identificó al decir:

—Roger, perdone por haber venido, pero... necesito que me ayude.

Dinnegan tragó saliva.

—¿Natalie?

La francesa, que iba vestida con una sencilla camisa y una falda de algodón demasiado frescas para el aire nocturno, se arrebujó entre los pliegues del sobretodo que llevaba. Tenía la melena suelta, la cara pálida y ojerosa, y los ojos hinchados por horas de llanto intermitente.

—¿Qué le ha pasado? —inquirió el confitero, invitándola a pasar—. ¿La han atacado? ¿Se encuentra bien?

—No. Tengo un problema muy grave. Por eso estoy aquí.

Roger la guio a un sillón de su salita y se sentó con ella.

—Dígame en qué puedo ayudarla.

Natalie se humedeció los labios y elevó una mirada solícita y cargada de tristeza. Siempre había sido alguien tenaz e independiente, que no había dependido del beneplácito del prójimo para sobrevivir. Aquella situación era humillante, indigna de cualquier ser humano. Pero el miedo al escándalo y a la infamia socavaba el optimismo y la valentía del más intrépido, y ella estaba tan harta de todo...

—¿Se casaría usted conmigo, señor Dinnegan?

—¿Perdón?

La joven no osó repetir la pregunta. Suficiente tenía con atreverse a formularla una sola vez. Se levantó y anduvo hacia la chimenea que calentaba la casa los meses de invierno, tomando entre sus manos la simpática figura de porcelana de un perro pastor y observándola con atención. En dos segundos tuvo a Roger detrás de ella.

—¿Me ha pedido que me... case con usted?

—Sí, eso he hecho —confirmó sin mirarle.

—¿Puedo preguntarle el motivo por el que me pide semejante cosa?

Natalie le encaró. El semblante confuso de Dinnegan le provocó un sentimiento de vergüenza que le hizo desear esconderse bajo la primera cama que encontrara. Mas estaba en su vivienda, a horas intempestivas y proponiéndole matrimonio. Ya no podía saltarse más reglas. Al infierno con el decoro.

—Voy a tener un hijo.

Dinnegan se puso lívido, pero no soltó ni un suspiro.

—Cometí un error. Un gran error. Pero si no lo resuelvo tendré que volver a huir y recomenzar en algún lugar donde no se me conozca, y pueda fingir ser alguien que no soy para que mi hijo no sufra el estigma de ser un pobre bastardo. Estoy cansada. Muy cansada. Perdóneme por utilizarle así. Yo...

Se echó a llorar y se refugió en brazos del irlandés, que la acogió como un padre cuyo hijo acaba de rasparse las rodillas en una caída tonta y corre a desahogarse con su progenitor.

—¿Ha hablado con el padre de ese niño? Quizás él desee responder ante usted...

—No. Él... él es el hombre del que le hablé.

—¿Al que conoció hace siete años?

—Sí.

—¿Y está aquí, en Irlanda?

Natalie asintió. Roger la sujetó por los codos y la obligó a mirarle.

—¿Y no ha pensado que, si ha recorrido tantas millas, quizá sea porque la ama también? Querida, siempre la tomé por una mujer valiente e intuitiva. Las evidencias están tan claras como la luz del sol. Si ese caballero supiera que va a darle el regalo más hermoso que se le puede hacer a un hombre, le aseguro, aun sin conocerle, que es muy probable que saltase de alegría. No sea cobarde. No ahora. Esa no es la Natalie que se ganó un lugar en mi corazón.

—La heroicidad no sirve de nada cuando el mundo entero te juzga y te da la espalda.

—Lo sé —aseveró Dinnegan—. Pero, hagas lo que hagas, siempre hablarán. Y los verdaderos amigos saben que antes de mirar la paja en el ojo ajeno, deben cuidar de la viga del suyo. Deseche a los que colocan piedras en su camino en vez de allanárselo, Natalie. Los que merecen comer del banquete de su mesa serán los que voluntariamente pasaron hambre a su lado en momentos de escasez.

—Roger...

—Además —la interrumpió—, yo ya no puedo ayudarla de esa manera. Ya estoy casado.

La chica abrió la boca y sus pupilas se ensancharon por la sorpresa. Desvió ipso facto la vista hacia el umbral del arco del pasillo que daba a los dormitorios y la vio. Una bella dama con el cabello suelto, ataviada con un exquisito salto de cama y cruzada de brazos, mirándola seriamente.

Roger la imitó y sonrió al ver a Sinéad, expuesta, desafiante, como una hembra felina que defiende lo que le pertenece ante cualquier extraño que le presenta batalla para echarla de su territorio. Su pecho se hinchó de orgullo.

—Te presento a mi esposa, Sinéad Dinnegan.

Las dos jóvenes continuaron el escrutamiento mutuo. Natalie se ruborizó al comprobar que se trataba de la adinerada y refinada amiga de Diane.

—Lo... lo siento.

Se apartó de Roger, dirigiéndose a la salida.

—Espere, señorita Lefèvre —rogó Sinéad, conmovida al notarla completamente desorientada—. Es muy tarde y... en su estado... permítanos darle cobijo esta noche. Tenemos una habitación de invitados. Allí podrá descansar y pensar en su situación con más calma.

—No se me ocurriría molestarles, señora Dinnegan. Ha sido una osadía y una temeridad por mi parte, y por eso no aceptaré su ofrecimiento.

Sinéad se acercó y le tomó las manos, frías como témpanos de hielo. Las frotó con suavidad y las mantuvo entre las suyas para darle calor.

—A veces lo más sensato es enfrentarse a las situaciones —aconsejó, mirando de soslayo a su marido, que se apartó un poco para dejarles intimidad—. El resultado puede cambiarle la vida. No permita que el miedo le arrebate al hombre al que ama.

Natalie observó su rostro compungido con mirada apenada.

—Usted no lo entiende —murmuró—. Él no quiere esto. Y no soportaré que me desprecie nuevamente. —Se liberó de su agarre y abrió la puerta de la calle—. Gracias. A los dos.

Y se fundió con la oscuridad del exterior, dejando a Sinéad con el corazón encogido, mirando suplicante a su esposo.

—Roger, no dejes que se vaya así.

Dinnegan no precisó de más aliciente para coger un abrigo ligero y disponerse a llevar a Natalie de vuelta. Besó a Sinéad y le pellizcó cariñosamente la mejilla. Ella dijo:

—Date prisa. Ya tendremos tiempo para los arrumacos. Os esperaré con un té caliente.

Roger abandonó la seguridad y el confort de su hogar, y salió a la silenciosa y lóbrega vía pública. No divisó la melena escarlata de la joven por ninguna parte, así que optó por elevar la voz e intentar hacerse oír.

—¡Natalie! ¡Espere!

La francesa, que se había desviado por un atajo a través de un angosto callejón que le ahorraría varios minutos de camino de regreso a casa, detuvo sus andares presurosos.

—¡Natalie!

Se mantuvo allí, parada, titubeante, dudando de si responder y salir a su encuentro o continuar subiendo la cuesta. Había sido una idiota y una egoísta por aprovecharse de la amistad que la unía a Roger y proponerle aquel disparate. Se sentía inmunda, perdida, humillada y vencida. Y Sinéad, esa dama tan distinguida, le había ofrecido su ayuda a pesar de que segundos antes ella tratara de engatusar a su marido.

Acerbas lágrimas mezcladas con un remolino de emociones opuestas fueron ascendiendo desde lo más profundo de su interior, y Natalie reanudó la huida, mas no corrió, sino que sus pies se arrastraron por el pavimento aún más despacio.

Desaparecería definitivamente de la vida de Ben. Y esta vez se iría sola. Y nadie, absolutamente nadie, sabría de su paradero.

Aún pensando en ello, no advirtió que una sombra ajena se aproximaba a la suya y le tapaba la boca y la nariz con un paño ocre, impregnado con un fluido cuyo fuerte olor la sumergió repentinamente en la inconsciencia. Su cuerpo inerte cayó a los pies del individuo que la seguía desde hacía varios días, buscando la oportunidad de encontrarla a solas, y el culpable de su desvanecimiento alargó el brazo para revolver su cabello y recogerla del suelo, susurrando:

—Hola, *petite*, un placer volver a verte.

—¿Cómo que no sabes dónde está?

Las zancadas de Ben iban y venían como truenos perturbadores que retumban en el firmamento, anunciando que una tempestad está a punto de lanzarse sin piedad sobre la tierra. Diane, espantada y apocada en el rincón en el que se había acomodado, repitió lo que llevaba rato diciendo.

—No, no lo sé. Se esfumó hace catorce horas. No avisó que se marchaba ni volvió a casa después. Dios mío... ¿qué le habrá pasado?

Una descarga eléctrica recorrió el pecho de Young, instalándose justo en medio del mismo. Si no averiguaba algo en la hora siguiente, su corazón estallaría por la tensión.

Había notado un comportamiento extraño en Natalie las últimas veladas que compartieron en la soledad de su dormitorio. Ella se había mostrado esquiva, y no le había permitido tocarla. Además, había adelgazado, y cargaba con un humor más bien ácido. El tiempo que llevaba desaparecida estaba siendo un suplicio para él, y se volvería loco si alguien no le daba alguna pista sobre dónde buscarla.

Tenía que decírselo. Lo había pospuesto demasiado. Reconocer que la amaba con un ardor y un empeño que no creyó poseer fue toda una revelación, y una verdadera liberación para su alma, aprehendida por el temor al fracaso.

—Natalie no puede haberse ido voluntariamente. No dejando todo lo que tenemos atrás —murmuró para sí, ignorando que había seis pares de oídos atentos a sus divagaciones.

Olympia, Reynold, Ryan, Courtenay y Roger le observaron desde sus asientos deambular por el parqué igual que una bestia enajenada. Diane, sentada aparte de los otros cinco, mantenía la vista clavada en las grietas del suelo. Gareth no le quitaba los ojos de encima, y parecía tan enojado como Ben, pero por otros motivos.

—Young, tranquilícese —opinó Dinnegan—. La hallaremos.

—A lo mejor decidió pasar unos días con su familia, y olvidó avisar —sugirió Gareth.

—Eso es ridículo —escupió Benjamin, pasándose una mano por el pelo, con los nervios a flor de piel—. Sus pertenencias están aquí. Y Natalie no tiene familia. Bueno, la tiene, pero está en Francia. Y su relación con ellos es... pésima. Le hicieron algo muy gordo en el pasado. Es otro el motivo por el que aún no ha regresado.

—¿Y tú cómo sabes eso? —inquirió Ryan.

Olympia y Reynold se miraron. Tiburón ya conocía de mano de su mujer la historia que unía a su amigo y a la fugada; no obstante, al abuelo lo mantuvieron al margen. Ackland exigió en silencio a su hija que se explicara, mas ella se mantuvo callada. Roger tomó la palabra.

—Sí, el señor Young tiene razón. La noche que desapareció estuvo en mi casa, y mi esposa y yo tratamos de retenerla. No quiso escucharnos. Estaba muy alterada.

Young apretó los dientes.

—¿Y para qué fue a verle a usted? —Su pregunta sonó a una auténtica acusación.

El confitero se puso en pie y caminó hacia el joven. Descansó una mano en su hombro y declaró:

—Eso es algo que solo ella debe revelarle. No es de mi incumbencia.

Dinnegan notó, para su satisfacción, una indescriptible angustia instalada en los ojos de Benjamin Young. Sí, sin duda era él el dueño del corazón de la chica, y el padre del bebé que se formaba lentamente en sus entrañas. Si la señorita Lefèvre tan solo tuviera la oportunidad de ver lo mismo que él veía...

Gareth se unió a los dos hombres, con los remordimientos pesándole igual que una lápida de mármol.

—Entonces he metido la pata, Young. La he metido hasta el fondo. Es culpa mía.

—¿De qué hablas?

Courtenay miró a Diane, y recordó su estúpida pelea, resultado de las confidencias de aquel desconocido con el que se topó en El Trébol de Cuatro Hojas. Aún no habían arreglado ese asunto. La compañera de Natalie era una cabezota que se negaba a darle tregua, y le había cerrado las puertas de su vida a cal y canto.

—El hombre de la taberna —masculló, volviéndose hacia Ben—. Un extranjero con acento francés, proveniente del continente.

—¿Qué?

—Sí. Acudió seis días consecutivos al lugar, y me entró la curiosidad. Me senté con él y conversamos. Dijo que era el primo de la señorita Lefèvre. Se llamaba... espera...

La información que Courtenay acababa de darle robó el aliento de los pulmones de Ben, y este, dominado por la desesperación, agarró por la pechera a su amigo, haciendo que las mujeres presentes saltaran de sus asientos.

—¿Cómo se llamaba, Courtenay? ¡Dímelo!

Gareth se removió como una anguila para intentar zafarse.

—Así no puedo hablar, Young, suéltame.

Ben no cedió.

—¿Era Jean Pierre Lefèvre? ¿Lo era?

—¡Sí! Ese era su nombre.

Benjamin finalmente le soltó y dio un puñetazo a la pared. Diane ahogó un grito.

—¿Quién es Jean Pierre Lefèvre? —inquirió Ryan—. ¡Exijo saberlo! ¿Olympia?

La señora Sharkey meneó la cabeza.

—No lo sé, padre.

Ackland se levantó y sus dedos cansados y arrugados presionaron el antebrazo de Young.

—Jean Pierre es su hermanastro —manifestó Ben sin mirarle—. Y la causa por la que Natalie lleva años buscada por la policía francesa.

—¿Una prófuga? Pero ¿qué ha hecho esa niña?

Ben resopló con odio. Si ese demonio le tocaba un solo cabello le desollaría como a un conejo.

—Defenderse —contestó—. Él la atacó y Natalie le clavó un puñal. Pero por desgracia ese cretino no murió. Tenemos que encontrarles antes de que...

Su voz se apagó como la llama de una vela al quedarse sin el oxígeno que la alimenta. El pensar en ese puerco reteniendo a la joven y torturándola de mil maneras distintas le hizo bullir la sangre, y todos sus músculos se agarrotaron. Iba a darle caza. Y después le arrancaría la piel a tiras.

—Entonces organicemos una partida de búsqueda

—propuso Ryan—. No metamos a las autoridades en esto. Intentemos resolverlo por nuestra cuenta. Reynold, reúne a tus hombres. A todos.

—Iré ahora mismo a la ciudad y haré correr la voz por el negocio de Thacker.

—Nosotras también vamos —dijo Diane—. No nos quedaremos fuera de esto.

Courtenay la miró, pero no replicó. Estaba decidida, y nada la haría cambiar de opinión. Se acercó y le susurró al oído:

—Más te vale cuidarte. Si te hacen un mísero rasguño, te prometo que acabaré en la cárcel.

Diane dirigió sus palabras a su boca, sin atreverse a enfrentarse a sus ojos. Con un tono idéntico al suyo, murmuró:

—El premio no cuesta lo que vas a pagar por él.

Y se reunió con Ben, que revolvía frenético los cajones de la cocina.

—¿Qué haces? —inquirió, mientras Gareth salía con los demás al exterior y se disponían a organizar al grupo.

Young sacó un cuchillo enorme y observó absorto su hoja brillante y plateada.

—Este servirá.

—¿Para qué? ¿Vas... vas...?

Ben miró a Diane con intensidad. El terror se reflejaba en la faz de la muchacha. No quería amedrentarla más de lo que ya lo estaba, pero ella había preguntado primero y merecía una respuesta. Sus pupilas se agrandaron, extendiéndose por sus iris azules como el petróleo que escapa del casco de un barco en alta mar y se apodera de todo lo que hay en derredor, devorando, anublando y destruyendo. La adrenalina fluía por sus venas igual que el licor lo hacía por las de un beodo de un bar de mala muerte.

—Sí —afirmó con contundencia—. Me voy a cargar a ese cerdo francés.

Olía a alcohol. Y a madera. Y tenía las muñecas amarradas detrás de la espalda.

Abrió los ojos y parpadeó, tratando de suavizar el tonelaje que presionaba sus párpados. Estaba en una habitación desconocida, pues nada de lo que veía le era familiar. La oscilante luz de una palmatoria captó su atención, y Natalie se fijó en la endeble llama que baiIoteaba refulgiendo en la estancia vestida de tonos naranjas, rosas y amarillos. Trató de cambiar de postura, mas no lo consiguió. Estaba sentada en el suelo, encogida, apoyada en las puertas cerradas de un armario que despedía el aroma extraño que invadía su nariz. Y entonces se percató de que no estaba sola. Había alguien más allí. Y a ese alguien... lo había visto antes.

—¿Qué... qué...? ¿Por qué est... atada? ¿Quién es usted?

El fornido individuo al que dirigía su pregunta no se inmutó y, de espaldas a su víctima, siguió frotando un objeto negro y grande. Natalie entrecerró los ojos. Aquello... aquello parecía... un revólver.

El estado de semiinconsciencia le impedía razonar, y las frases coherentes que elaboraba en su mente no eran pronunciadas por su lengua, la cual, sumergida en la inmovilidad causada por la droga que le habían suministrado, no respondía a ninguna de las órdenes enviadas por su cerebro.

—La cuerda... la cuer... daño.

—No creerás que voy a soltarte para que te vuelvas a escapar.

Natalie experimentó un execrable cosquilleo en las vísceras, un malestar que por poco le hizo vomitar. Estaba mareada, su estómago se había empeñado en retorcerse con ahínco en el interior de su abdomen, y esa voz... esa voz la conocía muy bien. Debería haberse alegrado al escuchar que le hablaban en francés, pero el resultado fue el opuesto. Tener que comunicarse en su idioma materno no era una buena señal. No cuando eso significaba que su pasado, por lo visto, la había alcanzado.

—¿Jean... Pierre? —balbució, vacilante.

—Eureka, hermanita.

El hombre se dio la vuelta y la miró, y Natalie pensó que iba a desmayarse. Sin duda, era él. Sus ojos altivos y resplandecientes por el desprecio que le profesaba no habían cambiado en todos esos años. La apostura innata del hijastro de su progenitor quedaba anulada por el resentimiento que dominaba su corazón, una hostilidad combinada con una fascinación por ella que siempre había tratado de entender, fracasando rotundamente en su empresa.

—¿Cómo...?

—¿Que cómo te encontré? —le cortó él—. Me costó lo mío. Sabes esconderte como un roedor en una madriguera camuflada cavada en la arena. Debí haber incendiado la casa con Claude dentro. Dicen que a las ratas se las ahuyenta con fuego.

—¿Vas a... matarme?

Jean Pierre rio con malicia.

—No. Yo no soy como el venerado autor de tus días. Mi cometido es llevarte conmigo a Francia y que te pudras en un calabozo.

La mención del destino que le tenía reservado la espabiló como un baño de agua helada, y Natalie se sacudió las ligaduras que unían sus manos. No consiguió soltarse. Jean Pierre se agachó junto a su rehén y la agarró para detenerla.

—¡Suéltame! ¡Bastardo!

—¡No voy a hacer eso! ¡Pagarás por las cicatrices que me dibujaste con la punta de aquella navaja, gata salvaje! ¡Aunque tenga que llevarte a rastras!

—¡No! ¡Fue culpa tuya! No... no quería herirte... Me atacaste, y yo solo me defendí.

Su captor le estrujó los antebrazos al acercarla a su rostro iracundo.

—¡Eso es mentira! Eres un maldito veneno, igual que el puerco de Claude Lefèvre. Él mató a mi padre, y tú intentaste matarme a mí. Por ahora solo ha habido castigo para uno de vosotros, y debo poner remedio a eso.

Natalie le lanzó una mirada desorbitada.

—¿Qué? ¿Cómo... osas manchar su memoria... con...?

Sus facciones adquirieron un repentino matiz verdoso, y Natalie abrió más la boca para tomar el aire disponible en la habitación. Se estaba ahogando.

A Jean Pierre le entró el pánico. No pretendía maltratarla, su meta era únicamente devolverla a Francia para que fuera procesada por su delito. Sin embargo, en ese momento la tenía en sus brazos con el aspecto de una moribunda, de una enferma preparada para recibir la extremaunción, y el terror a que su dolencia fuera causada por el trato que le daba se empotró de frente contra su sentido común, incrustándose en lo más hondo de su ser.

Se apresuró a cortar los nudos de la soga que le rodeaba las muñecas. Le dio un par de golpecitos en la mejilla derecha, exclamando:

—¡Natalie! ¿Me oyes? ¡Natalie! ¿Qué te pasa?

La joven movió los labios para replicar, mas sus músculos no respondían. Fue volviendo en sí lentamente, y Jean Pierre levantó la mano contra su frente para comprobar si tenía fiebre, cuando ella, en un acto reflejo, se acurrucó contra el mueble tapándose el vientre. Si iba a pegarle, protegería con su vida a su bebé. Su hermanastro retiró enseguida la mano al darse cuenta de que había interpretado erróneamente su propósito.

—¿Qué es lo que te duele? No iba a...

Su mirada se lo dijo todo. Natalie siguió marchitándose como una rosa expuesta a un calor desértico, abrazándose a la altura de su matriz. El tono macilento de su cara iba desapareciendo, no así el horror que reflejaba su expresión.

—¿Estás... en estado?

La joven mantuvo un silencio delator, y Jean Pierre soltó una imprecación. No podría arrojarla entre las mugrientas paredes de una cárcel estando encinta. No cometería la bajeza de imitar los ignominiosos actos del confitero que le adoptó.

—¿Estás casada?

—No.

Lo suponía. Es más, lo sabía. La había raptado hacía horas, y si hubiera habido un marido al que enfrentarse, este ya habría aparecido o extendido por Dublín la noticia de la desaparición de su esposa.

—Pero eres la querida de alguien, ¿verdad? Alguien a quien le importas un rábano.

—Me das... asco.

—Tu apellido y tu familia provocan idéntica sensación en mí, *ma soeur* —rebatió Jean Pierre—. Un asesino y una chica diestra con la navaja. ¿No te contó tu reverenciado señor Lefèvre cómo consiguió la membresía en la Asociación? ¿Te habló alguna vez de Étienne Morel? ¿De la feria gastronómica en la que participó y donde le robó la vida a su oponente?

—¡Cállate!

—No, lógicamente, no lo hizo. Y pagó su maldad con la muerte. En este preciso momento debe de estar ardiendo en los infiernos.

Natalie escudriñó la penetrante mirada sibilina de su hermanastro, y la certeza de que Jean Pierre y su madre habían tenido algo que ver en el deceso de Claude la golpeó como el látigo de un capataz de esclavos. ¿Habrían sido ellos los causantes de su repentina enfermedad? ¿Le habrían estado envenenando lentamente, convirtiéndole en una víctima indefensa de su porfía? Alzó ambos puños y los estrelló contra su pecho, chillando:

—¡Fuiste tú! ¡Tú! ¡Lo asesinaste!

Jean Pierre la soltó como si sus ropas quemaran.

—No eres ni un magistrado ni Dios para atreverte a juzgarme.

—Eres una carcasa sin alma. ¿Qué... qué harás conmigo? ¿Aniquilarme también? ¿Tanto nos odias, Jean Pierre? Entraste en mi alcoba cuando tenía veinte años para arruinarme la vida y, como no lo conseguiste entonces, lo vuelves a intentar.

—¡Había bebido! —bramó él.

—¡Trataste de violentarme! ¿Tan grande fue la falta de mi padre? ¿Quién es Étienne Morel?

Jean Pierre no accedió a contestar a la pregunta. La miró desafiante y se puso en pie. Su venganza debía culminar. Aunque eso significara destruir su propia alma.

—Pasado mañana zarparemos en el primer navío que atraque en Francia —enunció—. Lo que te suceda después ya no será asunto mío. Espero que tengas la honradez de dar ese niño a alguien que pueda criarlo y que nunca conozca su procedencia. Alejarle de la familia Lefèvre es lo mejor que podrás hacer por él.

Fue hacia la mesa y le extendió un plato con alimento sólido.

—Ahora que has despertado, has de recuperar fuerzas. Come.

Era noche cerrada cuando Diane, agotada, decidió desandar el camino recorrido tras la intensa búsqueda que el grupo formado por varios hombres de la ciudad inició el día anterior. El resultado había sido pésimo. Parecía que a Natalie se la había tragado la tierra, y conforme pasaba el tiempo, la inquietud aumentaba.

Ben estaba loco de ansiedad. Se mesaba el pelo continuamente y maldecía su suerte por no haberla hallado aún, y Courtenay era el único que conseguía hacer que se relajara y mantuviera la calma. Se había ceñido el cuchillo a la cintura, y Diane temía sinceramente el momento en el que este se encontrara cara a cara con Jean Pierre Lefèvre.

Olympia y Sinéad esperaban noticias en el hogar de los Dinnegan y la instaron a quedarse con ellas, mas no pudo permanecer entre esas cuatro paredes, y salió a deambular por la capital, rezando para toparse con una mínima pista que la condujera hasta su amiga.

—¿Dónde estás, Natalie? —sollozó con la voz quebrada por la incertidumbre y el miedo a perderla—. Por Dios, ¿dónde te has metido?

Entró en un callejón oscuro que daba a la parte trasera de un par de tabernas muy concurridas. Si preguntaba en los establecimientos, era probable que algún marinero la hubiese visto en compañía de aquel energúmeno. El color de su melena jamás pasaba desapercibido.

Hasta que pasó por delante de ellos, no se dio cuenta de que dos hombres la observaban desde hacía rato.

—¿Adónde vas a estas horas, guapa? —inquirió uno, rechupeteando una botella de vino barato.

Diane le ignoró.

—¡Eh! —la llamó el otro, un tonel humano de generosa envergadura—. ¿No has oído a mi colega? ¿O es que estás sorda?

La chica de rizos dorados se detuvo y les miró enojada.

—Disfrutad de vuestra borrachera y dejadme en paz.

Reanudó su camino, y el grandote que la increpó en segundo lugar tiró de su falda descolorida.

—¿Siempre eres tan maleducada, cielo?

—No me toques.

El individuo rio.

—Si no quieres que te soben por debajo de las enaguas, no deberías caminar sola por lugares por donde pasan hombres con ganas de festejar.

El compañero del borrachín que la mantenía cautiva se acercó, y Diane experimentó un estremecimiento que la advertía de un peligro real y apremiante. Tiró de su vestido, mas no logró liberarse.

—¿Qué hacemos con ella, Sheridan?

—Si tiene los muslos tan bonitos como la cara, no estaría de más echarles un vistazo, ¿no?

Sheridan lanzó un fétido eructo, y su camarada soltó una risotada que sonaba igual que el bramido de un puerco cuando le clavan una jabalina en la panza. Diane se quedó helada.

—¡No! —gritó, echando a correr.

Uno de ellos tiró su botella y se dispuso a perseguirla, alcanzándola a unos metros del final del callejón. La sujetó por el talle desde atrás y la levantó en volandas, lanzándola contra la pared. La cabeza de Diane chocó contra un muro, y esta se desplomó en el suelo, aturdida.

—¡Will, ven a ayudarme si quieres participar del botín!

Will acató la orden y auxilió a su amigo. Entre los

dos le remangaron la falda y las enaguas mientras ella pataleaba, y le rasgaron la ropa interior.

Diane tosió con fuerza cuando Sheridan le estampó un golpe seco en el estómago para evitar que siguiera resistiéndose, y la tocó en su intimidad con unas manos sucias y pegajosas, trayendo a su memoria las imágenes de los cerdos que la montaban por dos míseros peniques en los cochambrosos albergues londinenses. Cerró los ojos, entregada a su destino. No duraría mucho. Solo tendría que tolerar sus embates y repulsivos jadeos unos minutos, y todo habría acabado.

Sheridan se desabrochó los pantalones y William aplaudió.

—Eso es, quietecita. Buena chica. Luego vas tú, Will. Agárrala bien por las muñecas.

Se colocó entre las piernas de la muchacha babeando como un lunático y se inclinó sobre ella, tapándole la boca y penetrándola de una estocada. Liberó su busto de su vestido y amasó sus senos. Entre resuellos y resoplidos fue acelerando las embestidas, apremiado por el camarada que le instaba a dejarle aprovechar su turno. Miró a Diane a los ojos, esperando encontrar lágrimas, ruego o dolor. Pero ella estaba muy lejos de allí, su mente había abandonado su cuerpo, despojándole del placer de verla sometida a la furia de su vileza, y eso le encolerizó. No obstante, no llegó a terminar su obra. Un tirón del cuello de su camisa le hizo volar hacia un lado y aterrizar a los pies de un William completamente desorientado.

—¡Perros mal nacidos! —vociferó un tercer hombre que acababa de llegar.

Diane se incorporó, cerrando las piernas magulladas y recomponiendo su vestido arrugado y alzado hasta las caderas. Había reconocido la atronadora voz de Gareth.

Lo que siguió fueron sonidos de choques de cuerpos y puñetazos a diestro y siniestro. Courtenay se movía como una fiera primitiva, enzarzándose en una pelea cuyo objetivo principal era partirles todos los huesos de la cara a los agresores. La ira que lo embargó era tan excelsa que se vio dotado de una fuerza hercúlea, capaz de fragmentarles la columna en dos en un suspiro.

—¡Vale, suéltame! ¡Quédatela para ti, no la queremos! —suplicó uno de ellos.

—¿Qué?, ¿no tenéis agallas para jugar conmigo, perros?

—¡Me estás ahogando, bruto! —aulló Sheridan.

—Es que es lo que quiero. Matarte.

Diane se levantó, mareada. Debía detenerle antes de que fuera tarde.

—¡Gareth! ¡No ensucies tus manos con ellos! ¡Por favor, escúchame! ¡No!

Su rescatador no cedió a su petición, y mantuvo a Sheridan cogido por el cuello, apretando hasta que su cara empezó a amoratarse. William se batió en retirada, tropezando con sus propios pies y desapareciendo en las angostas callejuelas serpenteantes. El rehén de Courtenay se zafó e intentó alcanzar el rostro de su contrincante con los puños, pero Gareth, acostumbrado a la lucha cuerpo a cuerpo y con los reflejos bien entrenados, se lanzó sobre él de nuevo y le golpeó sin control, trastornado por la imagen de aquel abusador encima de ella.

—¡Hoy no sales entero de aquí! ¡No voy a perdonarte la vida! ¡Voy a romperte todos los huesos del cuerpo, esperpento asqueroso!

Diane trató de contenerle, pero era como pretender parar un huracán con un dedo. La contienda continuó, y Sheridan, en un descuido, se tropezó y cayó de espaldas contra la acera, sobre su botella de vino rota. Los huesos de su cráneo sonaron como si alguien hubiera estampado un odre viejo en el pavimento.

Gareth contempló la escena estupefacto. Al ver que el monstruo no se movía, se acercó sigiloso.

—Está muerto. Dios, está muerto...

—Gareth...

Diane comenzó a tiritar, y luego a estremecerse violentamente de la cabeza a los pies. Courtenay la tomó por los brazos, zarandeándola. Después la abrazó tan fuerte como pudo, como si quisiera meterla dentro de su propio cuerpo. Fundirla con él hasta que dejaran de ser dos personas distintas y ser convirtieran en un solo individuo.

—¡Maldita necia! ¡Te dije que no salieras a buscarla tú sola!

La aludida se echó a su cuello y le abrazó llorando. Gareth la meció en sus brazos y la besó en el pelo, con el corazón galopando aún en su tórax.

—Te he seguido para protegerte y he llegado tarde. —hipó, destrozado—. He llegado tarde...

—No —replicó ella, ahogada por el llanto—. Has llegado justo a tiempo. Gareth... gracias. Sé que no valgo nada y no te merezco, pero gracias por no dejar que me recordaran lo podrida que es mi existencia. Gracias por evitar que me usaran esta vez.

Su interlocutor la apretó contra sí, palpándola. Buscaba heridas, arañazos, algún otro daño físico que le hubieran perpetrado durante el ataque. A excepción de un pequeño corte en la cabeza, no halló nada más. Si al menos supiera quién era el otro desgraciado. Pero había huido, y Gareth no podría impartir la justicia de su puño, que era la única realmente efectiva que conocía.

Cayó de rodillas, enlazando su cintura y gimiendo.

—Perdóname. Perdóname, por favor. Si aún me quieres a tu lado, no volveré a hacer nada que te lleve a desear abandonarme. Ha sido culpa mía. Culpa mía, Diane. Debí protegerte y no lo he hecho. Di que me aceptas y ni un hombre más te tocará ni te dañará. Un juez de paz lo oficializará cuando tú quieras. Seré tu guardián, tu esclavo. Pero no me dejes. No me dejes...

Diane se vio reflejada en sus ojos obsidiana, rebosantes de amor y llanto. Unos ojos que le hacían cientos de promesas sin pronunciar palabra. Se aferró a él como un náufrago a una tabla flotante en un mar iracundo.

—¿Vas... a convertirme en una mujer honesta? ¿Aun siendo lo que soy?

Gareth negó con la cabeza.

—Ya eres una mujer honesta. En lo que voy a convertirte es en una mujer casada.

Una lágrima se deslizó de las pestañas inferiores de Diane y fue absorbida por los labios carnosos de su amado cuando esta también se arrodilló y abarcó su rostro entre sus manos trémulas.

—Te quiero. Perdóname por haberte mentido.

Gareth la besó con dulzura.

—He sido un idiota. Pero me pasaré toda la vida recompensándote por mi ineptitud. Te llevaré a casa de la señora Dinnegan y te curaré esa herida en la cabeza —manifestó, cogiéndola en brazos.

—¿Y qué hacemos con él? —preguntó Diane, señalando el inerte cuerpo de Sheridan y aún en estado de shock.

—Pediremos ayuda y llamaremos a la policía, y que sea lo que tenga que ser. Ahora concentraré todas mis energías en ocuparme de ti. Se acabó la búsqueda, mi ángel. Hemos dado con Natalie. Está en una posada a las afueras, no muy lejos del puerto, y Ben y los demás ya han ido para allá. Todas las piezas empiezan a encajar por fin en su lugar.

# 16

La escalera externa de caracol era tan estrecha que apenas cabía una persona. Ben, habituado a subir a tejados y lugares escarpados, hacía malabares para mantener el equilibrio en la baranda de hierro oxidado. Al fin de algo le servía la destreza que adquirió allanando moradas ajenas mientras huía de la policía durante sus años de mocedad.

La penúltima planta del hostal La Flor de Loto era la meta que le guiaría al encuentro de Natalie. Un cliente de una cantina del área portuaria se lo había contado. Jean Pierre Lefèvre era un auténtico imbécil; uno no iba por ahí con una mujer hermosa y con el cabello de ese color a la vista si pensaba pasar desapercibido. Les siguió la pista como un chucho entrenado que persigue un rastro de sangre, y la bendita melena escarlata de Natalie al final le había ayudado a dar con ella.

Sonrió para sus adentros. Siempre le había gustado ese pelo maravilloso.

Se sujetó a los salientes del alféizar de una ventana

y prestó atención a los distintos sonidos que salían de las diferentes habitaciones. Ya estaba cerca. Oía discutir a dos personas, un hombre y una dama, en un idioma que no era el inglés. ¿Serían ellos?

Reynold le hizo señas desde abajo. «¿Va todo bien?», cuestionó gesticulando con los labios, pues no podía hablar. Young asintió y siguió avanzando. En cuanto entrara sus acompañantes subirían por la parte interna del edificio y le ayudarían a reducirle.

Rememoró por un instante el último beso que le robó a Natalie, en medio de una despedida de madrugada, antes de abandonar su alcoba. La añoraba con tal ardor que le dolían las manos por la espera. Necesitaba acariciarla de nuevo y decirle que la quería. Que la quería y que había entendido que su futuro no tendría razón de ser si no lo compartían.

Una exclamación en francés salió disparada de la segunda ventana, medio cerrada por un delgado cristal que poca privacidad aportaba a las conversaciones personales. Young repasó con las yemas de los dedos la empuñadura del cuchillo que había sustraído ante la atónita mirada de Diane y se preparó para irrumpir en el dormitorio. El arma, colgando de sus caderas y recibiendo la aterciopelada luz de la luna de lleno en su afilada hoja, emitió un tímido destello. Dentro de muy poco le cortaría el pescuezo a aquel desgraciado y recuperaría lo que él le había quitado.

Sonó un golpe, y Benjamin, enfurecido al creer que podía tratarse de una bofetada, alcanzó la tan ansiada entrada improvisada. Agarrándose al alféizar, de una patada rompió los cristales, causando un estruendo similar al de un trueno que está a punto de desatar una tormenta en el océano.

Reynold, Dinnegan y sus hombres cruzaron los dedos. Si inmovilizaba a Lefèvre, Natalie estaría a salvo. Si no, la cosa se complicaría. Fueron hacia la puerta principal, dispuestos a entrar en la posada. Era el momento de colaborar en la cacería.

Ben se introdujo en la habitación, hallando a una Natalie ojerosa y acurrucada en el suelo, y a su secuestrador de pie, mirando hacia la ventana sorprendido. Su sangre rápidamente pasó al estado de ebullición, y hubo de controlarse para no lanzarse al cuello del maldito francés y matarlo de inmediato. Su voz arañó su garganta y se precipitó en el aire como un rugido furibundo.

—Por fin nos conocemos, Lefèvre. Ya iba siendo hora.

Jean Pierre arqueó las cejas.

—¿Y tú quién eres?

—¿Yo? El que va a devolverte a tu patria dentro de una caja. Un placer.

El gabacho soltó una carcajada, levantando a Natalie y acercándola a su pecho, apresando sus muñecas.

—Así que este es el fulano con el que te acuestas, hermanita —escupió—. Porque es él, ¿no?

Natalie guardaba silencio. Ver a Ben allí, parado, con el rostro bañado en ira y enfrentándose a Jean Pierre hizo que su corazón se saltara un latido. Vio el cuchillo oculto bajo su camisa suelta por la cintura y tembló.

«Dios mío, Ben. De veras has venido a matarlo.»

—¿Te ha comido la lengua el gato, querida?

Natalie se controló para no flaquear. Si los dos hombres se enzarzaban en una lucha cuerpo a cuerpo, Young podía resultar herido, y el solo barajar esa posibilidad le provocó una arcada.

—Ben, no deberías, no...

Jean Pierre la interrumpió diciendo:

—Es de estúpidos proferir amenazas contra el que tiene cautivos a tu gatita y tu cachorro, Ben. Por cierto, un nombre muy acertado. Yo tenía un perro que se llamaba como tú.

Young frunció el ceño, confuso. ¿Cachorro? ¿De qué demonios hablaba ese chalado?

Miró a Natalie, que había palidecido.

—Oh, no me digas que he sido tan imprudente —dedujo Jean Pierre, al ver la expresión de su adversario—. ¿No te ha contado que está preñada?

Ben se mareó como si hubiese recibido un mazazo en la cabeza. Seguía observando a Natalie, cuyos ojos encharcados le sostenían la mirada, y se quedó sin aire. Un hijo. Un hijo suyo. ¿Por qué le había ocultado algo tan grande?

—Te dejaré vivir si la sueltas ahora —declaró a duras penas.

—Respuesta incorrecta —replicó Jean Pierre—. La señorita Lefèvre tiene una cuenta pendiente con la justicia. Podrás escoger entre permitir que yo la escolte o que lo haga la policía. Te aseguro que las fuerzas de seguridad no la tratarán con ninguna delicadeza.

—¡Hijo de las mil...!

—Ben, por favor, hazle caso —intervino Natalie—. Estoy cansada de huir. No puedes ayudarme. Ni tú ni Diane ni los Sharkey. No seguiré poniendo en peligro a los que quiero. Deja que me vaya.

Young inspeccionó la estancia y lo que había alrededor. Una pistola descansaba sobre la mesa. Si llegaba hasta ella antes que el francés, podría utilizarla, pues atacarle con el arma que llevaba estando Natalie apresada por su verdugo era exponerla a un daño irreparable.

Un sentimiento de orgullo y posesión se apoderó de él, y se juró que no admitiría que le volviesen a arrebatar a su familia. Ya había perdido una cuando era niño, y eso casi acabó con él. Natalie era el centro de su universo. Su felicidad, el puerto en el que deseaba anclarse para siempre. Su historia no podía finalizar así.

Jean Pierre le había visto mirar el revólver. El sosiego mortal que les acordonaba le había revelado las intenciones del intruso. Sin pensarlo siquiera, empujó a Natalie en dirección al rincón que antes ocupaba y saltó sobre el arma que había cargado anteriormente.

Fue entonces cuando Ben aprovechó para abalanzarse sobre él, olvidando los planes de hacerse con la pistola. Sacó el cuchillo como una espada de guerra y tiró de Lefèvre, provocando que este perdiera el equilibrio y cayera al duro parqué, cubierto por una alfombra deshilachada.

Natalie, horrorizada, les contempló rodar en una maraña de brazos y piernas, puños y gritos. Ambos hombres luchaban con impetuosa violencia, tirando con sus rudos y frenéticos movimientos cada objeto que se hallaba en su camino.

Jean Pierre se colocó encima de Ben y le dio un puñetazo en la mandíbula. Natalie chilló. La madera de la puerta crujió al ser tirada abajo, y la francesa divisó a Tiburón en el umbral, acompañado por la propietaria de la posada y un grupo de hombres, entre ellos Roger y Ryan.

Nadie se movió, atendiendo a la petición de Sharkey. Era a Ben a quien correspondía librar esa batalla. Ellos estaban allí por si requería unos brazos fuertes en el momento en que las cosas se pusieran feas, mas dadas las circunstancias, no iba a ser necesario.

Young le devolvió el tortazo a su enemigo, que se había adueñado del cuchillo e intentaba herirle.

—¡No te la llevarás! ¡No lo permitiré!

Jean Pierre asió el mango del puñal, y Ben le imitó. Un rígido forcejeo, y la hoja plateada se hundió en la carne de uno de los hombres, abriendo una brecha de la que la sangre brotó a borbotones.

—¡Ben!

Natalie se desmayó al ver el encarnado charco glutinoso. Young se incorporó y se deshizo de la figura inerte de Jean Pierre Lefèvre, resollando y tratando de recuperar el aliento. Buscó el pulso del forastero y miró a Tiburón.

Reynold tomó del brazo a la dueña del hostal.

—Llame a un médico, rápido —ordenó—. Y dígale que es urgente.

El haber recuperado su libertad era prácticamente un milagro. Ben y el grupo reunido por Sharkey la habían localizado y la habían llevado de vuelta a casa, aunque Natalie ni siquiera se enteró de lo que ocurrió en el trayecto, pues su desvanecimiento causado por la impresión al ver a Benjamin sangrando por el costado unida al espanto que la dominaba la dejó sin fuerzas.

Al despertar, una mullida cama y los rostros de Sinéad, Olympia y Diane fue lo primero que vio. Las tres mujeres, como gallinas cluecas, iniciaron una retahíla de preguntas, y se empeñaron en ponerle paños húmedos en la frente y en los tobillos. Olympia insistió en que el galeno que la había atendido la auscultase y examinase de nuevo, a lo que ella se negó. Se encontraba bien. Lo único que deseaba hacer era acudir al lado de Young y comprobar si seguía vivo.

Sin embargo, no fue Ben quien acabó con el cuchillo clavado en las costillas, sino Jean Pierre, que, según le participaron más tarde, continuaba estable y reposando en la cama del cuarto donde la mantuvo cautiva. El doctor O'Neil le había suministrado láudano para el dolor y le había vendado la herida, y la historia que todos le contaron acerca del accidente corroborado por la posadera pareció convencerle de que no hacía falta acudir a las autoridades, detalle que ella valoró, puesto que no pararía hasta averiguar qué relación guardaba el tal Étienne con su hermanastro. Le había escupido en la cara que Claude había matado a su padre... ¿Sería verdad? ¿Sería el desafortunado Étienne Morel el fantasma cuya sombra se cernía sobre ellos buscando venganza?

Diane estaba a los pies de la cama, rígida como un guardia que vigila un palacio real. Las horas que Natalie permaneció en reposo transcurrieron con horrible lentitud; no obstante, la chica no se alejó ni un centímetro del tálamo que la cobijaba. Gareth, los Sharkey y los Dinnegan habían ido a cerciorarse de que no había sufrido percance alguno y volvieron a sus hogares, dejándolas acompañadas por Ben, que esperaba en la sala en el piso inferior. Ya era bien entrada la mañana, y un hambre atroz azotaba su estómago.

—Diane...

—Dime, Natalie.

—Estoy famélica.

Diane sacó un par de manzanas de una bolsa.

—Ten. Las he traído para ti. Sabía que pedirías comida, sobre todo ahora que has de alimentarte por dos.

El rubor tiñó el cutis de Natalie.

—Si no te lo conté fue porque estaba demasiado ocupada pensando en lo que hacer. Tengo a un niño sin padre creciendo en mi interior, y a Jean Pierre vendado y sedado en una posada del puerto. No he salido de un problema y ya me estoy metiendo en otro. Estoy tan hastiada, tan fatigada... En cuanto a ti, ¿me dirás de una vez qué te pasó? Cuando le pregunté al señor Courtenay sobre tu herida, me explicó que te habían golpeado en plena calle...

La joven inglesa apretó los labios. Al menos Gareth había cumplido su promesa de no hablar de la violación. Había sufrido abusos mucho más graves que ese durante sus años como prostituta, así que era ridículo, desde su punto de vista, darle más trascendencia de la que tenía. Sheridan estaba vivo y había sido trasladado a un hospital, pero era muy probable que se quedara en estado vegetativo a causa del accidente. Gareth tendría que prestar declaración más adelante, y ella, también. No obstante, un pisotón más no iba a hundirla, cuando la persona a la que más amaba le había abierto los brazos y ofrecido la felicidad en bandeja de plata.

—Estoy bien, solo ha sido un chichón sin importancia. Y ese niño sí tiene padre, y está en el salón, aguardando para subir a verte —contestó Diane con rotundidad—. Por recomendación del doctor O'Neil y para no agobiarte, los demás se han marchado, dejándote a mi cuidado. Olympia vendrá al atardecer, y Ryan también desea pasarse con las niñas. Y Gareth también aparecerá si no hoy, mañana.

Natalie mordió una manzana y se recreó en su dulce jugo.

—Gracias —susurró.

—No me las des. ¿Hago pasar a Young?

—No, por favor. No puedo verle. Ahora no.

—¿Por qué?

—Lo sabe, Diane. Jean Pierre se lo dijo.

Diane frunció los labios. No comprendía esa actitud obtusa.

—¿Y qué? ¿Qué más da quién se lo haya dicho? ¡Lo iba a descubrir de todas maneras!

—Tú no... no viste la cara que puso. Consternación y rechazo, eso es lo que vi en él. No pienso encararle. No oiré de sus labios que este niño es un error. No quiero que entre aquí, hasta que haya tomado una decisión.

—Si pretendías echarme a patadas, debiste cerrar con llave.

Ambas torcieron sus rostros hacia el umbral del dormitorio. Ben miraba a Natalie con fiereza. Al ascender por la escalinata sus tímpanos solo captaron, por desgracia, la última frase de su discurso.

—Diane, ¿nos permites...?

La aludida no precisó de más aliciente, y se retiró sigilosa. Benjamin cerró la puerta y descansó la frente en ella. Natalie le observó trémula, y recorrió con la vista su cuerpo agarrotado y su espalda tensa. Anhelaba recibirlo entre sus brazos, amarle hasta que le faltara el oxígeno, borrar con sus besos la pesadilla que protagonizó para salvar su vida. Su camisa aún estaba manchada de sangre, y dedujo que él tampoco había pegado ojo mientras el doctor O'Neil estuvo con ella.

—¿Por qué callaste?

—No te he dado las gracias, Ben.

—¿Por qué? —insistió él.

Natalie no tenía alegación que valiera. Le había engañado, un deplorable acto que se estaba transformando en un hábito.

—Esta criatura es mía. Y solo yo me responsabilizo de ella.

—¿Y yo qué? ¿No cuento para nada?

Los recuerdos de los lívidos rasgos de Ben al conocer la noticia le estamparon una bofetada en la cara a la convaleciente. Si no cercenaba las cuerdas que la ataban a ella, aquella vieja historia se repetiría y se repetiría como la melodía de un carrusel. Decidió armar un último embuste y cortar de raíz. Ya lloraría las amargas lágrimas del arrepentimiento cuando todo pasara.

—No te lo dije porque no es tuyo.

Ben se atragantó con su saliva y tosió, mirándola con incredulidad.

—¿Que no es... que no es... mío?

Natalie inspiró hondo. Bajaría un nivel más en el infierno por eso.

—No. No fuiste mi único amante. No era mi intención revelártelo en estas circunstancias...

Su perorata fue interrumpida por una estrepitosa carcajada de Ben. ¿Se estaba... riendo?

—Ay, Natalie, eres una pésima embaucadora, exceptuando el episodio de tus aventuras con Scotland Yard, que te salieron a las mil maravillas. Casi se creyeron que yo maté a esas mujeres —aseveró Young—. ¿Piensas que me voy a tragar tu farol? ¿Después de tenerte en mi cama, en mis brazos, pronunciando mi nombre entre jadeos y susurros? ¿Después de haber derramado tu alma entre las sábanas, arrancando de tu boca confesiones de amor? ¿Me tomas por un tonto imberbe, a pesar de mis treinta y tres años morando entre los vivos?

—No es mi problema que no me creas.

Ben se aproximó y se sentó en el lecho.

—¿Por qué me expulsas de tu lado con una mentira tan burda? Esperaba una falacia equivalente a tu inteligencia. No insultes mi capacidad de intuición, pequeña. Jugar al escondite contigo es todo un reto, pero esta situación se nos está yendo de las manos.

Young posó una mano en la rodilla de la muchacha, y su corazón se disolvió como un terrón de azúcar en una taza de café hirviendo. Era evidente que Natalie no confiaba en él aun con todo lo que habían compartido. Sus confidencias en las noches en las que, tras amarla con cada fibra de su ser, le relataba sus desventuras y sus miedos, plantaron en ella la semilla de la duda.

—Me deseas, pero no me amas. Y no me alimentaré de las migajas que tires de la mesa donde disfrutas del banquete —arguyó ella—. Seré madre en breve, y eso lo cambia todo. No hay sitio para una criatura indefensa en tu vida, tanto si la engendraste tú como si no. No mendigaré más tu afecto. No me queda energía para seguir arrastrándome.

»Me dijiste que no tendríamos por qué alterar el curso de las cosas, y que el presente era lo más importante. He vivido ese presente durante siete largos años. Sin pensar en el futuro, en lo que yo realmente quería. Escapé de un pasado que me atormentaba para sobrevivir en un día a día que no me llena, ni me satisface. No hice planes, renuncié a lo que soñaba para adaptarme a ti, a tus deseos, porque temía perderte. Pero... ¿acaso es justo para mí? ¿Y para ti? ¿Lo es, Ben?

—¿Qué se supone que debo contestar a eso?

—La verdad. Un error no enmendará otro error. Lo que sea que sientas no es lo suficientemente fuerte como para encarar una nueva etapa que pondrá del revés todas tus convicciones. Que hará que debas replantearte cada proyecto, cada decisión. No... no quiero estar ahí para ver cómo te arrepientes de haber vuelto a mi vida, como si mis brazos fueran una jaula de la que no pudieras huir.

Ben anheló poseer las palabras adecuadas para responder con una firmeza que no hubiera admitido réplica alguna.

—Ahora eres tú quien me abandona. Ha sido un buen empate. Mas eso... ¿te hace sentir mejor, Natalie?

—¡No se trata de que me sienta mejor! ¡Te habría bajado el cielo si tan solo me hubieras querido la mitad de lo que yo te quiero! ¡La mitad, Ben! Las relaciones que se rompen, pueden arreglarse. Pero las que se desgastan, no. Podrás unir las piezas de un jarrón roto, pero no recuperarás la porción perdida de una piedra erosionada.

—¿Y en qué parte estamos nosotros?

—Dímelo tú.

Diane llamó con los nudillos y anunció con timidez:

—Nat, siento interrumpiros. Han traído una carta para ti.

—Entra, Diane. Nosotros ya hemos terminado.

Ben se tomó su afirmación como una despedida. Le demostraría que estaba equivocada. Muy equivocada.

—Señorita Lefèvre, le deseo una pronta recuperación —farfulló él, levantándose, mientras una Diane arrebolada invadía su privacidad y se quedaba rezagada en un rincón—. Va a necesitar todo su vigor para ganar esta guerra.

Apoyada sobre un par de cojines en un cómodo sillón orejero, Natalie contemplaba el ocaso desde la ventana de su dormitorio, con la misiva de su tía entre las manos y un vacío extraño en el alma. Jean Pierre se recuperaba de sus heridas en el cuarto de La Flor de Loto, y ella, aun sabiendo que su hermanastro había provocado toda aquella situación, no lograba dejar de sentirse culpable por su estado de salud.

En cuanto a Ben, evitaría volver a hablar con él. Había sido muy cruel al mentirle de esa forma, pero su existencia, siempre tan tumultuosa, había sobrepasado su fortaleza, y había tomado la decisión de alejarlos a él y a su pasado de sí, y en esta ocasión, por tiempo indefinido.

Miró el sobre lacrado, y notó un par de marcas de gotas bajo las últimas letras del destinatario, como si Sélène hubiese llorado mientras las escribía. Lo abrió y desdobló tres hojas perfumadas.

Jamás habría esperado la horrenda revelación que hallaría en su interior.

Mi querida Natalie:

Posiblemente te preguntarás qué nuevas trae mi carta, mas es mi obligación participarte primero que estas líneas son simplemente una confesión. Una amarga confesión.

Llevas siete años fuera de tu patria, de tu tierra, de tu parentela. Un desafortunado incidente ocurrido entre Jean Pierre y tú te arrancó de tu hogar y te obligó a deambular cual huérfana sin identidad por el mundo, y se me parte el corazón al comprobar que el pecado de Claude te ha alcanzado incluso a ti, hija mía. Sí, el pecado de Claude.

Lo que voy a hacer ahora es la ruptura de una promesa. Una promesa hecha a tu madre, Bernadette. Ella me rogó que nunca te contara lo que sucedió, pero considero injusto partir sin que tú sepas la verdad.

Claude, en sus años mozos, era un aprendiz ambicioso que soñaba con ser parte de la asociación de reposteros de la cual, más tarde, fue miembro hasta que falleció. Sin embargo, él no era el único aspirante al puesto de honor. Había otros talentos de la repostería francesa que también anhelaban ser acogidos por los confiteros más reputados de Lyon en sus reuniones anuales, jóvenes cuya creatividad era insigne, excepcional, sublime. Algunos incluso superaban en ingenio a tu padre, y ese fue el caso de su acérrimo adversario: Étienne Morel.

Étienne tenía veintitrés años cuando volvió de París con una gran cantidad de recetas nuevas y unas invenciones sorprendentes. Había viajado por toda Francia, aprendiendo de grandes maestros y experimentando con sabores, texturas e innovando con sus creaciones. Era admirado y vitoreado donde quiera que iba, y se convirtió en un duro rival para tu padre, para su desgracia y la del propio Morel.

Claude, sabedor de la fama que rodeaba al muchacho, se temía lo peor. La asociación iba a celebrar una feria gastronómica en Lyon para elegir a un nuevo miembro, y averiguó a través de un amigo en común que Étienne pensaba participar.

Se desesperó. Ser miembro de aquel maldito grupo de élite era la meta de toda su carrera. Varios concursantes se presentaron, y los fue eliminando uno a uno con sus fantásticas y dulces composiciones. Hasta que Étienne y él quedaron como los absolutos finalistas de la competición.

Fue entonces cuando a Claude se le ocurrió que debía barrer a su contrincante de la única manera que sabía que funcionaría: boicoteando su trabajo. Manipuló los ingredientes que el repostero utilizó para la elaboración de los pasteles que presentaría ante el jurado, introduciendo una cantidad peligrosa de algún producto tóxico cuyo origen desconozco, y cuando uno de los jueces probó aquel manjar envenenado, vomitó y cayó muerto delante de todos los asistentes.

Sí, Natalie. Tu padre asesinó a ese pobre hombre. Nunca supimos si esa era su intención o si solo quería estropear la masa del postre con el que Étienne competía. El resultado de su vileza fue el encarcelamiento de Morel, acusado de la muerte del juez, y semanas después del suceso, su nombramiento como nuevo miembro de la Asociación de Cocineros y Reposteros Lyoneses.

Sin embargo, ahí no terminó todo. El rostro de Étienne salió en los periódicos nacionales, y el repostero, aunque inocente, fue degradado hasta el extremo por la opinión pública, periodistas y la crítica en general, por lo que no pudo soportarlo y se suicidó en la cárcel, ahorcándose con la sábana de su catre.

Era soltero, pero como más tarde supe a través de Bernadette, amaba a una muchacha de buena familia e iba a casarse con ella. Esa dama era... Delphine. Y Delphine, en esos días de horrenda incertidumbre y tristeza, descubrió que estaba encinta y, al morir el padre de su hijo, fue repudiada por los suyos y por todas sus amistades, y acabó hundida en la pobreza, sola y con un bebé bastardo.

Tu hermanastro siempre supo esta historia. Ese fue el motivo que guio a ambos a acercarse a Claude; quitarle lo que debió de haber sido de Étienne, y por lo tanto, también suyo. Era su venganza. La calamidad se había cebado con ellos, y deseaban devolver ojo por ojo, y diente por diente.

Sé que lo que hizo Jean Pierre contigo no tiene justificación, Natalie, y por eso no le conté dónde te habías escondido, pero has de comprender que era su odio contra el apellido Lefèvre lo que le llevó a actuar de manera tan temeraria, unido a la obsesión que sentía por ti. Mi cuñado era un demonio que, con sus garras, había destrozado las vidas de todos los que le rodeaban. La de Delphine, la de Jean Pierre, la de tu adorada madre, y también la mía.

¿No te has preguntado por qué nunca me casé? Claude vuelve a ser la respuesta. Él alejó al hombre al que amaba de mí. Su nombre era François. Unió fuerzas con mi padre y rompió mis sueños. Y por eso... por eso...

Me cuesta horrores decirte esto. Él... él... estaba enfermo, mas incluso en su delirio maltrató a Delphine en repetidas ocasiones, y no pude con mi odio. No pude más, y una noche, mientras dormía y aprovechando las frecuentes alucinaciones que le apartaban por efímeros momentos de la realidad cabal, tomé prestada la capa de viaje de Jean Pierre, entré en su dormitorio y le ahogué con su propia almohada.

Sí, lo maté. Y con ese acto me aseguraré un lugar en los infiernos. Rezo cada día para que la culpa me abandone, pero no lo hace. Hasta me he confesado con el padre Adrien, y mi testimonio no ha servido para expurgar mi deshonra. ¿Y sabes qué? Hoy me he reencontrado con François, mi amor de juventud. He descubierto que es feliz, que está casado y que tiene nietos. Tres, para ser exactos.

Estoy sola. El arrepentimiento me desgarra por dentro. Me falta la respiración. Dios mío, Natalie, me pesa tanto el corazón que me siento desfallecer.

Soy una asesina. Una pecadora. Un juez no me condenaría por mi crimen, pues fui lo suficientemente malvada como para no dejar pruebas de mi delito. Así que he decidido mi propio castigo, un castigo a la altura del vil homicidio que he cometido guiada por el rencor.

Esta carta es una despedida. Quiero que sepas que te adoro, que siento el daño que te haré cuando leas esto y que anhelo que halles la felicidad dondequiera que vayas. Espero que tanto Dios como tú podáis perdonarme.

Te añora,

SÉLÈNE LEMOINE

Natalie dejó caer las hojas con un nudo en la garganta, incapaz de llorar. La amargura que la azotaba sin misericordia en aquel momento era de una magnitud mayúscula, y lo que acababa de descubrir gracias a los remordimientos de conciencia de su tía la había dejado sin palabras.

Jean Pierre y Delphine eran... víctimas. Tan víctimas como ella. El lacerante dolor que tomó posesión de sus pulmones la hizo agarrar la esquela y rasgarla en trocitos diminutos con furia, gritando de impotencia.

Diane acudió rauda en respuesta a su arrebato, abriendo la puerta de golpe.

—¡Natalie! ¿Qué sucede?

La joven seguía chillando mientras rompía la carta.

—¡Natalie, por favor, contéstame!

—¡Era un monstruo, Diane! ¡Mi padre era un monstruo! Y ahora ella... ella...

En cuanto Diane la abrazó, pudo al fin liberar el llanto que la ahogaba. Entre sollozos se lo contó todo, y su amiga, incrédula, la escuchaba sorprendida.

—Por eso nos detestaban tanto —gimoteó Natalie—. Por el mal que les hicimos.

—Tú no les hiciste nada.

—¡La sangre de Claude Lefèvre corre por mis venas como una maldita ponzoña, Diane! ¡Por eso apuñalé a Jean Pierre! ¡Por eso hice que encerraran a Ben y que la muerte lo rondara! ¡Soy tan perversa como él! He heredado su carácter egoísta y mezquino. Aléjate de mí o saldrás perjudicada.

—Estás diciendo tonterías.

—¡No! ¡Déjame!

Diane la apretó aún más fuerte, permitiendo que su compañera descargara su pena. El saber que Sélène probablemente se habría quitado la vida era una gota más que hacía que el vaso se desbordara. Habría muerto acunada por la soledad, y ella no estaba a su lado para impedírselo. ¿Por qué todo tenía que acabar así?

—Piensa en tu bebé y cálmate —dijo Diane—. Ya no puedes remediarlo. Lo hecho, hecho está. Llora si quieres, mas no me pidas que me vaya.

—Diane...

—Chisss.

Siguió dando rienda suelta a su desolación hasta que ya no le quedaron lágrimas. Las sombras del ocaso se introdujeron en su alcoba, reptando por las paredes como el augurio de una noche de pesadillas y lamentos, y, rendida, no tardó en adormecerse cercada por los brazos de la mujer con la que había compartido su vergonzoso secreto. Solo entonces, Diane también lloró.

Aún quedaba camino para que pudieran ver la luz al final del túnel.

Jean Pierre se sacudía víctima de un sueño turbulento en el instante en que Natalie invadió la lobreguez del dormitorio en La Flor de Loto, con el corazón en las manos y el temor atenazándole la garganta como una divinidad colérica blandiendo su látigo castigador. El hombre yacía boca arriba, con el abdomen vendado, indefenso. Tal y como lo estaba Claude cuando la hermana de su madre entró en sus aposentos y lo asesinó.

Una oleada de llanto y sentimientos encontrados arrolló a la joven, que se cubrió la boca para que él no despertara y la viera allí. No sabía qué pensar ni qué decir. Tantos años creyéndole el antagonista de aquella historia, y de pronto un giro inesperado le convirtió a él en un mártir de la falta de escrúpulos de un miembro de su familia.

No guardaba ningún rencor a Sélène, aunque ella fuese la mano que sesgara la vida de su padre. Bien sabía de lo que una persona era capaz en un momento de desespero. Sin embargo, no podía evitar seguir añorando el abrazo de Claude, mientras la azotaba un punzante deseo de enfrentarse a él por lo que hizo y resarcir de alguna manera a Delphine y al hombre que se recuperaba de las heridas en el camastro de aquella humilde posada.

Jean Pierre se agitó de nuevo, esta vez balbuciendo el nombre de Étienne, y Natalie se acercó y posó la palma de su mano en la frente del enfermo para tomarle la temperatura, comprobando que la fiebre había acudido a ocupar sus miembros como una molesta inquilina. En una mesilla próxima había una palangana con agua y un paño, así que tomó el pedazo de tela, lo sumergió en el líquido, lo escurrió y lo colocó plegado sobre la ardiente testa de su hermanastro, y si bien algunos doctores insistían que una habitación que albergaba a un paciente febril debía permanecer cerrada para conservar el calor, Natalie, siguiendo un instinto natural, corrió a abrir las ventanas y airear el cuarto, con la esperanza de que el frescor exterior ayudara a bajar la temperatura del convaleciente.

Se sentó en una silla junto al lecho y echó un vistazo a su venda. Había que cambiarla y aplicar la medicación a la herida, y procurando no incomodarle demasiado, se puso manos a la obra. Esperaba que se recuperara pronto, ya que, cuando pudiera tenerse en pie por sí mismo, habría llegado el momento de poner las cartas sobre la mesa y mantener la conversación que debió haber tenido lugar hacía años.

No pelearía más contra ellos. Estaba de su lado.

Al día siguiente, Jean Pierre abrió los ojos para encontrarse, para su sorpresa, a Natallie allí, recogiendo del suelo las vendas usadas y poniendo un poco de orden a su alrededor. Ella, que no se había percatado de que estaba despierto, le dio la espalda y rebuscó en su bolsa de viaje, tratando de encontrar una camisa limpia.

—¿Qué haces? No toques mis cosas —exigió él.

Natalie le ignoró y, cuando se hizo con la prenda, se dio la vuelta para mirarle.

—Hay que cambiarte de ropa. La camisa que llevas está sucia.

Jean Pierre se irguió para levantarse, y su cuidadora alargó los brazos para impedírselo.

—¡No me pongas las manos encima! —vociferó él,

llevándose una mano al vientre al sentir un horrendo pinchazo.

—De acuerdo, no te tocaré, si es lo que quieres —afirmó ella—. Pero no te muevas o reventarán los puntos de tu lesión.

—¿Y a ti qué te importa lo que me pase? —le increpó Jean Pierre—. ¿Acaso no te habría convenido que me desangrara como un cerdo? No finjas misericordia conmigo. No lo soporto.

Natalie se le quedó mirando, estupefacta. Dejó caer la camisa limpia a los pies de la cama y susurró, dolida:

—Sí me importa, Jean Pierre. Claro que me importa.

—No deberías preocuparte —manifestó el francés con sarcasmo—. Las puñaladas que me diste tú fueron más numerosas y más profundas, y sobreviví.

No hubo réplica para aquella estocada maliciosa, y Natalie se limitó a engullir el odio de su adversario y saborear su amargura. Meditando bien las palabras que iba a decir para no avivar en demasía la discusión, respondió:

—Siento mucho lo que pasó con Étienne. Lo siento de veras.

Jean Pierre apoyó la espalda en el cabecero del catre y descansó la nuca contra la pared.

—No te atrevas a mencionar su nombre —gruñó, cerrando los ojos—. No eres digna de pronunciarlo. Ni tú ni ningún inmundo Lefèvre.

—Lo sé.

Su hermanastro la enfrentó con el ceño fruncido y la expresión tensa.

—No, no sabes nada. Absolutamente n....

—Lo sé todo, Jean Pierre. Todo. Y no sabes cómo me avergüenza ser la hija de un asesino. Pero era mi padre, y eso no me impide quererle, para mi desgracia —gimió Natalie—. Mató a un miembro del jurado de aquel condenado concurso, y Morel fue enjuiciado por su crimen. Tanto él como mi madre me ocultaron que todas las posesiones de las que disfrutábamos nos las habíamos ganado derramando la sangre de dos inocentes.

Los párpados de Jean Pierre descendieron lentamente sobre sus ojos hasta cerrarse del todo, como el telón que se precipita hacia el escenario de un teatro donde acaba de finalizar una función. Su mente regresó a su niñez en escasos segundos, a las miradas de desprecio de su familia materna, a los insultos velados, las muecas burlescas, las inquinas y los chismes baratos.

«Bastardo» era una palabra que sus oídos infantiles estaban hartos de escuchar. Sin comprender el motivo, Delphine y él habían tenido que mudarse de ciudad unos años, apartarse de sus consanguíneos y vivir en soledad como ermitaños. Y cuando él le preguntaba por qué, ella solo agachaba la cabeza y lloraba. Hasta que un día alguien le explicó lo que era ser un bastardo. Un hijo ilegítimo, sin padre, sin apellido y sin futuro. Un paria, un indeseado, la personificación de un pecado imperdonable. Y entonces él, armándose de valor, exigió una explicación a su madre. Y ella se la dio como pudo. Sí tenía padre, y solo era un indeseado para los demás. Étienne era su nombre, y había muerto de la manera más cruel por culpa de un desgraciado confitero lyonés, dejándoles desprotegidos ante los afilados dientes de las aves carroñeras de su comunidad.

El conocer sus orígenes no le libró de las penurias que cayeron después sobre ellos, inmisericordes como las nefastas diez plagas de Egipto. Pasaron hambre, vivieron un tiempo en un albergue destinado a personas sin hogar, y una vez, tras rebuscar desesperada un par de monedas en sus bolsillos, su madre le instó a quedarse a jugar en una plaza y a comprarse un algodón de azúcar, mientras ella se iba con un desconocido y entraba con él en una posada discreta. Una hora después, ella volvió, le llevó a una taberna y una camarera le puso un plato de estofado delante. Él le preguntó cómo había conseguido el dinero, a lo que su progenitora contestó: «Eso no importa. Tú come.»

Pero sí importaba, y cuando se hizo adulto y comprendió los sacrificios de Delphine para criarle, renunciando incluso a su propia dignidad, su corazón se hinchó de odio. «Voy a matar a ese confitero lyonés», anunció en una ocasión, mientras la mujer zurcía un calcetín. Ella le dio una bofetada por haber dicho aquello. Tenía quince años, y la guantada no le dolió. Le faltaba poco para ser considerado un hombre, e iba a vengarse en el nombre de Étienne, de Delphine y, por supuesto, por él mismo. Por la familia que nunca pudieron llegar a ser. Por un destino truncado por un certamen culinario y una sábana convertida en soga en la prisión de Saint-Paul.

Algunos años más tarde, tomó una bolsa de viaje y fue hasta Lyon, buscando a Claude. Robó una pistola y se la guardó en el cinturón. Delphine le siguió, tratando de disuadirle, pero al entrar en la confitería de los Lefèvre, se enteraron por las clientas de que el dueño del negocio había enviudado, y fue entonces cuando surgió el plan. Delphine engatusó a Claude, se casó con él y al fin tuvieron un techo fijo por tiempo indefinido. Jean Pierre pasó a llevar el apellido que tanto detestaba, y ambos procuraron mantenerse lejos de Sélène, la hermana de la esposa muerta, quien, por alguna razón, les había reconocido y sabía quiénes eran.

No obstante, contra todo pronóstico, la tía de Natalie no le contó nada a Claude. Delphine y Bernadette, la madre de su hermanastra, se habían conocido antes de la muerte de Étienne, así que era muy probable que Sélène tuviera a su hermana como fuente de información, antes de que esta falleciera.

Jean Pierre abrió los ojos, volviendo al presente, al escrutinio de una Natalie humillada y a su abdomen vendado. Se tocó la cara, descubriendo que había llorado mientras evocaba su turbio pasado. La joven de cabellos bermejos se sentó en una esquina del camastro y susurró:

—Quiero paz, Jean Pierre. La necesito. Necesito que nos perdones.

Él no contestó, así que Natalie siguió hablando.

—Quedaos con todo. La casa, el negocio... No lucharé. No impugnaré el testamento. Un Lefèvre no os arrebatará por segunda vez lo que es vuestro. Lo único que deseo a cambio es mi libertad. Dejar de ser una fugitiva. Tu rencor y el vino te dieron el coraje para atacarme y yo me defendí, pero jamás quise hacerte daño. ¿Me oyes? Jamás. He pagado por mi falta. —Calló e inspiró hondo para retener un amago de sollozo—. Estoy sola, con un bastardo en mi vientre, el corazón roto por descubrir vuestra historia... No me queda nada más que daros. No puedo... Jean Pierre, por favor... mírame.

Él obedeció, y se desmoronó al encontrarse con dos topacios hundidos en un mar de lágrimas.

—Mi padre me ocultó lo que le había hecho a Étienne, porque sabía que yo no se lo perdonaría y le obligaría a dejar la asociación —prosiguió Natalie, llorosa—. Debiste acudir a mí. Debimos enfrentarnos los tres a él y exigirle que borrara el estigma del nombre de Étienne Morel, aunque eso significara acabar en la cárcel. Que confesara. Que la misma prensa que arrastró a tu padre al suicidio se retractara y pidiera perdón por sus calumnias. Te juro que, de haber sabido toda esta basura, yo misma habría hecho el comunicado. Me dan igual la buena reputación y la estima de amigos y conocidos, cuando toda mi vida está construida en base a una mentira. No soy tu enemiga. No lo soy. Y habría sido tu aliada, si no me hubierais excluido como a una leprosa solo por ser hija de quien soy.

Jean Pierre miró las vendas sucias que descansaban en la mesita, y una opresión ya conocida le atenazó el pecho. Ella había cuidado de él en lugar de abandonarle a su suerte como a un perro, y si aún seguía vivo, fue gracias a la misericordia que emanó del corazón de una mujer a la que ansiaba destruir. Iba a hablar y a mandarla al infierno, pero el niño de espíritu tierno e inocente que fuera en su día retornó a su mente para llamar a su puerta y rogarle que le dejara entrar para curar sus heridas.

Se cubrió el rostro con las manos y lloró, y los gemidos que ascendieron desde su estómago le arañaron el alma. Natalie trató de consolarle, mas él, con un gesto, le dio a entender que no quería que lo hiciera.

—Por favor, déjame solo —rogó entre hipidos—. Te lo suplico.

Natalie se puso en pie y se secó las lágrimas con la manga de su vestido. Cogió las vendas, la palangana con agua turbia, abrió la puerta y dijo antes de partir:

—Como quieras. Pero no voy a marcharme, Jean Pierre. Soy la única familia que tienes en Irlanda, y no me apartaré de ti hasta que te recuperes. Después, acataré cualquier decisión que tomes respecto a mí. Si precisas de mi ayuda, ya sabes dónde encontrarme.

—¿Y qué hará el juez con vuestro caso?

Gareth, reclinado sobre la baranda del hogar de los Sharkey, dio una calada a un puro que Ryan les había regalado a él y a Ben. Courtenay, en confidencia, le había participado a Benjamin lo ocurrido con Diane y sus atacantes, y cómo Sheridan había caído de espaldas contra el bordillo de la acera y se había dado un monumental golpe en la cabeza. Poco a poco, el sujeto se iba recuperando de aquel infortunio, pero una zona de su cerebro, según los especialistas que le atendieron, había salido dañada, y el fulano ya no sería el mismo.

—Tiene cargos por agresión, pero Diane no quiere denunciarle por lo que le hizo —rezongó Gareth—. No consigo convencerla. Dice que los parientes de él, con tal de librarle de una sentencia favorable para nosotros, removerán su pasado y descubrirán a qué se dedicaba antes de establecerse en Irlanda. Suerte que ellos también son de clase obrera y no son lo suficientemente solventes para costearse un buen abogado.

—¿Y qué tiene eso que ver? —protestó Ben—. ¿Es que solo son las vírgenes y las señoritas de abolengo las que sufren esa clase de afrenta? ¿Quién protege a las demás? ¿No hay ninguna ley que...?

—No, no la hay, Ben —le cortó Courtenay, oteando el horizonte en sombras, iluminado por un sol decadente que estaba a punto de partir para dormitar tras las nubes—. Sin dinero, nunca hay trato. El mismo Sheridan se consumirá en un catre mugriento dentro de nada. No puede pagarse un médico, y está grave. Ojalá se muera, y que cuando esté cara a cara con Dios, este le hunda la cabeza en un charco de lava.

—Tenlo por seguro.

—Y Natalie, ¿qué? He oído que se va a Francia. ¿Dejarás que esté cerca del loco ese de Jean Pierre Lefèvre?

Ben se tensó como un tallo de trigo verde. Su último intento de hacer razonar a aquella cabezota había desembocado en un vehemente debate, encumbrado por una sesión de tragos solitarios en la cantina de Aaron Thacker. Comenzaba a perder la paciencia. ¿Es que no habría forma de solucionar con ella nada que no fuera a gritos?

—Va a cambiarle las vendas cada día, Gareth. Y a mí no quiere verme. A veces me dan ganas de estrangularla, de veras.

—Entonces es que la quieres, y esto va en serio —reflexionó Gareth—. Una señal inequívoca de que amas a alguien es que ese alguien puede sacarte de quicio día tras día, y no te cansarás nunca de besar el suelo por donde pisa.

Young contempló la franja de humo blanquecino que salía disparado de la boca semiabierta de Courtenay, tentado de fumarse su puro y mandar a tomar viento su promesa de no volver a abrazar el vicio del tabaco. Natalie era tan difícil de roer como el pan duro, pero él tenía unos dientes bien entrenados.

—Voy a pedirle que se case conmigo.

Su amigo escupió su habano y tosió.

—¿Qué? ¡Anda ya!

—Espera un hijo mío, Gareth. Es la excusa perfecta para echarle el lazo y que no sepa que en realidad lo hago porque no puedo vivir sin ella. Tengo las manos y los bolsillos vacíos, y soy un infeliz ladronzuelo de tres al cuarto, pero en tesón no me gana nadie.

Courtenay soltó una risa incrédula.

—Cualquiera te lleva la contraria. Pues que seáis felices, caramba. Ambos os lo merecéis.

—Y tú... cuida de tu hada inglesa. Ahora te necesita más que nunca. Pero no hagas tonterías, ¿de acuerdo? Hay muchas maneras de castigar a Sheridan y al otro fulano sin dejar huella. Usa el cerebro y no los puños.

—¿Me estás insinuando que contrate a un matón? —inquirió Gareth, con los ojos como platos.

Olympia se asomó al jardín y les llamó. Ben hizo una seña a su anfitriona, se giró hacia su compañero y echó a andar hacia la entrada trasera de la cocina. Con una sonrisa en los labios, dijo:

—Averigua lo que debas sobre él y hazle confesar. Persíguele. Acósale. Que vocifere desde las azoteas de esta ciudad que es un puerco abusador. Que su desesperación sea tal que le pida a la policía que lo encierren de por vida solo para protegerse de ti.

—Eres un mafioso, Benjamin Young.

Ben se detuvo y miró de reojo a su camarada, arqueando sus cejas doradas.

—Ya te lo advertí, Courtenay. No soy una buena persona.

Tal y como esperaba, el médico le dio el alta esa misma tarde. Le hizo un último cambio de vendas y le recetó más medicamentos para el dolor que aún raspaba su costado, pero ya era libre para marcharse.

Jean Pierre se aproximó a la ventana de su cuarto, mirando a través de ella, mas sin fijarse en el paisaje exterior. Los caóticos días que había vivido en ese país por poco le cuestan la vida, y se sintió infinitamente estúpido por haber sucumbido a la inquina que acumuló durante años, convirtiéndose en un vulgar delincuente y tratando de arrastrar a Natalie consigo.

Su madre tenía razón. ¿De qué le servía incubar tanta rabia, si luego esta no le dejaba vivir y no le devolvía lo perdido? Ya tenían lo que querían. Lo más sensato era abandonar la batalla, pues la hija de Claude no era su verdadero objetivo. Natalie también lo había perdido todo, vivía exiliada del lugar que la vio nacer y no volvería a ver a su padre.

Se tocó la herida y gimió. Aún le escocía como si le estuvieran echando una jarra de zumo de limón en una herida abierta. Su bolsa de viaje estaba preparada, y ya había dado aviso a la posadera de que no dormiría otra noche en aquella habitación.

Recogió su maltrecha chaqueta gris, que reposaba en una silla, y se la puso con prudencia, con cuidado de no volver a lesionarse, y no se percató de que un intruso le observaba desde un rincón desde hacía varios segundos.

—Hola, Jean Pierre.

Lefèvre se dio la vuelta. La brusquedad del movimiento le provocó un pinchazo en las costillas y se llevó una mano al origen del dolor.

—Siento haber entrado sin avisar. Debería haber llamado primero.

Jean Pierre contempló a la joven de arriba abajo.

—¿Qué haces aquí, Natalie?

Ella meditó ampliamente sus palabras. Era un asunto muy delicado el que quería tratar con él, y no tenía la menor idea de cómo iba a reaccionar. La mañana que la había echado de la estancia había dejado claro que su presencia le incomodaba, y que no iba a otorgarle la oportunidad de compensarle por sus años de sufrimiento.

—La señora Byrne me ha dicho que el doctor te ha dado el alta.

—Así es.

—Y que te marchas. Yo... ¿Qué has decidido sobre mí?

Jean Pierre cerró su bolsa de viaje y la miró.

—¿Sabe la policía...?

—No —la cortó él—. Ni lo sabe... ni lo sabrá.

—¿Y qué hay de mi deuda para contigo?

—No has de temer ni una represalia más —aclaró Lefèvre—. Me voy por donde he venido. Estoy cansado de todo esto. He malgastado mi juventud odiando a una familia de la que, para mi desgracia, soy parte, y no puedo cambiarlo. Voy a vivir lo que me queda de vida y a dejarte en paz.

Natalie tragó saliva para controlar su agitación. El apuesto caballero altanero y seguro de sí mismo que era el hijastro de Claude se había esfumado, cediendo su sitio a un hombre derrotado y resentido al que todo le daba igual. Su padre había destruido muchas vidas. Demasiadas. Hasta la suya.

La chica titubeó ante la decisión de acercarse más. Los resentimientos establecían un muro infranqueable de separación entre ellos, pero tenía que insistir. Tenía que hacerlo.

—Jean Pierre, mantengo mi palabra y no me retractaré. No te pido que me aprecies, solo que no me odies. Aquella noche creí... creí que ibas a hacerme un gran daño. Ni siquiera me había dado cuenta de que era un cuchillo, hasta que te vi sangrando. Os detestaba a ti y a Delphine por muchas razones, entre ellas, por tener que compartir a mi padre con vosotros.

—¿Y ahora? ¿Me jurarás por todos los santos que habitan en Notre Dame que tu aversión se ha esfumado de repente, como una niebla matinal en verano? —le espetó su interlocutor—. ¿Esperas que me lo crea?

—Ni mucho menos. Estoy confusa, procuro ordenar mis sentimientos, pero lo que sí sé es que no quiero continuar así.

—No necesitas humillarte ante mí. Ya te he dicho que voy a dejarte en paz.

—¡No es el temor lo que me hace humillarme, sino el arrepentimiento! ¿Por qué eres tan duro de corazón, Jean Pierre? ¡Qué más quisiera poder devolver a Étienne a la vida, pero no puedo!

—¡Y yo no puedo devolverte a Claude! —exclamó

él—. Y aunque tú y mi propia madre penséis que le asesiné, no lo hice. Fuera por cobardía o principios, pero siempre hubo algo que me frenaba en mis propósitos. ¿Dios? ¿Mala conciencia? ¿Tu recuerdo? Ni siquiera yo lo tengo claro.

—Lo sé —aseveró ella—. Lo hizo Sélène.

Jean Pierre agrandó los ojos.

—¿Qué?

—Sí. Entró en los aposentos de mi padre y lo ahogó con una almohada. No erais los únicos que le odiaban a muerte. Él la había separado de un pretendiente al que amaba con locura y no se lo perdonó. Lo que me asombra es que aguantara en silencio tantos años.

Lefèvre se dejó caer en la cama, con la mirada perdida.

—Santo cielo...

—Recibí una carta suya emborronada por sus lágrimas —prosiguió Natalie—. Y temo... temo que se haya quitado la vida. Se despidió de una forma tan... extraña...

—No es cierto. No puede ser cierto.

—Dijo que padre maltrató a Delphine hasta el último momento, y no fue capaz de contenerse. Se ha sacrificado por todos. En realidad, siempre fue vuestra cómplice, desde el principio. Sabía quiénes erais y no os delató. Creía en la justicia, al igual que yo.

Jean Pierre se levantó y se aproximó a su hermanastra, retándola a fijar sus ojos en él. Natalie obedeció.

—La noche que me apuñalaste había bebido el triple de lo que solía —confesó—. ¿Y sabes para qué? Para tener el valor de acercarme a ti. Me tenías tan subyugado que habría vendido mi alma al diablo con tal de tenerte.

—Jean Pierre.

Él elevó ambas palmas y dio un paso atrás.

—Han transcurrido siete años, Natalie. Entonces era un mancebo atolondrado y temperamental. Las personas maduran, y los amores infantiles desaparecen. Sin embargo, no así el odio. Una vez vi como mi madre entraba con un hombre en un hostal para comprarme un plato de comida, y quería hacerte pagar con la misma vergüenza. Forzarte. Someterte. Pero estaba tan prendado de ti que hube de emborracharme para convertirme en el monstruo que debía ejecutar el plan. No pensé que esto sería una enorme bola de nieve que se haría más grande, hasta ser lo que es hoy.

Natalie parpadeó, asimilando su revelación. La escala de grises del abanico de su vida era cada vez más amplia.

—¿Es posible empezar de cero a estas alturas, Jean Pierre? ¿Es posible?

—¿Sugerencias? —preguntó él con ironía.

—¿Me dejarías visitaros en Lyon, en la que era mi casa? Quiero ver a Delphine.

Lefèvre achicó los ojos, desconfiado.

—¿Para qué?

—Para decirle cuánto lamento el trato que le di. Si no, no importa. ¿Podrías darle esto de mi parte, por favor?

Jean Pierre rehusó tomar el sobre cerrado que Natalie le tendió.

—No. Dáselo tú —respondió—. Retiraré la denuncia y serás libre de entrar y salir de Francia cuando quieras, no necesitas mi permiso.

—Gracias.

—Y en cuanto a la herencia...

—Estamos en paz. Es lo justo.

—Tu padre te odiaría por esto.

Para sorpresa suya, Natalie tomó su mano y la estrechó, en una última declaración de intenciones, trazando con su gesto un nuevo inicio para ambos, cuyos caminos, fueran unidos o separados, ya no se estorbarían mutuamente en la búsqueda de su felicidad.

—Los muertos muertos son, Jean Pierre. Sus negocios con el mundo de los vivos cesan en el momento en que se apaga la luz de sus ojos —arguyó Natalie—. El rencor es tan fácil de edificar y tan difícil de destruir... pero tenemos una vida por delante. Créeme que soy sincera cuando te digo que te deseo lo mejor, y que espero que, con el paso del tiempo, logremos perdonarnos del todo y constituir la familia que siempre debimos ser. Quiero tu amistad, y no me conformaré con menos. Volveremos a vernos pronto.

Sorteando una ola humana de familiares y amigos que iban a despedir a los viajeros, Ben corrió por la plataforma con su bolsa en la mano, sabedor de que el tiempo apremiaba y que no debía retrasarse. El muelle esa mañana rebosaba de peatones, obreros y turistas en general que le daban el aspecto de un hormiguero en pleno verano, solo que el orden y la meticulosidad propios de esos diminutos insectos brillaban por su ausencia en aquel lugar.

Se detuvo y oteó hacia arriba, admirando el imponente casco del enorme engendro que le conduciría a tierras galas, y leyó: *Mary Ellen.* Vaya. Un barco con nombre de mujer. Muy romántico. Un escenario perfecto para lo que tenía pensado hacer.

Divisó entre las distintas cabezas adornadas con gorros y sombreros de plumas de diferentes colores el ansiado tablado que facilitaba el acceso a los pasajeros y se plantó en la fila, esperando su turno. Palmeó el interior de su chaqueta para asegurarse de que portaba los documentos necesarios, agarró con fuerza el asa de su bolsa y aguardó. El empleado encargado de comprobar que todos los que subían a bordo habían abonado el viaje revisó su billete y le dio la bienvenida, y Young, feliz por estar ya más cerca de su objetivo, se introdujo en el esqueleto del gigante *Mary Ellen* lanzando un suspiro de alivio.

Caminó por el largo pasillo que conducía a los camarotes de tercera clase, chocándose de vez en cuando con algún despistado que no encontraba el suyo y con un grupo de niños desdentados y sonrientes. Hubiera preferido viajar en segunda clase, o, puestos a pedir, en primera, pero las damas y los honorables caballeros que tenían parte de la cubierta para ellos solos no soportarían semejante insulto, y no deseaba provocar malestar a nadie, sobre todo cuando él mismo se sentía tan dichoso.

El sino de las personas podía cambiar de la noche a la mañana, él bien lo sabía. Un día era un pobre diablo que no tenía dónde caerse muerto, mas al siguiente —bueno, al siguiente no, un poco más adelante— podía convertirse en un hombre adinerado, vestir a la última moda, caminar entre gente distinguida y comer con cubiertos que ni hubiera soñado que existían.

—Disculpe, señor, ¿me podría indicar dónde está el camarote número cuarenta y dos? —preguntó a un cincuentón uniformado que pasaba por allí.

—Siga por ese pasillo —contestó el barbudo con un marcado acento inglés—. Lo encontrará al final, girando a su derecha.

—Gracias.

Apresuró el paso y el corazón se le aceleró, mas no por el ejercicio realizado, sino porque sabía que se la encontraría allí, probablemente tumbada en el angosto catre, leyendo o descansando. Le había sonsacado a Diane prácticamente bajo amenaza que Natalie pretendía partir hacia Francia a pasar unos meses y que probablemente tendría allí a su pequeño, y ella no le había dicho nada, huyendo como una cobarde. Pero no se rendiría. No la dejaría ir de nuevo.

Giró a la derecha, tal y como le había indicado el miembro de la tripulación, y se topó de bruces con la puerta cuarenta y dos. Llamó tímidamente. Nada.

—¿Natalie?

Entró con sigilo, abriendo el camarote con lentitud, mientras en los corredores el vocerío aumentaba su volumen. El rincón reservado para el descanso nocturno estaba vacío, y las dos camas —si es que se las podía llamar así— dispuestas en litera, también.

Sin embargo, sus cosas habían sido depositadas encima del colchón de abajo. Un sombrerito marrón, una bolsa de viaje, una maleta pequeña y un abanico pintado a mano que él reconoció enseguida.

No se había equivocado. Allí dormiría durante la travesía a Inglaterra, y después a Francia, aunque él no tenía intención de permitir que pegara ojo. La cama que le correspondía era la superior, pero que lo ahorcaran si permitía que la dulce Llamita durmiera sola. El sitio era estrecho, sí, mas eso no era para nada un inconveniente, sino una ventaja, un regalo caído del cielo. Teniendo en cuenta su reticencia a razonar y a aceptar que él no se rendiría ante un no pronunciado por pura obstinación, cuanto más pequeño fuera el espacio que compartieran, más posibilidades había de un acercamiento.

Ben sonrió, y, cerrando la puerta, acomodó sus pertenencias en el lecho de arriba.

—De acuerdo. Ahora busquemos a la damisela en cuestión, señor Young —dijo, sacando una cajita de su bolsillo y contemplando el sencillo anillo de bodas que había comprado, gastándose el resto de sus escasos ahorros. Hallarla entre el tumulto de cabezas en movimiento sería una tarea complicada, aunque así tendría entretenimiento para rato, y tiempo para ensayar su discurso.

Acarició el objeto y lo rodeó con el puño cerrado. Estaba muerto de miedo. Miedo a ser rechazado y no lograr hacerla recapacitar. Miedo a ser un pésimo compañero. Miedo a no poder expresar lo que sentía, pues era algo demasiado grande, demasiado intenso, para ponerlo en palabras. Un miedo que jamás había hecho mella en él mientras arrastraba las redes plagadas de peces por la húmeda cubierta del *Bethany*, en medio de una furiosa tormenta.

Iba a ser padre. Ella le había soltado esa estupidez de que no era suyo, la muy embustera; sin embargo, no le había creído una palabra. Ni una sílaba. Ni una letra.

Natalie le amaba. Siempre le había amado, y tanto su cuerpo como su corazón le pertenecían a él. Rio con ganas solo de imaginarse la cara que pondría al verle en el *Mary Ellen,* plantado frente a ella con su sonrisa ladeada y desafiándola a intentar echarle de su vida.

—El juego se ha terminado, *petite* —susurró con deleite—. Tenemos una cuenta pendiente que saldar. Y en esta ocasión, me cobraré hasta el último mísero chelín.

En una esquina de la tercera planta, Natalie se acomodaba tranquilamente para disfrutar de las vistas que la bahía de Dublín le proporcionaría al zarpar del puerto. Cientos de manos blancas se agitaban en el aire, despidiéndose de la aglomeración de personas que se asomaban a la barandilla de cubierta y de los demás pisos en las respectivas terrazas, y en aquel momento la francesa se alegró de haberse despedido de los suyos en casa, ya que no hubiera tolerado con entereza el ver sus caras demudadas y tristes en el muelle, y la tentación de saltar del barco habría sido superior a sus fuerzas.

A pesar de que la partida le resultó dolorosa, se sentía tranquila y en paz. La reconciliación con Jean Pierre había dado pie a que pudiera regresar a Francia tras siete años de ausencia, y estaba dispuesta a volver a ver a Delphine e iniciar con su madrastra una relación de amistad que les permitiera seguir en contacto, pues eran familia aunque no les unían lazos de sangre. Visitaría la tumba de Claude y trataría de averiguar qué fue de Sélène, no obstante esperaba un mal desenlace por la forma en que se había despedido en su carta.

Su pobre tía, víctima de su propio destino. Qué injusto era todo.

Se acarició el vientre, aún liso, cubierto por la tela color azul de Prusia de su vestido recién estrenado. Su bebé aún no se había movido, y esperaba con ansia notar la primera patada. Olympia le había contado que era pronto para sentir a la criatura, pero le podía la impaciencia. Pensó en Ben, e imaginó lo enojado que estaría cuando le participaran que se había marchado. Había rogado a sus amigos que le guardaran el secreto, y esa mañana temprano, ver a todos reunidos en su hogar excepto a él, le produjo una profunda congoja que más tarde desahogó permitiendo que las lágrimas surcaran libremente su tez rosada, oculta por el recatado velo de su tocado.

Diane juró que no le iba a perdonar el desaire de no acudir a su boda. Gareth y ella tenían pensado casarse antes de Navidad, y Natalie no retornaría hasta haber dado a luz, cosa que sucedería a principios de verano del año siguiente. Tendría que llevarles un recuerdo de Lyon, algo bien bonito para su casita. Quizás así la futura señora Courtenay le volvería a dirigir la palabra y su amistad no se vería perjudicada. La echaría de menos. Y también a Roger, que había intentado disuadirla de su decisión proponiéndole una sociedad entre ambos. ¡Una sociedad!

Menudos manipuladores estaban hechos todos ellos. Ryan se había declarado en huelga de hambre, y las niñas se habían encerrado en su cuarto cuando les dio la noticia. El único que había actuado con cordura era Reynold, que, con mirada pesarosa, le había deseado lo mejor. «Pero no olvides regresar, ¿eh?», le había dicho. Ella le dio un abrazo que le estrujó las costillas.

Sí, les echaría terriblemente de menos.

Se llevó una mano al rostro y la retiró, frotándose los dedos enguantados, sospechosamente humedecidos. Menos mal que aquella parte de la barandilla solamente estaba ocupada por ella, puesto que los demás se daban de empujones por apoderarse de un sitio privilegiado en la cubierta principal, y los pasillos exteriores también estaban llenos, excepto el rinconcito que halló no lejos del restaurante.

Inspiró hondo y se asomó para mirar la estela de espuma dibujada en el mar. Había llegado el momento. El *Mary Ellen* zarpaba hacia la Galia, y su corazón se quedaba en Irlanda.

—Ten cuidado, no te vayas a caer. Sé nadar, pero no me apetece mojarme.

Natalie se irguió como el mástil de un barco de vela y se volvió de repente. El movimiento la hizo marearse, y se sujetó a una de las columnas de madera pintada de blanco de la nave.

Allí estaba él, ataviado con un traje de chaqueta, una camisa sin *cravat* con el cuello desabrochado, una mirada pendenciera y arrebatadora, y los labios curvados en una sonrisa pícara. Y con un masculino corte de pelo que lo hacía aún más guapo, si es que podía serlo.

—¡Ben! ¿Qué... qué haces? ¡El *Mary Ellen* acaba de zarpar!

—Lo mismo que tú. Viajar.

Natalie tragó saliva. Una travesía con Young a bordo. Maldita fuera.

Benjamin fue aproximándose pausadamente, desplazándose con elegancia y cautela para no asustarla. De todas maneras, a su espalda se extendían las aguas del océano que les trasladaría a costas francesas, y él bloqueaba su única salida, por lo que, si quería alejarse, tendría que pasar por su lado, y obviamente, él no permitiría tal desaire.

—¿Cómo lo has sabido?

—Diane. Era su manera de vengarse por negarte a esperar a que se casara para irte. Siempre dije que esa chica no es de fiar.

Natalie se mordió la lengua para no soltar un juramento. Utilizar un léxico grosero era algo que había aprendido durante su exilio en las islas británicas, una costumbre que pensaba erradicar de raíz. Educaría a su hijo lejos de la podredumbre de la vida que conoció, y si de ella dependía, su retoño jamás sabría lo que era la miseria en ninguna de sus facetas.

—Seguro que la coaccionaste.

—*Touché.* Sin embargo, te confieso que es mucho más blanda de lo que esperaba. La doblegué con un par de sobornos. Bueno, en realidad fueron amenazas abiertas.

La respiración de Natalie se tornó ruidosa, seca, agonizante. Ben, a esas alturas, se hallaba a diez centímetros exactos de distancia y la había abordado de la forma más inhumana, abriendo los brazos y reposando las manos en la barandilla, reduciendo su espacio personal a un cubículo en el que no cabía ni la brisa que trataba en vano de colarse entre los dos.

Bajó la vista. No podía mirarle. No cuando parecía que iba a comérsela con los ojos.

—Mírame.

—No.

—Cobarde.

Natalie se agitó.

—Insúltame si quieres. No conseguirás más que in...

Ben inclinó su rostro y la besó. Natalie le propinó unos ridículos e infructuosos golpes en el pecho, exigiendo inútilmente que la soltara. Young siguió jugueteando con su lengua y saboreando su boca en un despiadado ataque, y quitándole el gracioso tocado que se había prendido a la melena con una veintena de horquilllas, introdujo los dedos en sus cabellos, deshaciendo su peinado.

—¿Vas a mirarme ahora? —cuestionó él.

—Bruto. Rufián. Canalla.

—Ya sé que posees un glosario rico en adjetivos y sinónimos, querida, no necesito demostración alguna. Mírame, señorita Lefèvre, o te arrastraré hasta nuestro camarote y te arrancaré la ropa a mordiscos para persuadirte. Es la última vez que te aviso.

Natalie obedeció, enojada.

—¿Nuestro camarote? ¿Has bebido, Ben?

—Café. Con leche. Y sabía a pescado. Asqueroso. Como veo que has escogido el catre de abajo, me conformo con el de arriba.

La joven elevó las cejas, formando un arco perfecto que Young quiso recorrer a besos.

—¿Qué... qué significa eso? ¿Eres mi compañero de camarote?

—Veo que mantienes tu aguda intuición intacta.

—Cámbiate ahora mismo.

—Ni hablar.

Natalie le dio un empujón, y Benjamin retrocedió.

—Hablaré con el capitán. O con quien sea. Accederán a modificar la distribución de pasajeros, no pueden permitirse el lujo de dejar a un hombre y una mujer solteros durmiendo juntos.

Ben le sujetó la muñeca, impidiendo su avance. Natalie luchó para liberarse, y sus hombros se vieron apresados por las amplias manos del hombre.

—Para la tripulación del *Mary Ellen*, tú y yo estamos de luna de miel, corazón mío.

—¿QUÉ?

—No grites.

Una pareja de ingleses pasó por su lado. El caballero les miró con curiosidad y les dirigió un silencioso saludo. Qué hermoso era ver abrazados a dos jóvenes recién casados. Aunque a ella... no se la veía muy contenta.

Ben sacó la cajita que contenía el anillo y la abrió. Natalie perdió la habilidad de hablar por unos segundos al notar que la sortija rozaba su dedo anular.

—Esto es ridículo. No voy a mentir.

—Nadie te ha pedido que lo hagas. Esto es temporal, solo hasta que lo formalicemos en alguna capilla en Londres. Luego partirás a Francia luciendo nuevo apellido.

Natalie oteó el horizonte. El puerto había quedado atrás. Estaban a punto de salir a mar abierto.

—¿Y qué pasará cuando te canses de jugar, Benjamin? —preguntó, dejándose abrazar.

Young simuló meditar la respuesta.

—Supongo que ya me cansé, y por eso te pido que te cases conmigo. Después de todo, acostumbrado como estoy a tus berrinches, no creo que pasar el resto de mi vida a tu lado sea tan horrible.

Natalie trató de apartarlo, y Ben la escudó en un tierno achuchón, besando su frente y despidiendo un melancólico suspiro.

—Eres lista para lo que te conviene, ¿no, miss Lefèvre? Con todas las evidencias delante de tus narices, y te empecinas en no admitir que yo te quiera. Porque te quiero, ¿lo sabías? Sí, claro que lo sabías. Lo sabes. Sabes que te amo, Natalie. Y temes enfrentarte a ello.

—Dijiste... dijiste que no querías una familia.

—Y también recuerdo que afirmé que no me enamoraría jamás. Mentí dos veces. Soy un transgresor sin arreglo, digo cosas y me retracto de ellas cuando veo que me he equivocado. Un defecto muy común entre los seres humanos.

—Ben...

—No tienes derecho a mantenerme al margen —la interrumpió Young—. Si te apropiaste de mi espíritu y mi voluntad, ¿qué más te da cargar también con el cuerpo? ¿No ves que, por mucho que nos empecinemos en separarnos, el destino siempre nos volverá a unir? Porque soy tuyo, Natalie, al igual que tú eres mía. Ni las fuerzas de la naturaleza más demoledoras podrían aniquilar lo que hay entre nosotros. Y eso no lo cambiarán ni tu cabezonería ni las millas que se establezcan como una barrera invisible en nuestras vidas.

Natalie se asió de las solapas de su chaqueta y, mirándole, musitó:

—Haces esto por la criatura que crece en mi interior. Porque te sientes culpable.

—No uses a nuestro hijo como una excusa para rechazarme —replicó él—. Es una bajeza que no te consentiré. Descubrí que te amaba mucho antes de saber que había hecho florecer tu vientre con una vida que es parte de mí. Tuve miedo de abrirte mi corazón; de enfrentarme a algo que, con toda seguridad, me haría perder las riendas y el control de mi vida. Resolví correr en dirección opuesta. Alejarme de la única persona por la que podría mandar todo al demonio sin pestañear. Pero tenías razón, y cuánta razón, cuando me confrontaste con mi propio egoísmo. ¿Qué importa que se nos caiga el mundo encima, si estamos juntos para superarlo? Eres lo único verdadero que he tenido y que tendré jamás. ¿Qué son los sueños, si la persona a la que amas no estará contigo para compartir tu felicidad? Quiero seguir arrepintiéndome de lo que haga, pero nunca de lo que deje de hacer. Las metas, una vez logradas, ya no tienen razón de ser, y te harán sentir tan vacío como cuando renunciabas a todo, incluso al ser querido, para obtenerlas. Existen demasiados caminos para lograr un mismo objetivo, y deseo explorarlos. Contigo. Quiero a ese niño y le daré mi apellido. Habré de esforzarme para ser un compañero que valga la pena, pero estoy dispuesto a aprender. Dame la oportunidad de mostrar que soy capaz de algo más que de robar, mentir y engañar, Natalie. No me dejes tirado en el camino como una muda de ropa harapienta de la que deseas deshacerte. Por favor.

—Yo... no quiero cometer otro error. No puedo cometer otro error.

—Si es tiempo lo que pides, tómalo. Es lo que nos sobra. No me necesitas para ser feliz, ni a mí ni a ningún otro hombre. El anillo que acabo de deslizar en tu dedo no es una señal de que no recibiré un no por respuesta, sino una muestra de hasta dónde estoy dispuesto a llegar. Te ofrezco lo que resta de mí, y en tus manos está el retenerlo o desecharlo. Mi comportamiento ha debilitado tu amor, pero el mío está más fuerte que nunca. Y me temo que seguirá creciendo.

La joven, conmovida por sus palabras, hundió el rostro en su pecho para que no la viera llorar. Había esperado tantos años una confesión como esa, que ahora se le hacía imposible creer que estuviera sucediendo.

Buscó sus labios y los acarició con los suyos. Lentamente, demorándose en ese último beso. Benjamin le dejó hacer, y no se movió, aunque el deseo de devolverle el gesto le abrasaba las entrañas.

—Jamás te he ocultado lo que siento por ti. Ni antes, ni ahora —dijo ella—. Pero yo siempre he sido libre para amarte, Ben. Al contrario que tú. Tus temores y tu desconfianza me hielan el alma. No quiero ser tu cárcel. No puedo encerrarte en una jaula, porque lo que adoro de ti es verte volar. Me he equivocado tantas veces... me niego a hacerte más daño, y a hacérmelo también a mí.

—El daño me lo harás si te marchas —aseveró Ben—. Y será irreparable, aunque supongo que podría sobrevivir con un corazón roto latiendo en el pecho. Soy un cafre parco en palabras, torpe como ninguno. Pero te quiero, *chérie*. Dios, cómo te quiero. ¿Recuerdas nuestro primer beso? Me lo diste tú. Y con él me lo entregaste todo. Ahora es mi turno. Sólo te pido una oportunidad. No la merezco, pero apelo a ese amor que me tienes y por el que pienso luchar día tras día para no perderlo.

Amas verme volar, y por eso cuidaste de mis alas destrozadas y las reparaste. Vuelves a lanzarme al mundo, a devolverme mi libertad, y soy más infeliz que nunca, porque no quiero más hogar que el que me ofreciste entonces, y el que tendré si me permites quedarme. Nuestra *suite* nupcial nos espera. Cuando el *Mary Ellen* atraque en Southampton, si me aceptas, procederemos a seguir la burocracia correspondiente. Arriésgate conmigo. Hagamos esta última locura juntos.

Natalie le abrazó y así permanecieron largo rato. Luego susurró en su oído:

—Si tan seguro estás, entonces... yo tampoco quiero arrepentirme de lo que deje de hacer. Si vamos a tropezar en el camino, hagámoslo bien.

Y le arrastró a su camarote, entre risas, abrazos y más besos, y convirtieron ese escondrijo de tercera categoría en su paraíso particular, explorándose con un hambre imperiosa, idéntica a la primera vez que se entregaron a su mutua pasión años atrás. Ben la veneró con una ternura infinita, deteniéndose en el refugio donde su hijo crecía ajeno a las preocupaciones y quebrantos del mundo que les daba cobijo, besando cada milímetro de piel, rindiendo pleitesía a cada poro que ardía con su apasionado contacto.

Pasaron el resto de la mañana encerrados en sus ensoñaciones, adorándose el uno al otro, haciéndose incontables promesas, pergeñando ideas descabelladas, con las piernas y brazos desnudos enredados y haciendo un ovillo con la fina sábana de su catre. Aquella dicha duraría hasta que la muerte los separara, y ambos eran plenamente conscientes de ello. Las oportunidades debían aprovecharse mientras se estuviera a tiempo de disfrutarlas, pues el incierto porvenir, como un duende caprichoso y subversivo, sembraba en las vidas de los mortales aleatoriamente las más horrendas desgracias y las más portentosas alegrías.

—Si es niño, ¿cómo llamaremos a nuestro hijo? —inquirió Natalie, descansando la cabeza en el pecho de Ben.

—Ryan. El abuelo me hizo prometerlo.

—¿Y si es niña?

Las comisuras de los labios de Benjamin se extendieron en una sonrisa complaciente. Sería interesante tener una copia de Natalie. Una pequeña sílfide a la que adorar tanto como a su madre.

—Lo eliges tú.

—De acuerdo. ¿Qué tal... Lenore? Era el nombre de mi abuela.

Young la besó en los labios, acariciándole la mata rojiza del cabello que tanto le fascinaba.

—Me gusta. Pero quisiera que naciera en Irlanda. Es la tierra de mis antepasados, y donde construiremos nuestro hogar. Además, así podrás ir al casamiento de esa loca amiga tuya.

—¡Ben! No hables así de Diane, marinero desvergonzado.

—Lo retiro. Lo cambiamos por «mentalmente retorcida».

Natalie se abalanzó sobre él y le asaltó con unas inclementes cosquillas en el costado. Ben reaccionó abrazándola, y rodaron juntos, cayeron al duro suelo del barco y chocaron contra el extremo opuesto de la pared.

Ambos estallaron en estruendosas e incontenibles carcajadas.

—¿Te he hecho daño? ¿Estás bien, cariño?

Natalie se incorporó.

—Perfectamente. ¿Y tú?

—No me he roto ningún hueso. De momento. Gracias por preguntar, señorita.

—Señora —le corrigió Natalie, enseñándole la alianza—. Y para la próxima habremos de reservar en segunda clase. Allí las camas serán más grandes, y los camarotes, más espaciosos. Perfectos para nuestras contorsiones salvajes.

Ben soltó una risita pícara, y atrayéndola y posicionándose sobre ella, susurró antes de besarla:

—Aún no has visto ni la mitad de mis aptitudes circenses, mi dulce y abnegada esposa. Pero ya lo harás. Tengo toda la vida para darte una clase magistral de cada una de ellas.

# 17

*Dos años después. Harleyford House,*
*Devonshire (Inglaterra), julio de 1895*

Desde el extenso ventanal del salón comedor de su casa, Felicity Hale oteaba el frondoso jardín de la finca, en la que residía con su esposo y su hijo Sholto, un robusto y bullicioso chiquillo que pronto cumpliría los seis años. Debido a la intensa lluvia y al manto oscuro del crepúsculo, no lograba divisar la estructura metálica del invernadero que, entre ella y su hermana Theresa —a la que prefería llamar con el diminutivo de Tess—, habían diseñado, expandiéndolo por la zona sur y convirtiéndolo en un santuario botánico en honor a su fallecido padre, que en vida anhelaba fabricarse su propio Edén en el área limítrofe de su propiedad. Aunque era verano y las temperaturas eran bastante agradables, el chaparrón le había estropeado los planes de hacer un picnic a orillas del lago y disfrutar con las ocurrencias de sus dos sobrinos —la prole de Theresa y su marido, Gabriel—, que habían acudido a la mansión en compañía de sus padres para pasar unas cortas vacaciones y ver a su primo Sholto.

Como resultado de haber tenido que permanecer resguardados bajo el techo de Harleyford House, los niños habían construido todo un campamento medieval en la planta superior, en el cuarto de juegos, desvalijando los armarios de ropa de cama y extendiendo sábanas y toallas por toda la estancia, tentándola a participar de sus estruendosas y sagaces correrías. Había sido una tarde muy entretenida, y ahora que esos diablillos dormían, agotados por el cansancio, al fin el tan preciado y codiciado silencio regresaba a su hogar.

—Señorita Harleyford —susurró alguien pegado a su oreja.

Felicity se encogió de placer al escuchar a Philip. Llevaba más de seis años casada con él, pero seguía estremeciéndose como una novia recién estrenada entre sus brazos.

—¿Por qué continúas llamándome por mi apellido de soltera, Philip? —ronroneó, zalamera—. Desde el ocho de febrero de 1889 soy una Hale, ¿te acuerdas?

—Sí —respondió él—. Sin embargo, prefiero utilizar estos formalismos, como cuando te cortejaba y me moría por arrastrarte a un rincón en penumbra de este lugar y dar rienda suelta a alguna macabra travesura. Pero tu padre estaba siembre tan pendiente de nosotros...

Felicity se dio la vuelta, encarando a Hale. Se fundió con él en un fuerte abrazo, agradeciendo mentalmente lo felices que eran después de la tormenta por la que atravesaron años atrás. Philip había pertenecido a la

Armada y había sido enviado con su ejército a Sudán para una misión especial durante su noviazgo, y había regresado a Inglaterra con el honor mancillado y la mitad de una pierna amputada, temeroso de que ella no aceptara retomar su relación. No obstante, Felicity continuaba amándole como el primer día. Al comienzo fue difícil amoldarse, pues en los tres años que Philip estuvo ausente, y por razones que él más tarde le explicó, no respondió a ninguna de sus cartas, y la joven había dado la batalla por perdida. En su reencuentro no ocultó su desazón y lo frustrada y dolida que se sentía, pero el amor que se profesaban venció al muro de resentimiento que Felicity había construido para proteger su corazón.

—En ese caso no me quejaré si deseas seguir haciéndolo —musitó mimosa, alzó su rostro y besó el labio inferior de Philip.

—¿Eso también va por lo de los juegos en el rincón oscuro?

Ella sonrió, prometiéndole con una mirada significativa una velada de lo más afanosa en cuanto pusieran un pie en el dormitorio conyugal.

—Os dejo un minuto solos y ya os cazo haciéndoos arrumacos como dos fogosos adolescentes —terció una voz masculina desde la entrada al salón.

La pareja se giró y vio a Gabriel, su cuñado, mirándoles con una expresión picarona.

—Hombre, Whitfield —saludó Hale—. Qué oportuno. Llegas a venir cinco minutos más tarde y...

Felicity dio un manotazo a la solapa de la levita de su esposo.

—Cuida tus modales.

Su hermana Tess asomó la melena bruna recogida al umbral, a espaldas de Gabriel.

—Ya te advertí que tu maridito es un fresco —aseveró la recién llegada—. Y no creas que Gabriel sí guarda las formas. Eso solo lo hace en público, pero en privado es otro cantar. Sois tal para cual: un par de salvajes.

Theresa se adentró en el comedor, se encaminó hacia Felicity y la besó en la mejilla. Tras acostar a los tres pequeños de la casa, ambas se habían engalanado para una velada íntima con los caballeros y así garantizarse un yantar tranquilo y sin sobresaltos.

Debido a la profesión de Whitfield, Tess y él vivían en Londres, y cuando podían se escapaban a Devonshire con sus chicos para visitar a los Hale. Philip y Felicity procuraban devolverles la cortesía, pero siempre trataban de atraerles a su terreno, porque, como sostenía la menor de las hermanas, Harleyford House era heredad de ambas.

Cuando Holmes, el mayordomo, entró seguido de su séquito de criados para servir la cena, los comensales se posicionaron alrededor de la mesa. Tess besó a Gabriel en el hombro y se sentó en la silla cuyo respaldo él sostenía entre sus manos, aguardando a que la dama se acomodara para poder tomar asiento. Philip hizo lo propio.

Un camarero se aproximó y destapó una bandeja de faisán asado al limón. Las aromáticas especias que condimentaban la carne de ave la dotaban de un aspecto excelente. Todos se sirvieron en silencio, y Philip fue el primero en hablar.

—Sholto está encantadísimo con sus primos —declaró—. Adam y Ted le lideran en sus trastadas, y forman un equipo perfecto. Ayer subieron al desván y le prepararon una buena a la señorita O'Flaherty. La pobre lo pasó tan mal que pensé que iba a pedirme el finiquito.

Gabriel paladeó un pedazo de faisán y se limpió con una servilleta.

—Lo que esos críos necesitan en su vida es una damita como compañera de juegos —propuso, sonriente—. Alguien que les meta en vereda y les enseñe a dejar de comportarse como recién salidos de las cavernas. Si Theresa quiere un tercer intento de ir a por la niña, yo no me opongo.

—Claro, y acabaré con siete cachorros colgando de mis faldas, como tu hermana Jane —protestó la aludida, que probó un poco de su vino tinto—. Por ahora tengo suficiente con dos. Más adelante... ya veremos.

Felicity miró con disimulo a Philip. Debido a las heridas que este sufrió durante un ataque sorpresa del adversario en Sudán que le había dejado graves secuelas, entre ellas la pérdida de una parte de una de sus extremidades, habían pensado que nunca tendrían hijos. Sholto había llegado como un milagro muy poco después de su casamiento, pero a partir de entonces no hubo más embarazos. Aunque, por supuesto, no perdían la esperanza de darle un hermanito a su heredero algún día.

—¿Y a ti cómo te va en la oficina, Gabriel? He visto que te habían enviado un telegrama urgente esta mañana —apuntó Philip.

—Se trata de una encomienda privada —explicó Whitfield—. Resulta que una mujer, a cuya pareja interrogué hace años por los asesinatos del Envenenador de Whitechapel, me ha pedido ayuda.

Theresa aleteó sus largas pestañas sobre el arco de sus ojos grises, estupefacta. Felicity, por su parte, colocó el tenedor junto a su plato y bajó la cabeza. Aún se le hacía complicado conversar sobre ese tema sin evocar terribles recuerdos.

—¿Benjamin Young, el posadero de Whitechapel? ¿Qué quiere su amante francesa de ti, cariño? —cuestionó Tess, preocupada—. No me has dicho nada al respecto.

—Esa amante ahora es su esposa —aseveró Gabriel—. Se casaron hace algo más de año y medio, y viven en Irlanda. Natalie Young me ha escrito para solicitar una pesquisa acerca de algunas personas relacionadas con su marido. Familiares.

Hale saboreó su ensalada pensativo.

—Y me atrevo a afirmar que esta vez tu inseparable amigo, el inspector Carey, te echará una mano —conjeturó—. Y además de ser un esclavo delegado de Scotland Yard, también vas a jugar un rato a los detectives.

Gabriel soltó una carcajada. No podría abandonar la investigación privada pese a que lo deseara con todas las fibras de su ser. Era algo mucho más poderoso que él. Bueno, nadie se moría por tener dos trabajos.

—Me vas conociendo —bromeó, divertido—. Pero peor lo tenían los agentes de la ley durante la lejana Regencia, cuando aún estaban vigentes los Bow Street Runners, la mitad de equipados que nosotros, los ilustres policías victorianos.

—Sí, es abrumador todo lo que hemos evolucionado en tan pocas décadas —acotó Philip.

—Por cierto, hablando de Irlanda... ¿Qué se sabe sobre el señor Wilde? —inquirió Felicity.

Gabriel meneó la cabeza, apesadumbrado. Él y Theresa habían asistido a inicios de año al estreno de una de las últimas obras del dramaturgo, *Un marido ideal*, en el Theatre Royal de Haymarket, y nadie llegó a imaginarse que, solo meses después, en marzo para ser exactos, este personaje público sería acusado de sodomía por el marqués de Queensberry, investigado y condenado en la corte de Old Bailey a dos años de trabajos forzados.

La noticia había caído como una bomba en todo Londres. Las glorias del gran Oscar Wilde llegaban a su fin. El afamado escritor irlandés no se recuperaría del escándalo, y su carrera no haría más que mermar y consumirse en un penoso declive.

—No se librará de la cárcel, Felicity, ni conseguirá que le rebajen la condena —sentenció Gabriel—. Y cuando salga, será para mendigar misericordia a sus semejantes. Los mismos que le condenan al ostracismo, pero luego no se avergüenzan de mantener a una esposa en el campo, y a una o varias queridas en la ciudad. No creo que él sea el único al que se pueda acusar de llevar una doble vida.

—¿Crees que seguirá escribiendo? —preguntó Tess, acariciando la mano de su esposo.

—No lo sé. Pero ya nadie volverá a apoyarle ni a apostar por su talento. Todo ha terminado para él.

Philip esbozó una sonrisa triste, sabiendo lo doloroso que era para un hombre quedar despojado de su honor. Cuando perdías tu credibilidad ante una sociedad como la victoriana, era peor que morir. Ni el dinero ni las amistades ni la fuerza de voluntad te podían sacar del atolladero.

Finalizó su ración en un completo mutismo, mientras el resto de sus parientes volvía al tema de la encomienda de la famosa Natalie Lefèvre, ahora Young. Pensó en el verdadero Envenenador, y en el sucio Jack el Destripador, al que aún no habían dado caza siete años después de sus crímenes, y emitió un largo suspiro.

Faltaban apenas cinco años para que acabara el siglo, y presentía cambios importantes en el porvenir. No obstante, por el bien de todos, esperaba que la nueva era no acarrease más desgracias que la anterior.

El cartel estaba terminado. Los comisionados para su elaboración acababan de traerlo, y subidos a una escalera plegable de madera, se disponían a colocarlo correctamente en la zona de la pared que los propietarios del negocio habían dispuesto para ello.

Natalie observó con orgullo aquella obra artesanal por la que ella y sus socios habían pagado una cantidad considerable. «Dinnegan & Young», rezaba el encargo; un nombre perfecto para la red de pastelerías que habían comenzado a abrir en la ciudad. Esa era ya la tercera tienda, contando con la que habían inaugurado en Dún Laoghaire, la ciudad natal de Sinéad, y, según Roger y el mismo Ben, pronto se harían con otra franquicia en Newbridge, una villa algo alejada de la capital, cuya administración la llevaría un confitero residente allí y que se había interesado por el proyecto. Realizarían la apertura del negocio el diecisiete de marzo del año siguiente, el día de San Patricio, patrón de Irlanda.

—¿Aquí está bien, señora Young? —preguntó uno de los muchachos.

Natalie frunció los labios.

—¿Podríais ponerlo más a la izquierda?

—Lo que usted mande.

Los trabajadores acataron la sugerencia, y la francesa sonrió con satisfacción al contemplar el resultado. Ya solo quedaría finalizar las remodelaciones interiores, y por fin podrían estrenar la nueva confitería. Exhibirían en el mostrador los dulces tradicionales del país y reservarían un rincón para las recetas del libro de cocina con las creaciones que tan famoso hicieron a Claude en Lyon.

Cuando acabaron de fijar el cartel, los dos obreros recibieron su paga y un refrigerio compuesto por un par de bollos hechos con miel y trufa y un batido de chocolate, que Sinéad le había enviado a través de una de sus doncellas. Natalie retuvo a la mensajera durante unos minutos para preguntar por sus hijas, Lenore y Anaïs, dos gemelas revoltosas de pelo rojo y ojos azules que eran un auténtico terremoto, y la muchacha le informó de que se habían quedado al cuidado de la señora Dinnegan, que corría desquiciada detrás de ellas y de su propio polluelo, una copia diminuta de Roger, por el patio de su hogar, intentando evitar que destrozaran las macetas de geranios que había plantado la semana anterior.

—Dile a la señora Dinnegan que iré a verla en cuanto pueda y sacaré a esos dos diablillos de su casa —se disculpó Natalie, ante el sonrojo de la criada—. Y si mis hijas rompen algo, quiero que me lo cuentes. Y dale recuerdos al pequeño Cillian.

—Sí, señora.

—Muchas gracias, Jo.

Natalie soltó una risita de diversión al ver a la sirvienta alejarse arrastrando los pies, exhausta. Jo adoraba a esas tres criaturas, pero lidiar con ellas era un ejercicio superior a sus fuerzas. ¿Qué podía esperarse de unas niñas de un año, traviesas como ellas solas, que recién habían aprendido a andar y deseaban comerse el mundo, y que encima lideraban al bebé de los Dinnegan en sus pillerías?

«Cillian era un buen niño hasta que empezó a jugar con Lenore y Anaïs», le había advertido Ben. Y era cierto. Su personalidad impetuosa les iba a causar auténticos quebraderos de cabeza cuando fueran mayores.

Al quedarse sola, entró en el establecimiento, aún en obras, y se sentó sobre un bloque de piedra que formaría parte del mostrador, una vez colocado debidamente en su lugar. Aún tenía el telegrama del detective en su bolsillo, y no lo había abierto. Había contactado con el investigador privado residente en Londres dos meses atrás, en julio, y tras varias pesquisas, por fin había logrado dar con ellos.

Rasgó el sobre y lo leyó con celeridad.

ESTIMADA SEÑORA YOUNG **STOP** LE COMUNICO QUE EL DINERO QUE ME ENVIÓ PARA QUE SUS FAMILIARES INICIEN SU VIAJE YA ESTÁ EN SUS MANOS **STOP** PREVISTO EL ARRIBO DEL SEÑOR YOUNG Y UNO DE SUS HIJOS A DUBLÍN EL 2 DE SEPTIEMBRE A LAS 12H **STOP** QUEDO A SU DISPOSICIÓN PARA CUALQUIER CONSULTA QUE DESEE HACERME **STOP** ATENTAMENTE GABRIEL WHITFIELD

Natalie se incorporó de un salto. ¿El 2 de septiembre? ¡Llegarían al día siguiente!

Recogió rápidamente su parasol y su sombrerito, se puso los guantes y salió del local. Era una suerte que la vivienda georgiana de los Dinnegan estuviera tan cerca de la suya. Ben, ella y las niñas se habían mudado a la urbe en abril, cuando consiguieron el préstamo para comprar una casa de tres plantas en el mismo barrio en el que sus socios vivían, y entre el propósito de ampliar el negocio, estructurar su nuevo hogar y organizar la estadía de su suegro a espaldas de su marido, andaba en un desasosiego continuo que la hacía devorar sin pausa toda clase de bollería nada recomendable para mantener una figura estilizada. Menos mal que allí estaba Diane para frenarla y obligarla a seguir una dieta rigurosa, o no tardaría en asemejarse a una de las vacas que pastaban en la campiña.

Gabriel Whitfield, el detective y agente de Scotland Yard al que contrató, le hizo un inestimable favor. Tendría que hacerle una visita y llevarle un presente el día que fueran a Inglaterra. Meditando sobre ello, llegó en un apresurado paseo a pie al portón del jardín delantero de Sinéad. Retiró el pestillo de hierro y entró. *Chloe*, una perra de raza labrador, le dio la bienvenida con un ladrido ronco y afectuoso.

—Hola, *Chloe* —dijo, acariciando el lomo peludo del animal.

—¡Natalie! —exclamó Sinéad, que acudió hacia la esposa del socio de su marido con semblante interrogativo—. Te esperaba después de comer. ¿Has tenido algún contratiempo con la entrega del cartel?

—No —aclaró Natalie—. La labor ha resultado una auténtica maravilla. Debes verla en cuanto puedas. Roger y Ben estarán orgullosos. En realidad había venido a aprovecharme un poquito más de ti.

—Tú dirás —manifestó la dama.

—¿Te importaría que la niñera de Cillian se encargara un rato más de las niñas? Es que me ha surgido algo... urgente.

La señora Dinnegan sonrió. La terquedad de Natalie de querer criar ella misma a sus hijas y prescindir de un aya a pesar de todo el trabajo que tenía con las confiterías le estaba pasando factura. Asintió y juntó las manos tras su espalda, balanceándose de lado a lado como la bailarina de una caja de música averiada.

—No, no me importaría. Y eso tan urgente... no son malas noticias, espero.

Natalie meditó la respuesta. Dependiendo de la reacción de Ben al respecto, sí podría ser una mala noticia.

—He encontrado al padre de Ben. Llegará a bordo del *Irish Star*, el mismo barco que me trajo a Irlanda, dentro de menos de veinticuatro horas.

—¡Cielo santo! ¡Eso... eso es maravilloso, Natalie! Benjamin estará deseando regresar mañana de la reunión con el señor Gallagher en Newbridge para estar con vosotros.

—Bueno... es que... él no lo sabe.

—¿Cómo?

—Y temo que no se lo tome bien cuando vea a su progenitor sentado a su mesa. Quiero que sea feliz, y sé que no logrará la dicha completa si no cura las heridas abiertas de su pasado.

Sinéad tomó a su amiga de las manos, admirada por su generosidad. Natalie amaba con locura a su esposo. Su devoción se notaba en cada palabra que pronunciaba, en cada gesto, cada mirada. Benjamin Young era un hombre muy afortunado.

—Ve a ese compromiso y prepara una buena bienvenida para tu suegro. Yo les echaré un vistazo a tus pequeñuelas. Pero mañana tráelos a los dos para tomar el té —concluyó.

—Eres un ángel, Sinéad. Mi deuda contigo se acrecienta con cada día que pasa. Nadie diría que intenté robarte el marido hace tiempo.

Sinéad le dio una palmada en el antebrazo.

—No me lo recuerdes, o te echaré laxante en el café la próxima vez.

Ambas estallaron en una carcajada nada femenina y se abrazaron.

—Diane me contó que sale de cuentas la semana que viene —declaró la irlandesa—. Habremos de estar alertas. Mi matrona la asistirá en el parto. Ella no quiere, pero he insistido. El señor Courtenay está ausente en el

*Bethany*, y hay que vigilarla por si se adelanta el alumbramiento.

Natalie estaba de acuerdo. La casita en la que ella y Diane vivieron era la residencia de los Courtenay hasta que encontraran un *cottage* más amplio en la campiña, y estar sola con una barriga inmensa que le impedía realizar la mayor parte de las tareas caseras no era fácil.

—Le estoy cosiendo unos patucos con pompones preciosos. Haremos una fiesta en mi casa para conmemorar el nacimiento de su primogénito.

—Seguro que le encantará.

Se oyó un grito infantil proveniente del interior del salón. La ventana estaba abierta. Acto seguido unas risas a coro ahogaron el chillido, y ambas madres reanudaron su conversación.

—Voy a volver dentro; si me demoro se devorarán mutuamente.

—No tardaré. Prometo librarte de esos monstruitos pelirrojos para la hora de la merienda.

—Acepto el trato.

Natalie se apresuró hacia el portón y abandonó los dominios de los Dinnegan, agitando la mano para despedirse. Sinéad esperó a que se marchara para regresar al caos reinante en el salón, donde una Jo desesperada trataba de despegar los cabellos de una muñeca que Anaïs había unido con una sustancia cuya procedencia y naturaleza no conseguía adivinar.

Ella misma tenía un compromiso al caer la noche. Un encuentro ineludible con el hombre al que había reclutado para llevar a cabo un cometido muy importante, del que ninguno de sus amigos (exceptuando a Ben), ni siquiera Roger, tenía el más absoluto conocimiento. Aquel premeditado acto de justicia era algo que debería mantener en secreto el resto de su vida, pero se sentía orgullosa de haber contribuido a que las calles de Dublín se hubieran librado de semejante lastre de maldad. Qué demonios. Le había hecho un favor al mundo, además de desquitarse por la humillación a una de las mujeres más buenas y altruistas que había conocido. No había razón para darse golpes de pecho ni albergar remordimientos inútiles. Que se fueran a paseo los demagogos hipócritas.

Cuando Sinéad hizo acto de presencia en la estancia, pensando aún en cómo darle esquinazo a Roger para que no la viera salir de casa al anochecer e ir a reunirse con su cita clandestina, el trío de bebés chillones calló y la miró juguetón.

—Bien, mis queridas almas cándidas e inofensivas —bromeó, con lo que arrancó un suspiro de la niñera y la criada—. ¿Os relato un cuento de los hermanos Grimm?

—Ha sido un placer hacer negocios con ustedes.

Ben estrechó la mano del propietario del establecimiento y sonrió, para luego mirar de reojo a Roger. El contrato había sido firmado, y por fin, el pacto estaba cerrado. Para las siguientes fiestas dedicadas a San Patricio, Newbridge tendría una confitería Dinnegan & Young abierta al público.

—El placer ha sido nuestro, señor Gallagher.

Cuando Glendan Gallagher les entregó en mano las llaves del bajo comercial y se marchó raudo a otra cita que tenía concertada para ese día, ambos socios se abrazaron y volvieron a recorrer las dependencias del local. Ben no pudo resistirse y se echó en el suelo, besando el pavimento. Después se quedó tumbado boca arriba, sonriendo como un niño ante una gigantesca piruleta imaginaria.

—Será mejor que te levantes, Ben. Este suelo está cubierto de polvo y te estás manchando el traje nuevo que te ha comprado tu mujer.

—Natalie me lo perdonará esta vez —replicó Young, moviendo brazos y piernas arriba y abajo, imitando los movimientos de las mariposas—. Cuando le cuente que conseguimos que Gallagher nos rebajara el precio del alquiler de este espacio casi a la mitad que la demanda inicial, no se lo va a creer. Y mira... mira esa terraza acristalada, Roger. Podríamos importar desde Francia las mesas y las sillas, y tendríamos una réplica exacta de una cafetería parisina sin salir de Irlanda. ¿Has estado en Ladurée, en París? Esa pastelería es... es... no puedo explicarlo con palabras. Hacen unos *macarons* que están para chuparse los dedos. Natalie ha conseguido la receta y va a intentar hacerlos para que los vendamos aquí, en todas nuestras tiendas. ¿Te lo imaginas? Haciendo la competencia a Ladurée. Me mareo del gusto cada vez que lo pienso.

Dinnegan no pudo reprimir una amplia sonrisa al ver a su amigo parloteando como una cotorra, presa de la excitación. Tomó el periódico que portaba consigo, lo extendió sobre el suelo y se sentó encima, abrazándose las rodillas.

—Y todo gracias a ti —aseveró el confitero—. Menuda labia tienes para convencer a la gente, Young. ¿Dónde aprendiste a ser tan persuasivo?

Benjamin rio para sus adentros, recordando.

—En la calle, Roger. Aprendí en la calle. Fíjate que, sin tener un penique en el bolsillo, casi me caso con una chica rica en el ochenta y ocho. La heredera de un banquero.

—Oh. ¿Y qué pasó, si me permites preguntar?

Ben se irguió, apoyándose en sus codos.

—Pues que me tropecé con una mala pécora más lista que yo.

—Ajá. Natalie.

—Y me enamoré de ella. Contratiempos con los que uno no cuenta.

—Suele suceder. Creo que es una excelente idea lo de las mesas de París.

Los ojos de Ben se desviaron un momento al periódico donde Dinnegan se hallaba sentado, y su corazón se aceleró automáticamente. Allí, en la portada del *Dublin Gazette*, un artículo escrito con mucho tacto informaba a los ciudadanos sobre el inexplicable asesinato de William Kavanagh, un vecino de la urbe, cuyo cuerpo había sido arrojado en una cisterna con un tiro en el pecho, según las declaraciones de la policía metropolitana. Corrían rumores de que se trataba de un ajuste de cuentas, y él apoyaba esa moción, sobre todo al enterarse de que el individuo ajusticiado era uno de los agresores de Diane, al que ella había reconocido casualmente en el paseo marítimo, tiempo después del estupro.

No hubo denuncia contra Kavanagh por parte de la señorita Hogarth, ya que entonces ella desconocía su identidad, así que Diane se libraría de ser investigada, porque era imposible relacionarles a ambos de alguna manera. El verdadero móvil del crimen quedaría enterrado en la memoria de las únicas personas que podrían, con su testimonio, resolver el enigma, pero al menos él no estaba dispuesto a hablar. Al final Sheridan, con su invalidez y todo, había salido mejor parado que su colega.

«Caray, Sinéad. Has tenido agallas para sobornar a ese esbirro. Quién lo diría, viniendo de alguien que figura ser la encarnación misma de la santidad y la modestia —pensó, rememorando el día que descubrió el ardid de su socia y por poco sufrió un colapso nervioso, quedando mudo de asombro—. Bien dice el refrán que las apariencias engañan. De quien menos te esperas vienen siempre las grandes sorpresas.»

Se llevó una mano a los labios, ocultando su sonrisa. Sinéad estaba en lo cierto cuando dijo que, en una sociedad tirana gobernada por hombres, las mujeres debían crear atajos para lograr que se les hiciera justicia. William Kavanagh merecía el final que había tenido, y sin saberlo, Roger se había procurado a una auténtica bomba de relojería como compañera de vida.

—Por cierto, ¿sabes algo de Sam Sharkey? —inquirió Dinnegan.

Benjamin apartó la vista del noticiero y asintió, evocando su conversación con Reynold de inicios de semana. Sam se había establecido en Australia, y trabajaba como capataz para la finca de una familia inglesa adinerada dedicada al negocio de los ópalos. Le iba bien, y vivía a salvo y sin ocultarse. De todas maneras, Australia, en el pasado, había sido el vertedero del Imperio británico, un trozo de tierra perdido de la mano de Dios adonde las autoridades anglosajonas enviaban a los presos que no cabían en las numerosas cárceles de Inglaterra. Nadie iría tan lejos a buscar a un fugitivo que había intentado hacer estallar la abadía de Westminster. Sharkey podía respirar tranquilo.

—Ahí está, en Oceanía, labrándose un futuro. La policía, sabiendo que no logrará nada, ha dejado en paz a Tiburón y a los suyos. Esperamos que pueda regresar algún día.

Dinnegan evocó la tarde en la que, al salir de una reunión en la sede de la Gaelic League,* oyó de boca de un vecino la noticia del encarcelamiento del joven Lochlan Tierney, compañero de Sam. Iban a pasar muchos años hasta que el pobre muchacho volviera a ser libre.

Pero había tenido suerte, porque los cargos contra él y algunos miembros más de Los Invencibles no fueron demasiado severos. La ley, gracias a Dios, todavía hacía diferencia entre la intención de cometer un delito y el hecho de consumarlo.

—Me alegro por Sam, pero sobre todo por su padre.

* La Gaelic League fue una asociación no gubernamental fundada por el irlandés Douglas Hyde en 1893, con la intención de promover la enseñanza y preservación del gaélico. Su nombre original es «Conradh na Gaeilge».

—Yo también —repuso Ben—. ¿Qué, vamos a celebrarlo con una buena pinta de Guinness? Invito yo.

—Acepto. Con lo que nos queda por hacer en este sitio hasta convertirlo en un lugar habitable, habremos de reponer fuerzas, y nada mejor que la cerveza negra para ello.

Ben se levantó, sacudió su traje gris y asió su maletín.

—Andando, Dinnegan. Nuestras amantes esposas nos aguardan impacientes con los brazos abiertos.

—Y espero que con las bocas cerradas —bromeó su interlocutor.

La carcajada de Benjamin reverberó por todo el local. Sí, estaban teniendo una jornada laboral de lo más productiva.

El casco del *Irish Star* recortaba feroz las aguas de la bahía de Dublín, y mientras la imponente construcción de acero se acercaba al puerto, un grupo enorme de personas que aguardaba a sus familiares y conocidos comenzó a hacerse un hueco en la zona de la plataforma para darles la bienvenida.

Amparada bajo su simpático tocado con motivos florales, Natalie esperaba rezagada entre la gente, estirando su cuello, adornado con encaje suizo, y tratando de divisar el área por donde saldrían los pasajeros. Las primeras en abandonar el barco fueron dos mujeres jóvenes adineradas que acudieron trotando al calor del abrazo de una pareja adulta, y por la efusividad del recibimiento, la joven dedujo que las chicas llevarían unos cuantos meses, o quizás años, en el extranjero. Estaba muy de moda entre las casas pudientes enviar a sus hijas a estudiar y a «limarse» fuera. Los padres que podían permitírselo luego las casaban muy bien. Para ser considerada una dama había que poseer una impecable educación y haber estado por lo menos una vez en la capital inglesa, una cualidad extra que los caballeros valoraban a la hora de escoger a una jovencita a la que cortejar, y la señora Young, meditando sobre ello, decidió que sus gemelas, a su tiempo, también partirían hacia Inglaterra, Francia o Suiza cuando tuvieran edad suficiente. Ya habían mejorado de vida, así que podrían entregarlas en manos de la rectora de algún colegio para señoritas de élite que las enseñara a dominar ese carácter que, con apenas un añito, ya comenzaba a despuntar.

Siguieron saliendo pasajeros, y en esta ocasión les tocaba a los de segunda clase. Su respiración se aceleró. Liam y su hija Máire pronto aparecerían, y Natalie se preguntó si sería capaz de reconocerlos. La familia de su marido le era enteramente desconocida, y puesto que eran analfabetos, ni siquiera habían podido cartearse cuando por fin dio con su paradero.

Un anciano que descansaba el lado derecho de su cuerpo en un ajado bastón se asomó a la intemperie y, al bajar la rampa del brazo de una mujer que posiblemente rondaría los cuarenta y tantos, arrugó su rostro en un rictus de tristeza. Se echó a llorar nada más pisar el suelo dublinés, y su acompañante le abrazó, intentando tranquilizarle.

Natalie les contempló durante un rato, dudando si

debería acercarse. Permaneció a unos metros de ellos, oyendo los conmovedores sollozos del viejo.

—Cuarenta y nueve años sin pisar mi patria, Máire. Cuarenta y nueve años —se lamentaba—. Aún no lo puedo creer. Pensé que moriría sin volver a respirar el maravilloso aire de Irlanda.

La joven francesa dio un paso adelante. Y después otro. A su espalda, les saludó con retraimiento:

—Bienvenido, señor Young.

Liam y Máire se dieron la vuelta, para encontrarse con la bella figura de una dama distinguida engalanada con un vestido beige propio de las doncellas de alta alcurnia. Su suegro se quitó el sombrero y la observó con admiración.

—¿Señora Natalie?

—No me llame así, papá. Para ustedes soy Natalie a secas.

Los dos se inspeccionaron con curiosidad, y Natalie se fijó en que el hombre era un calco exacto de Ben con unas cuantas décadas más encima. Sus ojos, azules como los zafiros que se extraían de las minas, brillaban por el rastro de las lágrimas de hacía unos minutos.

«Así que este es el aspecto que tendrás cuando las niñas vengan con nuestros nietos a casa por Navidad, amor mío», pensó.

—Entonces... tú estás casada con mi Ben. Eres mi nuera.

—Sí. Confío en que aprobará la elección de su hijo.

—¡Vaya si la apruebo! —canturreó Liam—. ¡Qué guapa eres, caramba!

Máire no pudo aguantarse más y se lanzó a los

brazos de su cuñada. Natalie correspondió al abrazo, y llamó al anciano con un gesto para que se uniera a ellas.

—Gracias, gracias por hacer realidad el sueño de mi padre de regresar a Irlanda y reencontrarse con Benjamin —dijo la hermana mayor de Ben—. Que Dios te bendiga.

—No tendrías que haberte molestado en traernos en segunda clase —comentó él—. Era un gasto innecesario.

—No tratándose de mi familia —afirmó la anfitriona, que besó la frente de Liam—. Vamos, os ayudaré con las bolsas. Un carruaje, un par de chiquillas revoltosas y un copioso almuerzo nos esperan.

—Cielo, ya estoy en casa.

El saludo de Ben sonó como un eco en las paredes del *hall* de la vivienda, atrayendo a una doncella, que acudió a ayudarle a deshacerse de su fina chaqueta y su maletín. Roger y él habían conmemorado la venturosa reunión de negocios en una taberna de Newbridge y habían regresado a casa usando el tranvía urbano de Dublín, y el empresario, dispuesto a seguir con la fiesta, pensó en convidar a Dinnegan y a Sinéad, y descorchar a la hora de cenar una botella de *champagne* francés traída por él y su esposa de su último viaje a la Galia.

La localización del establecimiento que Roger y él habían escogido era perfecta para sus planes, y era grande y luminoso. La mañana de apertura pretendían sorprender a sus clientes con una decoración digna del día nacional de Irlanda, con banderitas y figuras del trébol o *shamrock*, símbolo del país, por todas partes, además de una primera consumición gratuita.

Recorrió el pasillo que lo separaba de la sala de estar donde Natalie pasaba las tardes que tenía libres con sus hijas. No veía la hora de abrir las puertas de la estancia de par en par y hallar a su hada pelirroja sentada con una novela en las manos rodeada de cientos de cachivaches infantiles, mientras sus dos bollitos regordetes intentaban ponerse en pie y correr hacia él para darle uno de esos besos llenos de babas que henchían su pecho de felicidad. Luego tomaría a la madre de las pequeñas en sus brazos y le demostraría lo mucho que la había echado de menos, y tras haber acostado a Lenore y a su hermanita, festejarían en privado su rotundo éxito empresarial.

Unas voces desconocidas hicieron vibrar sus tímpanos, y Ben se paró en seco ante la puerta cerrada, enarcando una ceja. Unos pasos presurosos se acercaron, y la madera se abrió de repente.

—Hola, amor.

Young frunció el entrecejo. Natalie tenía cara de haber cometido una travesura imperdonable.

—¿Hay visita en casa? —susurró, para que los convidados del interior del salón no le oyeran.

—Más o menos —dijo su mujer, y le plantó un esponjoso beso en los labios.

—¿Más o menos? ¿Qué has hecho esta vez, Nat? ¿Quiénes son?

Natalie le cogió ambas manos y se las besó.

—Ven conmigo. Tras el umbral hay dos personas que llevan años deseando saber de ti.

Benjamin obedeció y la siguió cauteloso. Las sorpresas no eran santo de su devoción; no obstante, se había acostumbrado a hacerles un hueco en su vida desde que conoció a Natalie, y la verdad era que sus días, a partir de entonces, eran mucho más emocionantes.

Cuando atravesó el límite que separaba la acogedora salita del pasillo que daba al recibidor, divisó a un hombre y a una mujer sentados en el sofá frente a sus respectivas tazas de té. Ella le miró y se levantó de golpe. El anciano le miró a su vez, aunque no cambió de posición. Mientras Ben les contemplaba con expresión hierática, la fémina se frotó los nudillos nerviosa.

Era una mujer humilde, o eso parecía, a juzgar por su vestimenta. Llevaba un anticuado vestido de viaje con un chal de lana negra sobre los hombros, un moño bajo preso con unas horquillas, y el rostro lavado, víctima de unas profundas ojeras. Sin embargo, y a pesar de estar totalmente seguro de que no la conocía, su cara le sonaba.

¿Dónde la habría visto? ¿En Londres, tal vez?

—Buenas tardes —saludó, sin saber qué más decir.

Se oyó un hipido proveniente de la garganta del viejo, cuyos iris azulados y exhaustos se volvieron vidriosos, y el enjuto hombrecillo se agarró al reposabrazos del sofá y a la mujer, y se puso en pie. El largo gemido que sus cuerdas vocales emitieron seguido de un llanto estremecedor clavó a Ben en el suelo, y este le miró con estupefacción.

—¿Qué...?

Young buscó con la mirada a Natalie, que contemplaba la escena situada en un extremo cerca de la chimenea, a su espalda. Su esposa deseó ir a su lado y tomar su mano para darle fuerza para lo que estaba a punto de descubrir, pero permaneció al margen. Ese era su momento de reconciliarse con los suyos, y consigo mismo. De perdonar y seguir adelante. De olvidar lo que fue y concentrarse en lo que era entonces: un magnífico esposo, un padre ejemplar y un hombre trabajador que llevaba dos años haciéndola la mujer más feliz del mundo.

Máire caminó hacia su hermano y le tocó en la mejilla.

—Cuánto has crecido, Benny. Y qué... qué apuesto... Si te viera, si ella pudiera verte...

Benjamin la observó con una turbación que hacía años que no sentía. Llevaba décadas sin oír el diminutivo con el que su hermana Máire le había bautizado de pequeño. Cuando era adolescente, un colega le llamó así y se llevó un puñetazo que le rompió los dos dientes delanteros. Era un privilegio que solo le había otorgado a la jovencita que ayudaba a sus padres en las tareas de la casa y se encargaba de él cuando su madre debía entregar las coladas de ropa limpia a las señoras. Le sacaba al parque a perseguir a las palomas y de cuando en cuando robaba algún pastelillo para proveerle de una apetitosa merienda. Máire era su ángel de la guarda, su *manita mayó*, el hombro en el que lloraba cuando se caía y las rozaduras le pelaban las rodillas.

—¿Quién... quién eres tú? ¿Y por qué me llamas así?

El temblor de su voz y las lagunas cristalinas en las que los ojos de Máire se habían convertido le revelaron lo que necesitaba saber. El shock que le produjo el enfrentarse al fatídico recuerdo del día en el que lo arrancaron de los brazos de su madre mientras Máire lloraba en un rincón y no hacía nada para impedir que se lo llevaran le cortó el aire entrante de los pulmones. Le dijeron que todo iría bien, y le mintieron. ¡Tenía cinco años, por el amor del cielo! ¡Cinco!

—Dios santo... Máire...

Su hermana se abalanzó sobre él y lloró en su cuello. Ben no la abrazó. Los brazos no le respondían. Sus ensanchadas pupilas viajaron hasta la silueta masculina, que esperaba que también lo reconociera a él, y entonces, como si la tierra se hubiera abierto bajo sus pies, Ben se derrumbó en el suelo alfombrado como un castillo de naipes soplado por el viento, como un soldado derrotado que se rinde ante el enemigo tras una batalla de sobra perdida.

—Ay, Dios mío, mi padre... mi padre...

Lloró amargamente, gimió como el niño huérfano que fue, vaciándose de años de preguntas sin respuesta, de reproches sin sentido, de remembranzas de noches de luna llena en el tejado de alguna casa en la ciudad, cuando era un despojo sin techo pensando en qué se había equivocado para que no lo quisieran, de remordimientos que lo azotaban por cada cartera o joya robada. Liam se les unió y los tres formaron un corro donde los brazos se enredaron como un cordón de tres dobleces. El patriarca de los Young balbucía frases incompletas y besaba a su hijo menor por toda la cara.

—He vivido como un desgraciado durante años, hijo mío, no he tenido paz. Ni un solo día.

Natalie se retiró y cerró la puerta despacio, dejando a

su marido dentro reencontrándose con su pasado. Detuvo a una criada que llevaba la caja de juguetes de las niñas a la planta superior de su coqueta vivienda georgiana.

—Janet, dile a la señora O'Donnell que cenaremos en la salita azul.

—Sí, señora.

—Y que ponga dos cubiertos más.

Janet asintió.

—Señora Young...

—¿Sí?

—Los miembros del servicio queríamos decirle que nos alegra que haya encontrado a la familia del señor.

El ama sonrió con afecto.

—Yo también me alegro, Janet. Yo también me alegro.

Esa noche, ríos de lava abrasadora manaron de entre los pliegues de las sábanas de su cama, envolviendo a los amantes anhelantes, sudosos, ebrios el uno del otro. Los dedos se entrelazaron, las bocas se buscaron lascivas, inmisericordes, atormentadas, exigiendo mutua rendición. Los cuerpos y las almas volvieron a fundirse en uno, y la pasión que les consumía fluyó como fuentes de aguas rejuvenecedoras, transparentes, frescas y abundantes. Se adoraron sin reservas, enérgicos, como solían, pero esta vez, completamente libres de las cadenas que les ataban al pasado, y cuando la cumbre del placer les alcanzó como un fustigazo letal, él se dejó mecer por la dicha, descansó la cabeza laxa en el cuello de su esposa y lo empapó con lágrimas silentes.

—*Thugais ar ais chun an tsaoil mé* —gimió Ben en

su oído, aún sin aliento, y la destinataria de sus palabras sonrió. Por primera vez en su vida, le oía hablar en gaélico, y ella le había entendido.

«Me has devuelto a la vida.» Una vida floreciente poseedora de una luz que nunca se apagaría, que brillaría como el sol, cuya suntuosa presencia ahuyenta toda oscuridad.

Horas más tarde, Natalie despertó de madrugada y arrastró con languidez su brazo por el colchón, percatándose de que Ben no estaba. Se sentó en la cama tapando con las sábanas perfumadas su busto desnudo y bostezó. Ben le había hecho el amor con el mismo delirio de siempre; sin embargo, esa noche sentía su alma mucho más cercana. Más libre. Más ligera.

Su marido se hallaba sentado en un taburete en el balcón del dormitorio nupcial, con las piernas extendidas y contemplando el cielo añil estrellado. Sin camisa como estaba, le proporcionaba unas singulares vistas de su atractiva anatomía, y Natalie volvió a sentir un ramalazo de deseo reptando en su interior.

Se deslizó fuera del lecho, se puso su camisón y acudió a la terraza a hacerle compañía. Young se había encendido un cigarrillo, y jugaba a hacer pequeños aros de humo y expulsarlos de su boca formando etéreos túneles que desaparecían en la oscuridad. Había vuelto a fumar, aunque solo lo hacía muy de cuando en cuando. Su esposa se acercó por detrás y sus manos escalaron por su pecho, ascendiendo juguetonas hasta sus hombros.

Natalie le mordió en el cuello y tiró de su cabellera rubia hacia atrás para atrapar su boca en un húmedo beso cargado de añoranza.

—He notado tu lado de la cama vacío y me he despertado. ¿Por qué te has levantado?

—No puedo dormir —declaró él—. Me siento tan... Dios... No hay palabras para expresar cómo me siento al tenerles en casa, conmigo, abrazando a mis hijas. Mi madre... murió hace nueve meses, Natalie.

La declaración de Young la enmudeció. La joven le miró largamente y se hizo un hueco a su vera, acomodándose en su regazo.

—Lo siento mucho, Ben.

—Mi hermano Timothy también falleció, pero hace veinte años. Las malditas fiebres se lo llevaron. Los ocho que restan siguen esparcidos por Inglaterra, y mi padre ahora vive con Máire y su marido, que es herrero. Ella tiene tres hijos.

—Tendrás infinidad de sobrinos a los que ni siquiera conoces.

—Veintiséis.

—¡Oh!

Benjamin acarició la espalda de su mujer.

—¿Cómo diste con ellos, Nattie?

Natalie meditó sobre la posibilidad de inventarse una mentira. No sabía cómo reaccionaría Ben al saber que se había puesto en contacto con el detective que le interrogó tras su detención por el asesinato de las tres víctimas del Envenenador de Whitechapel, con la intención de localizar a los inmigrantes irlandeses que le habían dado la vida.

—Pues... verás... escribí al señor Whitfield.

Las gemas azuladas de los ojos de Ben se agrandaron como las de un búho.

—¿Gabriel Whitfield? ¿El mismo que...?

Natalie afirmó efusivamente con la cabeza.

—Sí. No conocía a otro investigador privado en Londres, y aún conservaba la dirección de su oficina, así que... ¿Sabías que ahora es inspector?

—¿Lo ha cazado la Scotland Yard?

—Sí.

Ben soltó una risilla incrédula.

—A él y al endemoniado Kevin Carey jamás los olvidaré. Aunque he de confesar que Whitfield en realidad nunca me cayó mal.

—¿No estás enfadado?

—No.

Ben besó el hombro de su esposa y mantuvo la sien apoyada en él. El reencuentro con su padre lo había dejado sumamente agotado. Había soñado en tantas ocasiones con ese momento... y en sus sueños siempre vertía un odio venenoso contra su progenitor y le exigía explicaciones, para luego darle con la puerta en las narices.

Pero ahora que él también tenía hijos, era capaz de entender muchas cosas. Jamás abandonaría ni a Natalie ni a sus princesas, pero el ver a los suyos prácticamente morir de hambre acababa con las esperanzas y la hombría de cualquier cabeza de familia. Liam había llorado a mares, y no dejaba de abrazarle arrepentido. Y él no quería perder el tiempo con reproches. Habían pasado veintinueve años desde que le vio por última vez, y la vida era demasiado corta para arrastrar rencores que ya deberían haber caducado.

—He hablado con Máire sobre padre —dijo—. Está

entusiasmado con las gemelas. Parece que se le ha quitado una década de encima. En cuanto han llegado acompañadas de Sinéad no se ha separado de ellas.

Natalie le acarició la cabellera.

—Ya le he preparado una habitación. Supuse que te gustaría tenerle con nosotros, y que disfrutara de sus nietas.

Young sonrió.

—Me conoces bien, ¿eh, *chérie*?

—Sé lo que deseas y lo que te hace feliz. Es el resultado de la convivencia mutua —ronroneó Natalie con coquetería—. Ah, olvidé decirte que Jean Pierre me ha escrito. Se casa en abril del año que viene y nos envía una invitación a su boda.

Su marido suspiró. Natalie le había contado la historia de Claude y le había hablado del contenido de la carta de Sélène. Estuvo de acuerdo en que no peleara por la herencia de su padre. Delphine y su hermanastro habían sufrido las consecuencias de la avaricia y la ambición de su suegro, y aunque Jean Pierre Lefèvre y él no mantenían ninguna clase de contacto, Natalie sí lo hacía, pero solo por carta, y Ben vigilaba de cerca como un perro guardián a aquel hombre. No tenía la costumbre de fiarse de alguien que había arremetido contra sus seres queridos, aunque tuviera motivos.

—¿También yo estoy convidado?

—Claro. Eres mi esposo.

—Lo sé. Pero le clavé un puñal en el abdomen. No es la manera más adecuada de demostrarse amistad.

Natalie rio por su irónico comentario.

—No me hables de puñales, Ben. No a mí. Él entiende lo que hiciste. Tenía en su poder algo que te pertenecía y que temías perder.

—Qué comprensivo. Si aceptas, iremos. Pero nos hospedaremos en un hotel. No confío en él. Todavía no.

—Será como tú dispongas. ¿Le contesto y le digo que sí, entonces? Le avisaré de que vamos con el abuelo Liam. Así podré visitar la tumba de mi tía.

Young asintió, recordando lo mucho que Natalie había llorado frente al panteón en el camposanto en su primer viaje a Francia desde su exilio. Sélène Lemoine se había suicidado en la soledad de sus aposentos, y eso le pesaba en la conciencia. Había que estar muy desesperado para realizar un acto así. Un hombre que sembraba enemistades dondequiera que iba solo podía acabar como Claude Lefèvre, traicionado por sus seres queridos más cercanos.

Aquella primera tarde que estuvo con Sharkey en su casa observando la puesta de sol pasó por su cabeza como una estrella fugaz, trayendo a su memoria el diálogo que evocaría durante el resto de su vida. Contemplar al astro rey marcharse a su escondite le hizo darse cuenta de que todo en este mundo tenía sus momentos de oscuridad. El ocaso traía las sombras, y las sombras, el manto de la noche. Pero después, en tan solo unas horas, el sol volvía a salir marcando el inicio de un nuevo día. De una nueva era. De un nuevo comienzo.

Así veía él la etapa que había iniciado de la mano de la mujer a la que amaba, y la luz que iluminaba su camino no se extinguiría nunca. Una luz que los hombres conocen bien, mas que, a veces, sea por egoísmo o por miedo, alejan de las lámparas de su existencia. La luz de la esperanza.

—Escríbele y di que asistiremos.

—De acuerdo. Mañana lo haré. Ben...

—Dime.

—He mantenido una conversación con nuestro abogado. Ahora que vivimos de manera desahogada, he... pensado que quizá podríamos ayudar a tus hermanos de alguna forma. ¿Qué te parece?

Benjamin la miró con devoción.

—¿Sabes lo mucho que te amo? Eres la mujer más ingeniosa, inteligente, generosa y buena que he conocido. Soy muy afortunado porque me hayas permitido formar parte de tu vida.

Natalie le besó en la punta de la nariz.

—No creas. Lo hago para adularte. Eres un amante fantástico, y me gusta que me des esas recompensas nocturnas tan estupendas.

Young sonrió, ladeó su rostro y paseó la lengua por el contorno de su boca, y Natalie soltó un sofocado resuello que le hizo reír. Una ligera brisa agitó los cabellos sueltos de la joven, envolviéndolos a ambos en un anárquico remolino. El anhelo por poseerla de nuevo volvió a despertarse en él, y Ben le sacó el camisón por la cabeza y lo lanzó dentro del dormitorio, aprovechándose de su posición y haciéndole cosquillas con los labios por todo el cuerpo.

Se levantó del taburete, sujetado a su musa en sus brazos.

—¿Adónde me llevas? —preguntó ella con zalamería al percatarse de que pasaba al lado del lecho y no se detenía.

—Tenemos una habitación gigante y solamente usamos el colchón. Es un desperdicio de espacio, querida mía.

La sentó sobre el frío alféizar del ventanal que daba a una hermosa plaza donde los sábados había un mercado ambulante. Se moría por volver a asaltar sus defensas, por paladear su piel y arder entre sus brazos, por imprimir en ella su flamígera urgencia, y la subyugante rendición de Natalie no ayudaba mucho a controlar sus turbios y virulentos instintos.

—Ben, ten la decencia de comportarte como un hombre normal. Sabes que en estas luchas de poderes tan apasionadas nunca me ganas.

—A ti te repelen los hombres normales. Por eso te casaste con este servidor.

—¡Engreído!

—Un engreído insaciable, eso es lo que soy. Seguimos coleccionando más apelativos. Y todos los que me dedicas me parecen absolutamente excitantes.

Young se apartó de ella y corrió a cerrar las puertas del balcón de un puntapié. Aún quedaban unas cuantas horas de oscuridad por delante, horas que pensaba aprovechar de la manera más conveniente posible. Se giró hacia Natalie y, con los andares de un felino jactancioso, aseveró, inundando sus sentidos con su calor corporal:

—He captado su mensaje, *madame*. Y ahora, si la señora me permite, ha llegado el momento de volver a darle las gracias.

# Agradecimientos

Es de sobra conocido el hecho de que en la creación de un libro intervienen varias personas, y la mayor parte de ellas permanecen detrás del telón. Gente que te inspira, que te anima a seguir haciendo lo que amas. *Sombras del ocaso* no habría sido posible sin vosotros, y lo sabéis.

En primer lugar cabe mencionar a mi familia, la que más sufre con mis delirios creativos. Y también la que más disfruta cuando hacemos esas escapadas locas a los distintos escenarios de mis historias, que comienzan siendo parte del proceso de documentación y terminan quedándose en nuestra memoria como recuerdos inolvidables. Gracias por permitirme arrastraros conmigo.

A mis lectores, por todos sus mensajes de ánimo y gratitud. Por ver en mis libros algo más que simple entretenimiento, y por apoyarme en este sueño arriesgado que es el apostar por esta profesión.

A Marisa Tonezzer y Francisco Giménez, mis editores, por acompañarme durante el proceso. Por sus consejos y sugerencias. Por estar siempre dispuestos a escuchar y a trabajar codo con codo con esta servidora.

A Ruth M. Lerga, compañera de la casa y amiga, por prestarme su tiempo. Por las risas y buenos ratos que me hizo pasar con ese informe de lectura final, *quote* incluido. Por regalarme ese humor ácido en nuestras conversaciones que tanto me gusta. *You're a crazy loquesigue and you know that.*